suhrkamp taschenbuch 1813

Johanna Braun, 1929 in Magdeburg, Günter Braun, 1929 in Wismar geboren – freiberufliche Schriftsteller in Magdeburg –, veröffentlichen seit fünfunddreißig Jahren ihre Kurzgeschichten, Erzählungen, Romane unter gemeinsamem Namen.

Zu Beginn der 70er Jahre entwickelten sie ihre eigene literarische Methode, mit der sie bedrückenden Wirklichkeit fertigzuwerden: Sie erzählten phantastisch-parabelhafte Geschichten von totalitären Herrschern, übergeschnappten Bürokraten, rücksichtslos dummen Umweltverderbern, versturten Rüstungsfanatikern und ideologisch verbohrten Gleichschaltern – heiter und ironisch zwar, doch vor düsterem Hintergrund.

Im Roman *Der Irrtum des Großen Zauberers* (1972, 1982 erschienen als st 807) und im Erzählungsband *Der x-mal vervielfachte Held* (1985, 1985 erschienen als st 1137) sagten sie das Scheitern jener Tyrannen voraus, die im Herbst 1989 dann wirklich gescheitert sind.

Das Kugeltranszendentale Vorhaben (st 948), Brauns Roman aus einer Welt totmanipulierter Wörter und sprachlicher Bevormundung durch ein übermächtig scheinendes System, gehört zu ihren Büchern, die für Leser in Honeckers Staat unerreichbar, weil verboten waren.

Professor Mittelzwercks Geschöpfe enthält den kleinen Roman »Conviva Ludibundus«, in dem das spielerisch-kreative Element mit einem bürokratisch-katastrophalen »Fleißstrebeaufstiegswesen« zusammenstößt. Dazu u. a. Geschichten, die erstmals Lesern in *ganz* Deutschland vorgestellt werden: die phantastischen Satiren »Stalins Geist«, »Wächter des Doms«, »Mein Boy«, »Der Wunschsohn«. Der essayistische Text »Zu dem berühmten Werk: Sich in Übereinstimmung bringen« (1984) enthält die Anleitung, wie Schriftsteller sich unter einer Diktatur am bequemsten selbst zerstören können.

Brauns erhielten 1969 den Internationalen Kurzgeschichtenpreis der Stadt Neheim-Hüsten, 1969 den Kunstpreis des Bezirkes Magdeburg, 1985 den Phantastikpreis der Stadt Wetzlar, 1988 den Förderpreis zum Literaturpreis der Stadt Marburg und 1989 den Deutschen Kurzgeschichtenpreis der Stadt Arnsberg.

Johanna Braun
Günter Braun

Professor Mittelzwercks Geschöpfe

Erzählungen

Phantastische Bibliothek
Band 269

Suhrkamp

Redaktion und Beratung: Franz Rottensteiner
Umschlagbild: Tom Breuer

suhrkamp taschenbuch 1813
Erste Auflage 1991

Quellennachweis für die einzelnen Erzählungen
am Schluß des Bandes
Suhrkamp Taschenbuch Verlag

Satz: Fotosatz Otto Gutfreund, Darmstadt
Druck: Nomos Verlagsgesellschaft, Baden-Baden
Printed in Germany
Umschlag nach Entwürfen
von Willy Fleckhaus und Rolf Staudt

1 2 3 4 5 6 – 96 95 94 93 92 91

Inhalt

Conviva Ludibundus

I

Zwar hatte ich es aufgegeben, mich gegen die Unsinnigkeit zu wehren, die darin besteht, einem dazu, daß er geboren wurde und einige Zeit auf der Erde gelebt hat, auch noch zu gratulieren und ihn zu beschenken, aber was die drohenden Kulthandlungen anläßlich meines nahen neunzigsten Geburtstages betraf, dachte ich, es wäre doch vernünftiger, wenn ich selbst etwas schenken, sozusagen einen ausgeben würde. Die Mitmenschen hatten meine Anwesenheit nun neunzig Jahre lang ausgehalten, dafür müßten sie gerechterweise entschädigt werden. Vielleicht auch dazu, daß ich so lange bei ihnen war, beglückwünscht. Man müßte *sie* befeiern, nicht mich.

Sie behaupten ja immer, Professor Philemon hat uns die grünen Muscheln, die berühmten Grünen Medaillons, geschenkt, die Züchtung aus der gemeinen Fließmuschel, die alle für den Menschen des dritten Jahrtausends notwendigen Vitamine, Enzyme und Spurenelemente enthält und die außerdem nicht nur genießbar, sondern ein Hochgenuß ist.

Nun, um es richtigzustellen, geschenkt habe ich sie den Leuten nicht, ich habe damit einen Batzen Geld verdient.

Aber wenn ich ihnen meine Erkenntnisse über die Hintergründe des Entstehens der fabelhaften Muschel offenbaren würde, mein Wissen über den conviva ludibundus, diese merkwürdige Nicht-Mensch-nicht-Fisch-nicht-Pflanze-Lebensform, wäre das schon ein Geschenk, denn ich selber würde kaum noch etwas daran verdienen können. Ich würde meine Kenntnisse vererben, und das muß ich tun, bevor ich sterbe oder in einen Zustand trete, in dem man mich nicht mehr als zurechnungsfähig betrachten wird und es zwecklos sein würde, jemandem noch etwas mitzuteilen, dachte ich.

So hatte ich, obwohl die Sommerhitze auch über dem weißen, nördlich gelegenen Küstenstreifen brütete, kein Wind das Meer bewegte, in meinem von künstlichen Winden durchblasenen Haus hinter der Düne ein Manuskript zustande gebracht, das alles oder doch fast alles über die Struktur der Ludibundi und ihre Beziehung zu den Grünen Medaillons aufdecken und erklären sollte. Es war von Hand, mit einem Tintenfließer, angefertigt. Ich hatte auch einige Zeichnungen gemacht. Fotos hatte ich noch nicht eingeklebt, doch Stellen dafür freigelassen. Die Arbeit hatte ich gemächlich hinter mich gebracht.

Ab und zu hatte ich die weißen Rollos meiner Fensterwand geöffnet und auf das Meer geblickt, wo sich die dunklen Streifen des Meeresgartens abzeichneten, mal dunkelgrün, mal heller grün, manchmal auch dunkelgrau und manchmal, bei bewegtem Wasser, überhaupt nicht. Daß ich sie trotzdem sah, lag daran, daß ich eben seit beinah sechzig Jahren wußte, dort ist der Garten mit seinen Reihen aus Beton.

Im Grunde sah ich die Einzelheiten, und ich sah sie nicht. Die Farben des Bildes wechselten, und es blieb immer das gleiche Bild. Und auch das Bild der Ernte, wenn Taucher der Niederlassung der Gesellschaft zur Verwertung der Meeresfrüchte mit ihren Pflückmaschinen in den Garten stiegen, fügte sich in das Dauerbild, wie Schnee und Eis und Regen und wie die Feinschmecker, die barfuß und manchmal auch auf Strandfahrrädern dem Unterwasserlokal zustrebten, wo es die Grünen Medaillons in grünen Schalen mit teuren Soßen übergossen gab, und wie die Liebespaare, die sich mit Muschelsaft zu kräftigen gedachten, die grünen Flaschen noch im Gehen leerten und im weißen Sand zurückließen.

Dies alles war für mich zu einem einzigen Bild geronnen, und ich saß da, die eine Hand auf dem Papier, denn Wind durchzog mein Haus, die andere hielt ein Glas und manchmal auch den Tintenfließer. Ich hetzte mich nicht ab, so nahe fühlte ich den Tod noch nicht.

Die grüne Muschel, von der Reklame natürlich etwas aufgeheiligt, besonders was Enzyme und Spurenelemente und unter diesen besonders die noch unerforschten, nichtsdestoweniger aber äußerst wirksamen betraf, die uns befähigen sollten, die Widrigkeiten, falls solche im dritten Jahrtausend noch zu erwarten wären, zu bestehen, die grüne Muschel konnte tatsächlich auch alte Männer in annehmbarer Form erhalten.

Immerhin brauchte ich noch keine Brille. Ich mußte auch nicht dauernd auf die Toilette. Ich hörte, besonders wenn man leise sprach, sehr gut, hatte noch Haare auf dem Kopf, die allerdings weiß waren, und noch ein Dutzend eigener Zähne. Ich konnte schlafen, kurz und tief, und mein Gedächtnis war intakt, wenn es auch neuerdings Komplexe zusammenfaßte und Einzelheiten überging, die sich jedoch zumeist als unwichtig erwiesen. Ich hatte also keinen Grund, bei meiner Niederschrift in Panik zu verfallen, doch schleppte ich sie auch nicht hin, denn ich war neugierig, was wohl die Leute dazu sagen würden.

Sie würden wohl zuerst betroffen sein, denn so ein merkwürdiges Ding wie der conviva ludibundus war noch in keiner Enzyklopädie enthalten. Nach allgemeiner Ansicht gab es das noch nicht. Niemand schien auch nur darauf gekommen zu sein, es könnte derartiges geben, es seien denn die Schreiber utopischer Romane, die nicht mehr ernst genommen wurden, seitdem die grüne Muschel bessere Einschlafmöglichkeiten bot.

Und würden es die Leute überhaupt begreifen können, was ihr berühmter Greis Philemon bereits vor fünfundvierzig Jahren gefunden hatte: ein bio-elektronisches System, das durch die Meere schweifte, das fraß und ausschied und transportierte und ohne das die Züchtung der edlen Muschel nicht stattgefunden hätte? Dies ihnen klarzumachen erschien mir eigentlich das Schwierigste bei meiner Hinterlassenschaft.

Ich zog die weißen Rollos vom Fenster, sah auf mein Dauerbild (das Meer lag blau und fast erstarrt, am Himmel keine Wolke) und zweifelte. Würden sie mit conviva ludibundus etwas anzufangen wissen? Würden sie neue Möglichkeiten in ihm sehen? Nicht nur die eine, die ich gefunden hatte? Würden sie mit conviva ludibundus spielen können? Würden sie es wollen? Würden sie ein Gefühl dafür besitzen?

Zu meinem Dauerbild, das hatte ich vorhin vergessen, gehörten selbstverständlich Wissenschaftler und Studenten, die delegationsförmig und auch einzeln von Zeit zu Zeit den Meeresgarten heimsuchten. Sie fuhren mit kleinen Schlauchbooten umher, tauchten Meßröhrchen ein oder tauchten selbst. Später hockten sie im weißen Sand, tippten auf Taschenrechnern und sprachen auf Recorder. Sie fügten sich friedlich in mein Bild. Sie störten mich so wenig wie die anderen Erscheinungen. Allerdings ging ich zu den Zeiten, um die der weiße Sand und das Gebiet des Meeresgartens sowie der Weg zum Unterwasserrestaurant bevölkert waren, selten zum Strand, ja, ich vermied es möglichst.

Wenn ich mich selbst ins Bild begab, war es entweder abends kurz vor Sonnenuntergang oder morgens kurz vor Sonnenaufgang. Und wenn die ersten Menschen sich näherten, saß ich wieder hinter meinem Fenster oder kramte im Haus herum.

Es fiel mir sofort auf, ja, es irritierte mich, als ich an einem Morgen, 4.30 h etwa, als sich der Strand noch grau darbot, am Meeresgarten eine Gestalt bemerkte, die dort, gefolgt von einer weiteren, mit Rohren und Röhrchen herumhantierte.

Als ich mich näherte, erkannte ich zwar den Professor Dr. Dr. Hans H. Mittelzwerck und seinen Assistenten. Ich entsann mich auch, daß er sich angemeldet hatte, aber der Zeitpunkt seines Auftauchens erschien mir doch zu früh. Er hatte sich ja noch nicht bei mir sehen lassen. Er mußte nachts gekommen sein. Tatsächlich entdeckte ich oberhalb der Düne den blauen Flügler von der Gesellschaft zur Verwertung der Meeresfrüchte.

Mittelzwerck grüßte höflich, als er mich wahrnahm. Das Schlauchboot schwankte dabei ein bißchen, zumal der Assistent gleich mitgrüßte.

Ich wollte Sie so früh nicht stören, Herr Professor, rief Mittelzwerck, und darum hab ich gleich die Arbeit angefangen.

Ich dachte, was für eine Arbeit, was gibt es hier zu arbeiten, hier funktioniert doch alles, und alles, was man hier erforschen könnte (außer conviva ludibundus), ist schon erforscht und füllt die Enzyklopädien. Der Jahresbericht im »Meeresgärtner« ist kürzlich erst erschienen.

Das einzige, was der junge Mann hier noch erfahren könnte, kann er von mir hören. Das sind gewisse Hinweise, Tips, Erfahrungen. Aber ich sah auch ein, ein junger Mann wie Mittelzwerck wollte sich selbst Kenntnisse verschaffen. Das war nach meiner Ansicht zwar unnötig, weil sie schon vorlagen, doch ehrenwert. Er wollte eben von mir Erprobtes und Erkanntes nicht unbesehen übernehmen, wollte sich selber überzeugen, ob alles, was der Meeresgreis da angab, auch stimmte. Er hätte alle Daten über den Garten bei mir im Haus aus dem Regal ziehen können, aber er glaubte dem Papier nicht ohne weiteres, auch wenn es vom berühmten Philemon beschrieben war. Dies schien mir sympathisch.

Aber daß er so früh, bevor sich der Strand orange oder nur schwach rosa färbte, im Meeresgarten stocherte, zu einer Zeit, die ich als meine Zeit betrachtete, verstimmte mich.

Als er die Stocherei bis Mittag ausdehnte und noch nicht mal zum Essen kam, zu dem ich ihn durch Zuruf einlud, ärgerte ich mich.

Ich muß dazu erklären, daß ich schon immer ein Mißbehagen spürte, wenn ich jemanden ununterbrochen arbeiten sah und er derart an seiner Arbeit klebte, daß er zu anderen wichtigen Sachen keine Zeit fand. Es war bei mir nicht das Mißbehagen eines Nichtstuenden, der einen Tuenden als Vorwurf auffaßt, nicht dieses Mißbehagen, das durch Vorhalten von Beispielen des Fleißes und der Arbeitsleidenschaft in früher Jugend schon begründet wird.

Beim Anblick eines unentwegt sich Betätigenden kam mir von jeher das dunkle Gefühl, es handle sich um etwas Unechtes. Da zeigt sich einer in Arbeitshaltung, da möchte einer demonstrieren, als lebendes Anschauungsmaterial, daß sich der Mensch vom Affen durch Arbeit fortentwickelt hat. Immer hatte ich dabei den Eindruck, er demonstriert so heftig, weil die Entwicklung bei ihm womöglich ausgeblieben ist. Ich hatte das Gefühl von Leerlauf, wenn ich jemanden sich so gebärden sah.

Arbeitsgebärde, dachte ich, Arbeitsgehabe, und immer wieder, da ist was unecht. Natürlich muß ich einräumen, nicht jeder, der sich in Dauerarbeitshaltung darstellt, kann dafür. Er wurde vielleicht falsch erzogen. Bilder von großen Arbeitstieren schmückten vielleicht sein Kinderzimmer, einräumen will ich auch, daß jemand, der eine wenig interessante Arbeit los sein will, sie pausenlos durchzieht, um sich nachher rasch Wichtigerem hingeben zu können. Vielleicht war dies der Lebensstil von Mittelzwerck. Trotzdem mißfiel es mir, ihm zuzusehen.

Ich schloß meine Rollos. Ich wollte keine schlechte Laune haben, wenn ich ihn nachmittags am Kaffeetisch begrüßen würde. Ich wollte ihm nicht als Meckergreis gegenübersitzen, der jede Tätigkeit der Jugend als unnötig und sinnlos und undurchdacht ansieht, als solcher, der unausgesprochen sagt, nach sechzig Jahren, junger Freund, da werden Sie die Dinge in anderen Relationen sehen. Da wird Ihnen erst klar, was wesentlich gewesen wäre. Ich wollte keine Bitterkeit in unseren Kaffee fließen lassen, weil ich nun abtrat. Ich wollte den guten Mittelzwerck erst gar nicht dem Gefühl ausliefern, er stoße mich von meinem Platz.

Er war mein Nachfolger. Und wenn er etwas von mir wissen wollte, würde ich es ihm erklären und erläutern, so gut ich konnte. Und wenn er nichts zu wissen wünschte, würde ich schweigen. Man kann doch seinem Nachfolger nicht ständig mit dem Töpfchen hinterherlaufen. Mittelzwerck sollte wissen, daß ich nicht verbittert war.

Womöglich blieb er aus einem blöden Feingefühl so lange beim Meeresgarten. Ich schickte meine Haushaltsdame hin.

Nichts, sagte sie, die machen bis zum Abend durch.

Dann lade sie zum Abendessen ein, sagte ich etwas ärgerlich, da müssen sie erscheinen; sag ihnen, es wird vielleicht ein ungewöhnlicher Abend.

Die hören nicht, die haben einen Rappel. Die triefen schon vor Nässe, aber sie hören nicht.

Die werden doch nicht nachts noch stochern wollen.

Immerhin sagte Mittelzwerck sich für den Abend an. Es sei ihm eine Ehre.

Tatsächlich wollte ich, daß dieser Abend ein ungewohnter, ausgefallener, besonderer Abend werden sollte. Zwar wollte ich Mittelzwerck nicht feierlich mein Amt bei der Gesellschaft zur Verwertung und Entwicklung der Meeresfrüchte und meinen Professorenkram in die Hände legen. Dies war für mich ein aktenmäßiger Vorgang, keiner Rede wert. Ich hatte vielmehr vor, dem jungen Mann (der immer als hoffnungsvoller junger Mann bezeichnet wurde, wobei nicht klar herauskam, wer eigentlich da hoffte, die Gesellschaft oder Mittelzwerck) – ich hatte vor, ihn in die Sache conviva ludibundus einzuweihen. Er sollte der erste Mensch sein, dem ich die bio-elektronischen Systeme vorstellen und erläutern wollte, die durch die Meere schweiften und Gäste meines Gartens waren.

Es schien mir logisch, daß er als erster wissen müßte, wie eigentlich der Meeresgarten zu seinen Muschelernten kam, woher die Medaillons rührten und wie die bio-elektronischen Systeme entstanden waren. Ich hatte nicht die Absicht, ihm aus meinem Aufgeschriebenen vorzulesen, ich wollte ihn nur mit den Ludibundi konfrontieren, vorerst einige Mikroelektronenfotos an die Wand werfen, die undeutlich, doch bei einiger Phantasie erkennbar, verschiedene Zustände des bio-elektronischen Systems darstellten. Verschiedene Spiele des Systems, wie ich es nannte.

Diese Vorführung, erste Bekanntschaft mit dem conviva ludibundus, wollte ich zwar nicht feierlich, aber genießerisch gestalten. Ich war tatsächlich davon überzeugt, daß meine Eröffnung betreffs der Ludibundi ein geistiger Genuß ungewöhnlicher Art sein würde, etwa wie die Eröffnung, daß sich die Erde um die Sonne dreht.

Um diesen Genuß zu unterstreichen, wollte ich Grüne Medaillons anbieten, zusammen mit weißem Algenwein und heißen, knusprigen, goldgetönten sogenannten Schrippen, einem vergessenen Gebäck, das meine Haushaltsdame in einem von mir gebauten Steinofen nach langen Meckereien meinerseits endlich zu backen lernte. Die Grünen Medaillons sollten kühl auf den Tisch kommen, aber nicht eisgekühlt. Sie sollten nicht auf Eisbrocken liegen, sondern auf Meerkohlblättern. Soßen sollten nicht über sie gegossen werden. Das hielt ich für Geschmackstötung. Leider konnte ich es nicht verhindern, daß in dem Meeresrestaurant mehr und mehr Soßen auf die Muschel geplempert wurden. Die Soßen wirkten preisbildend. So geschah es, daß jemand, der sich erfrechte, Grüne Medaillons pur zu verlangen, den doppelten Preis zahlen mußte.

Nun, diese teuren unbegossenen Muscheln wollte ich Mittelzwerck und seinem Assistenten vorsetzen. Und um den Tisch wollte ich Spiegellichter stellen, von denen die grüne Muschelfarbe vielfach zurückgeworfen werden sollte.

Grünes Licht würde das Zimmer füllen. Wir würden sitzen wie in einer Unterwasserhöhle.

Plötzlich käme das bio-elektronische System herangeschweift. Ich wollte natürlich keine Zaubermätzchen machen, um diese jungen Männer von meinem conviva ludibundus zu überzeugen. Das war nicht nötig, conviva ludibundus war real.

Aber es sollte nicht so trocken zugehen, wie es mir in der letzten Zeit immer mehr zuzugehen schien. Da wurde planmäßig andauernd etwas zur Entwicklung vorgeschlagen, dann wurde kontrolliert, ob es auch wirklich entwickelt worden war, oder zumindest alle sich bemüht hatten, es zu entwickeln, danach wurde es abgehakt, die Prämie kam, eventuell der Orden, musikumrahmt, der Blumenstrauß aus Plast – und fertig. Aber hier handelte es sich um den conviva ludibundus.

Zuerst mochten die beiden Jungen wirklich denken, ich käme ihnen mit Phantastischem. Sie sollten das Gefühl von etwas Traumhaftem, Unwirklichem, sogar Unmöglichem bekommen.

Dann aber würde ich die Spiegellichter löschen, dann würde alles weiß und nüchtern sein, dann würde ich die Mikroelektronenfotos an die Wand werfen und meine Daten aufblättern. Ich würde meinen Film vorführen, der den conviva ludibundus fressend, ausscheidend und transportierend zeigt.

Das sind die Fakten, würde ich erklären, ich gratulieren Ihnen, Sie sind die ersten.

Auf solche Reden: behüten Sie meine Hinterlassenschaft wie Ihren Augapfel, pflegen Sie dieses Erbe, würde ich verzichten.

Ich würde vielleicht sagen, jetzt heben wir noch tüchtig einen, spielt keine Rolle, wie spät es wird.

Und sicher würden mir die beiden ein Loch in meinen alten Bauch fragen. Sie würden skeptisch und neugierig und einfach umgeworfen sein, vielleicht auch ablehnend zunächst, aber die Fakten wären nicht zu widerlegen.

Ich würde sie ihnen geduldig auseinandersetzen, und vielleicht würde ich sogar verraten, wie ich zu der Entdeckung des Ludibundus überhaupt gekommen war.

Ich würde ihnen meinen alten Taschenrechner zeigen, der defekt ist seit beinah sechzig Jahren, mit dem ich damals, am Meeresgarten sitzend, spielte und der, anstatt richtig zu rechnen, Impulse losließ, die, als er mir versehentlich ins Wasser rutschte, ein Strömen auslöste, das ein intakter Rechner, wenn er ins Wasser fällt, nicht auslöst.

Ich würde ihnen zeigen, wie ich ihn damals auseinandernahm und nichts feststellen konnte. Und wie ich immer wieder die Kombination zu wiederholen suchte, die diese Störung zufällig verursacht hatte, und wie ich diesem Spielchen mit dem defekten elektronischen System mehr Zeit zumaß als der von der Gesellschaft zur Verwertung der Meeresfrüchte mir aufgetragenen Züchtung von neuen Muschelsorten mit hohem Vitamingehalt, Enzymgehalt und Spurenelementgehalt.

Ja, vielleicht würde ich ihnen wirklich das Geheimnis meines alten Rechners lüften, den ich noch immer bei mir trug und der noch immer zuverlässig falsch rechnete.

Aber die Herren kamen nicht um sieben, wie eingeladen, auch nicht um acht, und auch nicht, als es bereits dunkel wurde. Ich sah dann einen Scheinwerfer den Strand beleuchten. Er kam vom Flügler der Gesellschaft, und in dem bleichen Licht sah ich am Flügler zwei Gestalten miteinander reden. Sie wirkten unentschlossen. Ich ging vors Haus.

Das Meer schwappte kaum hörbar, ich konnte verstehen, er hat seine Verdienste, das muß man sehen. Ich mach es kurz, morgen um fünf, wie abgesprochen.

2

Es dauerte noch eine Weile, bis Mittelzwerck auftauchte. Es war so spät, daß ich mich schon zum Schlafen umgezogen hatte. Das bedeutet, ich stand nackt da, ich schlafe sommers und winters nackt. Nur in den Zeiten des Übergangs, wenn man nicht weiß, was man vom Wetter zu halten hat, steige ich in ein altes Leinenhemd, aber hier bot ich mich nackt dar, braun behäutet, ledern, möchte ich sagen, ziemlich mager, gutes Anschauungsstück für den menschlichen Knochenbau, jede Rippe auf Anhieb zählbar.

So stand ich im Gang, als Mittelzwerck klopfte und ich kommen Sie rein rief.

Die Wirkung muß ungeheuer gewesen sein. Mittelzwerck verhielt eine Weile starr auf der Schwelle. Dann blickte er auf meine Füße und murmelte, entschuldigen Sie vielmals. Ich konnte die Klingel nicht finden, den Gong, wissen Sie.

Hier gibt es keine Klingel und keinen Gong, hier klopft man. Kommen Sie ruhig rein.

Er tat einen Schritt, hielt aber den Kopf gesenkt. Vielleicht sollte man nachts, wenn man über so deutlich hervortretende Knochen verfügt wie ich, einen Gast nicht unbekleidet empfangen, auch wenn er Wissenschaftler ist und deutliche Strukturen ihn nicht erschrecken sollten. Ich zog rasch etwas über und sagte, es ist ein bißchen spät geworden.

Das bedaure ich sehr, sagte Mittelzwerck, ich möchte Ihnen deshalb auch nur einen ganz kurzen Besuch abstatten.

Er blickte auf seinen Zeitanzeiger, dessen grüne Zahlen im Dämmer wanderten. Ich fragte, warum haben Sie den anderen jungen Mann nicht mitgebracht?

Ach, sagte er, Herr Doktor Klimm muß sich für morgen restaurieren. Er schläft bereits im Flügler.

Setzen Sie sich, die Stühle sind allerdings ein bißchen hart.

Harte Stühle sind sehr gesund.

Er setzte sich, ich setzte mich, und so verharrten wir ein Weilchen.

Mir schien, als hätte sich Kollege Mittelzwerck extra meinetwegen feingemacht. Draußen beim Meeresgarten hatte er einen orangefarbenen Strampelanzug an, der bei den maritimen Arbeiten vorgeschrieben ist.

Jetzt saß er in schneeweißem Hemd und schneeweißer Hose vor

mir, die Füße steckten in schneeweißen Strümpfen und Sandalen, das Hemd war zugeknöpft, und das Geschlinge, von dem ein ungeschriebenes Gesetz auch heute noch verlangt, daß Männer es sich bei feierlichen Anlässen um den Hals knoten, hing breit und silbern vor seiner Brust. Das alles hatte er meinetwegen mitgeschleppt, weil ich, wie er vorhin beim Flügler sagte, Verdienste habe.

Ich quäle doch die Menschheit sehr. Sie wird froh sein, wenn sie mich los ist und ich nur in Enzyklopädien aufzufinden bin. Die werden sie dann auf dem Klo lesen, auch nackend, Winde fahren lassend.

Ich wollte immer sagen, na, Junge, nun laß dich gehen. Es war mir schrecklich, daß Mittelzwerck mir gegenüber dermaßen schüchtern war. Vielleicht hatte er draußen einen Sonnenstich erlitten. Sein Kopf, schön blond gelockt, war rot, die Stirnhaut zum Zerreißen straff gespannt, und auch die Hände, die auf der weißen Hose lagen, hatten zu reichlich Sonne abbekommen.

Ich fragte, na, haben Sie geschafft, was Sie sich vorgenommen hatten?

Vollständig, sagte er.

Dann können wir noch etwas zu uns nehmen, die Muscheln sind zwar morgen auch noch genießbar, aber nur heute ist der Genuß der wahre.

Wie, fragte er, ist es nicht gerade eine ihrer Eigenschaften, im Gegensatz zu herkömmlichen Muscheln sehr lange haltbar zu sein, ohne daß man sie konservieren muß?

Haltbar schon. Ich dachte, sie würden noch besser schmecken, wenn sie nicht leider von gestern wären, weil ich an diesem Morgen nicht rausgekommen bin, weil ihr da rumgestochert habt. Sonst würde dir noch ein größerer Genuß geboten. Ich sagte, morgen früh werde ich noch exquisitere Muscheln holen, die Sonne darf noch nicht aufgegangen sein.

Ach, morgen. Er sah mich merkwürdig an.

Ich saß mit offener Jacke da, mit einer solchen Leinenjacke, wie sie die Arbeiter von der Gesellschaft tragen, und hinten auf dem Rücken befindet sich, schon fast verblichen, der blaue runde Stempel: Gesellschaft zur Verwertung und Entwicklung der Meeresfrüchte.

Meine Hosen waren ausgefranste Jeans.

Mir fiel nun ein, daß meine Haushaltsdame schon öfter meine

Kleidung benörgelt hatte, vor allem im Hinblick auf meinen neunzigsten Geburtstag. Wenigstens dazu sollte ich mir etwas beschaffen, was meinem Rang entspräche, der Stempel auf dem Jackenrücken sei doch geschmacklos. So seien früher die Kriegsgefangenen und sonstigen Unfreien herumgelaufen. Es sehe ja so aus, als ob ich Sklave der Gesellschaft zur Verwertung wäre. Bei dem Geld, das Sie verdienen, kann das niemand verstehen.

Ich hatte ihr geantwortet, ich ziehe an meinem Neunzigsten dies Zeug an oder gar nichts. Ich bin nun mal ein Mitglied dieser Gesellschaft, wenn auch ein sogenanntes führendes. Wozu es leugnen?

Ich erklärte meinem Gast, ich trage immer diese Sachen, sie sind luftig und bequem.

Das glaube ich. Er hatte weißlich blaue Augen und sah mich ernsthaft an. Nur kann man leider nicht immer so, wie man es möchte.

Ach, doch, man kann. Ich wunderte mich, daß er sich so gezwungen gab. Was schüchterte ihn ein, wo er doch selbst Professor war, Professor und noch Doktor, zweimal sogar, und alles schon mit achtundvierzig Jahren. Wenn Mittelzwerck als wissenschaftlicher Anfänger mit gerade bestandenem Examen zu mir gekommen wäre, hätte ich seine Schüchternheit verstanden, aber er war ja Vorsitzender des Rates für Technologien des Meeres und sollte nun auch noch im Oberen Rat unserer Gesellschaft die volle Verfügungsgewalt über sämtliche vorhandenen und noch zu entwikkelnden Meeresfrüchte übernehmen. Der Meeresgarten, in dem er heute herumgestochert hatte, war nur ein Teil seines künftigen Verantwortungsbereichs.

Mittelzwerck sollte praktisch, wenn man so will, der Meeresgott der Erde werden, mit mehr Befugnissen, als ich sie je besessen hatte.

Ich sagte, nun aber, lieber Mittelzwerck, werden wir tüchtig Muscheln essen. Sie werden etwas quietschen, das darf Sie nicht erschrecken. Sie müssen sich hier wie zu Hause fühlen.

Das Fleisch der Muscheln fühlte sich so an, als ob man zarte, weiche Lippen an den Mund nimmt. Ich schnupperte zuerst daran, dann strich ich mit dem Mund darüber, und erst nach einer ganzen Weile sog ich langsam die Muschel ein. Sie quietschte leise. Nun eine Weile warten, dann Algenwein nachgießen. Die sogenannten Schrippen waren leider kalt geworden.

Mittelzwerck spießte seine Muscheln rasch nacheinander auf, schob sie sich rein und kaute gründlich. Er fragte, was haben sie darangetan, welches Gewürz?

Gar keins.

Nicht möglich, sie schmecken ja ganz anders; ich muß aber gestehen, ich bin kein Muschelesser, ich esse sie nur bei Empfängen, und da ist meistens Soße darüber, oder sie liegen in Aspik. Also, offen gestanden, die Muschel als solche gibt mir nichts.

Sie müssen danach Wein trinken.

Bitte nicht, Herr Professor, ich meide den Alkohol.

Sind Sie krank?

Das nicht. Ich meine, er bringt einen nicht weiter.

Soll ich die ganze Pulle hier alleine trinken, ich alter Mann? Weg muß sie nämlich, morgen schmeckt der Wein nicht mehr.

Ach, Herr Professor, es tut mir furchtbar leid, ich würde gerne ein Glas Wasser trinken.

Auch Muscheln aß er nicht mehr, ich mußte sie mir alle selber einverleiben, wodurch ich allerdings ganz heiter wurde.

Ich dachte, das ist eben der Meeresfruchtgesellschafter neuen Typs. Selbst hält er nichts von den Dingern, die er entwickeln und verwerten läßt, er hat zu ihnen ein objektives nüchternes Verhältnis. Sie müssen so und so sein, die Leute wollen sie so haben, und sie sind nützlich.

Ich fragte, nehmen Sie manchmal Grüne-Medaillon-Tinktur?

Ja, regelmäßig.

Für die Gesundheit, dachte ich, er ist ganz sachlich. Auch nicht schlecht. Was nützt ein engagierter Muschelschlecker, der den Betrieb verschlampen läßt? Und sagt man nicht, gerade die leidenschaftlich engagierten Macher bringen oftmals dilettantischen Mist hervor, mit Leidenschaft und mit Schaum vorm Mund?

Mir schien jetzt Mittelzwerck geradezu geeignet, sich meine Offenbarung über conviva ludibundus anzuhören. Er würde nicht sofort in rasende Begeisterung verfallen, er würde sich das sachlich durch den Kopf gehen lassen, die Fakten prüfen, sich den Film vielleicht zweimal oder dreimal ansehen und danach überlegen, was in den Ludibundi sonst noch für Möglichkeiten stecken könnten.

Ich meinte, es ist gut, wenn nach mir altem Spieler und Ausprobierer und gammligen Genießer ein kleiner Nüchternbold drankommt. Der wird zumindest meine Hinterlassenschaft anständig aufbewahren, sie auswerten und vielleicht sogar entwickeln. Alles ein bißchen trocken, ein bißchen gründlich, aber er wird sie aufbewahren. Und eines Tages wird einer seiner Nachfolger ein neues Spiel damit beginnen. Das kann er aber nur, wenn meine Hinterlassenschaft nicht untergeht, dann kann ein neuer Spieler kommen. Jetzt scheint mir, müssen meine Erkenntnisse erst mal bekannt werden. Die Leute müssen sie verdauen. Dafür wird Mittelzwerck schon sorgen.

Leider sah er schon wieder auf die Ziffern seines Zeitanzeigers, die unaufhörlich wanderten, als wollte er die nächste Ziffer mit seinem Blick herbeiziehen. In Hetze wollte ich conviva ludibundus nicht vorstellen.

Ich sagte, morgen möchte ich mit Ihnen noch einmal gründlich über etwas sehr Wesentliches sprechen, wir müssen uns den ganzen Abend Zeit nehmen.

Ich weiß nicht, ob ich es morgen schaffen werde, sagte er, morgen wird ein sehr harter Tag sein.

Er sah mich plötzlich überlegen an. Ich hab herausgefunden, verehrter Herr Professor, daß schon seit Jahren in Ihrem Meeresgarten fünfzig Prozent der Grünen-Medaillon-Ernte von unbekannten Räubern maritimer Herkunft abgefressen werden. Fünfzig Prozent wertvollen Muschelgutes sind unserer Erdbevölkerung entzogen worden.

So, sagte ich, fünfzig Prozent; ich hab gedacht, es wären fünfundfünfzig.

Er fuhr zusammen. Sie wußten es?

Ich habe es einkalkuliert, die fünfzig Prozent, die ich für hundert gelten ließ, reichten ja bisher für uns. Es hat schon seine Richtigkeit, da ist nichts Alarmierendes. Ich wollte sowieso mit Ihnen darüber sprechen.

Wissen Sie, sagte er, es ist mir peinlich, ich möchte hier nicht auftreten als einer, der Unkorrektheiten ans Licht zerrt, das wäre mir zuwider, zumal es sich um eine integre Persönlichkeit wie Ihre handelt. Es ist erwiesen, menschliche Räuber, die sich zu kommerziellen Zwecken am Meeresgarten vergriffen haben könnten, sind es nicht gewesen, es müssen maritime Lebewesen sein. Und niemand, Herr Professor, wird Ihnen übelnehmen, bei Ihrem hohen Alter und dem, was Sie für die Gesellschaft geleistet haben, daß Ihnen dieser Raub entgangen ist. Das wäre wirklich unmenschlich und unwürdig. Immer würde ich mich dagegen wehren, das können Sie mir glauben, aber Sie müssen auch verstehen, daß ich, nachdem ich nun den Schwund entdeckt habe, verpflichtet bin, dagegen etwas zu unternehmen. Ich darf es nicht einfach hingehen lassen, daß unsere Menschheit nicht so viel Grüne Medaillons erhält, wie sie erhalten könnte, und nicht zu volkstümlichen Preisen, die schon längst fällig wären. Ich kann verstehen, Sie haben sich in den letzten Jahren nicht auch noch mit der Dingfestmachung des Muschelräubers befassen können, wobei ich allerdings merkwürdig finde, daß, wie ich in den Akten nachgelesen habe, die Ernte seit vierzig Jahren konstant geblieben ist. Es muß also schon vorher ein Wegfraß stattgefunden haben, wozu man allerdings entschuldigend sagen könnte, daß diese Räuber, so lange jedenfalls wie ich hier forsche, noch nicht sichtbar erschienen sind und auch von niemandem, den ich befragte, beschrieben werden konnten. Es könnten fisch- oder robbenartige Lebewesen sein, aber äußerst kleine Wesen von hoher Transparenz, die nur aus einem großen Verdauungsapparat bestehen. Dies zu erforschen, ich muß es sagen, Herr Professor, wurde bisher versäumt. Aber, er lächelte mich kindlich an, es ist nun wieder nett, Sie haben auch für uns noch etwas Arbeit hinterlassen. Vorerst muß allerdings die Räuberei aufhören. Das ist das dringlichste. Ich sehe das als meine erste Aufgabe, statt fünfzig werde ich hundert Prozent der grünen Muscheln liefern oder, nach Ihrer Rechnung, Herr Professor, statt hundert zweihundert.

Jetzt hätte ich ihm erklären müssen, warum die sogenannte Räuberei im Meeresgarten die Vorbedingung für die Muschelernte war, warum nicht Raub, sondern Beteiligung vorlag, daß der conviva ludibundus ein Mitarbeiter der Gesellschaft zur Verwertung und Entwicklung der Meeresfrüchte war und daß, wenn Mittelzwerck den sogenannten Raub verhinderte, es binnen kurzem keine Grünen Medaillons mehr geben würde.

Aber schon wieder sah Professor Mittelzwerck auf seinen Zeitanzeiger. Als alter Mann ist man manchmal erstaunt, wie müde junge Leute sein können.

Ich muß Ihnen morgen etwas sehr Interessantes, Aufschlußreiches sagen.

Am besten sagen Sie es gleich, sprach Mittelzwerck, indem er aufstand, wir könnten es noch kurz erledigen, soviel Zeit muß noch sein.

Nein, sagte ich, soviel Zeit ist nicht. Ich konnte schließlich nicht conviva ludibundus im Stehen, bei bereits offener Tür, vorstellen.

Es mißfiel mir auch, daß der junge Mittelzwerck »erledigen« sagte und »soviel Zeit muß noch sein«, als ob er frei mit meiner Zeit umspringen könnte, nachdem er mich den ganzen Nachmittag und Abend hatte warten lassen.

Ich sagte, gute Nacht, Kollege, Sie fallen ja fast um. Er tat mir wieder leid, er hatte einen Sonnenstich. Ich wollte noch erklären: Sie werden übrigens der erste sein, der es erfährt; ich unterließ es aber.

3

Ich kann nachts ohne Licht- und Lärmschutzmaske schlafen, noch nicht mal Ohrenstöpsel oder Augenpflaster benutze ich, von Luftreinigersieben, die sich jetzt immer mehr Leute vor Mund und Nase schnallen, ganz zu schweigen. Ich hatte solche Geräte hier oben an meinem Strand bisher nicht nötig gehabt. Ich sank, wann ich es wollte, in meinen kurzen tiefen Schlaf.

Daß ich in dieser Nacht so miserabel schlief, lag nicht daran, daß der Gesellschaftsflügler mit seinem Scheinwerfer ununterbrochen den Strand und auch den Meeresgarten beleuchtete, es lag nicht an dem grellen Licht, ich ärgerte mich einfach, weil dieses Licht da war.

Als ich endlich ein bißchen schlief, riß mich ein unverschämtes Getöse wieder hoch. Ich roch Treibstoff, gemischt mit Morgennebel. Ich tappte, nackt wie ich war, benommen vor die Tür.

Gerade schwenkte über meinem Kopf ein Flugvehikel, ein offenes Greifermaul, so daß mein erster Eindruck war, mein Haus sollte geschnappt und fortgeflogen werden. Dann sah ich, der Greifer hatte am Meeresgarten etwas abgeladen, ein technisches Gebilde, ein sogenanntes Aggregat, orange angestrichen, ein zweiter Flügler schwenkte ein zweites technisches, sperriges Gebilde durch die Luft.

Ich sah vier knallblau angezogene Männer aus einem dritten Flügler an Strickleitern heruntersteigen. Techniker offenbar, und ich begriff zunächst nur, mir war zum zweiten Mal mein Morgen an meinem Strand weggenommen.

Ich stand da nackt und klein und dürr und sicher auch recht jämmerlich vor meinem Haus. Ich stellte dann noch fest, daß es ein schöner Morgen war, strahlend und fröhlich.

Und die Gesichter der blauen Männer strahlten. So fröhlich, zielbewußt, so energiegefüllt wie die, dachte ich, sind auch die Männer ans Werk gegangen, die das zusammenlegbare Hochhaus aufgerichtet haben, das sich am zehnten Tage selbsttätig zusammenlegte und die Bewohner plattdrückte. Ich hatte diese Männer in einer Fernsehsendung, Brillantfarbe, gesehen, und als ich aus dem Flügler nun auch noch gequetschte, aber lautstarke Musik vernahm, ich glaube, ein klassisches Klavierkonzert mit Streichern, erinnerte ich mich, auch damals, als jenes Hochhaus errichtet wurde, erhabene Musik gehört zu haben. Ich dachte, hier geht also wieder was vor sich, was nicht geht.

Ich hielt nach Mittelzwerck und Klimm Ausschau. Sie standen abseits an der Düne, als wären sie gebannt, zumindest aber schwer benommen. Sie bemerkten mich anscheinend nicht. Oder trauten sich nicht heran. Ich zog rasch meine alte Leinenjacke und meine ausgefranste Hose über.

Doch so bekleidet nahmen sie mich auch nicht wahr. Ich machte ein paar Schritte zum Strand hinunter.

Da kam einer der blauen Männer auf mich zu.

Er heiße Grimseil, sicher sei ich Professor Philemon. Er kenne mich aus dem Lexikon für Alle, es freue ihn gewaltig, daß er gerade diesen Auftrag erhalten habe. Er schien der Obertechniker zu sein.

Ich streckte ihm mechanisch meine Hand hin, sein Druck war fest und kurz.

Es stimme alles prima, sagte er, jede Bewegung des Hubflüglers erfolge plangemäß, der Flügler stehe haargenau auf der Spitze X der Landzunge A, wo man das Aggregat A zwei des Akusperr-Antirob errichten werde.

Er klappte eine Karte auf und hielt sie vor mich hin. Er sprach von Teleskopfüßen eines Fundaments, die man präzise an einem von seinem Zeigefinger bestimmten Punkt einbohren wolle. A eins sei, wie ich sicherlich gesehen habe, bereits montiert, sie hofften gegen Mittag alles geschafft zu haben. Er klappte die Karte zu und bat mich, mein Autogramm daraufzusetzen, er würde sich gewaltig freuen.

Ich gebe keine Autogramme, sagte ich, das würde ja so aussehen, als ob ich diese Macherei hier unterschreibe.

Sie können sich darauf verlassen, Herr Professor, wir liefern Qualitätsarbeit. Daraus entsteht für Sie kein Ärger. Was wir einmal wo hinsetzen, das funktioniert. Ihr Autogramm, das soll privat sein. Ich sammle.

Ich kam nun endlich zu mir. Wer hat Sie überhaupt beauftragt, hier diese Dinger hinzubauen, und wozu dienen die?

Das wissen Sie doch besser, Herr Professor. Ich habe nur die Aggregate Akusperr-Antirob eins und zwei hier zu montieren und in betriebsfertigen Zustand zu versetzen.

Mein lieber Herr, ich habe nichts Derartiges bestellt.

Er sah mich freundlich an.

Es ist Ihnen vielleicht entfallen, bei Ihrer vielen Arbeit, aber wir machen das tipptopp, Sie brauchen keine Angst zu haben.

Ich dachte, fehlt bloß noch, der sagt, komm, Opa, binde brav dein Lätzchen um, hier, iß dein Breichen, und nachher pullerst du ganz lieb.

Ich sagte, klar, es wird mir entfallen sein.

Er rannte zu seinen Blauen, drehte sich um. Das Autogramm, das hole ich mir noch.

Unverzüglich begab ich mich zu Mittelzwerck und Klimm, die mir erstaunt und freundlich guten Morgen wünschten.

Was geht hier vor sich, fragte ich, haben Sie eine Ahnung?

Ich wollte Ihnen das gestern noch mitteilen, sagte Mittelzwerck, aber es war so spät geworden. Sie wissen ja, die fünfzig Prozent Verlust durch unbekannte tierische maritime Räuber. Ich meinte, man sollte sie nicht noch bei dieser Ernte dulden. Die Ernte steht sehr gut, wie ich mich gestern überzeugen konnte. Die Muscheln haben einen optimalen Durchmesser. Die wollen wir uns doch nicht wegfressen lassen, Herr Professor. Ich habe mir, er lächelte ein bißchen schüchtern, ich habe mir erlaubt, Akusperr-Antirob zu konstruieren, das heißt, es ist im Grunde nichts Neues mehr, man setzt ein ähnliches Gerät in Seebädern ein, um Haifische und andere für die Badenden unangenehme Meerestiere abzuschrekken beziehungsweise fernzuhalten, und zwar mit Hilfe von Geräuschen, besser gesagt, Geräuschschlägen, die in staccato auf die Eindringlinge wirken und sie verscheuchen.

Er habe sich erlaubt, da man die Muschelräuber noch nicht klassifizieren konnte, die Wirkungsweise des Geräts zu modifizieren. Er habe an einer Reihe von Meerestieren Laborversuche machen lassen, wodurch er einen Querschnitt erhalten habe, der repräsentativ sein dürfte. Auf Akusperr-Antirob, rob beziehe sich auf Räuber, wie es hier montiert werde, reagierten die Versuchstiere durchschnittlich so, daß ihre Orientierungsorgane nicht nur empfindlich gestört, sondern physiologisch vernichtet würden. Man habe bei Sektionen eindeutig phlegmonöse Aufschwemmungen festgestellt.

Sicherheitshalber beabsichtige er, den Effekt durch zusätzliche überstarke Schallschwingungen noch zu erhöhen. Das Akusperr-System beruhe, wie ich sicher wüßte, auf zwei Sender-Empfänger-Aggregaten, durch die der zwischen zwei kleinen Landzungen liegende Meeresgarten akustisch abgeriegelt werde, und somit, erklärte Mittelzwerck, werde die Ernte, mit der, wie er gesehen habe, morgen begonnen werden müsse, zum ersten Mal hundertprozentig erfolgen können.

Er sah mich an, als ob er fragen wollte, da staunen Sie, nicht wahr? Er glaubte wohl, ich würde etwas sagen, was Lobendes womöglich.

Die beiden blickten unentwegt auf meinen Mund, der offenstand.

Ich wollte sagen, dieser Quatsch muß sofort abgebrochen werden, raus mit den Aggregaten, weg mit dem Lärmgerümpel, wenn wir in Zukunft noch Grüne Medaillons hier ernten wollen, wenn es die Muschel überhaupt noch geben soll.

Ich sagte aber, ich wollte Ihnen heute abend etwas erklären, erinnen Sie sich?

Ja, richtig, sagte Mittelzwerck, da war noch was, das schaffen wir schon noch. Ich denke, die Aggregate laufen heute abend.

Wir sollten sprechen, bevor sie laufen, man müßte sich doch überlegen, ob nicht auch andere Meereswesen geschädigt werden könnten, vielleicht sogar die Muschel selber.

Nein, das ist alles bestens überprüft.

Und Klimm bestätigte, er habe Gutachten, es kann nichts schiefgehen, und mit dem Einsatz zögern könnte bedeuten, daß wieder fünfzig Prozent verlorengehen, das könnte über Nacht passieren.

Mittelzwerck fügte hinzu, ich habe den Auftrag der Gesellschaft, die Ernte diesmal hunderprozentig einzubringen. Eigentlich wollten wir einen zweiten Meeresgarten schaffen, wie Sie ja wissen, die Kosten können wird durch Akusperr-Antirob einsparen, *ein* Garten wird nun vorerst ausreichen.

Als das Merkwürdigste an Mittelzwercks Verhalten erschien mir seine absolute Überzeugtheit, ich sei vollkommen mit allem einverstanden, was er da unternahm, und es geschehe ganz und gar in meinem eigenen Interesse. Merkwürdig, ihm kam nicht der Gedanke, ich könnte aus einem ihm unbekannten, aber vielleicht nicht unwichtigen Grund Einwände gegen seine Methode haben, zumal ich ja seit sechzig Jahren mit den Verhältnissen des Meeresgartens und der Meerbewohner in dieser Gegend verbunden war, merkwürdig auch, daß er mich bei der Vorbereitung seines Akusperr nicht zugezogen hatte. Sonst kamen öfter junge Wissenschaftler mit ihren Arbeiten und baten mich um Gutachten und Befürwortungen. Es war mir schon zur Last geworden, aber in diesem Falle hätte Mittelzwerck zumindest anstandshalber vorher fragen müssen, wo er auf Anstand und gute Formen doch so erpicht zu sein schien.

Ich konnte mir sein Verhalten nur so erklären, daß er mit seinem Akusperr persönlich Ruhm zu ernten hoffte. Alleinruhm. Dies sollte der Einstand werden, den er beim Antritt seines Amtes geben wollte. Mittelzwerck kommt und nimmt den heillos verschlampten Garten des Meergreises Philemon in die Hand. Und siehe da, hundert Prozent geerntet und einen neuen Meeresgarten eingespart.

Übrigens, sagte Mittelzwerck noch rasch, die Kosten für das Akusperr sind längst nicht so hoch, wie es die Kosten für einen neuen Garten wären. Ich hab es durchgerechnet.

Ja, dachte ich, jaja, du hast es durchgerechnet. Du rechnest und rechnest. Rechne weiter, rechne nur. Ich dachte, er will den Ruhm einsacken, er will nach oben, obwohl er ja schon oben ist, sein Posten ist ja schon beschlossen, aber womöglich hat er Angst, ihn wieder zu verlieren, wenn er nicht gleich mit einem durchschlagenden Erfolg auftritt. Er will ja oben bleiben, nachdem er das geschafft hat. Ich dachte, er würde vielleicht schwankend werden, wenn ich ihm vom conviva ludibundus erzählen würde. Er würde überlegen, bereitet sich da unsichtbar nicht etwas vor, wodurch ich stolpern könnte, ist da nicht doch etwas, muß man da nicht die Ohren spitzen, muß man sich da nicht erst mal informieren, muß man da nicht nachschlagen, ob es derartige Systeme, von denen dieser Opa faselt, nicht doch in irgendeiner Weise geben könnte?

Ich war nun überzeugt. Nein, diesem sagst du nichts, der würde es nicht kapieren oder sich wild draufstürzen und alles falsch machen. Der giert nach dem Erfolg. Darum braucht er zunächst mal einen Mißerfolg. Wir sollten unseren jungen Leuten viel mehr zu Mißerfolgserlebnissen verhelfen. Es sieht manchmal so aus, als gönnten wir sie ihnen nicht.

Ich sagte, Sie haben vielleicht recht, Professor Mittelzwerck, man muß es ausprobieren.

Meine Einladung zum Frühstück lehnten die beiden ab. So aß ich meinen Meersalat allein, dann schlenderte ich an den Strand, pumpte mein kleines Schlauchboot auf und paddelte ein Stückchen raus. Den alten, defekten Taschenrechner trug ich in der Jakkentasche.

Na, Herr Professor, rief Obertechniker Grimseil, ist alles richtig?

Ich winkte mit der Hand. Alles in Ordnung.

4

Die Inbetriebnahme der Aggregate erfolgte, wie von Freund Mittelzwerck geplant, 13.30 h. Eine Minute später leuchteten an beiden Landzungen grüne Lämpchen auf. Die Augen der Kontrolleure, wie Mittelzwerck freudig bemerkte. Beweis, daß der akustische Sperrgürtel in voller Stärke arbeitete. Um diese Zeit befand ich mich schon wieder an Land.

Klimm sagte, eindrucksvoll, nicht wahr?

Noch eindrucksvoller, sagte Mittelzwerck, wird das Ergebnis sein, wenn morgen unsere Erntemänner mit den Algen- und Muschelgreifmaschinen ins Wasser steigen. Er stand mit feierlicher Miene da, als würde ihm von unsichtbarer Hand bereits der blaue Seestern mit Brillanten an die Brust gepikt.

Ich sagte, ja, morgen, da werden wir noch Eindrucksvolleres erleben, sehr Eindrucksvolles, schätze ich.

Er nickte mir dankbar zu.

Mir schien, er war sich seiner Sache nicht ganz sicher, und darum sagte ich noch einmal, der Eindruck wird durchschlagend sein.

Klimm nickte mir nun auch zu.

Was war das doch, erkundigte sich Mittelzwerck.

Ich merkte, es geschah als Gegendienst für meine Zustimmung.

Was wollten Sie, verehrter Herr Professor, mir noch erzählen?

So wichtig war's nun auch nicht, sagte ich, wichtiger scheint mir, was in den nächsten vierundzwanzig Stunden in unserem Meeresgarten vor sich gehen wird.

Ich zog mich der scharfen Sonne wegen in mein Haus zurück,

ich bin am ganzen Körper ledrig braun. Die Sonne von sechzig Sommern hat bewirkt, daß meine Haut auch winters nicht mehr blaß wird.

Mittelzwerck und sein Assistent hielten in der Mittagshitze aus. Ich sah, wie Grimseil mit ihnen redete und Mittelzwerck plötzlich sehr böse aussah. Er hob mehrmals den Zeigefinger. Es geht in Ordnung, schien Grimseil zu versichern. Er klopfte später bei mir an.

War was, Herr Grimseil?

Er sagte mürrisch, nur eine Kleinigkeit, Splint bs 37 habe nicht in die vorgesehene Bohrung passen wollen, man habe nachbohren lassen müssen, er habe die Stelle mit rostvernichtendem Lack x 21 präparieren lassen, der sich leider nur langsam dem Material anpasse, man müsse da noch einmal nachsehen, er habe es in seinem Arbeitsbericht unter besondere Hinweise vermerkt. Es sei nichts Ernstes, aber Professor Mittelzwerck benehme sich, als ob des Splintes bs 37 wegen die ganze Anlage zusammenbrechen würde. Das Ding könnte auch ohne den verdammten Splint arbeiten und ewig halten. Wenn er gewußt hätte, wie Mittelzwerck sich über diese Kleinigkeit erbosen würde, hätte er überhaupt nichts davon erwähnt. Es sei eben sein angeborener Sinn für Ordnung und Korrektheit. Er liefere keine Arbeit ab, an der nicht jedes Schräubchen sitze und jede unsichere Stelle todsicher abgedichtet sei. Und dafür dankte ihm Professor Mittelzwerck mit Meckerei. Sollte der selber mal derartige Millimeterarbeiten vom Flügler aus und in so kurzer Zeit auf die Minute planmäßig hinstellen. Der wußte ja nicht einmal, wo der Splint bs 37 sitzen mußte, der hatte noch nicht mal gewußt, daß so ein Splint vorhanden war, bevor er, Grimseil, ihn ehrlich darauf hinwies.

Er sagte, mit Ihnen, Herr Professor Philemon, ist das eine ganz andere Arbeit, bei Ihnen merkt man, Sie haben Vertrauen zur Technik, mit Ihnen hat es Spaß gemacht, und bitte, geben Sie mir jetzt das Autogramm.

Warum eigentlich nicht?

Ich schrieb auf seine Karte: Zum Andenken an die Montage des grandiosen Akusperr-Antirob mit den besten Wünschen für die Zukunft, Philemon, Meeresgärtner.

Ja, sagte ich, etwas Grandioses stelle ich mir genauso wie dieses Ding vor, da war schon die grandiose Musik, die aus dem Flügler kam.

Kam sie? Ich habe nicht hingehört, na jedenfalls, die Sache steht, ich flügle wieder ab. Wenn noch was sein sollte, bin ich im Seebad Quallnik zu erreichen. Da lege ich die Fundamente für ein Unterwassersanatorium.

Die Hitze schien Mittelzwerck und Klimm doch noch geschafft zu haben. Sie zogen sich in ihren Flügler zurück. Nur manchmal schaute Klimm heraus, wahrscheinlich um sich zu überzeugen, ob die Kontrollaugen noch leuchteten.

Die Einladung zum Abend wandelte ich in eine Einladung zum nächsten Frühstück um. Auch diesmal kam nur Mittelzwerck. Klimm habe die Erntetätigkeit zu überwachen.

Nun, sagte ich, das können wir von hier aus auch. Ich fragte Mittelzwerck, als wir auf der Veranda saßen, was sagen Sie zur Landschaft? Ich stellte diese Frage gewöhnlich nicht, jetzt sollte sie ein Füllsel sein.

Relativ viel Naturholz, Sand und eben Wasser, sagte Mittelzwerck. Er aß kaum, starrte unentwegt zum Meeresgarten.

Auch ich aß nachlässig, die Erntemänner fuhren die Algen- und Muschelgreifmaschinen ans Ufer und stiegen in die Tauchanzüge, dann glitten die Maschinen längs der grünen Reihen, die streifig durch die Meeresoberfläche schienen, lautlos ins Wasser. Die Taucher folgten.

Ich sagte zu Mittelzwerck, jetzt werden wir von denen eine Weile nichts zu sehen kriegen, ab und zu wird vielleicht der eine oder andere zwischen den Reihen hochkommen und sich umblikken, es wird stinklangweilig zugehen. Wir könnten in der Zeit ein Bad nehmen, selbst tauchen.

Gleich nach dem Frühstück begebe er sich nie ins Wasser, erklärte Mittelzwerck.

Sie haben doch gar nichts gegessen.

Trotzdem, man soll es nicht erst einreißen lassen.

Plötzlich zeigte er, als wollte er den Zeigefinger aufs Meer rausschießen, zur Gartenoberfläche, wo unsere Erntemänner alle wieder versammelt waren. Sie strebten noch dichter zueinander, schienen sich zu besprechen, aufgeregt, verwirrt, unschlüssig, dann stiegen sie langsam, sich streng an die Reihen haltend, in Linie, ins Meer zurück.

Was war das, Herr Kollege Philemon?

Das war es, dachte ich, das war es, jetzt ist es geschehen.

Ich sagte aber, Einsatzbesprechung.

Wozu denn jetzt?

Wir werden es erfahren.

Vom Strand kam meine Haushaltsdame, tropfnaß, ihr langes Handtuch schleifend. Bevor sie hinterm Haus verschwand, bemerkte ich, wie sie die Unterlippe vorschob, als ob sie mir ein Zeichen geben wollte.

Die sind schon wieder oben, rief Mittelzwerck, die können doch nicht dauernd Einsatzbesprechungen abhalten, es muß doch auch ein Einsatz stattfinden. Jetzt schleppen sie auch noch die Maschinen raus. Was soll das? So schnell kann doch die Ernte nicht erledigt sein.

Mir scheint, sie haben überhaupt noch nichts geerntet. Sehen Sie etwas Grünes?

Von hier aus läßt es sich nur schwer erkennen.

Der Trupp ist ohne Ernte zurückgekommen, sagte vorüberstreifend meine Haushaltsdame. Das hat es an unserem Meeresgarten noch nie gegeben. Sie sagte es eintönig, als spräche sie Maschinensprache.

Mir fiel es schwer, die Ruhe zu bewahren, ich sagte vorsichtshalber nichts.

Mittelzwerck zog den Reißverschluß seines orangefarbenen Overalls hoch bis ans Kinn, was unnötig erschien, weil es bereits sehr warm war, doch die Bewegung drückte Bereitschaft aus, höchste Alarmstufe.

Er fragte, waren etwa die grünen Lampen die ganze Zeit schon aus?

Klimm, der sich den Reißverschluß im Laufen hochriß, behauptete, die Sonne habe so geblendet, man habe nicht erkennen können, ob die Kontrollampen von sich aus leuchteten oder ob sich das Licht in ihnen reflektierte.

Wir haben einfach nicht mehr hingesehen, sagte ich, wir hatten uns schon dran gewöhnt.

Sie brannten ja auch zuverlässig, sagte Mittelzwerck.

Vollkommen zuverlässig, sagte Klimm.

Natürlich hatten sie schon vor dem Frühstück nicht mehr gebrannt. Was sollte aber das Herumhacken auf den armen Lampen? Um die ging es doch gar nicht.

Grimseil hat mir versichert, sagte Mittelzwerck, sie wären durch äußere Einflüsse so gut wie unlöschbar. Aber wie sah es mit Splint bs 37 aus, er paßte nicht ins vorgebohrte Loch, und nachher zeigte sich sogar Rostgefahr. Es sollte mich nicht wundern, wenn auch die Kontrolleure von Anfang an defekt gewesen sind und nur so lange leuchteten, bis ich den Auftrag von Grimseil abgezeichnet hatte.

Ich weiß nun nicht mehr, wie lange beide noch über diese Lampen und den Splint bs 37 redeten. Tatsache war, daß unsere Erntemänner den Meeresgarten gänzlich kahl gefunden hatten. Da waren nicht nur sämtliche Grünen Medaillons verschwunden, auch Algen und das wenige Unkraut, das sich hier und da angesiedelt hatte, waren, wie es der Brigadier erklärte, mit Gewalt herausgerissen worden, die Reihen aus Zement seien angebröckelt, hier und da habe noch ein Fetzen Grün gesessen, und auf dem Meeresboden habe er ein halbes Grünes Medaillon gefunden, das noch mit einem Bröckchen Zement verklammert gewesen sei.

Er zeigte es uns vor, dies sei nun wirklich alles, er sei auch noch ein Stückchen hinausgeschwommen, um vielleicht abtreibende Muschel- und Pflanzenreste festzustellen, aber er habe, abgesehen von ein paar Stielen, nichts gefunden. Man könne also sagen, die Ernte sei hundertprozentig nicht vorhanden. Er sagte drohend, durch dieses Akusperr. Und ist denn überhaupt bewiesen, ob es nicht auch für Menschen schädlich ist? Ich tauche jedenfalls hier nicht mehr.

Es ist ja allem Anschein nach gar nicht intakt gewesen, als Sie hier tauchten, sagte Mittelzwerck, da muß es schon entzwei gewesen sein, sonst wäre ja die Ernte noch vorhanden. Sie können ganz beruhigt sein.

Das bin ich aber nicht, sagte der Brigadier.

Wir werden alles gründlich überprüfen und alles Menschenmögliche veranlassen, murmelte Mittelzwerck. Sein Gesicht glänzte feurig, die Stirnhaut schien zum Zerreißen straff gespannt, er schwitzte Landkarten durch seinen Overall. Grimseil muß kommen.

Und Grimseil flügelte sofort von Quallnik her. Er stapfte hochmütig durch den Sand, da sind die Herren Professoren wieder einmal nicht klargekommen. Na, woran fehlt's denn, die Lampen brennen nicht, dann hat sie jemand aus Versehen ausgeschaltet. Deshalb muß ich von Quallnik extra rüberfliegen. Na, mein Geld ist es nicht, ich setz es auf die Rechnung.

Er klappte die Gerätewand auf. Die hochsensiblen Eingeweide rochen brenzlig.

Total verschmort, rief Mittelzwerck.

Grimseils Gesicht erschlaffte. Er schnüffelte an den verbrannten Drähten, als sei ihre Zerstörung noch nicht ganz erwiesen, er stocherte darin herum.

Total verschmort, Herr Grimseil, sagte Doktor Klimm.

So ist es, sagte Grimseil, und wie erklären Sie sich das? Er sah mich an.

Schwer zu erklären, knurrte ich.

Überhaupt nicht, verbesserte mich Mittelzwerck. Auf dem Prüfstand hat alles funktioniert, unter extremmöglichen Bedingungen.

Dann waren vielleicht die Bedingungen hier nicht extrem genug, bemerkte Grimseil, die Aggregate haben nachweislich nach der Montage funktioniert. Ich habe Ihre Unterschriften, meine Herren, Sie waren Zeugen beim Probelauf. Ich flügle jetzt zurück.

Halt, sagte Mittelzwerck, wir müssen erst ein Protokoll aufsetzen.

Ich schlug vor, erst einmal zu tauchen und uns den Schaden genau anzusehen.

Mittelzwerck zeigte wenig Lust, er schickte Klimm mit mir. Die Reihen präsentierten sich so kahl, wie es der Erntemann geschildert hatte.

Und dabei besaßen gerade dieses Jahr die Muscheln den optimalen Durchmesser, sagte Klimm betrübt.

Auch ich war traurig, einerseits.

5

Wenn jemand sich so erfolgreich in eine ausweglose Lage manövriert hat, wie Mittelzwerck mit seinem grandiosen Akusperr, und nicht, wie er zu wollen angab, Geld der Gesellschaft eingespart, sondern es katastrophenhaft hinausgeworfen und auch den Garten, in dem neues Geld hätte nachwachsen können, total zerstört hat, bleibt ihm als einziges nicht etwa übrig, nun sparsamer zu sein. Im Gegenteil, er muß noch mehr ausgeben. Er muß, da hilft ihm nichts, auf eine große und teure Expedition gehen, und merkwürdigerweise kriegt er das Geld dafür. Das ist ein Mechanismus, den ich zwar irr finde, der aber unbeirrt so läuft. Man darf zwar nie aufhören, das Ziel, Ungeheures einsparen zu wollen, zu proklamieren, aber man darf nicht etwa wirklich sparsam sein und sich bescheiden geben, sonst würden ja die Geldbewilliger bei der Gesellschaft denken, die Sache sei zu klein, zu unerheblich. Und völlig abwegig ist es, zu denken, aus Sparsamkeitserwägungen, aus Reue über seinen Geldhinauswurf hätte Professor Mittelzwerck mit einem einfachen Boot, mit einem alten Segelkahn rausfahren wollen. Dies hätte kein Vertrauen wecken können. Niemand hätte sich dafür eingesetzt, denn wer will bei so popliger Ausrüstung nachher den Mißerfolg auf seine Kappe nehmen?

Bei solchen Riesenausgaben, wie sie Mittelzwercks Unternehmen forderte, ist zwar ein Mißerfolg noch möglich, aber nicht mehr als solcher zu bezeichnen. Es kann bei solchem Aufwand nur ein Erfolg gewesen sein. Und weil der hoffnungsvolle junge Mann ganz sichergehen wollte, konnte er als Expeditionsfahrzeug kein anderes wählen als das zur Zeit perfekteste, das neue Super-Fahr-Flug-Schiff »Totalmobil 01«.

Und selbstverständlich mußte sich seine Expeditionsmannschaft aus teuren, wertvollen, bedeutenden, wenn nicht sogar aus hohen Persönlichkeiten zusammensetzen, in deren Beisein ein Mißerfolg, wenn er schon einzutreten schien, sich in Erfolg umwandeln mußte.

Es ist nicht möglich, hörte ich Mittelzwerck schon sagen, daß so integre Persönlichkeiten, so gute Spezialisten ...

Wie wer denn, dachte ich, wen wird er sich aussuchen? Und plötzlich sagte ich zu mir, den kann ich nicht mit dem totalen Ungetüm losjagen lassen, von dem ich nicht mal weiß, was es für neue katastrophenträchtige Antirobs in seinem Bauch mitführen wird.

Aber ich konnte ihn auch nicht hindern. Ich war im Rat unserer Gesellschaft nur noch ein Ehrengreis. Man schöpfte zwar, wie man betonte, gern aus dem reichen Schatz meiner Erfahrungen, aber das war Schmus. Ich mußte, wie es schien, belämmert zusehen, wie Mittelzwerck, einmal in Fahrt geraten, conviva ludibundus, die Ludibundi, wie ich sie kurz nannte, verstörte, vertrieb oder sogar vernichtete.

Ich hatte sie, bevor Akusperr-Antirob mit seinen Lärmschlägen loslegte, warnen können. Sie hatten sich noch rasch mit Grünen Medaillons versorgt, hundertprozentig diesmal, und waren fortgeschwommen.

Als Abschiedsgeschenk hatten sie an den Fensterscheiben des Meeresrestaurants, durch die die Gäste das Unterwasserleben betrachten wollten, ein zähes grünes Ausscheidungsprodukt, gleichmäßig ausgestrichen, hinterlassen, so daß die Sicht total verkleistert war. Es blieb nichts anderes übrig, als ein neues Restaurant zu bauen, die Scheiben ließen sich nicht reinigen.

Mittelzwerck, der etwas von der zähen Masse abkratzen lassen wollte, mußte ein Stückchen Glas ausbrechen lassen, so daß die kleine Unterwasserbar, jetzt undicht, nicht mehr betrieben werden konnte. Die grünbeschmierte Scherbe war sein Anhaltspunkt, Beweisstück, daß ekelhafte und menschenfeindliche Raubwesen am Werke seien.

Ich hatte also meine Ludibundi mit knapper Not noch einmal warnen können, aber nun schien es finster für sie auszusehen und finster natürlich für die Grünen Medaillons. Von denen würden die Leute in Zukunft nur noch träumen können.

Vielleicht würden mal die Greise bestaunt werden, die noch davon berichten könnten, daß ihre Großväter in einem Unterwasserrestaurant eine kostbare, aber ausgestorbene grüne Muschel gegessen und dazu grünen Muschelsaft getrunken hätten.

Die einzige Möglichkeit, so etwas zu verhindern, schien mir noch darin zu bestehen, daß ich Professor Mittelzwerck auf seiner Fahrt begleitete.

Ich alter Mann mußte mein schönes ruhiges, von künstlichen Winden so angenehm durchwehtes Haus verlassen. Ich mußte meine fast fertige Arbeit über conviva ludibundus einschließen. Ich mußte mich noch einmal aufrappeln, sonst könnte ich das Manuskript und alles, was ich in sechzig Jahren zustande brachte, gleich als vernichtet ansehen. Es wäre dann, als ob ich all die Jahre nur herumgelegen hätte. Philemon züchtete eine einzigartige Muschel, die verlorenging.

Am meisten widerstrebte es mir, mit dem Totalmobil zu reisen. Ich hatte dieses Ding bereits im Fernsehen vorgeführt bekommen. Es wirkte wie ein weiß angestrichener, aufgeblasener Hirschkäfer, mit spitzem Schnabel aber und Watschelfüßen mit Stelzenbeinen, ein Wunderwerk industrieller Formgebung, wie es im Fernsehen hieß. Ich wäre lieber mit einer kleinen Jacht gefahren, die hätte vollkommen genügt, aber ich sah auch ein, sie reichte für einen Mittelzwerck nicht aus.

Mittelzwerck brauchte die Geräte, die ausfahrbar im Bauch des Scheusals ruhten. Ich brauchte nur meinen alten, kaputten Taschenrechner, aber die Leute, die Mittelzwerck mitnahm, die wollte ich, wenn ich schon mitfuhr, mir vorher ansehen.

Also mit dem totalen Ding, dem Unschiff, losfahren, und dann mit Leuten, die auch eine hervorragende industrielle Formgebung besitzen würden, das wollte ich nicht.

Die Frage blieb, ob Mittelzwerck mich überhaupt für so bedeutend hielt, um mich mitzunehmen. Was meine Formgebung betraf, so sah ich schwarz, ich ahnte, anstandshalber würde er mich einladen.

Er rief auch an. Hallo, verehrter Herr Professor, es wäre wunderbar, wenn Sie mitkommen könnten, aber ich wage nicht, darum zu bitten.

Das hieß natürlich, ich war ausgeladen. Darum gab ich den Medienleuten an, ich würde nicht an solcher Fahrt teilnehmen wollen, ich hielte sie für unzweckmäßig und wenig aussichtsreich.

Ich setzte mich sogar als Fernseh-Unke hin: Schwerste Bedenken erfüllen mich.

Gleich nach der Sendung rief Mittelzwerck mich an. Ach, bitte, verehrter Herr Kollege, wenn Sie mitfahren, kann gar nichts schiefgehen. Wir würden uns so freuen, aus Ihrem reichen Erfahrungsschatz zu schöpfen, und Ihren neunzigsten Geburtstag, den könnten Sie an Bord des Totalmobils begehen. Das wäre doch ein Ihnen gemäßer Rahmen.

Will es mir überlegen, sagte ich.

Ich kann mich also darauf berufen?

Da wußte ich, ich sollte als Aushänger mitfahren, als Bild auf einer Flagge. Mittelzwerck sagte, als guter Schutzgeist unserer Fahrt.

Aber ich möchte meinen Lebensstil dort beibehalten können, ich möchte wie ein Privatmann reisen.

Natürlich, sagte Mittelzwerck, das garantiere ich.

Da ich nun also mitfuhr, wurde es höchste Zeit für mich, für das Totalmobil den richtigen Käptn zu besorgen.

6

Ich hatte keine direkten Beziehungen zu Kapitänen, die ein »Totalmobil 01« in ihren Griff zu nehmen imstande wären. Ich kannte eher Seemänner, die ohne Motor, einfach die Windkraft nutzend, mit einem kleinen Schiff lautlos das Meer befahren konnten, aber ich hatte mal gehört, es gebe in Quallnik ein Lokal, wo halbtotale und fast totale Kapitäne ein und aus gingen und manchmal dasäßen und sich das Meer ansähen, weil sie in den Vehikeln, die sie steuerten, vor lauter Starren auf Schaltpult, Tele-Schirm, Kursbilder, Wetteraufzeichnungen, die schlangenartig aus Computern krochen, nur selten dazu kamen, mal einen Blick aufs Meer zu werfen.

So glaubte ich auch leicht herauszufinden, an welchen Tischen Kapitäne saßen, die für »Totalmobil 01« fachlich geeignet schienen. Sie sahen auf das Meer.

Aber bevor ich mich zu einem setzen konnte, mußte ich in das große Glaswandlokal hereingelassen werden. Dazu mußte ich an der Garderobe ein Chemisett mit diesem traurigen Geschlinge ausleihen, das sich ein Mann aus mir unklaren Gründen um seinen Hals zu würgen hat, wenn er an einem weißgedeckten Tisch was essen oder trinken will.

Ich erklärte, ich bin der alte Philemon, war neulich auch im Fernsehen so, wie ich hier bin, mich könnt ihr doch so reinlassen.

Die Frau da vorne sagte, sie kenne mich sehr gut, es gäbe sicher niemand in dem Lokal, der mich nicht gleich erkennen würde, aber es sei nun eben ein Lokal der Sonderklasse.

Und weil ich nicht nach Quallnik gekommen war, um an der Garderobe des Quallnik-Panorama-Restaurants einen Vortrag zu halten darüber, daß es auch Menschen der Sonderklasse gebe, jeder Mensch sei ein Mensch der Sonderklasse, einmalige Anfertigung, dem hätte das Lokal sich anzupassen, darum sagte ich, her mit dem Männerquäler, und gab sogar ein Trinkgeld dafür, daß mir die Frau das Ding umband. Immerhin blieb ich noch kenntlich durch meine Jacke, die deutlich genug den Stempel der Gesellschaft für Meeresfrüchte auf dem Rücken trug.

Als ich den Mann, den ich für einen Kapitän hielt, fragte, ob ich mich zu ihm setzen dürfe, sagte er gleich, sehr gerne, Herr Professor Philemon.

Wenn ich auch keine direkten Beziehungen zu Kapitänen besaß, die für »Totalmobil 01« in Frage kamen, schien es mir doch so, als ob da Unterschiede bestehen müßten. Und diese Unterschiede wären nicht fachlicher Natur. Daher hielt ich es für angebracht, mich mal mit diesem und mal mit jenem Kapitän im Quallnik-Panorama-Restaurant zu unterhalten, um festzustellen, beispielsweise ob dieses Unschiff, der aufgepumpte Hirschkäfer mit Vogelnase, den Kapitän in seinen Griff bekommen würde und mit ihm machen würde, was er wollte.

So fragte ich den ersten, während er das Meer betrachtete, gehe ich fehl in der Annahme, daß Sie sehr gerne mit dem »Totalmobil 01« die erste Reise machen würden?

Ja, sagte er, das würde ich, wenn schon Erfahrungen vorlägen.

Dies ist bei einer ersten Reise leider schwierig.

Darum würde ich gern die zweite Reise machen, sagte er. Ich besitze alle Fahrpatente für jede Art von Fortbewegung in jedem Element, aber bei einer zweiten Reise, da braucht man nur im Logbuch des Vorgängers zu blättern, dann kennt man die schwachen Stellen des Mobils.

Sie selbst zu finden würde Ihnen keinen Spaß machen?

Nein, antwortete er, ich möchte sichergehen.

Es gibt nun Schwächen, sagte ich, die erst nach einer zweiten oder dritten Fahrt zum Vorschein kommen.

Ja, sagte er, da ist aber noch was. Bei einer ersten Fahrt, da starren alle auf den Kapitän. Das würde mich sehr irritieren. Ich möchte in aller Ruhe meine Schaltungen durchführen können. Ich bin nicht Kapitän geworden, damit die ganze Welt mir mittels Fernsehen auf die Finger guckt, ich wollte einen friedlichen, stillen Job.

Da würden Sie auch keine Lust bekommen, wenn Sie Professor Mittelzwerck zu seiner Expedition mitnehmen wollte? Ich bin so gut wie sicher, er wird alle an Bord vorhandene Technik ausprobieren.

Nein, danke, da müßten erst Erfahrungen vorliegen. Oft ist es doch so, wenn ein Unternehmen dieser Art schiefgeht, schiebt man es auf den Kapitän, der technisch und auch menschlich, wie es immer heißt, versagt hat. Ich bin schon dreißig Jahre unfallfreier Kapitän, weil ich immer an meinem Grundsatz festgehalten habe, nie erster Ausprobierer sein zu wollen, mich nie vom Fernsehen präsentieren zu lassen, nie unnötigen Wind zu machen, mich nie mit Unbekanntem einzulassen. Und wie ich höre, will Mittelzwerck nach Wesen forschen, die nie jemand gesehen hat, die aber, wie er im Fernsehen sagte, Feinde der Menschheit sind. Also, wenn ich mich damit einlassen würde, wäre ich sicher am längsten Kapitän gewesen. Das fühle ich genau. Erst dieses mir noch unbekannte Totalmobil, dann diese unbekannten Wesen, das ist zuviel.

Er war ein netter, dicker Bartmann. Er lud mich zu Algenschnaps und Krabbencrackern ein, ich fand es anständig, daß er so offen seine Einstellung bekanntgab. Mit solchem führe man sicherer als mit einem, der immer das Neueste als erster machen will, aber ich hatte leider das Neueste vor.

Natürlich konnte ich nicht alle Kapitäne, die das Lokal besuchten, ausfragen. Die meisten waren aufgeschlossen.

Zehn etwa sagten, sie täten nichts lieber, als mit »Totalmobil 01« davonzupreschen.

Und dabei kamen Ansichten zutage: mal etwas machen, was die Enkel im Lexikon nachschlagen können, mal endlich aus der Routine raus, mal was beweisen. Aber sie waren alle schon für andere Fahrten engagiert. Einige hatten nicht die technische Befähigung, träumten jedoch von der Beherrschung des Totalmobils.

Aber es gab auch eine Anzahl, die technisch fähig waren. Diplom-Kapitäne aller befahrbaren Elemente, und die sich hätten freimachen können.

Es wäre für Mittelzwerck, wenn ich in diesem Lokal schon eine solche Auswahl vorfand, kein Problem, einen von diesen Kapitänen zu ermitteln, dachte ich, er brauchte dazu nur im Verkehrsbüro unserer Gesellschaft die Daten abrufen zu lassen. Da hätte er die Kapitäne mit Schulzeugnissen, Lebensläufen, kadermäßigen Einschätzungen, Auszeichnungen, Fahrten übersichtlich auf seinem Tisch. Ich war sicher, er würde den mit den meisten Einsen, dem glattesten Lebenslauf, der positivsten Einschätzung und den meisten Auszeichnungen herausfischen. Bei einem so hervorragenden Kapitän könnte ihm, falls das Unternehmen schiefginge, auch der Böswilligste nicht vorwerfen, er hätte sich bei der Auswahl leichtsinnig verhalten. Auch hätte ein solcher Kapitän, man könnte es den Daten mit einiger Geschicklichkeit ablesen, meistens hervorragende Leute, die ihn gefördert hatten, an der Hand, die würden es kaum zulassen, daß er als Teilnehmer einer mißerfolgreichen Expedition bezeichnet wurde.

Die Schwierigkeit für mich bestand darin, für Freund Mittelzwerck den Kapitän zu suchen, von dem er überzeugt sein konnte, daß er für ihn der beste wäre, der aber in Wahrheit für meine Pläne der richtige sein würde. Und ich will hier die Schwierigkeit dadurch verdeutlichen: Ich habe in meinen letzten zehn Jahren nicht so viel Algenschnaps und so viel Krabbencracker zu mir genommen wie während der drei Tage, die ich in Quallnik Kapitäne prüfend zubrachte.

Um einigermaßen diesen Konsum zu zügeln, zumal mir Krabbencracker widerwärtig waren, denn sie bestanden aus Mehl und Schweineschmalz, und der Verdacht, ein künstliches Krabbenaroma sei ihnen beigefügt, lag nahe, also um die Runden einigermaßen gut erhalten durchzustehen, konzentrierte ich mich vor allem auf zwei Fragen.

Erstens, in welchem Verhältnis stand der Kapitän zu dem »Totalmobil 01«, zweitens, wie dachte er über unbekannte Wesen im allgemeinen und über den sogenannten Muschelräuber im besonderen.

Also, sagte der kräftige, rothaarige, fast totale Kapitän, der sehr gute Papiere hatte, das ist doch kein Problem, so ein Totalmobil zu steuern. Da haben wir den Schaltplan, die Gerätekataloge, man sieht sich das mal an, und alle Geräte, das kann ich Ihnen aus Erfahrung sagen, kommen nie zur Ausfahrt. Und wenn sie, vielleicht überprüfungshalber, mal ausgefahren werden, werden längst nicht alle jemals benutzt. Die Praxis zeigt, man beschränkt sich immer auf einige Manöver, die meisten Geräte sind Extras, die dasein müssen, damit das Ding den Namen Totalmobil erhalten kann. Wer wird mit solchem großen Ding zum Beispiel tauchen wollen? Und wozu? Und auf dem Land fahren, das kommt ja nur beim Start in Frage und bei der Landung. Nun, und die Meerquirle und -besen, die da im Fernsehen vorgeführt wurden, die machen zwar viel Schaum, aber man braucht sie nicht. Die sind zur Schau da. Es rauscht so schön, wenn das Mobil schaumbildend durch die Meere rast. Aber wenn Fernsehen nicht dabei ist, stellt man die Dinger ab. Ja, und das Forschungsgerümpel, die Meßdinger und was da alles mitgenommen wird, da bin ich sicher, wird auch nur teilweise gebraucht. Und die Beobachtungsschirme in der Kapitänskabine sind bis auf einen, auf dem sich nämlich der Kurs abzeichnet, die meiste Zeit erblindet. Also, es wird viel Wind um das Totalmobil gemacht, viel Schaum, das Ding kann jeder steuern, der Autofahren, Sportfliegen und ein Boot navigieren kann. Ich sehe nichts Besonderes daran.

Sie halten es demnach für eine unnötige Konstruktion.

Nein, keineswegs, ich finde es sehr nützlich, und Ihnen kann ich es ja sagen, Herr Professor, mit einem kleinen Segelboot oder mit einem Sportflügler die Ozeane zu überqueren ist schwieriger und verlangt mehr Einsatz und Reaktionsvermögen als so ein Supership. Aber wer gibt Ihnen heute etwas dafür, wenn Sie mit einem Äppelkahn das Meer befahren? Da sind Sie höchstens ein verrückter Sportsmann, der weiter nichts zu tun hat. Na klar, Sie kriegen einen Orden, wenn Sie nach Hause kommen, aber davon kann man nicht leben auf die Dauer. Wenn Sie anständig Kohlen machen wollen, dann müssen Sie mit einem Ding fahren, das sich beinah alleine steuert, wo Sie bloß hier und da mal schalten, und dazu müssen Sie eine Miene machen, als ob das äußerst schwierig wäre und jeder Schaltdruck das Schicksal der Menschheit entscheiden würde. Dies »Totalmobil 01« bringt eben, weil es eine bisher nicht dagewesene Anzahl von Schaltmöglichkeiten aufweist, dem Kapitän ein bisher nicht dagewesenes Gehalt. Für jeden ausfahrbaren Schaumschläger, ob er nun ausgefahren wird oder nicht, gibt es Zulage, denn man muß ja die Fähigkeit nachweisen, auf einem Prüfungszeugnis, daß man solch Ding ausfahren kann. Insofern finde ich, um die gesellschaftliche Stellung des Kapitäns zu heben, »Totalmobil 01« sehr nützlich. Ja, ich begrüße es.

Ich dachte immer, sagte ich, die Stellung der Kapitäne in der Gesellschaft wäre gut und sie verdienten ausreichend.

Man darf in der Entwicklung nicht stehenbleiben. So sehe ich es jedenfalls. Darum würde ich, ohne zu überlegen, sofort auf dem Totalmobil anheuern.

Es klang nicht schlecht, er hatte immerhin kein unterwürfiges Verhältnis zu dem Totalmobil, er sah es realistisch, er würde mit ihm fertig werden, es wäre für ihn keine heilige Seekuh.

Nun hat die Reise von Professor Mittelzwerck ein ganz bestimmtes Ziel.

Ja, sagte er, die Muschelräuber aufzutreiben, die angeblich nicht sichtbar und nicht greifbar sind. Entschuldigen Sie, so etwas gibt es nicht. Entweder sind sie vorhanden oder nicht. Und wenn sie vorhanden sind, dann müssen sie entweder sichtbar oder greifbar oder doch spürbar sein. Und spürbar waren sie ja, als sie die Muscheln fraßen. Das war ein spürbarer Verlust. Also wer frißt, der existiert auch, dem kommt man auf die Schliche. Und wenn dies nicht der Fall ist, dann hat wer anders die Muscheln heimlich abgeerntet. Nun, es wird sich herausstellen. Soviel ich weiß, gibt es nur noch das Ungeheuer von Loch Ness, das nicht erforscht wurde.

Das ist aber ein Ungeheuer in einem Binnenwasser, sagte ich.

Meinetwegen, und wenn es sich bei diesen unsichtbaren Viechern um Menschheitsfeinde handelt, müssen sie eben vernichtet werden. Wo wären wir denn hingekommen, wenn wir uns während unserer Entwicklung alles hätten wegfressen lassen? Da gab's genügend Viecher, die bei uns knabbern und beißen wollten, aber wo wären wir dann heute?

Womöglich sind es keine Viecher, lieber Freund, es könnte eine andere Lebensform sein, kein Mensch, kein Tier, keine Pflanze, etwas, was wir noch gar nicht kennen, was wir uns noch nicht vorstellen.

Entschuldigen Sie, Herr Professor, wir haben in der Schule durchgenommen, und jeder einigermaßen Gebildete weiß heute, die Welt ist kein Geheimnis mehr, sie ist durchschaubar, und selbstverständlich gehört das Meer dazu. Das Meer ist auch durchschaubar, die Tiefsee, alles ist abgegrast, durchforstet, darum wendet man sich ja konzentriert der Abgrasung des Weltalls zu. Hier ist nichts mehr zu holen, alles abgeflügelt, abgefahren, abgetaucht.

Die Muscheln sind, wie es Professor Mittelzwerck nachwies und wie auch ich bestätigt gefunden habe, gefressen worden, spurlos, hundertprozentig, wie wollen Sie sich das erklären?

Nicht meine Sache. Professor Mittelzwerck wird das schon rausfinden. Vielleicht sind da sehr schnelle Räuber am Werk gewesen, die sich so schnell entfernten, daß sie als unsichtbar empfunden wurden, aber rausfinden wird er es. Es gib nichts Unaufklärbares, heute nicht mehr. Vielleicht zu Ihrer Jugendzeit. Da hat man auch noch an Stimmen aus dem All geglaubt, Stimmen der Abgeschiedenen, die abends in den Radios seufzend und jämmerlich zur Sprache kamen. Aber es waren nachher Wellenfetzen aus Sendungen, die unter Witterungseinflüssen gelitten hatten. Es klärt sich alles rational, es gibt nichts Übersinnliches.

Aber etwas uns heute noch Unerklärliches.

Heute nicht mehr, Professor, trotzdem natürlich ist es nützlich, allen Erscheinungen, auch unsichtbaren, nachzuforschen, auch Professoren müssen schließlich leben. Nicht jeder kann ins Weltall, soweit sind wir noch nicht.

Wenn Sie nun plötzlich doch vor einem bis dahin unbekannten Wesen stehen würden, fragte ich, was würden Sie da tun?

Weiß nicht, sicherheitshalber würde ich vielleicht die Kampfstoffdüse öffnen. Aber das ist ja alles hypothetisch. Prost, Professor. Und voher würde ich natürlich den Forschungsboß, Professor Mittelzwerck, befragen.

Prost, sagte ich, wir spinnen hier schon was zurecht, und dabei dachte ich, durchgefallen, bei Frage zwei total versagt.

Ein anderer Kapitän äußerte sich in bezug auf das »Totalmobil 01« fast philosophisch.

Immer wieder sah er mich durch seine achteckige Brille an, ist es nicht so Professor, habe ich nicht recht?

Die Kapitäne trugen übrigens fast alle Brillen, deren Gläser in den verschiedensten geometrischen Formen geschliffen waren.

Ich mußte mir als Brillenloser vor ihnen fast ungeistig vorkommen. Seit Jahren hatte ich damit gerechnet, mir durch die Notwendigkeit einer Brille einen intellektuelleren Anstrich geben zu können, aber die Notwendigkeit war immer noch nicht eingetreten, wahrscheinlich weil ich zwar zeitweilig auf irgendein Papier, auf einen Zeitmesser, eine Datenschleuder oder ähnliche Flimmerzeichen produzierende Geräte blickte, aber nie wie gebannt daraufstarrte und zwischendurch sehr oft aufs Meer zu blicken pflegte, auf mein Bild, das Dauerbild, von dem ich anfangs sprach.

Es war bei mir wie bei den uralt gewordenen Malern, die über hundert sind und keine Brille brauchen, weil sie kurz auf ein nahes und gleich wieder auf ein entferntes Bild blicken.

Aber die Kapitäne, die dauernd auf ihre Radarschirme, laufenden Glimmerzeichen, Lichtimpulse, Steuerskalen und Kontrolllampen schauen, die erst an Deck krabbeln müssen, wenn sie das Meer betrachten wollen, waren fast alle brillenabhängig.

Gesagt werden muß es, sie hatten auch beinah alle einen Bauch, der sich vorwölbte und starr von ihrem sonstigen Körper abstand, als wollte er ausdrücken, nehmt mich ab, ich gehöre eigentlich nicht dazu. Der Beruf dieser Kapitäne brachte es mit sich, sehr lange sitzen zu müssen, und da die Kabinen mit den Radarschirmen und Skalen meist überheizt und mit trockener Luft gefüllt waren, mußten sie notgedrungen bei der Arbeit eine Flasche griffbereit stehen haben, und da die Arbeit eine anspruchsvolle war, eine verantwortungsvolle, zu der man fit sein muß, waren dem Wasser in der Flasche viel Nähr- und Kräftigungsstoffe beigefügt. So konnte man am Bauchumfang eines Kapitäns ablesen, welche Art Schiff er fuhr.

Der nahezu philosophische Kapitän steuerte, wie er mir sagte, bereits ein halbuniverselles Fahrzeug mit vielen Schalt- und Ablesemöglichkeiten. Sein Gesicht glänzte weißlich und rund, er war von innen her gut eingefettet, er sagte, es wäre für mich nicht die übliche Prestigeangelegenheit, das »Totalmobil 01« zu fahren, und ich glaube auch nicht, daß es das bei den meisten meiner Kollegen wäre. Es ist ein seelisches Bedürfnis. Denn wo werden einem Menschen so viele Möglichkeiten geboten, aus sich herauszugehen und über sich hinauszuwachsen, wie bei der Lenkung eines solchen Mobils. Wo gibt es so viele Schaltmöglichkeiten, wo kann sich der Mensch sonst schaltend dermaßen bewähren, wo fühlt er echt, welche Rolle er im Weltmaßstab eigentlich spielt? Früher, da fühlte sich der Mensch dadurch bestätigt, daß er ein Pferd in seine Gewalt bringen konnte, auf ihm rasend schnell seinen Feinden entkommen oder ein Ziel eher als sie erreichen konnte. Auch der Schwimmer, der mit den Wellen kämpfte, bestätigte sich selbst. Auch das Beherrschen eines superschnellen Autos bestätigte die menschliche Persönlichkeit. Aber war das nicht, verglichen mit dem »Totalmobil 01«, eine eingleisige Sache? War da nicht viel Hektik und körperlicher Aufwand? Jetzt sitzt der Mensch lässig am Steuerpult des Totalmobils, kühl, unerschütterlich, er läßt die Schalter spielen. Ein Druck, mit einem leichten Tippen des Zeigefingers mühelos ausgeführt, kann dem gewaltigen Mobil eine vollkommen andere Richtung geben, kann es zu jeder dem Kapitän notwendig erscheinenden Funktion veranlassen. Hier kommt man eben in den psychischen Genuß der menschlichen Vollendung. Lässigkeit, ein Druck, und schon geschieht's. Auf diese Stufe möchte natürlich jeder kommen, ein lässiger Zauberer sein, der noch nicht einmal einen Stab schwingen oder Abrakadabra sagen muß. Es ist einfach eine seelische Stärkung. So löst man Probleme. Dahin werden wir auch auf anderen Gebieten kommen.

Aber, wandte ich ein, es bleibt auch beim Totalmobil dem Kapitän überlassen, den Kurs zu bestimmen, er muß, bevor er schaltet, nachdenken, ob er richtig schalten wird.

Er schaltet auf Grund der Daten, die ihm laufend auf den Schirmen, Skalen und auf den Leuchtbändern geliefert werden. Niemals muß er sich in den blauen Dunst hinein entscheiden, und die Durchführung erfolgt reibungslos, eben durch diesen eleganten, kaum spürbaren Schalterdruck, das leise Tippen. Und all das vorsintflutliche He, Ho, setzt dieses Segel oder jenes, kappt die Rah, Volldampf voraus, und alle Mann an die Pumpen, dieses Gezerr und Gezottel mit einer buntscheckigen unübersehbaren Mannschaft, die auch noch bei jeder Gelegenheit meuterische Tendenzen zeigt. Sie brauchen das nur in den alten Seefahrer-Romanen nachzulesen, also das alles entfällt. Man schaltet souverän, sauber und niemals auf Mutmaßungen hin, sondern auf Grund genauer wissenschaftlicher Daten. Erst in einem Totalmobil gibt es den wirklichen Kapitän, den absoluten, seine Bedeutung steht im Verhältnis zur Zahl der Schaltmöglichkeiten, die er hat.

Wenn ich es recht kapiere, sagte ich, das Totalmobil macht den Kapitän. Dann hat es ihn also auch mehr oder weniger im Griff.

Keineswegs, *er* schaltet ja.

Wenn nun aber diese elektronischen Faktenzuträger, die das jeweilige Schalten des Kapitäns bedingen, auf Erscheinungen stoßen, die sie nicht verarbeiten können, die ihnen unbekannt sind, die von ihnen nicht aufgefangen werden können, wenn diese Strukturen, die Professor Mittelzwerck erforschen will, so geartet sind, daß keines der Geräte auf sie anspricht, oder so, daß die Geräte Falsches über sie reproduzieren, Irreführendes, wenn also etwas Undeutbares auf dem Schirm erschiene, was würden Sie dann tun?

Um das zu beantworten, müßte ich erst einmal wissen, wie Sie sich das Undeutbare vorstellen, in welcher Form es auftreten könnte.

Das ist mir leider noch nicht möglich.

Nun, sagte er, wenn etwas mir Unbekanntes, Undeutbares auftritt, womit nicht einmal die elektronischen Geräte fertig werden, bin ich, moralisch und vertraglich gesehen, zu nichts verpflichtet. Ich brauche nicht zu schalten, ich kann das Undeutbare ignorieren, vorausgesetzt, es löst nicht ein Gefahrensignal aus. In diesem Falle würde ich die Rettungstaste drücken. Die Boote und Rettungsinseln würden ins Wasser gehen. Und wenn wir uns gerade in der Luft befänden, würde ich Fallschirme anlegen lassen. Dann würde ich mich selbst, wie es der Vertrag vorsieht, aus der Schaltkabine katapultieren.

Würden Sie nicht versuchen wollen, die undeutbare Erscheinungsform zu deuten?

Wie sollte ich es, wenn die Geräte nicht auf sie ansprechen. Da gilt nur safety first, mein lieber Professor.

Und wenn, nur so zum Beispiel, Professor Mittelzwerck von Ihnen fordern würde, die Reise fortzusetzen, wenn er versuchen wollte, das Undeutbare deutbar zu machen?

Ich würde sagen, ich kann es mit den mir zur Verfügung stehenden Geräten nicht verantworten. Da es noch keine besseren gibt, muß ich mich an sie halten. Legen Sie Ihren Rettungsgürtel an.

Mit diesem Jungen könnte man sicher reisen, er war noch nicht mal vierzig und schon dermaßen ausgeglichen. Trotzdem, er war kein Kapitän für mich.

Ich fühlte mich, es war schon dämmrig, sehr zerschlagen.

Die Kellner schalteten elektrische und antike Schiffslaternen ein, die über allen Tischen baumelten.

Sonst noch ein Wunsch, verehrter Herr Professor?

Ich dachte, was habe ich denn an dem jungen Mann zu meckern, die Technik hat ihn im Griff, na schön, wen hat sie nicht. Ich werde keinen besseren finden, ich wollte aber plötzlich raus, stocksteif vom Sitzen, ich wollte Chemisett und Würgestrick loswerden.

Draußen tappte ich benommen hin und her, die Luft war weich und etwas seifig, auch etwas schmalzig, ölig, weil überall gebraten wurde; sie transportierte außerdem das Ticken, Rascheln, Klappern, Klirren, das, als Totalmusik der technischen Epoche bezeichnet, in Quallniks Tanzbars aus den Musikmaschinen tropfte, klikkerte und kroch.

Ich fühlte den Drang zu wandern – mich zu entfernen, nicht mehr da zu sein.

Mochte Freund Mittelzwerck sich irgendeinen Kapitän vom Speicher holen, mochte er machen, was er wollte, er würde es ja doch machen, sobald ich tot wäre. Wozu mit Krampf verhindern wollen, daß er conviva ludibundus verjagte oder vernichtete. Wozu die grüne Muschel unbedingt erhalten wollen. Sie werden doch alles zerstören, wenn ich erst tot bin. Sie werden alles mißverstehen, sie sind noch nicht soweit. Vielleicht nach tausend Jahren wird wieder mal so eine ludibundische Struktur zustande kommen. Vielleicht begreifen sie es dann, vielleicht ist dann die Zeit der Sklavenhalterei durch die Maschinen schon zu Ende.

Mir tat es aber um meine Ludibundi leid, um die Entdeckung, die ich niemandem mitteilen konnte, von der nie jemand erfahren würde, daß es meine gewesen war. Wer würde meine Aufzeichnungen finden, wenn ich sie wasserdicht vergraben würde, und würde er sie zum richtigen Zeitpunkt finden?

In meiner trüben Stimmung entfernte ich mich unmerklich vom Quallnik-Strand, betrat ein Stückchen Niemandsland, sah aber schon das Schild der nächsten Siedlung leuchten. Das leere Stück maß aber seine hundert Meter, ein großer freier Raum für heutige Verhältnisse. Ich wanderte in ihm ein paarmal hin und her. Plötzlich meinte ich, ich sähe meinen Schatten, der auf mich zukam.

Wenn ich in Richtung Quallnik ging, kam er von dort, und umgekehrt...

Schließlich sprach ich ihn an. Gerade leuchtete das Schild von Quallnik grünlich auf.

Ach, sagte er, Sie sind es.

Das Schild der anderen Ortschaft blinkte.

Er war ein magerer Kerl, Haar kurzgeschoren, die Nase hakenförmig. Beim zweiten Blinken sah ich: Teufelsohren, ich meine Ohren, die unten spitz zulaufen und eng am Kopf anliegen. Für mich ein Zeichen der Art Intelligenz, die sich bei Leuten findet, die es verstehen, sich gegen eine zu reichliche Ernährung mit Lernstoff abzudichten oder auch gegen eine mit Stoffen, die sie für lästig und schädlich halten.

Es sind etwa die Leute, die immer nur das aufnehmen, was sie für ihre Art zu leben brauchen wollen, die sparsam mit dem dargebotenen Lehrstoff umgehen, Diät halten, die bei den Prüfungen gerade so durchschlüpfen und trotz ihrer Enthaltsamkeit und Mäßigkeit merkwürdigerweise mehr Bescheid zu wissen scheinen als die mit Lehrstoff bis in die letzte Zelle des Gehirns vollgestopften. Vielleicht, weil sie das wenige Gelernte immer gleich zur Hand und auch noch Platz im Kopf haben, um ausgiebig damit zu spielen.

Ich besaß auch ein bißchen Teufelsohren.

Beim dritten Blinken fiel mein Blick auf seine Augen, die mächtig groß, grau oder blau, jedenfalls hell erschienen, es waren keine Brillenträgeraugen. Auch später holte der Mann keine Brille hervor. Er hielt in seiner Hand zwei ausgelatschte Schuhe und sagte, hier ist tatsächlich noch das einzige Stückchen Land, wo man in Ruhe barfuß gehen kann. Aber man muß am Abend gehen. Tagsüber ist es hier auch unerträglich. Oder am frühen Morgen. Hier wollen zuviel Leute naturhaft leben. Und das sieht so aus, daß sie sich aufeinanderschichten und Antischweiß-Geruch verbreiten. Sie kommen von Ihrem Meeresgarten bis hierher? Ist es denn da auch nicht mehr möglich, ein paar Minuten am Strand allein zu sein?

Bei meinem Meeresgarten, sagte ich trübsinnig, ist augenblicklich nichts mehr möglich.

Ja, hab's gehört, mal wieder ein Erfolg der Technik. Ich kann verstehen, daß Sie da nicht mehr sein wollen.

Ich hatte keine Lust, dies alles nun noch einmal durchzukauen.

Mein lieber Mann, ich bin todmüde und könnte hier am Wasser

umsinken, ich würde nicht mal merken, wenn eine Welle mich überspülen würde.

Er fragte, soll ich Sie zum Hotel bringen?

Ich habe keine Lust, ich bin geschafft, ich kann nicht mehr zehn Schritte machen.

Zufällig habe ich mein Haus hier aufgeblasen, sagte er, hinter der Düne; es ist verboten, weil die Natur auf diesen hundert Metern total naturhaft erhalten bleiben soll. Ich zahle eben jeden Morgen meine Strafe. Und wenn das nicht mehr geht, lasse ich die Luft ab und wandere weiter, aber man findet schwer etwas.

Machen Sie Urlaub? fragte ich.

Meinen Urlaub habe ich schon abgerissen, jetzt hab ich frei, ich tu nichts, ich gammle, verstehen Sie. Ich erhole mich.

Er hatte sauren Algenwein in seinem Häuschen, das nach der See hin offen war, und einen Topf mit selbsteingelegten Grünen Medaillons.

Mit Wein und Zwiebeln, sagte er. Aus der Konserve mag ich keine, aber wo krieg ich Nachschub her. Sagen Sie ehrlich, ist die Muschel ausgestorben?

Ich wies ihn auf Freund Mittelzwercks Expedition hin, sie würde diese Frage vielleicht beantworten.

Da bin ich skeptisch, sagte er.

Nanu?

Weil die mit diesem Ungetüm losfahren, gleich mit dem Dollsten und Neuesten, was es gibt. Ich habe das Gefühl, es geht zu grob vonstatten, wahrscheinlich war auch dieses Akusperr schon viel zu grob. Wissen Sie, in dem Ungetüm, dem Unschiff, da sitzt der Mensch doch eingesperrt, da kann er nicht als Lebewesen reagieren. Er kommt mir vor wie früher die Ritter in ihren klapperigen Rüstungen, den schweren Dingern, worin sie schwitzten und unbeweglich waren, und wenn sie hinfielen, weil ihnen mal ein Lausebengel ein Bein gestellt hatte, waren sie in den Dingern schon begraben. Dann lag da nur ein Haufen Schrott.

Inzwischen sind wir weiter, sagte ich, die Ritter hatten keine Elektronik, kein Radar, sie konnten auch nicht fliegen.

Trotzdem. Ich habe wenig Hoffnung, daß bei der Sache etwas rausspringt. Wenn man nach etwas sucht, was man noch gar nicht kennt, muß man vielseitig reagieren können. »Totalmobil 01« ist mir zu einseitig. Ich möchte sagen, ein Klotz am Bein. Ich würde weniger skeptisch sein, wenn der Professor Mittelzwerck mit einem kleinen Fischerboot rausfahren würde.

Verstehen Sie was von der Seefahrt?

Na ja, ein bißchen.

Merkwürdigerweise ergaben sich auch hier die beiden Fragen, die ich den Kapitänen in Quallnik stellte. Ich kam da nicht mehr runter, das ist ein Alterszeichen. Zuerst kommt man aus einer Körperhaltung nicht mehr heraus, fühlt sich stocksteif, muß aus dem Stuhl gehoben werden, und dann verharrt der Geist in einem Mechanismus. Aber war es nicht eher der Wunsch, mit einem Außenstehenden die Fragen zu erörtern, zu hören, was er meinte, auf ihn ein bißchen abzulassen, was mich bedrückte, und, unbestimmt natürlich und verhüllt, conviva ludibundus ins Gespräch zu bringen, von dem, wie es jetzt aussah, vermutlich nie jemand etwas erfahren würde?

War dieser Wunsch nicht ganz natürlich?

Ich fragte, sind Sie vielleicht ein Technikfeind? Gehören Sie vielleicht zu denen, die alles Technische verschrotten wollen, die zur Natur zurück möchten? Da will ich Ihnen sagen, zur Natur geht es nicht zurück. Und was ist überhaupt Natur? Der Stock, den sich die Bienen bauen, wird als Natur bezeichnet, und was der Mensch baut und ausdenkt, als unnatürlich. Das ist doch Unsinn. Das Vogelnest, das Spinnennetz, ist das nicht Technik?

Wer sagt denn, daß ich zur Natur zurück will, und was ist überhaupt zurück und was ist vorwärts? Und was ist oben und was ist unten, das sind doch alles Hilfsbezeichnungen, damit wir uns notdürftig orientieren können oder doch ungefähre Zeichen geben, wie wir gerade manövrieren wollen, backbord und steuerbord und mittschiffs.

Der saure Algenwein belebte mich, der Seewind, miefig zwar, doch abgekühlt, umwehte meine Nase. Ich hatte zum Schlafen keine Lust mehr, die Diskutierlust griff nach mir.

Wenn Sie zurück und vorwärts auch nur als Eselsbrücken für unsere menschliche Ortsunkenntnis und unseren schwachen Ortssinn gelten lassen, werden Sie doch nicht leugnen, daß sich der Mensch in dauernder Veränderung befindet, wie auch die Umwelt.

In dauernder Veränderung, mein lieber Herr Professor, das heißt, er bleibt im Grunde, was er war, zum Glück, und wenn mir heute einer sagt, der Mensch tendiert zum bio-elektronischen Lebewesen, als ob dieses die neueste Entdeckung wäre, kann ich nur lachen. Der Mensch war immer bio, verbunden mit etwas Mechanisch-Technischem. Möglich, daß es ihm eines Tages einmal anwächst. Daß er zum Beispiel aus seinem Auto oder sonstigem Mobil nicht mehr heraus kann, daß er es mitschleppt, wie Schnecken ihre Häuser und Muscheln ihre Schalen. Na, und was ändert das an dem Prinzip?

An welchem? fragte ich benommen.

An dem, was unser lieber Mensch, seitdem er sich als solcher etabliert hat, unentwegt verfolgt, das Leben immer teurer, umständlicher und schwerfälliger zu machen.

Nun, in den Höhlen konnte er nicht ewig bleiben.

Das hab ich nicht verlangt. Ich wollte andeuten, daß der mechanische, technische, elektronische Teil des Menschen immer größer und aufwendiger wird und daß vielleicht schon eine gewisse Schlagseite besteht. Ein Teil, das nicht verkümmern soll, muß dauernd in Benutzung sein, heißt es. Vielleicht wird darum die Technik so viel betätigt, und es wird hingenommen, wenn dabei Mißgebilde der technisch-wissenschaftlichen Phantasie entstehen, ich nenne bloß die berühmten Mißgebilde, die vor Kai siebzehn verankert sind.

Ich hatte noch niemals etwas von Kai 17 gehört.

Ihn wunderte es nicht. Da müssen Sie durch sieben Kontrollen, und eidesstattlich müssen Sie vorher erklären, daß sie nicht zeichnen, nicht filmen, nicht notieren wollen.

Dann sehen Sie vielleicht die fünfhundert Meter hohe Walze, die Meeresfabrik, an deren Spitze, wie es hieß, die Brut, in deren Unterteil die ausgewachsenen Fische gehalten werden sollten, um auf der Plattform gefrostet oder in verschiedenen Soßen eingeblecht zu werden. Dieses Gebilde sollte den Fischfang überflüssig machen. Nur blieb die Frage offen, wie man das Meerwasser fünfhundert Meter hochbekommen sollte. Man schaffte es mit Müh und Not, aber der Energieverbrauch war unrentabel.

Dann gibt es da auch die schwimmende Hotelnadel, auf deren Spitze sich die Gäste Sonnenbrände dritten Grades holten und in den unteren Gelassen Rheuma, und die so schwankte, daß sich die Mägen der oberen Insassen ständig zu früh und auf dem falschen Weg entleerten.

Dann ist da das Meereskino festgemacht, die Hundert-Quadratmeter-Silberwand, die, wie Sie sich vielleicht erinnern, vor Jahren über alle Ozeane zog, an der die Schiffe aber vorüberfuhren, bevor die Kinohandlung noch in Gang gekommen war. Sie soll zuletzt gesichtet worden sein, wie sie verzweifelt einem Schiff nachschwamm, ohne auf gleiche Höhe zu kommen. Die Schiffe sind vor ihrem Riesenbild und ihren Riesenhelden ausgerissen. Niemand hat sich bereit erklärt, von seiner Heuer einen Kinobeitrag abzuführen oder noch Kinoaufschlag auf eine Touristen-Pauschalreise zu bezahlen. Wir hatten schon genug vom Fernsehen in den Kabinen.

Die Ungetüme abzuwracken wäre zu teuer, sie sind aus äußerst widerstandsfähigen Materialien, sie weisen Rost und Witterungseinflüsse total zurück. Wohin mit ihnen also? Nach Kai siebzehn. Es sollte mich nicht wundern, wenn eines Tages das »Totalmobil 01« dort auch verankert werden würde.

Was war denn das für einer? Der hatte Einblicke, der war nicht so ein Meßknecht in einem Institut, aus dem man nie rauskommt, der war nicht irgendwo fest eingebaut, der konnte es sich leisten, herumzustromern. Ich fragte, wenn es nun bio-elektronische Strukturen gäbe, die durch die Meere schweifen, nicht Mensch, nicht Fisch, nicht Pflanze?

Möglicherweise gibt es die, möglicherweise nicht.

Und wenn nun jemand sie durch Unverstand zerstören würde, durch Übereifer meinetwegen?

Er sah mit seinen grauen, brillenlosen Augen direkt auf mich. Aha, das könnten die Unbekannten sein, die Mittelzwerck erforschen will.

Das hab ich nicht gesagt, murmelte ich.

Er grinste. Ich will nicht in Sie dringen, ich ahne nur.

Was würden Sie denn tun, wenn etwas Unbekanntes auf Sie zukäme?

Er dehnte sich und reckte die Arme, er schien sich wohl zu fühlen. Ach, diese Fragerei erinnert mich an meine Jugendzeit, an den Computer mit den Fragen zur Charakterforschung. Was würdest du, wie würdest, warum würdest du, wenn folgendes geschähe. Bei mir lautete das Urteil: versponnen, unpraktisch; die Fragen sind mir aber im Leben nie begegnet.

Ich konnte nicht mehr an mich halten. Wo arbeiten Sie eigentlich?

Ich bin freischaffend, er winkte ab. Na, schaffen tu ich nichts. Ich bin ein sogenannter Käptn auf Vertragsbasis, ich schließe hin und wieder Verträge ab, aber jetzt immer seltener. Ich schließe nur ab, wenn mich was interessiert, auf diese Weise häufe ich nicht gerade Berge von Zaster an, aber ich lebe sehr bequem.

Was fahren Sie denn für Mobile?

Ach Gott, allround, mir liegt aber das Meer am meisten, ich bin aus einer alten Seemannsfamilie.

Ich fragte, das »Totalmobil 01«, das würden Sie nicht fahren wollen?

So kann man nicht herangehen, sagte er, es kommt drauf an, wer mitfährt. Ich fahre nicht mit jedem, zum Beispiel mit Professor Mittelzwerck, da würde ich nicht fahren. Warum, kann ich nicht genau sagen, vielleicht weil mir die Art mißfallen hat, wie er im Meeresgarten vorgegangen ist.

Ein Mißgeschick kann jedem mal passieren.

Sie wollen mich wohl einkaufen? Er reckte und streckte sich schon wieder, als ob er aufstehen müßte und gerade noch so schön geschlafen hätte.

Ich sagte, Sie werden es kaum glauben: Ich bitte Sie.

Bitten sind nun das Fürchterlichste, was man mir antun kann, da werde ich weich. Mit Ihnen würde ich ja fahren, da hätte ich wen, mit dem ich quatschen kann. Und vielleicht würden wir da wirklich was entdecken, aber mit solchen jungen Leuten wie Mittelzwerck? Ich bin zwar auch erst fünfzig, aber ich habe eine alte Gangart. Ich laß die Dinge gern ein bißchen treiben. Mittelzwerck ist energiegeladen, der ist sehr straff, dynamisch und das alles, das zeigte er im Fernsehen, er ist genau so, wie der Mensch im dritten Jahrtausend sein soll. Ich war nie so, wie der Mensch sein soll. Er würde mit mir nicht zufrieden sein, ich hab auch keine sonderlichen Zeugnisse.

Ich sagte, was meine Mitreise betrifft, so können Sie beruhigt sein. Aber ich bin ein alter Mann. Nichts gegen Mittelzwerck, aber ich brauche jemand, der die spezifische Dynamik meiner Altersklasse verstehen kann. Ich sagte etwas kläglich, und dann will Mittelzwerck an Bord mich wegen meines neunzigsten Geburtstages befeiern, da brauch ich eine Stütze, denn diese Feier könnte mit einem Seebegräbnis enden.

So sehen Sie mir nicht aus, Herr Professor.

Ach, sagte ich, das täuscht.

Gibt es denn keine anderen Kapitäne? Quallnik quillt doch von ihnen über.

Er stand mit einem Mal auf und lief ans Meer. Dort sah ich ihn von einer Ecke des Niemandslands zur anderen wandern.

Als er zurückkam, hatte ich ein Nickerchen gemacht. Gott,

sagte er, ein bißchen ausgefallen scheint das Unternehmen ja zu sein, man könnte es erwägen.

Erwägen Sie nicht lange, wir reisen nächsten Monat. Haben Sie denn Papiere, die etwas hermachen?

Nichts Sonderliches, sagte ich ja schon.

Und einen Orden, vielleicht den kleinen Seestern mit Rubinen?

Sie werden es kaum glauben, aber wenn Orden ausgeschüttet wurden, war ich gerade irgendwo auf Fahrt. Andere haben ganze Kisten voll, ich bin bezüglich Orden nicht magnetisch, sie fühlen sich von mir nicht angezogen.

Aber vielleicht sind Sie in Zeitungen erschienen, als gutes Beispiel selbstverständlich.

Ich könnte einen Stapel Mißbilligungspapiere beibringen, sagte er. Hauptdelikt: eigenmächtiges Handeln in Gefahr, ohne die Weisung der Zentrale abzuwarten.

Und Ihre Katastrophenziffer?

Null.

Eijeijeijei.

Ja, sagte er, ich bin unmöglich, und wissen Sie, was ausgerechnet mir passiert ist? Ich bin ins Lexikon geraten, wir wollten nämlich, das war damals, als Doktor Droll noch lebte, die Löcher auskundschaften, die unbekannten Stellen, an denen Schiffe plötzlich verschollen sind, wo jeder Funkverkehr abbricht. Wir kamen nicht dahinter, möglicherweise wechseln diese Stellen wie das Wetter. Merkwürdig bleibt, daß man niemals ein Wrack von den verschollenen Schiffen gefunden hat, aber wir kamen bei der Gelegenheit auf eine neue Strömung. Schön warm, die Doktor-Droll-Strömung, und etwas später entdeckten wir die Doktor-Droll-Insel, auf der noch nie jemand gelandet war. Ein struppiges Stückchen Land mit spitzen Steinen und paar Bürstenbäumchen. Man konnte mit ihr keine diplomatischen Beziehungen aufnehmen, weil da nur ein paar primitive Krabbeltiere lebten. Da muß man die Entwicklung abwarten. Trotzdem kam Doktor Droll ins Lexikon, und weil er meinte, die Strömung hätte ich gleichzeitig entdeckt und auch die Insel gleichzeitig gesichtet, obwohl das alles die entsprechenden Maschinen taten, brachte er meinen werten Namen in die Berichte. Darum steht im Lexikon unter dem Namen Doktor Droll – siehe auch Doktor-Droll-Strömung, siehe auch Doktor-Droll-Insel – dünn gedruckt, das Forschungsmobil befand sich unter der Leitung von Kapitän Jonas Nickelsen.

Mann, sagte ich, das ist es, ich spreche morgen mit Professor Mittelzwerck. Der wird sich an Sie wenden. Am besten, Sie lassen gleich die Luft aus Ihrem Haus und kommen mit mir.

7

Ich wollte Freund Mittelzwerck auch bei der Auswahl anderer Mitreisender behilflich sein. Nach dem Kapitän schien mir, wenn ich mich in Mittelzwerck hineinversetzte, die Ausstrahlungsperson das wichtigste Expeditionsmitglied zu sein.

Zwar war schon ich so etwas Ähnliches, doch strahlte ich sehr wissenschaftlich und daher matt. Die richtige Strahlung, warum sich etwas vormachen, geht nun mal von der Wissenschaft nicht aus. Darum wird es immer gebräuchlicher, bei wissenschaftlichen Unternehmungen, die nicht gleich allen einleuchten und deren Sinn das Publikum nicht ganz verstehen kann, besonders wenn der Aufwand, den es mit seinen Steuern deckt, nicht ganz erklärlich ist, eine Person mit sich zu führen, mit der sich die Leute identifizieren können. Die auf sie ausstrahlt, deren Gesicht und Mimik das ganze Unternehmen schon erklärt, es rechtfertigt.

Nie kann ein Unternehmen in den Augen der Leute scheitern, auch wenn es noch so unglücklich verläuft, wenn da wer mitmacht, den sie lieben. Ein Weltstar etwa. Es ist dann so, als ob sie selber mitreisten und selber wünschten, daß ihre Reise erfolgreich war.

Die Messungen und Tauchmanöver und die Vorgänge auf den Bildschirmen, die sind den Zuschauern und Zeitungslesern fremd. Sie sagen ihnen nichts, und wenn sie einigen doch was sagen, wekken sie nicht das Gefühl, wir selber sind an Bord. Aber wenn dieser Lieblingsmensch mitfährt, dann interessiert sie alles, was der erlebt und sagt und vielleicht sogar singt.

Nun könnte ein forschender Professor wie Mittelzwerck befürchten, daß der Glanz seiner eigenen Person von der des Stars verdunkelt wird. Aber andererseits kann er in Ruhe sein Forschungsziel verfolgen und muß nicht ununterbrochen damit rechnen, daß Kritiker an seinen Methoden nörgeln, sie öffentlich in Frage stellen.

Später, im Lexikon, in den Enzyklopädien und Fachblättern, erscheint der Name der Ausstrahlungsperson ja nicht. Am Ende erbt die Wissenschaft den ganzen Ruhm. Und gibt es keinen Ruhm, dann ist das Ganze eben die Show des Weltstars Soundso gewesen. Die Leute hatten ihre Unterhaltung und sehen ihre Steuergelder nicht als verschleudert an.

Ich hatte aber das Gefühl, Mittelzwerck würde nicht unbedingt die richtige Person auswählen. Er würde nachschlagen, wer ist berühmt, wer ist gerade Star des Jahres, den würde er dann nehmen, ohne viel hinzusehen. Denn Mittelzwerck verstand von diesen Dingen wenig. So konnte ich mir sagen, er würde ein Ausstrahlungswesen sogar entgegen seinem eigenen Geschmack akzeptieren, wenn es nur alle Merkmale der Berühmtheit trug.

Schon mehrmals hatte ich ihn mit weiblichen Personen im Auto fahren sehen oder fernsehgefilmt auf Konferenzen, wo diese Damen nichts weiter taten als bei ihm sitzen, wie ausgestopft oder auch aufgeblasen.

In einer Zeitung von vor drei Jahren fand ich ein Bild von Mittelzwerck, wo er mit einer runden Blonden mit rosa Fleischpartien in einem Auto saß. Auf einer Pressekonferenz im Fernsehen vor einer Woche war es ein plattbusiges Hungerleiderwesen mit spitzen Knochen und einer zotteligen langen roten Mähne. Freund Mittelzwerck ging mit der Mode.

Ich konnte mir schon denken, was er für eine Ziege mitnehmen würde, sicher eine wunderliche, die dauernd dummes Zeug ablassen oder gar nichts sagen oder ununterbrochen kichern würde.

Aber wenn Mittelzwerck schon einen weiblichen Ausstrahler mitnahm, wollte ich nicht darunter leiden. Ich wollte auch ein bißchen Spaß, zumal die Reise streckenweise todlangweilig werden konnte. Ich dachte mir, es wäre nett, wenn die zwei Aushängefiguren sich gut verstehen oder sich wenigstens nicht miteinander langweilen.

Keinesfalls war ich gewillt, mit einer von den wunderlichen Naturanbeterinnen zu fahren, die mir schon meine Jugendzeit verdorben hatten, weil sie, sobald sich ein nicht elektronisch betriebenes Wesen am Himmel oder in irgendwelchen nicht plastblättrigen Büschen zeigte, aufschrien, da ist Natur, was total Echtes, wie süß, und die sich an die Strände legten, um dort auch nachts zu schlafen, nichts als den Sternenhimmel über mir, wie sie sagten, oder die dreckigsten und bittersten Gewächse rupften und sie in ihre Münder stopften, um sich mit Natur zu füllen, die sich nicht wuschen, es sei denn mit Naturquellen, zu denen sie hinpilgerten, oder auch mit naturverdrecktem Meerwasser, und die mich, kaum hatte ich die Grünen Medaillons herausgebracht, mit Briefen überschütteten und in mein Haus eindrangen, um mich zu einer Art Naturgott zu erheben, die mich heiraten wollten, weil ich angeblich die wahre Lebenskraft besäße, und die es schließlich dahin brachten, daß ich bis heute als sogenannter Junggeselle lebe, was nicht bedeutet, daß ich von Frauen nichts verstehe. Aber zu meiner Zeit war die Naturhysterie derart angewachsen, daß es vernünftigen Frauen davor graute, naturnah an einem Meeresstrand zu hausen. Die anderen jedoch bestürmten mich. Und aus der Zeit rührt noch der Zaun, den ich um mein persönliches Gelände aufrichten lassen mußte.

Wenn ich nun sagen soll, warum ich ausgerechnet Frau Friederike Kutzenbacher, Schauspielerin und Sängerin und neuerdings auch Malerin, für diese Reise zu interessieren suchte, so muß ich zugeben, ich wurde von schwer erklärbaren Gefühlen gesteuert.

Ich wußte vorher von Frau Kutzenbacher gar nichts, noch nicht einmal, daß es sie gab.

Also, ich trottete in Quallnik herum, wo es erstaunlich teuer war. Allein das Ausleihen von Chemisett und Würgestrick kostete soviel wie in dem Kapitänslokal ein Abendessen für zwei Personen.

Kaum saß ich an einem Tisch, ging schon das Licht aus. Ich dachte, Netzüberlastung, typisch bei diesem Stromverbrauch in Quallnik, aber es ging vorne ein anderes Licht an. Eine nackte Frau, gut aussehend, nicht schweinchenrosa und nicht aufgepustet, auch nicht skelettig, aber für mein Empfinden etwas zu weiß, erschien, was nun wirklich nicht umwerfend war und mich auch weiter nicht interessierte nach all den Scharen von Nackten, die schon seit meiner frühesten Kindheit aus den Medien auf mich zugekommen waren. Ich kannte alle Hintern-, Bauch- und Busenformen auswendig.

Möglicherweise ging die Frau da nackt durch das Lokal, um die Beleuchtung zu überprüfen. Sie hatte eben aus Bequemlichkeit oder Schusselei nichts angezogen.

Aber sie klappte plötzlich eine Kiste auf und fing sehr langsam an, sich anzuziehen. Zuerst zwei Strümpfe, grüne, glaube ich.

Hinter mir vernahm ich genießerisches Grunzen. Das macht sie wunderbar, ja, das ist Kunst.

Sie zog dann einen Schal oder ein langes Ende Stoff aus jener Kiste und wickelte es so um sich, daß beispielsweise am Rücken ein langes, schmales Dreieck freiblieb. Da sah ich erst, was sie für einen schönen Rücken hatte. Als sie auch noch aus Stoffstreifen und Bändern so etwas wie ein Kleid geschlungen hatte, so einen Rock, der hier und da aufging und wieder zu, und als sie langsam über ihre langen weißen Arme Handschuhe streifte, da pfiffen und trampelten die Leute.

Das ist eben die Kutzenbacher, die ist unübertroffen, das macht ihr keiner nach. Von wegen, sich anziehen, das könnte jeder. Mit einer Frau, die sich so anzieht, da möchte man doch gleich.

Ich erinnerte mich an Berichte meines Urgroßvaters, der genußvoll detailliert erzählte, wie sich in einem Nepp-Lokal ein Mädchen nach und nach entkleidet hätte. Natürlich künstlerisch wertvoll, betonte er, und trotzdem habe es gewaltig angeregt, es sei sexy gewesen.

Die Kutzenbacher zeigte noch andere Ankleidungskünste. Mit einem Mal stand sie in einer vollkommenen Taucherausrüstung da.

Wer ist denn diese Kutzenbacher? fragte ich, und gleich bekam ich Filmtitel um die Ohren.

Die tritt doch sonst nicht in Lokalen auf, das ist doch eine Exklusiv-Schau, die singt doch auch, das müssen Sie doch kennen. Und Liedanfänge regneten auf mich. Die grauen schlappen Wasser der Langeweile schnappen nach dir. Das sollte das Neueste sein.

Ich entsann mich, es schon gehört zu haben. Die Hintergrundmusik war elektronisches Geklicker und Geklacker. Die Stimme klang gleichgültig, als ob die Sängerin gleich in Schlaf versinken würde.

Sie sollen die grauen schlappen Wasser singen, sagte jemand laut, die grauen schlappen Wasser, bitte, bitte, Friederike.

Mir war dieses Gebrüll zu laut, ich kann aber nicht genau sagen, ob ich nicht auch daran teilnahm. Die grauen schlappen Wasser.

Vorne erklärte jemand, das Lied gehöre nicht ins Programm, es sei nicht vorgesehen, anscheinend der Mann, der während der Ankleidevorführung den Musikapparat kontrolliert hatte.

Die Kutzenbacher sagte, Quatsch, wenn sie es wollen. Sie hatte eine weiche tiefe Stimme. Die grauen schlappen Wasser der Langeweile schnappen nach dir.

Ich schlief schon beinah, plötzlich knallte sie es mir scharf um die Ohren: Wer wie ein Automat schuftet, häuft zwar eine Menge Zaster, aber er führt ein elendes Leben, die grauen Wasser der Langeweile schnappen nach ihm, und schließlich säuft er ab.

Die Leute wollten das immer wieder hören, sie gerieten in Ekstase. Bezogen sie den Text etwa auf sich? Schufteten sie selbst wie Automaten, wie das Programm es befiehlt? Oder wollten sie sich von der alten Generation, ihren Vätern und Großvätern, deren Bemühungen sie zum Beispiel das elegante Quallnik verdankten, abgrenzen? Hingen sie der modernen Auffassung an, die Schöpfer des gegenwärtigen Wohlstandes seien eine Generation menschlicher Automaten gewesen, mit denen außerhalb des Programms kein Wörtchen zu reden möglich gewesen sei? Wandte sich ihr Gefühl gegen die Sucht, durch Beschäftigung die Lebenszeit lückenlos auszufüllen wie ein vorgegebenes Muster?

Mich traf das nicht, ich hatte nie wie ein Automat geschuftet, freudlos beharrlich. Ich hatte meist Spaß an der Arbeit und ebensoviel Spaß an der sogenannten Muße gehabt. Meine Zeit war nicht in Arbeit und Freizeit zerfallen, beides war ineinandergeflossen. An der Reaktion auf den Schlager der Kutzenbacher stellte ich aber fest, daß ich eine Ausnahme gewesen sein mußte und daß etwas in der Luft lag, wodurch dieses Lied so ankam. Da wurde ein Nerv der Zeit getroffen, und es machte anscheinend niemandem etwas aus, daß in dem Text die Logik etwas verschoben sein mochte. Erzeugte wirklich, wer wie ein Automat schuftete, einen Haufen Zaster? Waren Automatenmenschen überhaupt noch gefragt? Konnten es die Automaten nicht längst schon besser? War wirklich nur aus Lust an einem Automatendasein so stumpfsinnig geschuftet worden? Aber darum ging es nicht, es ging auch nicht um den Zaster, der gemacht wurde. Man führte trotz Zaster ein elendes Leben. Trotz Luxus, Quallnik, trotz perfekter Versorgung mit allem, was das Leben des Menschen verschönern und menschenwürdiger machen sollte.

Im Überfluß ein elendes Leben führen, das war es, was paradox klang und den Nerv genau traf.

Plötzlich war es stockduster, und die Kutzenbacher kam trotz Getrampel und Gebrüll nicht mehr hervor.

Das übliche Licht ging an, man konnte Essen bestellen.

Ich schlich davon, ich hatte ja schon am Eingang einen sogenannten Verzehrbon erwerben müssen, also erlitt das Lokal keinen Verlust. Aber im Vorbeischleichen an einer halboffenen Tür, als ich das Chemisett mit Wurmfortsatz abnahm, sah ich eine magere, schwarzhaarige Frau, die ihr Gesicht abrieb.

Tür zu, rief sie, und ich erkannte Frau Kutzenbachers tiefe Stimme.

Entschuldigen Sie bitte, sagte ich, es hat mir äußerst gut gefallen.

Ach, Professor Philemon, das ist was anderes, kommen Sie rein, das war ja nichts, war nur ein Test. Ich wollte sehen, wie meine neuen Nummern ankommen. Hier bloß in Quallnik rumzuhängen und sich angaffen zu lassen beziehungsweise verschleiert am Strand zu hocken, das hat mich angeödet. Nun weiß ich wenigstens, ob ich die Nummern in einen neuen Film einbauen kann.

Und, bauen Sie sie ein?

Ich glaube nicht, und zu dem Film habe ich vorläufig keine Lust. Ist ja immer dasselbe, man zieht sich an. Für die Leute mag es immer wieder aufregend sein, aber ich habe es satt. Ich bin ja eigentlich in Quallnik, um zu malen, aber ich finde hier nicht die richtigen Objekte. Quallnik ist scheußlich, aber ich kann nirgendwo anders meinen Urlaub verbringen, sonst heißt es gleich, die ist wohl nicht mehr Spitze. Glauben Sie, das könnte mir auch Wurscht sein, bloß, die Leute hören dann nicht mehr auf einen. Und ich will denen doch was zeigen, aber am liebsten mal etwas anderes. Die Grüne-Medaillon-Kosmetik ist übrigens großartig. Ich nehme sie seit fünfundzwanzig Jahren.

Dann haben Sie als Baby damit angefangen, sagte ich.

Quatsch, gucken Sie genauer hin.

Ich bemühe mich, sagte ich, aber Sie werden auf eine andere Kosmetik umsteigen müssen.

Hab schon gehört, na, schadet auch nicht, wenn man mal wechselt. Sie fahren ja jetzt mit diesem Schauervieh und bringen alles wieder in Ordnung.

Sie kam mir beinah ironisch vor, als sie mich fragte, haben Sie vielleicht noch einen freien Platz?

Ich schien ja populärer zu sein, als ich gedacht hatte.

Argwöhnisch sagte ich jedoch, von wegen der Natur, die man in ihrer reinsten Form nur noch auf hoher See genießen kann, also für solche Zwecke ist kein Platz frei.

Mir geht es um die Farben, sagte sie. Dies Ungeheuer soll ja dauernd die Farbe wechseln, es paßt sich der jeweils vorhandenen Meeresfarbe an.

Dann wird es sich wohl meistens der grauen Farbe der Wasser der Langeweile anpassen, sagte ich.

Nehmen Sie mich doch mit, quengelte sie, ich bin zu neugierig, ob wir uns dann auch alle der Meeresfarbe anpassen.

Ich verstehe nicht, warum eine so schöne Frau sich auf solch ein häßliches Unding wie das Totalmobil begeben will. Das ist kein Hintergrund für sie.

Doch, gerade, das wäre mal ein neuer Hintergrund, ein ekliges Rieseninsekt. Vor solchen, wenn sie im Fernsehen kommen, mach ich immer die Augen zu, aber wenn ich darauf bin, müßte eigentlich der Horror weichen. Oder was meinen Sie? Ich muß das ausprobieren, neue Farben, neue Hintergründe. Und dann die eigenartigen Wesen, die noch keiner kennt. Ich habe es einfach satt, immer zu sehen, was schon jeder kennt. Sie müssen verstehen, Professor, ich als Künstlerin soll dauernd den Leuten Neues zeigen, Umwerfendes, ich soll dauernd ausstrahlen, aber wer strahlt auf mich aus? Wer zeigt mir mal was Neues? Ja, Reize, heißt es, brauchen die Leute, aber wer reizt mich? Soll ich denn alles aus mir selber nehmen, immer wieder was aus mir hochpumpen? Da wird eines Tages nur noch Luft kommen, graue, verbrauchte, miefige, es ist einfach eine Existenzfrage für mich, da mitzufahren.

Na, na, dachte ich, so schlimm wird es wohl nicht sein.

Der Gedanke, sie Freund Mittelzwerck unterzujubeln, machte mir Spaß.

Ich garantiere für nichts, sagte ich, und schimpfen Sie nachher nicht auf mich, wenn Sie nicht auf Ihre Kosten gekommen sind und die ganze Zeit nur geschlafen haben. Wenn Sie unbedingt wollen, stelle ich Sie Professor Mittelzwerck vor. Sie müssen sich aber von ihm bitten lassen, und Sie müssen möglichst im neuesten oder im ältesten Auto vorfahren. Sie müssen sich so anziehen, daß sein Schaubedürfnis ... ich meine, Professor Mittelzwerck ist ein hart arbeitender Wissenschaftler, sehr gewissenhaft, sehr planmäßig, sehr energisch, ich meine, er muß den Eindruck von Kunst gewinnen, aber er darf nicht beunruhigt sein. Sie müssen eine todsichere Nummer sein, wie soll ich es ausdrücken ...

8

Die Reise sollte von Kai 17 ausgehen, eben dem Kai, von dem der freischaffende Kapitän Jon Nickelsen erzählt hatte, es lägen dort die Mißgebilde der technisch-wissenschaftlichen Phantasie des Zeitalters verankert.

Zwar sollte die Abfahrt erst um 6.31 h stattfinden, ich war aber schon eine gute Stunde früher auf dem Kai, um die Gebilde ausgiebig zu besichtigen. Nachdem ich die sieben Kontrollen durchlaufen und eidesstattlich versichert hatte, daß ich nichts filmen, zeichnen oder niederschreiben würde, konnte ich auf dem Wasser in einiger Entfernung nur eine Reihe von ungefügen Nebelballungen erkennen, die dort wie eine Versammlung von Fabelwesen standen, rosa beleuchtet von der aufgehenden Sonne. Als der Himmel blau und klar geworden war, standen sie noch genauso da.

Man schämte sich anscheinend ihrer, meinte vielleicht, ihr Anblick könnte unseren Expeditionsgeist negativ beeinflussen. Ich fand es rührend und traurig, wie sie dastanden, die einst in allen Medien so hochgelobten Wunderwerke, aber ich war auch ärgerlich, weil ich nun ganz allein auf dem Betonboden des menschenleeren Kais herumzuwarten hatte.

Ein Weilchen setzte ich mich auf meinen Luftcontainer. Bald kam ich mir darauf wie ein Vertriebener vor, der auf der letzten Habe hockt. Ich fühlte mich, obwohl ich doch freiwillig an der Fahrt teilnahm, als hätte man mich aus meinem Haus geworfen. Ich dachte, ich werde es wohl nicht mehr wiedersehen, und dachte an den letzten Blick, den ich zum Meeresgarten und auf die zugezogenen weißen Rollos an meiner Fensterwand geworfen hatte. So wird es da aussehen, wenn ich gestorben bin.

Dann raffte ich mich auf und lief mit kleinen Schritten hin und her, rieb mir die kalten Hände, legte sie auf den Rücken, rieb sie wieder. Dann wollte ich in dem Container nachsehen, ob ich etwas vergessen hätte, suchte den Schlüssel in meiner Jackentasche. Er fiel mir aus der Hand, ich bückte mich steifrückig, schloß aber nicht auf aus Angst, »Totalmobil 01« könnte urplötzlich auf dem Kai erscheinen, lief wieder hin und her, entdeckte als einzige Sehenswürdigkeit einen vom Rost schon fast zerfressenen Ring, an dem wahrscheinlich zu meines Urgroßvaters Zeiten die Schiffe festgebunden wurden, guckte ins beinah klare Wasser, wo sich als eine weitere Sehenswürdigkeit ein kleiner Schwarm von sprottenartigen Fischen darbot.

Dann meinte ich, vielleicht den falschen Kai erwischt zu haben. Hatte Mittelzwerck mich verkehrt bestellt, damit bedauerlicherweise die Abfahrt ohne mich stattfinden müßte? Ein Übermittlungsfehler, bei unserem heutigen hohen Stand der Technik menschlich verzeihbar, verehrter Herr Professor. Und vielleicht wäre die Reise doch zu anstrengend für Sie gewesen.

Da würde der sich täuschen, ich käme mit dem Flügler nach.

Hatte ich überhaupt den alten Taschenrechner mit? Ich fingerte schon wieder nach dem Schlüssel, als plötzlich wie verrückt ein muschelgrüner Fahrbehälter angefegt kam und einen Haufen Krempel aus seinem Hinterteil entleerte, dann eine Frau herausließ, die ich auf Anhieb nicht erkannte und die zu einem jungen Glatzkopf sagte, hier ist es richtig, hier ist schon der Professor, du kannst verschwinden, Küßchen und vielen Dank. Kannst mich dann wieder abholen.

Und wann, wenn's recht ist?

Ja, wann, Professor?

Das konnte ich beim besten Willen nicht angeben.

Na, wirst schon sehen, sagte sie zu dem Glatzkopf, der trübsinnig den Fahrbehälter wendete.

Ein feiner Schlitten, nicht, Professor? fragte sie. Muschelgrün ist jetzt meine Lieblingsfarbe.

Frau Kutzenbacher? fragte ich verstört.

Sie nahm den großen Ölhut ab, und ich erkannte ihr langes schwarzes, zotteliges Haar und ihre grünen Augen, die eindringlich auf mich gerichtet waren.

Hatte sie an dem Abend in Quallnik nicht braune oder blaue Augen?

Ich habe mich seemännisch stilisiert, Professor, wie finden Sie es, alles aus dem Antiquitätenladen, der olle Seemannspullover hier ist schon gestopft, das hat ihn stark verteuert, und diese Stiefel hier, schon rissig, sind echte Fischerstiefel.

Gewiß, sagte ich, sehr originell. Und was enthalten diese Kisten und die Säcke? Entschuldigen Sie, ich meine nur, Sie führen ein umfangreiches Gepäck mit sich. Es sind doch da Beschränkungen. Mehr als zwei Luftcontainer soll keiner mitnehmen.

Ich weiß, sagte Frau Kutzenbacher, aber das macht nichts. Ich nehme immer mehr mit. Die eine Kiste ist eine antike Kapitänskiste, original verpicht, und diese Säcke sind echte Seesäcke aus dem vorigen Jahrtausend, Mitte letztes Jahrhundert. Ich hab da schöne Sachen drin, ein altes Trawlnetz von einem kaputten Spieldampfer, 'ne alte Schiffslaterne und dann natürlich Farben, Pinsel, Leinwände. Ich hab doch die antike Malkunst wieder ausgegraben. Ende voriges Jahrtausend. Und dann hab ich so eine alte Musikmaschine und einen Stapel solcher schwarzer Scheiben, aus denen sie Musik hervorkratzt. Ich meine, wenn Kutzenbacher schon in See sticht, muß es mit Stilgefühl geschehen.

Ich sagte schüchtern, bloß fürchte ich, »Totalmobil 01« hat einen anderen Stil.

Da haben wir die Gegensätze, das ist doch reizvoll. Aber wo bleibt das Ding? Sind wir am falschen Kai?

Es tauchte dann zu Fuß und ohne Koffer der gute Doktor Klimm auf. Hab ich mich etwa in der Zeit geirrt, ich habe meine Sachen schon im Totalmobil, es müßte doch längst hier sein, oh, Herr Professor, in dem dünnen Leinenanzug und barfuß, ist das nicht leichtsinnig, nehmen Sie meinen Schal.

Ich hab ein Shirt untergezogen, sagte ich.

Klimms Blick fiel auf den großen runden Stempel der Gesellschaft, aber er sagte nichts. Er wähnte sich wahrscheinlich würdiger aufgemacht, er trug gräuliches Strampelzeug, von Zeh bis Kinn gestrickt und unzerreißbar, mit Taschen und Ziehverschlüssen übersät.

Klimm zog eine Tablettendose. Nehmen Sie einen Vitalisator, Herr Professor.

Ich dankte.

Er nahm zwei und kaute sie sehr gründlich.

Der Klimm sollte wohl mein Gesundheitswächter sein, gut, daß ich es schon roch.

Frau Kutzenbacher wurde nun sehr zappelig, und beide spazierten wir am Kai entlang.

Als wir uns umwandten, war gerade Professor Mittelzwerck mit einer Dame eingetroffen. Sie waren beide in sahneweißen Luftlederoveralls verpackt und trugen große weiße Schlapphüte aus dem gleichen Material und flotte Schultertaschen an langen Riemen und dicke Schaumschuhe. Sie winkten beide fröhlich.

Freund Mittelzwerck kam auf mich zu und packte meine Hand mit beiden Händen, der Druck war kräftig, aber nicht übertrieben, die Hände waren trocken, nicht etwa feucht vor Aufregung, er fragte auch nicht in dieser dämlich-fürsorglichen Weise, die ich nicht leiden kann, wie es mir gehe. Denn wenn es mir nicht gut gegangen wäre, wäre ich ja nicht an diesem verdammten Kai erschienen.

Er sagte einfach, ich freue mich auf unsere Reise, und hier ist meine Frau, die mathematisch und statistisch eine gute Stütze sein wird, sie kennt ja alle meine Arbeiten, Ihre natürlich auch.

Bei mir ist es ja nicht so schwer, entgegnete ich heiter, die Muschel läßt sich ganz einfach kennenlernen, man macht den Mund auf und schließt die Augen.

Frau Mittelzwerck erwiderte auch heiter, leider sei es im Augenblick nicht mehr so einfach, aber das Ziel der Reise sei es ja eben, den alten Zustand wiederherzustellen.

Und dabei hoffentlich auch etwas Neues zu entdecken, weiterzukommen, sagte Mittelzwerck.

Ich pflichtete ihm bei, und seine Frau, die im Gesicht ein bißchen männlich aussah, nicht streng und nicht verhärtet, aber wie ein gewissenhafter kräftiger Engel, sagte, das habe sie natürlich auch gemeint.

Auch Doktor Klimm, der herankam, hatte es gemeint.

Sicher meinte es auch Frau Kutzenbacher, die zwar nichts sagte und etwas scheu im Hintergrund verhielt.

Frau Mittelzwerck kümmerte sich um sie. Ich bin sehr froh, daß gerade Sie mitkommen, ich kenne alle ihre Filme, hoffentlich fühlen Sie sich bei uns wohl.

Das will ich auch sehr hoffen, sagte Mittelzwerck.

Alle waren wir also guter Hoffnung und freuten uns, und ich bedauerte, daß ich den guten Mittelzwerck verdächtigt hatte, er wollte mich nicht mitnehmen.

Ich dachte, wenn die Verdächtigungen anfangen, dann ist das Alter wirklich da, beziehungsweise der Tod steht kurz bevor.

So freuten wir uns. Nur das »Totalmobil 01« erschien nicht.

Frau Kutzenbacher sagte quenglerisch, wo bleibt denn dieser Chang, und als wir sie erstaunt ansahen, na ja, ich nenne ihn den Chang, kommt von changieren, er wechselt doch die Farbe selbsttätig, oder nicht?

Diese Bezeichnung kam bei uns allen an, sogar bei Mittelzwerck, der, wie ich glaubte, streng an einmal gegebenen Bezeichnungen festhielt, um keine Verwirrung zu stiften.

Mittelzwerck sagte, unser Chang ist überfällig, aber das soll uns keine Sorgen machen, ich habe ihn absichtlich etwas später herbestellt und auch die Zeiten für die einzelnen Teilnehmer unterschiedlich angegeben. Ich wollte nicht, daß unser Start zu auffällig geschieht, und darum ist auch jetzt noch keine Medienvertretung hier. Sie werden nur kurz filmen und dann verschwinden. Der Start soll rasch und sachlich vor sich gehen. Ich finde, das ist der richtige Auftakt für so ein schwieriges Unternehmen wie das unsere.

Die wichtigen Vorkommnisse filmt an Bord Kollege Doktor Klimm. Und öfter werden wir, wenn es notwendig scheint, auch

Medienbesuche erhalten. Sie werden auf Ihre Kosten kommen, Frau Kutzenbacher, das garantiere ich. Jetzt geht es aber erst mal in aller Stille vor sich.

Frau Kutzenbacher öffnete den Mund, es schien, sie sagte, das ist doch mal was anderes, in aller Stille, das liebe ich.

Doch hörten wir es nicht, weil mit erschütterndem Getöse »Totalmobil 01«, der Chang, sich auf Kai 17 niederließ; er kam mit angeknickten Beinen auf uns zugestelzt.

Frau Kutzenbacher faßte mich am Arm, ein Zittern schien durch ihre Hand zu laufen, ich blickte auf den durchsichtigen Schnabel des Schauertiers, der Kreuzung zwischen aufgeblasenem Hirschkäfer und Albatros und Storch. Der Schnabel wippte leicht.

Ich sah den Kapitän, der seine Rechte an die Mütze legte und vornehm nickte. Er war knallweiß uniformiert, Knöpfe und Achselstücke blendeten goldartig.

Ist das auch wirklich Nickelsen? Hat mir Freund Mittelzwerck nicht einen anderen Kapitän untergeschoben?

Unter der Mütze waren jedoch die Spitzen seiner Ohren sichtbar, Spitzen von Teufelsohren. Ich faßte mich an meine eigenen, ich dachte beruhigt, ein bißchen teufelig sind die ja auch.

Dann fuhren Greiferklauen aus dem Chang, ergriffen nacheinander uns und auch den Krempel der Frau Kutzenbacher, schwenkten uns durch die Luft und zogen uns ins Innere des Chang. Sie funktionierten derart fein, daß sie jeden fünfzehn Sekunden lang dort oben hängenließen, damit die Medienvertreter, mit Sondergenehmigungen ausgestattet, uns filmen konnten. Frau Kutzenbacher billigten sie dreißig Sekunden zu.

9

Aus meinen reichen Erfahrungen hatte Freund Mittelzwerck zwar dringend schöpfen wollen, aber nun waren wir bereits zehn oder noch mehr Wochen unterwegs, hatten sämtliche Ozeane schiffend, fliegend, schaumschlagend oder schaumgebremst durch- oder über- und auch unterquert, und immer noch schienen Freund Mittelzwerck die eigenen Erfahrungen auszureichen.

Vielleicht, dachte ich amüsiert, hat er die Schöpfkelle vergessen, mit der er schöpfen wollte, und weiß nun nicht, wie er an meine reichen Erfahrungen herankommen soll.

Aber wahrscheinlich brauchte er sie nicht, er hatte einen feinstrukturierten Plan, den er netzartig über die Ozeane warf, ein mathematisches Gebilde, an dem Frau Doktor Dagmar Mittelzwerck mitstrickte, wobei Komponenten berücksichtigt wurden wie mutmaßliche Geschwindigkeit der Ludibundi (ich hatte diesen Namen inzwischen preisgegeben, damit nicht dauernd nur von jenen Räubern, den Menschheitsfeinden, gesprochen wurde, conviva ludibundus, spielender Tischgast, und beide Mittelzwercks sowie auch Klimm sprachen ihn sanft ironisch aus, na, unser lieber Tischgast, der ungebetene Gast), die Zeit, die seit dem Leerfressen des Meeresgartens verstrichen war, die mutmaßliche Größe der Ludibundi.

Mittelzwerck legte eine Art Delphin zugrunde, zog aber auch noch größere Körper in Betracht, erwog auch, ob nicht ein einziger fischartiger Körper den Raub getätigt hätte, und baute diese und noch andere Möglichkeiten in sein System.

Außerdem standen ihm dermaßen viele Spezialgeräte zur Verfügung, von denen ich noch nie gehört hatte oder durch deren Arbeitsweise ich nicht durchsah, daß er noch lange nicht von meinen reichen Erfahrungen zu schöpfen brauchte, zumal er ja ein großer Physiker und Technologe war und ich nur Meeresbiologe mit einer technischen Von-Fall-zu-Fall-Bildung, eine fragwürdige Existenz also, an die man sich erst wendet, wenn nichts mehr hilft. Wie man sich schließlich, wenn auch verschämt, zum Arzt bemüht, wenn der Gesundheitsautomat bei aller Fürsorge und Liebe nichts finden kann.

So gestaltete sich mein Leben auf dem Chang recht ruhig. Ich hatte weniger zu tun und wurde weniger angesprochen als je in meinem Haus am Meeresgarten. Nur beim Essen, das wir auf Wunsch Freund Mittelzwercks gemeinsam an einem weißen, eiförmigen Tisch in einem weißen, eiförmigen Raum einnahmen, sah ich die Forschergruppe.

Ich saß am rechten oberen Ende des Eies, weil dies nach einer mir nicht ganz klaren Ordnung der Ehrenplatz sein soll, wo man die ranghöchsten Persönlichkeiten plaziert.

Und die Kollegen ehrten mich dermaßen, daß sie zu meinen beiden Seiten drei Plätze frei ließen, um sich nicht unvornehm an mich zu drängen.

Der Platz des Kapitäns blieb meistens sowieso leer, obwohl da immer ein Gedeck lag. Jedoch der Steuermann erschien, auch ein paar Ingenieure, die aber stumm blieben oder ein bißchen mit Frau Kutzenbacher flüsterten.

Die beiden Mittelzwercks und Klimm sprachen gelegentlich auch miteinander. Ich hörte dann die Namen der Geräte, die ausgefahren, der Meßröhren, die eingetaucht werden sollten, der Varianten, die in das Suchnetz einzufügen wären.

Aber nie wurde auch nur ehrenhalber das Wort an mich gerichtet.

Auch die anderen Esser sprachen, wahrscheinlich eingeschüchtert, nicht mit mir. Es war wohl ungehörig, den Ehrengreis mit Fragen anzuhauen, bevor er selbst den Mund auftat.

Darauf konnten sie bei mir lange warten. Ich hatte genug mit dem Essen zu tun, das ich aus einer silbrigen Assiette mit Aufrißdeckel löffeln mußte und dessen Konsistenz wabbelig war, die Farbe grauweiß, gelegentlich blaßgelb, und das die Neigung hatte, dem Löffeldruck zu widerstehen beziehungsweise spontan vom Löffel abzuglitschen, obwohl es ein Speziallöffel mit Haltenocken war, der jeder Packung beilag und dessen Handhabung auf einem Zettel graphisch dargestellt war.

Diese Nahrungsmasse, gelang es mir, sie einzuführen, schmeckte fad-süßlich, erzeugte bald ein Rülpsen, da sie, wie es auf einem anderen inliegenden Zettel stand, hochnahrhaft und voller Vitalisatoren war, die wiederum zahlreiche Vitamine, Enzyme, Spurenelemente bargen.

Ich mußte also auch mit dem Rülpsen kämpfen und darauf achten, daß es nicht gerade auftrat, wenn ich mir das Getränk hineingoß, das im Aufrißbecher vor mir stand und auch vitalisiert war und säuerlich-fad schmeckte.

Das Essen war also anstrengend. Ich verließ die Tafel mit Anzeichen der Erschöpfung, wobei sich regelmäßig Doktor Klimm erhob und fragte, ob er mich begleiten solle, was ich jedoch mit einem Kopfschütteln ablehnte.

Ich hörte manchmal während meines Abgangs Mittelzwerck laut und fröhlich die Tafelrunde fragen, na, schmeckt es heute wieder?

Manchmal hörte ich auch noch ein Grunzen, oder war's ein Stöhnen, jedesmal aber erklärte Klimm, es habe äußerst inhaltsreich geschmeckt. Der hatte eben einen Vitamingaumen, und seine Zunge spürte die Spurenelemente alle einzeln.

Ich aber ging, um mich auf der Toilette rasch des Zeuges zu

entledigen, das ich noch wie ein Hamster in den Backenhöhlen aufbewahrte, so daß ich schon aus diesem Grunde bei Tische schweigen mußte.

Zwischen den Mahlzeiten lag ich in der Kabine.

Manchmal geisterte ich durch die Gänge, die weiß wie Sanatoriumskorridore waren, und manchmal dachte ich, der Chang sei eine große Klinik, in die man mich, ein Forschungsunternehmen vorspiegelnd, verfrachtet hatte.

Draußen, falls ich mal auf den Rücken unseres Chang zu steigen wagte, wurde ich gleich ermahnt, in meinem hohen Alter nicht zu tollkühn zu sein. Die Chang-Bewegungen seien zwar durch und durch berechnet und verliefen programmgemäß, aber sie wirkten für den Außenstehenden unberechenbar; ich könnte stürzen.

Tatsächlich waren die wechselnden Manöver des Fahrzeugs lästig.

Kaum hatte man sich an das Gefühl gewöhnt, durchs Wasser dahinzurascheln, leuchtete schon das Schild auf, wir sollten unsere Gürtel anlegen.

Kurz danach stieg der Chang steil in die Luft, dann wieder landete er mit einem Ruck und in den Knien wippend auf irgendeinem Stückchen Land, um irgendwas an Bord zu nehmen.

Hinzu kam, daß ich die Manöver für nutzlos hielt, die ganze Macherei, wie ich im stillen dachte.

Manchmal reizte es mich gewaltig, einzugreifen, zu sagen, mein lieber Mittelzwerck, nun hören Sie gut zu, die Ludibundi werden Sie auf diese Art nicht kriegen, lassen Sie mich mal machen.

Dann dachte ich auch wieder, ich müßte selbst mit meinem Taschenrechner den Ludibundi Zeichen geben, sie warnen oder locken, wobei es mir vielleicht gelingen könnte, sie in den Meeresgarten zurückzudirigieren, wo sie Mittelzwerck bestimmt nicht suchen würde.

Aber ich tat gar nichts. Mittelzwerck und die Seinen schufteten sich ab, und ich lag rum, machte gelegentlich Notizen für einen vielleicht notwendigen Bericht, und geisterte als Chang-Gespenst die Gänge auf und ab.

10

Und wie ich mich vom Essen am weißen, eiförmigen Tisch so schnell wie möglich zu entfernen pflegte, so nahm ich auch nicht lange an einer sogenannten Geselligkeitsversammlung teil, bei der, wie Mittelzwerck am Leuchtnachrichtenbrett aufflammen ließ, die menschlichen Kontakte der Chang-Besatzung zu festigen und zu vertiefen seien, natürlich, wie er sagte, auf angemessenem Niveau.

Wie ich befürchtet hatte, wollte er die Kiste öffnen lassen, die auch noch heute jedes Mobil, das längere Touren unternimmt, mitführen muß: die Kulturkiste, die es in drei verschiedenen Größen gibt. Und unser Chang schleppte die größte Nummer mit, einen Container aus Aluminium, beschlagen mit altertümlich geformten Plastbändern und schnörkeligen Schlössern.

Ich bemerkte, als Mittelzwerck die Öffnung forderte, wie Kapitän Jon Nickelsen erblaßte.

Nein, sagte er zu mir, jetzt schon die Kiste öffnen, das kann nichts Gutes bringen. Die Kiste öffnet man nicht eher, bevor man wieder zu Hause anlegt oder landet. Man muß zumindest schon den Kai oder die Piste sehen. Am besten ist es, und so halte ich das immer, wenn man sie öffnen läßt, nachdem die Landung glücklich verlaufen ist. Man öffnet sie und wühlt ein bißchen drin und gibt den Reisenden zum Abschied etwas vom Inhalt in die Hand, spielt vielleicht noch 'ne Kassette ab, solche, auf der die Stücke sind, die früher, als sie geschrieben wurden, lustig geklungen haben sollen, die damals flotte Schlager waren und heute Trauerstücke sind. Kulturell wertvoll eben. Auf angemessenem Niveau, was niemals lustig sein kann. Aber man spielt ein Stück davon herunter, wenn sich die Leute von Bord begeben. Dann hat man seine Pflicht getan. Man kriegt die Punkte, die für Benutzung der Kiste vorgesehen sind, die Prämie kommt, die zwar nicht hoch ist, aber ausreicht, um mit der Mannschaft einen Tüchtigen zu saufen. Auch das Ansehen ist gerettet. Man steht nicht als Banause da, die Mannschaft des Mobils XY war kulturell und geistig auf der Höhe unserer Zeit.

Das liest sich gut, und so geht es am friedlichsten. Man kann natürlich auch vorher schon die Kiste öffnen und, wenn man gerade nichts anderes zu tun hat, den Inhalt teilweise im Meer versenken. Aber wir wollen unsere Meere doch nicht noch mehr mit

Fremdstoffen vollschütten, zum Beispiel mit den Farbtöpfen und -tuben und diesen Knetmassen für künstlerische Selbstbetätigung oder den Plastiken, ich meine, mit diesen Liegenden und Hockenden, sich Waschenden und diesen artistisch verschlungenen Vögelnden. Obwohl man sagen könnte, es liegen ja auch andere versunkene Kulturen auf dem Meeresgrund. Aber ich öffne diese Kiste immer erst nach der Rückkehr. Sie vorher öffnen wäre so, als ob man sich vorher zu seinem Geburtstag gratulieren lassen würde oder vorher die glückliche Rückkehr feiern. Sie jetzt zu öffnen, das rieche ich, zieht Unglück auf uns.

Nun, fragte Mittelzwerck, stimmt etwas nicht, ist sie vielleicht nicht mehr vollinhaltlich?

Doch, sagte Nickelsen, aber es ist verfrüht.

Wir sind bereits zwölf Wochen und vier Tage unterwegs, ohne uns kulturellen Dingen zugewandt zu haben. Im Grunde ein erstaunliches Phänomen, denn wie errechnet wurde, hält es der heutige Mensch höchstens drei Tage ohne Beschäftigung mit Kultur aus. Dann wird es aber kritisch.

Das mag schon stimmen, sagte Nickelsen, aber ohne die Sachen, die in der Kiste sind, kommt er sehr gut zurecht, er kann es Jahre aushalten, und Reisende, die niemals einer Kistenöffnung beiwohnten, sind trotzdem gesund geblieben. Das sind Erfahrungswerte.

Und warum sollen wir jetzt nicht die Kiste öffnen?

Man macht das nicht.

Das ist doch lächerlich. Ich gebe zu, ich selbst habe noch nie erlebt, daß während einer Fahrt die Kiste aufgeschlossen wurde, aber bei meiner Unternehmung soll es geschehen. Das ist nämlich hier nicht ein Hinundhergeschiffe, ein Kreuzundquergeflügel zu Spaßeszwecken, und wir sind keine passiven Reisenden, die sich dumpf-dämlich befördern lassen, wir sind aktive, kreative Menschen, und wir bedürfen besonders der geistig-kulturellen Anregung.

Mir schien, als läse Mittelzwerck von einem Blatt.

Nein, sagte Nickelsen, das macht man nicht, es sei denn, Sie betrachten die Reise als beendet.

Frau Mittelzwerck schlug vor, man könnte die Öffnung der Kiste auf den Tag verschieben, an dem mein neunzigster Geburtstag gefeiert werden sollte. Da passe es wohl besser, heute kann uns vielleicht Frau Kutzenbacher helfen.

Na, wenn's nicht anders geht, sagte Mittelzwerck.

Frau Kutzenbacher holte ihre Musikmaschine und diese schwarzen Scheiben, von denen die Stimmen verschiedener heiserer Johnnys krächzten, die Heimweh nach einer Insel hatten, vielleicht der Doktor-Droll-Insel, Heimweh nach einem anrüchigen Lokal, nach ihrer Mama und solchen auch heute noch gängigen Artikeln.

Nickelsen glaubte die Stimme seines Urgroßvaters zu erkennen.

Er soll dann einen ausgegeben haben, harte Spezialmischung.

Mittelzwerck, der mehr an Bio-Milch gedacht hatte, soll eingewilligt haben, weil, wie Frau Mittelzwerck, die medizinisch ausgebildet war, erklärte, einmalige Exzesse nicht schadeten.

Es soll auch noch ein bißchen laut geworden sein. Ich hörte gelegentlich Gerenne auf den Gängen und Töne quiekenden Charakters.

Frau Kutzenbacher soll mit Hilfe ihres Trawlnetzes aus dem Antiquitätenladen eine Ankleidenummer improvisiert haben, sie soll einem gefangenen Fischwesen geähnelt haben.

Und alle sollen sich menschlich sehr nahegekommen sein. Zumindest las ich es am anderen Morgen auf dem Leuchtbrett.

Das Eigentliche, das sich zugetragen hatte, erschien dort aber nicht. Ich erfuhr es erst, nachdem urplötzlich unser Kurs geändert worden war, nachdem der Chang stelzbeinig die Doktor-Droll-Insel betreten hatte und wieder aufgeflogen war und sie umflogen und schiffsmäßig umfahren hatte, wobei er Abstand halten mußte, da diese Insel von Felsenriffs umgeben war, die sich auch unter Wasser noch ziemlich ausdehnten.

Als Mittelzwerck verkündete, er habe hier, an der Doktor-Droll-Insel, nunmehr den Räuber der Grünen Medaillons gefunden, als diese Meldung hinausgegangen war, ich hörte sie, halb schlafend, aus meinem alten Transistorchen, als dort die dünne Geisterstimme des Nachrichtenverbreiters sagte, Professor Doktor Doktor Hans H. Mittelzwerck, begleitet von dem verehrungswürdigen Professor Philemon, dem Nestor der Meeresgärtnerei, sei schon dem Ziel des Unternehmens nahe, die wesentliche Phase sei erreicht, und als ich Mittelzwerck befragte und er mir erklärte, ja, dort zwischen den Felsenriffen der Doktor-Droll-Insel hätten die Muschelräuber sich versteckt, und mich dann stehenließ, hatte ich immer noch nicht erfahren, was bei dem Menschlichnäherkommen wirklich herausgesprungen war.

Als ich, nun doch beunruhigt, meine Kabine aufsuchen wollte und nachsehen, ob dort mein Taschenrechner noch vorhanden sei, saß Friederike Kutzenbacher auf meinem Bett. Sie trug den Seemannspullover, der ihr bis ans Knie reichte. Die Beine waren grün bemalt, die Zehennägel ein Ton dunkler grün lackiert.

Ich hielt den Zeitpunkt für nicht geeignet, mir eine neue Bekleidungsnummer vorzuführen. Ich sagte knarrig, im allgemeinen schätze ich es nicht, wenn man auch noch mein Bett in künstlerische Darbietungen einbezieht.

Hier wird nichts dargeboten, antwortete sie, ich wollte Ihnen bloß erklären, daß ich hier abhaue. Mir reicht's. Soll das etwa das menschliche Verhältnis sein, von dem Professor Mittelzwerck andauernd redet? Soll das Zusammenarbeit sein? Ich meine, wir sind doch eine Mannschaft, im gleichen Boot, wir sind doch alle am Erfolg interessiert.

Ja und? fragte ich, gefaßt auf eine wolkige, abstrakte »menschliche Verhältnis«-Schwafelei und daher unfreundlich.

Ich will mich nicht nach vorne drängen, aber ganz nach hinten drängen lasse ich mich auch nicht. Ich sah auf ihren Zeitanzeiger. Nachrichtenzeit, wir können gleich mal hören. Sie knipste das Transistorkästchen an. Na bitte, überzeugen Sie sich selbst. Professor Doktor Doktor Hans H. Mittelzwerck und der verehrungswürdige Professor Philemon, Nestor der Meeresgärtnerei, aber von mir kein Wort.

Ich habe diese Meldung nicht rausgeschickt, ich weiß nicht mehr als Sie.

Aber Sie sind genannt, der Nestor.

Ich hoffte, die Kutzenbacher dadurch loszuwerden, daß ich ihr kurz und barsch erklärte, warum bei solch einer Meldung nicht jedes Mitglied der Besatzung berücksichtigt werden kann. Natürlich, alle ermöglichen das Unternehmen oder verschönern es, wie beispielsweise Sie, aber nicht alle sind Wissenschaftler und befassen sich direkt mit der Forschung des conviva ludibundus. Sie tragen unmittelbar dazu bei, gewiß. Auch der Ausgeber der Kästchennahrung, der sie in den Kalorienfahrstuhl packt und auf den Knopf drückt, damit sie in unseren eiförmigen Futtersaal gehoben werden. Aber niemand erwartet bei einer wissenschaftlichen Meldung seinen Namen. Und da wir gerade beim Thema Essen sind, ich hätte eher erwartet, Sie wollen des Essens wegen den Chang verlassen, das könnte ich verstehen.

Ach, sagte sie, jetzt fällt's mir wieder ein, ich wollte Sie einladen, der Kapitän hat mich geschickt, er sagte, wir können Professor Philemon nicht ohne etwas Herzhaftes vegetieren lassen. Ich esse das Kästchenfutter von Mittelzwerck nur formhalber, von keines Menschen Hand berührt, steht auf dem Zettel, total hygienisch. Pfui Teufel. So schmeckt es auch. Entfremdet, wissen Sie. Ich esse schon lange in der Küche, unten im Chang. Der Ausgeber der Kästchen kann nämlich kochen. Wir dachten immer, Sie hätten eigene Nahrung mit und würden sich die heimlich warm machen, aber Sie sahen letzte Zeit so schlecht aus. Ich bin aber sehr traurig, daß unter Wissenschaftlern so eine unehrliche Haltung möglich ist. Daß hier Ideen einfach gestohlen werden.

Ich hatte plötzlich wilden Hunger. Wir könnten vielleicht erst mal essen gehen.

Nein, sagte sie, ich möchte das erst klären, dann speisen wir gemeinsam, und dann verlasse ich den Chang. Ich hoffe, Sie rufen für mich einen Flügler. Also: Ich, Kutzenbacher, habe den feinen Professor Mittelzwerck darauf gebracht, daß bei der Doktor-Droll-Insel die Ludibundi zu finden sind. Ganz nebenbei zwar, in einem menschlich-lockeren Gespräch, nachdem wir das Spezialzeug von Nickelsen getrunken hatten. Ich hatte doch das Trawlnetz um, dadurch bekam ich das Gefühl, ein fischartiges Wesen, nun eben eine maritime Existenz zu sein. Ich gebe zu, ich alberte herum, als ich das ausspann. Wenn ich ein Ludibundus wäre, hätte ich die Grünen Medaillons nicht einfach abgefressen. So viele hätte ich nicht schlingen und in so kurzer Zeit verdauen können. Ich hätte sie mit auf die Flucht genommen und sie an einer anderen Stelle angepflanzt. Ich hätte mir an einer sehr versteckten Stelle, wo weit und breit kein Mensch wohnt um die die Schiffahrtswege einen großen Bogen machen, weil da vielleicht noch unerforschte oder unangenehme Strömungen auftreten, dort hätte ich mir einen eigenen Meeresgarten angelegt. Da wäre die Ernte hundertprozentig meine. Ich würde auf die Menschen pfeifen. Ich würde nur genießen.

Mittelzwerck lachte, als ob ich einen Witz geboren hätte. Er sagte, nicht übel, Ihnen in der Rolle des Muschelräubers zu begegnen. Womöglich läge da die Idee für einen neuen Film. Sie sehen, wir bieten Ihnen Anregung für Ihr Schaffen.

In Wirklichkeit hab *ich* ihm eine Anregung geboten. Oder was meinen Sie, Professor, hätte er mich nicht wenigstens ein bißchen nennen können? Durch Hinweis eines mitreisenden Laien, Frau Friedrike Kutzenbacher, auf die Idee gebracht... Ich meine, es bleibt trotzdem verdienstvoll, wenn ein Professor wie Mittelzwerck auf einen mitreisenden Laien hört. Ich habe nicht gesagt, wir hätten zur Doktor-Droll-Insel zu fahren, darauf ist er gekommen, das gebe ich gern zu.

11

Frau Kutzenbachers Absicht, von Bord zu gehen, erledigte sich, als gleich nach unserem illegalen unterweltlichen Genuß von Königsberger Klopsen in Kapernsoße ein Flügler Medienmänner auf dem Chang ablud, die unverzüglich begannen, im weißen, eiförmigen Saal, in dem Freund Mittelzwerck die täglichen Eßkonferenzen abzuhalten pflegte, die Vorbereitungen für eine Schau zu treffen.

Mich und Frau Kutzenbacher fingen sie im Gang ab, als ich mir noch in aller Ruhe den Mund abwischte und leise auch ein bißchen rülpste, um das herzhafte Aroma der Klopse noch einmal zu schmecken.

Sie griffen Friederike und auch mich, um uns zu präparieren, denn drei hervorragende Leute sollten in dieser Schau auftreten: Professor Dr. Dr. Hans H. Mittelzwerck, Frau Friederike Kutzenbacher und ich, der Nestor, und man bemalte, beschmierte und bestäubte uns.

Doch wollen wir von mir nicht reden. Man hätte an meiner Statt auch einen Leichnam auftakeln können. Ich blieb die ganze Zeit ein Schemen, Geist eines Abgeschiedenen, der stumm am Bildrand hängt. Ich kriegte außer guten Abend kein einziges Wort zu sagen. Von mir kann also nicht die Rede sein. Nur zum Schluß erschien, als ich davonschlich, mein Rücken mit dem runden Stempel der Gesellschaft kurz im Bild.

Ich hatte nichts anderes erwartet, denn Mittelzwerck, der in der Mitte sitzen sollte, gleich neben dem Befrager, kam mir so breit und wuchtig vor, daß ich schon sah, wie er das Bild beherrschen würde.

War er nicht in der letzten Zeit gewachsen, hatte sein Bauch nicht zugenommen, waren nicht seine Schultern gewichtheberisch geschwollen, hatten seine Schädelknochen sich nicht ausgedehnt?

Frau Kutzenbacher, durchaus nicht kümmerlich, schien von ihm weggedrückt zu werden, und seine Stimme, als er loslegte, schien keine andere Stimme zuzulassen. Er habe, sagte er bedeutungsvoll, die Muschelräuber nun geortet. Damit beginne eine neue Phase der Erforschung maritimer Existenzen.

Und wie sind Sie daraufgekommen?

Mittelzwerck stellte ein großes Glas vor sich, in dem ein und ein halbes Grünes Medaillon und einige grüne Strunkfetzen schwammen.

Hier sehen Sie, erklärte Mittelzwerck, ein Fraß hat stattgefunden, der nicht vollendet werden konnte, weil Eile vorlag, und diese Muschelteile, die Sie hier sehen, entsprechen haargenau den Muscheln, die in dem Meeresgarten Professor Philemons geerntet wurden, bis jener große Raub eintrat. Es können also, da wir an anderen Stellen keine Meeresgärten mit Original-Philemon-Muscheln haben, nur ebendiese Muscheln sein.

Das klingt sehr einfach, Herr Professor Mittelzwerck, doch sicher ist da eine aufreibende Forschungsarbeit vorausgegangen.

Gewiß, es klingt sehr einfach, wie immer, wenn man Einleuchtendes gefunden hat.

Mittelzwerck sah voll in die Kamera, er schien beeindruckt von seiner Leistung. Ich kann Ihnen versichern, daß alle Apparate dieses totalen Forschungsunternehmens in höchstem Einsatz waren. Er zog ein Blatt und fing an, Zahlen vorzulesen, durch welche, wie er sagte, die Leistungen verdeutlicht werden sollten, damit sich auch der Laie ein lebendiges Bild von dieser Arbeit machen könnte. Es sei nämlich, so Mittelzwerck, noch immer für die breite Masse fast mystisch, wie die Entdeckungen und die Erkenntnisse zustande kommen. Er wolle dies nun sinnfällig und faßbar machen.

Sehr gut, sagte der Fragesteller, sehr einleuchtend. Er schob ein Bein vor, mir schien, er nahm Entspannungshaltung ein, schaltete ab, war nicht mehr da.

Und plötzlich, als Mittelzwerck sekundenlang pausierte, fuhr er auf Friederike Kutzenbacher los. Was sagen Sie zu dieser aufregenden Entdeckung?

Ich finde sie phantastisch, sagte die Künstlerin, und deshalb habe ich mich vollkommen grün bemalt. Sie sehen jetzt natürlich nur die Beine und das Gesicht, das ist hellgrün, die Beine dunkler, ich habe alles Ton in Ton gehalten. Ja, die Entdeckung hat mich gewaltig angeregt. O ja, wir regen uns hier nämlich gegenseitig an. Darin sehe ich auch meine Aufgabe an Bord, dazu bin ich ja mitgefahren. Es ist nicht so, daß ich hier Urlaub machen will. Nein, ich will hier etwas entdecken.

Und haben Sie schon etwas entdeckt?

Ja, sagte sie, wie nämlich Kunst und Wissenschaft zusammenwirken können. Dafür ist hier ein Beispiel gegeben worden. Ich sprach in einer lockeren Stimmung mit Professor Mittelzwerck, sagte intuitiv, wo er die Ludibundi zu suchen hätte, mir kam das einfach so, mir war so, ich kann es nicht erklären, ich sagte also, und Friederike Kutzenbacher sagte es.

Sie lächelte Freund Mittelzwerck vertraulich an. Nicht wahr, mein Lieber, so ist es doch gewesen, es war eine fruchtbare Zusammenarbeit, wie man sieht, und dies ist die Beantwortung der Frage, wie die Entdeckung in ihrem Keim zustande kam. Durch eine spinnerische Eingebung in einer lockeren Atmosphäre, aber mit vollem Ernst natürlich. Vielleicht ist es Professor Mittelzwerck nicht so bewußt geworden, und darum sage ich es jetzt.

Ich wartete darauf, daß der Befrager Mittelzwerk fragen würde, was sagen Sie dazu, aber er ließ Frau Kutzenbacher freie Fahrt. Er sah noch nicht mal auf den Zeitanzeiger.

Schließlich ließ er sie auch noch, als Gutenachtgruß für die Zuschauer, die grauen schlappen Wasser der Langeweile singen.

Dabei fiel ihm wohl ein, er müßte auch Mittelzwerck noch einmal reden lassen.

Mittelzwerck, ich hatte das Gefühl, er sei nicht mehr in Form, nahm noch einmal das Blatt vor.

Und nun die Frage, die alle am meisten interessiert, welche Struktur hat der conviva ludibundus, wie sieht er aus?

Ich war sehr froh, daß der Befrager nicht mich anhaute. Ich rutschte vorsichtshalber auf meinem Stuhl in mich zusammen.

Dies ist eben die nächste Phase unserer Forschungsarbeit. Mittelzwerck begann aufzuzählen, welche Spezialgeräte er dafür einzusetzen vorhatte.

Am nächsten Abend sahen wir erstaunt die Friederike-Kutzenbacher-Schau auf hoher See, Brillantfarbe, und wir entnahmen, daß die beliebte Künstlerin den Standort der Muschelräuber aufgefunden habe, und nebenbei, daß ein Professor Mittelzwerck auch anwesend war, doch sagte er in dieser Schau so gut wie nichts. Die grauen schlappen Wasser der Langeweile, die schon am Anfang eingeblendet wurden und unterschwellig weitertönten, schienen ihm alles weggeschnappt zu haben.

12

Kapitän Nickelsen war schon mehrere Tage um mich herumgestrichen, und ich hatte den Eindruck, in seinem kurzgeschorenen Kopf, er beugte ihn meistens vor, weil er in den Chang-Gängen nicht aufrecht gehen konnte, quoll langsam etwas Unheimliches auf.

Als er mich plötzlich zu sich bitten ließ, war ich nicht überrascht, drang aber auch nicht gleich in ihn.

Als er mich, hinter dem Schaltpult sitzend, mit bedenklicher, wenn nicht besorgter Miene empfing, fragte ich schließlich, nach dem dritten Glas Algenwein, ob etwas sei.

Es könne schon sein, daß etwas sei, und er fing an, von den Erscheinungen zu sprechen, die sich auf jedem Schiff zeigten, von den Geräuschen zum Beispiel, die durch die Röhren liefen oder die früher, bei den alten Segelschiffen, als leises Pochen an der Bordwand auftraten, vollführt vom Klabautermann. Und wenn solche Geräusche aufträten, hätte es zunächst nichts weiter zu bedeuten, als daß das Schiff nicht mehr ganz unbeleckt sei, nicht mehr ganz unerfahren. Ja, Schiffe sammeln auch ihre Erfahrungen, und sie entwickeln auch ihren Charakter. Denn es sind nicht ihre endgültigen und wahren Charaktere, die ihnen von den Konstrukteuren verliehen wurden. Sie entwickeln Eigenarten, und das merkt ein richtiger Kapitän.

Er stellt sich darauf ein. Da beginnt eigentlich erst ein Verhältnis zwischen Kapitän und Schiff, da ist es eigentlich erst sein Schiff, und er ist sein Kapitän. In den letzten Tagen hätten sich also die ersten Geräusche gezeigt, der Chang habe zu leben begonnen.

So habe es Nickelsen zuerst aufgefaßt, aber dann seien ihm die Geräusche fragwürdig vorgekommen. So pitschende, klitschende Laute, als ob man ein Stückchen festgeklebtes Weichplast von etwas abzieht oder eine Kaugummiblase zerplatzen läßt. Er habe zunächst an undichte Stellen gedacht, durch die Wasserbläschen eindringen, habe aber nichts finden können. Dann habe er an molekulare Vorgänge im Material gedacht. An das leise Springen von Lackbläschen etwa, aber dies höre man ja nicht mit dem bloßen Ohr. Nein, die Geräusche habe er mit seinem privaten scharfen, wenn auch nicht elektronischen Ohr direkt vernehmen können.

Er sei daher zu der Vermutung gekommen, es handele sich um Geräusche, die nicht vom Chang ausgehen konnten, die außerchanglich seien. Er sah mich eindringlich mit seinen hellgrauen Augen an, hintersichtig.

Und ich empfand einen leisen Schauer. Deshalb witzelte ich, es wird doch nicht der Klabautermann sein.

Aber mit dem ließ der Käptn nicht spaßen. Der kleine Schiffszimmermann mit seinem Kalfathämmerchen habe zwar auf einem »Totalmobil 01« technisch keine Funktion mehr, doch könne er sich der Entwicklung angepaßt haben. In welcher Gestalt, das sei gleichgültig, und sicher sei nie der Klabautermann als solcher vorhanden gewesen, aber etwas sei dagewesen und sei auch jetzt da. Man müsse als Kapitän darauf hören, wenn das Schiff nicht zugrunde gehen soll. Es ist dieses klitschende Pitschen. Ob ich es denn noch nicht vernommen hätte?

Ich mußte gestehen, nur das Gluckern und Singen in dem verzweigten Röhrensystem des Chang zu hören, besonders um Mitternacht, wenn sonst alles still ist, dieses Singen und Summen und klägliche Winseln hinter der Wand, das auch in den großen Hotels auftritt.

Ich höre an sich noch sehr scharf, wollte ich sagen, als Nickelsen meinen Arm packte.

Jetzt, sagte er, jetzt.

Ich hörte mehrmals ein leises klebriges Puffen. Ich dachte mir dabei etwas, aber weil es sich nicht wiederholte, sagte ich nur, merkwürdig, man muß es beobachten.

Das tue ich schon seit gut einer Woche, sagte der Kapitän.

Und ich fragte, ob er Mittelzwerck schon davon unterrichtet habe.

Ich wollte zuerst mit Ihnen sprechen.

Und warum mit mir, wo ich doch als Ehrengreis herumgefahren werde, wie ausgestopft und mumifiziert, um von weitem die Feinde zu erschrecken, aber nach nichts gefragt werde, von nichts weiß.

Ich frage Sie aber, sagte er, ich bin Ihretwegen hier Kapitän. Haben Sie das vergessen?

Nein, sagte ich.

Für mich sind Sie der Chef. Der Chef ist nicht immer derjenige, der als solcher ernannt ist. Wenn man mit einer Truppe losfährt, muß man rausfinden, wer eigentlich der Chef ist. Es ist meistens ein anderer.

Dies waren natürlich Worte, die mir nicht übel schmeckten, aber ich reagierte knurrig. Wenn sich noch mehr zeigt, sagen Sie es mir meinetwegen.

Er hockte da hinter der Flasche, als ob er durch ihren grünlichen Bauch etwas erblickte.

Es hat sich noch mehr gezeigt, Professor, es sind da Spuren von etwas.

Wo, fragte ich, wie sehen sie aus?

Sie waren schon öfter da, auf dem Gang. Aber wenn der Chang seine automatische Morgenwäsche macht, verschwinden sie. Sie kommen abends. Morgens sind sie wie aufgeleckt.

Und wie sehen sie aus?

Ja, sagte er, pitschig und klitschig, könnte man meinen. Jetzt, sagte er, jetzt, hören Sie wieder?

Der Zeitanzeiger lief gegen zweiundzwanzig Uhr. Sie kommen jetzt früher, sagte Nickelsen.

Wer sind sie?

Er blickte hintersichtig, das Grau seiner Augen verdichtete sich, es wirkte stumpf, aber das täuschte. Das sind *sie*.

Ich schwieg.

Er sagte, wir könnten es jetzt versuchen, halten Sie sich dicht an mich, Professor, damit Sie nicht ausrutschen. Wir müssen auf den Gang, der zu Mittelzwercks Arbeitskabine führt. Es pitscht immer in dieser Richtung.

Er steckte ein Vergrößerungsglas und eine Handlampe zu sich.

Auf dem sahneweißen spiegelnden Gang erkannte ich auch mit bloßem Auge die stumpfen Fleckchen, die Spuren von etwas Gummiartigem oder plastartig Aufgeklebtem und dann wieder Abgezogenem glichen. Jedesmal zwischen zwei Spuren fanden sich kleine Wassertropfen. Und wie ich durch Geschmacksprüfung feststellte, war es Meerwasser.

Sie sind ganz frisch, flüsterte Nickelsen. Und wenn da etwas ist, kann es eben erst um die Ecke sein. Ich schlage vor, wir sehen nach.

Ich konnte ihm so rasch nicht folgen, er stürzte, den Kopf nach unten, voraus.

Ich trottete, dabei Spur um Spur betrachtend, hinter ihm her.

Auf dem Gang, der zu Mittelzwercks Kabine führte, wäre ich fast über den Käptn gestolpert. Er lag halbquer auf dem Rücken.

Als ich ihn am Arm ziehen wollte, sagte er schwerfällig, fassen Sie mich nicht an. Ich komme schon hoch, hab einen gewischt gekriegt.

Aber die Spuren, sagte er, bereits auf den Knien, sehen Sie, die laufen weiter in Mittelzwercks Richtung. Sollten wir ihn vielleicht doch informieren?

Ich dachte, soweit ist es also schon.

Nickelsen zog ein Bein nach. War ein ganz schöner elektrischer Schlag.

Vor Mittelzwercks Kabine sammelten sich die Spuren zu einem dichteren Muster. Eine Spur schien auch auf dem Türdrücker zu haften.

Mittelzwerck ließ uns ein Weilchen warten, aber keine Minute lang. Er empfing uns mit rosigen Backen, etwas erregt, vielleicht auch etwas berauscht. Doch war keine Flasche zu sehen. Ich wußte, er hatte keinen Alkohol mit.

Ich fragte ihn, haben Sie etwas bemerkt, elektronische Unregelmäßigkeiten vielleicht?

Nein, sagte er fröhlich, es geht alles seinen richtigen Gang.

Ich erwiderte, mir schien es, als wäre etwas elektronisch nicht dicht.

Ich blickte auf die Spuren, die zu seinem Schalttisch liefen.

Eine saß auf der Glasplatte wie der Abdruck eines kindlichen Daumens. Ich dachte, murmelte ich, wir würden stören. Sie hätten Besuch.

Sie stören mich überhaupt nicht, sagte Mittelzwerck. Aber ich merkte, er wollte uns los sein. Elektronisch muß eben alles an Bord befindliche Gerät auf seine Sicherheit überprüft werden, soweit es sich nicht selbst überprüft.

Waren denn da nicht zwei halbrunde große Abdrücke in der weißen Sitzschale für Besucher, als ob da ein klebriger Hintern gesessen hätte?

Kapitän Nickelsen sagte, das Bulleye ist offen, Professor Mittelzwerck, ich würde empfehlen, es sicherheitshalber zu schließen, eigentlich sollte es überhaupt nicht geöffnet werden. Die Belüftung des Chang erfolgt durch andere Systeme.

Ja, schließen Sie es, Kapitän, es war hier etwas zu warm. Naturluft bleibt eben Naturluft.

Nickelsen sah sich noch einmal um, ich merkte, wie Mittelzwerck unwillig seine Blicke verfolgte. Sonst ist wohl alles vorschriftsmäßig, Herr Kapitän?

Es scheint so, sagte Nickelsen, gute Nacht.

Aber draußen sagte er, es ist bei ihm drin gewesen, ich hab gesehen, wie es um die Ecke gebogen ist, ich hab ja nach ihm gegriffen.

Wie hat es ausgesehen?

Erst schien mir, es krochen da viele kleine, wabblige Gummitierchen. Dann war es eins, mit einem Mal groß. Es ist auf zwei Beinen gegangen. Ich hab es nur flüchtig beobachten können. Es hat mir ja gleich einen verpaßt.

Ich schüttelte meinen Kopf hin und her. Besteht die Möglichkeit, mein lieber Kapitän, daß es sich hier um den conviva ludibundus handelt?

Er sah mich spöttisch an. Man muß sich auf die Möglichkeit gefaßt machen, Professor.

13

Die innere Uhr der Kutzenbacher lief, wenn man die Moral von herkömmlichen Uhren zugrunde legt, unordentlich, ging nach und vor, stand still und rannte unberechenbar. So war ich nicht erstaunt, als ich sie kurz nach Mitternacht bei mir in der Kabine vorfand, wo sie mit einem Farbpinsel ein Pappviereck betupfte.

Ich setze lauter Spuren, sagte sie, eine dicht an die andere. Mal sehen, was dabei herauskommt.

Ich ließ mir sonst ganz gern ihre Experimente zeigen, jetzt aber fuhr ich sie barsch an, und diese Barschheit entstand besonders dadurch, daß sie von Spuren sprach, die, aneinandergesetzt, etwas ergeben sollten. Womöglich hatte sie die Spuren da auf dem Gang zu Mittelzwercks Kabine schon längst entdeckt, wußte mehr als der Kapitän und sogar ich. Was soll die Kleckserei? Mein Bett ist schon beschmiert, vom Farbtopf sind am Boden lauter grüne Ränder.

Was haben Sie denn, fragte sie verwundert, sind Sie plötzlich ein Hausmann mit Wisch- und Putztrieb?

Ich merkte selbst, es ging nicht darum. Sie hätte meinetwegen mein Bett vollkommen grün bekleckern können, auch lila oder gelb.

Ich sagte, nun, bitte Friederike, mal im Ernst, was haben Sie?

Nichts.

Das kann nicht sein, er muß etwas erfahren haben, was er von keinem anderen erfahren konnte als von mir.

Dann werden eben Sie es ihm erzählt haben, sagte sie, seelenruhig weiterpinselnd.

Dies gab mir zu verstehen, ich war ein Mann von beinah neunzig Jahren, der weit zurückliegende Fakten bis in die feinsten Einzelheiten präzise wiedergeben kann, der auch in großen Räumen und in Prinzipien denkt, der aber kurz zuvor Geschehenes verschusselt und vergißt wie die berühmte Brille auf der Nase. Ich wollte sagen, ich brauche keine Brille, ich sehe noch vollkommen scharf, ich sagte aber, in Mittelzwercks Kabine, auf seinem Arbeitstisch, da habe ich mit eigenen Augen einen Taschenrechner liegen sehen. Und mit der Einstellung, mit dieser völlig unlogischen, die den Defekt hervorruft beziehungsweise durch ihn entsteht, und diese Einstellung ... Ich fing in meinem Schrank zu wühlen an. Die hab ich Ihnen vor ein paar Tagen demonstriert. Ich habe Ihnen vorgeführt, anhand des alten kleinen Rechners, den ich jetzt überhaupt nicht finde, der aber dasein müßte. Ich kroch wie ein Verrückter im Schrank herum. Er muß dasein.

Hinter dem Kopfkissen, oben, links. Sie streckte ihren langen weißen Arm aus und reichte mir das Ding herüber.

So, sagte ich, soso. Die Einstellung war nicht drauf, er stand auf Null, soweit er überhaupt auf Null stehen konnte, denn Null war bei dem Ding, wenn es äußerlich erschien, ja nicht mehr Null. Die Zahlen hatten da andere Werte. Und wenn man wirklich noch, die herkömmliche Moral der Zahlen zugrunde legend, damit rechnen wollte, mußte man bei jeder Zahl nach einer Formel umrechnen.

Mir fiel jetzt ein, ich hatte das Ding auf Null gestellt, nachdem ich Friederike die Einstellung gezeigt hatte, durch die ich mit conviva ludibundus kontaktieren konnte. Ich muß ja wohl an Altersschwachsinn gelitten haben, als ich ihr das ausschwatzte.

Jahrzehntelang habe ich vor Leuten, die fachlich vielleicht dafür kompetent gewesen wären, damit zurückgehalten. Meine Ausarbeitung, mein sogenanntes wissenschaftliches Testament, dieses Geschenk, das ich den Leuten zu meinem neunzigsten Geburtstag machen wollte, habe ich in wasserdichter Hülle und korrosionsgeschütztem Kleincontainer hinter dem Dünenhaus vergraben.

Aber der kleinen Kutzenbacher, die die Bedeutung wissenschaftlich gar nicht einschätzen konnte, die, wie mir schien, noch nicht mal richtig hinhörte, die ein Bein abwechselnd übers andere schlug und ihre grünlackierten Zehennägel betrachtete, der hab ich mein Geheimnis ausführlich dargelegt und auch gezeigt.

Ich könnte mich damit entschuldigen, es guten Glaubens getan zu haben, weil sie ja wissenschaftlich ungefährlich sei, nicht hinhörte, es gleich wieder vergessen würde. Aber mit gutem Glauben kann man sich vor Gericht verteidigen, nicht vor sich selber.

Ich wollte der Kutzenbacher einfach – als sie nach dieser Fernsehschau so fröhlich zu mir reinkam und immer wieder fragte: Hab ich es ihm gegeben, hab ich es? – zeigen, daß ich auch nicht ganz ohne war und daß ich nicht als aufgeputzte Mumie die Schau geziert hatte, sondern in Wirklichkeit derjenige war, der die geheimen Fäden in der Hand hielt.

Jetzt war ich höchst schockiert darüber, wie eitel Greise sein können. Aber war es nur Eitelkeit gewesen, war es nicht einfach so ein väterlicher Zug, na, komm mal her, mein Mädchen, ich zeig dir was, da wirst du aber staunen! Ich war ja niemals Großvater oder Vater. Ich hatte die Funktion nie ausgeübt, auch nie den Drang danach verspürt. Aber bei dieser Kutzenbacher, die etwa fünfzig Jahre jünger war als ich, konnte ich jenem Trieb, ihr etwas zu erklären, nicht widerstehen.

Ich dachte wieder an das Geschenk, das ich der Menschheit zu meinem neunzigsten Geburtstag hatte machen wollen. Ich hatte es statt dessen Frau Kutzenbacher überreicht. Ja, dachte ich, so muß es sein, ich wollte sie beschenken. Ich alter Schwachkopf.

Und sie hatte das Geschenk sofort zu Mittelzwerck getragen. Natürlich, um damit anzugeben: Ich habe nicht nur den Standort der Ludibundi finden helfen. Womöglich sagte sie jetzt schon gefunden. Ich weiß auch, wie man an sie herankommt. Das wissen Sie noch nicht? Hat Ihnen das Professor Philemon nicht mitgeteilt? Merkwürdig, mir sagt er alles.

Ich dachte wütend, der Schauberuf verdummt und verdirbt die besten Menschen.

Sie sind also zu Mittelzwerck gegangen, sagte ich.

Gegangen nicht. Ich traf ihn auf dem Chang, er wirkte sauer. Um ihn zu trösten, sagte ich, die schnippeln immer an den Schauen rum, und immer lassen sie die doofsten Stellen drin. Sie können froh sein, daß Sie als Wissenschaftler nicht davon leben müssen. Er sagte bitter, die echte Leistung, die man nicht sieht, wird nicht gewürdigt. Es muß sich alles grob sinnlich niederschlagen. Die Leute wollen eine Leistung anfassen, beriechen und belecken können. Sie wollen sie brillantfarben direkt vor ihre Augen gefahren kriegen. Ich bin mir selbst darüber klar, daß ernste Wissenschaftler die grünen Teile, die ich in diesem Weckglas vor dem Fernsehen zeigte, zum Lachen finden, zumal sie noch brillantgrün angestrichen waren, um überhaupt zu wirken. Aber der Laie will das sehen.

Ich sagte, schwierig wird es, wenn er den Ludibundus sehen will. Ob der sich in der Schau diszipliniert verhalten wird?

Ich hoffe, sagte Mittelzwerck, daß wir ihn dazu überreden können.

Sie reden schon mit ihm?

Nun, sagte Mittelzwerck, wir wollen hier nicht spekulieren, dazu ist die Verantwortung zu groß.

Wenn ich ein Ludibundus wäre, sagte ich aus Spaß, dann würde ich jetzt meine Ohren spitzen, ob da nicht wer Signale abgibt. Vielleicht mit einem Taschenrechner. Ich würde als Ludibundus auf ganz bestimmte Einstellungen reagieren, zum Beispiel so, so und auch so. Ich malte mit dem großen Zeh aufs feuchtbeschlagene Chang-Deck ein Schema. Ich wäre nämlich, sagte ich, als Ludibundus gesprächsbereit, zumal ich aufgestöbert bin. Ich könnte zwar entweichen, ich hätte aber das ewige Fliehen satt. Ich würde mir den Mann angucken wollen, der auf mich scharf ist. Ich malte also, Mittelzwerck guckte dabei auf meinen grünen Zeh. Ich dachte gar nicht, daß er die Zeichnung im Kopf behalten würde. Sie stimmte wohl auch nicht. So deutlich hatte ich die Einstellung nicht im Gedächtnis. Es war ja nur ein Beispiel, sinngemäß. Ich wußte gar nicht, daß Mittelzwerck es noch nicht wußte.

Hatte ich Ihnen nicht gesagt, Sie sind die einzige, der ich es bisher mitgeteilt habe?

Das kann schon sein, ich wußte aber nicht, daß ich es nicht erzählen soll.

Ich hatte Sie darum gebeten, soweit ich mich erinnere. Ich war mir nicht ganz sicher, es war mir selber so selbstverständlich, es Mittelzwerck vorzuenthalten, daß ich vergessen haben konnte, die Kutzenbacher besonders darauf hinzuweisen.

Ich hoffte jedenfalls, Sie hätten soviel Instinkt.

Dann bat ich sie zu gehen. Ich müßte auch mal schlafen, wie es die herkömmliche Uhr vorsieht.

Natürlich schlief ich nicht. Statt dessen zählte ich mir auf, wie sorgfältig ich diese Reise vorbereitet, erst mich, dann Nickelsen, schließlich die Kutzenbacher Freund Mittelzwerck untergeschummelt hatte. Wie lange hatte ich in Quallnik herumgesessen, mir Chemisett und Halswürger umgebunden, mit wieviel Kapitänen Algenschnaps getrunken und meine Arbeit kurz vor der Abreise noch sorgfältig vergraben. Ich listiger Greis.

Nun war ich bereits ausgeschaltet. Mittelzwerck wußte alles. Wie mir die Spuren auf dem Gang bewiesen, vielleicht noch mehr als ich. So weit wie er, das mußte ich mir eingestehen, war ich noch nie gekommen. So eng war mein Kontakt noch nie gewesen. Ich hatte conviva ludibundus gelegentlich in schemenhafter Form filmisch fixieren können. In abgeschlossenen künstlichen Räumen war ich ihm noch nie vorher begegnet. Ich hätte mich zerreißen können.

Wenn man etwas entdeckt, muß man es auch veröffentlichen, sonst greift es sich ein anderer, der es vielleicht mißbraucht.

Ich konnte nicht mehr verstehen, daß ich nach diesem alten Grundsatz nicht gehandelt hatte, sondern mich wie ein vorzeitlicher Zwerg verhalten, der seinen Schatz kleinlich bewacht.

Ich meinte wieder das Pitsch und Klitsch da draußen auf dem Gang zu hören.

Ich hätte gleich, nachdem die Muschelteile gefunden waren, mit Ludibundus Kontakt herstellen und ihn vorführen sollen. Nicht nur Ungeduld, auch unsinniges Zögern kann eine Eigenschaft des Alters sein, das sich so gegen Neunzig doch ab und zu bemerkbar macht.

Ich rappelte mich auf und ging dem pitschenden Geklitsch nach. Soviel natürlich ahnte ich auch schon, daß der conviva ludibundus aus einer gallertigen Masse nach Art der eßbaren süßen Gummitiere, durchsichtig, und in vielfältiger Gestalt bestehe. Die Klebespuren auf dem Gang bestärkten mich.

Aber nun sah ich wirklich solche Gummiformen schwänzeln, kriechen, auch hüpfen, wie der gemeine Springfisch, der nahe meinem Meeresgarten vorkam. Sie krochen immer dichter auf dem Gang zusammen.

Dann schien es mir, sie setzten sich einer auf den anderen, verklumpten scheinbar, bauten sich auf.

Als ich nachtappend um die Ecke bog, hinter der Nickelsen den Schlag erhalten hatte, sah ich ein einziges Wesen, ein einziges Gebilde.

Das sah einem Frosch in Schulanfängergröße ähnlich.

Ich erkannte, als ob es riesengroße Zellen wären, die einzelnen Gummiformen, die Elemente, durchsichtig und mit eigenem Innenleben, mit einem unentwegten Hinundherfließen von etwas Grünlichem. Die äußere Hülle war glibbrig-farblos.

Ich sah das Wesen nur von hinten, weil es auf Mittelzwercks Tür zuhüpfte, wo es mit pitschendem Geräusch, das seine sechsfingrige Hand erzeugte, den Drucköffner bediente und durch den Spalt hineinglitt. Möglicherweise war es nicht nur farblos-grün gewesen. Es hatten vielleicht auch andere Farben in ihm geschillert.

Ich war zu überrascht, um die Erscheinung in allen Einzelheiten blitzartig zu erfassen. Sicher schien, es war äußerst naß gewesen. Vor der Kabine lag eine kleine Pfütze und von der Türwand perlten Wassertropfen.

Mein erster Impuls war, den Fuß in den Türspalt zu setzen und bei Mittelzwerck einzudringen. Aber wieder hielt mich mein eingefleischtes Zögern zurück, vielleicht auch Abneigung, das strahlende Erfolgsgesicht des Mittelzwerck zu sehen. Darf ich vorstellen, Professor Ludibundus – Philemon.

Ich bezog Posten an der Tür. Mein noch sehr gut intaktes, leicht teufeliges Ohr vernahm ein quäkendes beziehungsweise quengelndes Geräusch, auf das Freund Mittelzwerck mit kräftiger, fester Stimme antwortete.

Es klang mir so, als gäbe er dem Ludibundus oder der ludibundischen Struktur eine genaue Weisung. Vielleicht las er auch von dem Blatt, das er im Fernsehen vor sich hatte. Ich glaubte aber zu verstehen, Punkt neun, Grad 007 plus minus.

Darauf antwortete zart klagend, im Tone einer hinterhältigen Kinderbravheit, jej, jej, jej, die ludibundische Struktur.

Punkt neun, Grad 007 plus minus, wiederholte Mittelzwerck.

Jej, jej, nej, nej, nej, jej, hej, hej, hej.

Ich hoffte noch andere Töne zu erhaschen, Satzteile oder längere Worte.

Mir schien es, als bettelte der Ludibundus mit einem Mal. Begejs mech, begejs mech.

Ich hörte ein kurzes Platschen, als kippe jemand Wasser aus. Aber diese Einzelheiten können auch von einem späteren Zeitpunkt rühren, und ich erinnere mich nur zufällig an sie an dieser Stelle meiner Niederschrift.

Für wesentlich hielt ich damals, daß Mittelzwerck dem Ludibundus Weisungen einzugeben bemüht war. Und eher als eine wissenschaftlich exakte Erkenntnis war es ein Gefühl, das mich heiter stimmte.

Auf diese Weise, fühlte ich, kommt Mittelzwerck bei dem conviva ludibundus nicht voran. Ich meinte, er würde ihn nicht verstehen und mit ihm nicht umgehen können. Conviva ludibundus, so ahnte ich, mochte den Mittelzwerck nicht sonderlich. Der Mittelzwerck war nicht sein Typ. Obwohl dies alles unbestimmt und verschwommen in meinem Kopf stattfand, sah ich mich doch veranlaßt, an Friederike Kutzenbachers Tür zu tippen.

Sie kam in einem langen, zerknautschten Hemd heraus, das Haar verworren vor den Augen.

Ist doch nicht ganz so schlimm, wie ich befürchtet hatte.

Wie? fragte sie in beinah ludibundushaftem Ton.

Ich meine, mit dem Rechner.

Mit welchem Rechner?

Ich sagte, gute Nacht, ist alles gut.

Auf meinem Bett fiel mir noch ein, daß Friederike dem Mittelzwerck verschwiegen hatte, daß ihre Weisheit von mir stammte. Mich hatte sie ganz ausgelassen. Sie besaß also doch Instinkt.

14

Obwohl es im Chang meistens einige Grad zu warm war, trug Doktor Klimm, wo ich ihm auch begegnete, den grauen gestrickten Strampelanzug, in dem er auf Kai 17 erschienen war. Und weil in jeder seiner vielen aufgenähten Taschen mindestens eine Utensilie steckte, Meßgerät, Schreiber, Vitalisatorenschachtel, Notizenspeicher, wirkte sein Körper an mehreren Stellen asymmetrisch ausgebeult.

Klimm schwitzte im Gesicht. Als er zu mir hereinkam, sprach er, als ob er außer Atem wäre, doch rieb er seine Hände, als ob sie frören. Er sah mich an. Ich merkte, wie er sich bemühte, mich blickend unsichtbar zu machen. Sein Blick blieb leer, als ob sich da nichts reflektierte. Er hätte auch zu Boden blicken können, aber er wollte wohl nicht als Schüchterling erscheinen.

Er sagte rasch und trocken, es tut mir wirklich leid, daß ich Sie stören muß, aber durch die erweiterten Expeditionsaufgaben ist es nun notwendig geworden, auch den privaten Raum, der auf dem Chang recht großzügig bemessen ist, großzügiger als auf jedem anderen Mobil ... Er hatte wohl den Eindruck, ich sagte etwas, er stockte.

Ich aber schwieg.

Ja, wirklich, viel großzügiger, wiederholte er, aber der Chang sei ja ein Forschungsfahrzeug, und die erweiterten Expeditionsaufgaben verlangten Einschränkungen. Dies heiße nicht, man wolle mich irgendwie beeinträchtigen, mich etwa aus der Kabine setzen oder mir einen Mitbewohner geben, und gar nicht denke man daran, mich in den Mannschaftsraum im Unterteil des Chang umzusiedeln. Es solle lediglich durch meine Kabine, ganz in der Ecke, ein Streckenabschnitt einer Pipeline laufen, der Info-Pipeline, die gerade durch einen Flügler abgeladen worden sei. Man könnte sagen, eine Informationsdurchreiche. Es müsse nur ein kleiner Durchbruch geschaffen werden. Arbeit von wenigen Minuten. Da werde es ein paar Geräusche geben. Sonst aber arbeite die Anlage geräuscharm, wenn nicht geräuschlos. Ich habe extra darauf geachtet, sagte Klimm. Falls aber die mir angegebenen Phon nicht Ihrem Wohlbefinden dienen sollten, habe ich hier, bitte schön, sehr gute Ohrenstöpsel, die ich selbst schon seit Jahren nehme. Ich will Sie Ihnen gerne zur Verfügung stellen. Er kramte sie aus seiner Tasche, sie waren etwas gelblich.

Danke, nicht nötig, sagte ich, seit einiger Zeit scheint mein Gehör sich selbst zu schützen. Ich höre äußerst schwach und meistens gar nichts. Ich weiß zum Beispiel überhaupt nicht, was für erweiterte Expeditionsaufgaben das sind, von denen Sie so selbstverständlich sprechen und die vermutlich alle Chang-Insassen kennen. Nur ich nicht.

Nun, sagte er, es sind doch die erweiterten Aufgaben, die sich aus den Ergebnissen des letzten Quartals herleiten.

Nicht einmal diese Ergebnisse sind mir zu Ohren gekommen, sagte ich. Da sehen Sie, ich bin fast taub.

Nun, es sind die Ergebnisse, sagte Klimm etwas ungeduldig, die dem Kontaktversuch drei a entstammen, der durch gezielte Aufgabenstellung zu der Erweiterung der Expeditionsaufgaben führte.

Ich höre eben gar nichts, sagte ich. Sicher hat mich Professor Mittelzwerck in dieser Sache angesprochen, aber ich habe nichts vernommen. Ich hätte doch zu Hause bleiben sollen, in meinem Alter.

Doktor Klimm wurde immer ungeduldiger, er schwitzte flache Tropfen. Ich kann Ihnen nur so viel sagen, daß sich durch die schöpferische Initiative unseres Chefs, die eine Sicht- und Hörbarmachung des Forschungsprojektes C. L. zur Folge hatte und nun in eine höhere Phase übergeht, die Erweiterung der Aufgaben ergibt. Ich darf Sie darauf vorbereiten, daß weitere Erweiterungen erwartet werden können, wofür wir Ihr Verständnis voraussetzen möchten, da Sie ja Wissenschaftler und Forscher sind, und zwar nicht erst seit gestern. Deshalb habe ich auch den Techniker gleich mitgebracht.

Er öffnete die Tür und holte einen blauen Mann herein, den ich zu kennen glaubte.

Waren Sie nicht dabei, als Akusperr-Antirob in meinem Meeresgarten installiert wurde?

Nein, sagte er, das war doch die Truppe Grimseil. Er schnitt sehr schnell ein rundes Loch in die Kabinenwand hinter dem Kopfende meines Bettes und eins neben dem Fußende.

Dann schob von außen jemand ein weißes Rohr herein, aus dessen Ende Drähte hingen.

Also, wenn die Geräusche Ihnen lästig werden, siedeln wir Sie natürlich um, sagte Doktor Klimm, aber ich muß Sie darauf hinweisen, daß auch die anderen privaten Räume teilweise den neuen Zwecken dienen müssen. Wenn Sie zum Beispiel mit Friederike Kutzenbacher die Kabine tauschen würden, hätten Sie davon keinen Vorteil. Da ist der Streckenabschnitt der Info-Pipeline sogar noch länger.

Haben wir denn auf diesem totalen Beförderungskörper nicht ausreichend Informationstransportgeräte, sind wir nicht voll radarisiert, televisioniert, laserisiert?

Die Aufgaben, sagte Klimm äußerst laut und dicht an meinem Ohr, die Aufgabenstellung, Herr Professor, ist erweitert worden, erweitert. Können Sie mir folgen?

Wir haben demnach nicht den richtigen Chang genommen. Wir hätten auf einen noch totaleren warten müssen, vielleicht auf das »Totalmobil 02«.

Ja, sagte Klimm, jaja. Er lächelte nachsichtig und nickte dabei dem Wandaufbrecher zu.

Ja, sagte der, es soll bereits ein neues konstruiert werden. Er ließ das Rausgebrochene liegen. Das wär's gewesen, Herr Professor.

Klimm sagte, na, sehen Sie, es hat nicht weh getan. Er wollte mit dem Techniker zusammen rauswitschen.

Ich überlegte, ob ich ihn noch ein bißchen ärgern sollte, dachte jedoch, es wird noch bessere Gelegenheiten geben.

Er drehte sich aber von selber um, kam noch einmal zurück. Wissen Sie, Herr Professor, wir konnten nicht alles gleich im vollen Umfang nach außen geben. Es würde vielleicht noch mißverstanden werden, denn die Entdeckung des Chefs wirft revolutionär alles bisher Bekannte um. Wir werden aber, in kleinem Rahmen, hier an Bord des Chang, sobald uns die erweiterten Aufgaben dazu die Zeit lassen, conviva ludibundus wissenschaftlich vorstellen und analysieren. Heute nur soviel: C. L., das ist ein bio-elektronisches Lebewesen von hoher Intelligenz. Da staunen Sie. Und diese machen wir uns jetzt zunutze. Er zwinkerte abgehend mit einem Auge.

Eins mußte ich Freund Mittelzwerck zubilligen. Und darin sah ich seine eigene Leistung. Noch nie zuvor hatte das bio-elektronische System conviva ludibundus das Meer verlassen und sich auf trockenes Land oder auf den glatten weißen Gang eines Totalmobils begeben, nie hatte ich alter Ludibundi-Kumpel einen an meinem Strand spazieren sehen, nie hatte einer zu Haus an meine Tür gepitscht.

Es hatte für ihn keinerlei Notwendigkeit bestanden. Conviva ludibundus lebte in einem symbioseartigen Verhältnis mit meinen Grünen Medaillons, indem es sie aufnahm, verspeiste, danach verschiedene Säfte ausschied, die dann zur Bildung einer neuen Muschel führten. Die beiden bedingten sich also gegenseitig.

Ich hatte das ausführlich in meinen vergrabenen Aufzeichnungen dargelegt, und ich war nicht verwundert, als eines Tages unsere Expedition auf Grüne-Medaillon-Anlagen stieß. Das war vorauszusehen.

Ich hatte es als eine Frage der Zeit betrachtet. Und jenen ersten Hinweis der Friederike hätte ich Mittelzwerck auch geben können, nicht unbewußt wie Friederike, sondern auf wissenschaftlicher Grundlage. Aber ich wollte ihm seine Mißerfolgsaussichten nicht vorzeitig durch eigenes Eingreifen verderben. Er mußte selber sehen oder nicht sehen.

Jetzt bestand nach meiner Ansicht die Leistung Mittelzwercks darin, daß er conviva ludibundus dazu brachte, das Wasser zu verlassen und aufrechtgehend sich eine beinah menschlich wirkende äußere Erscheinungsform zu geben. Freund Mittelzwerck erreichte dies vermutlich dadurch, daß er mit einem intakten Rechner arbeitete. Mit einem nichtintakten alten Rechner arbeitend, erschien mir Mittelzwerck nicht vorstellbar. Und dieser, sein schön gepflegter moderner Apparat, der nicht auf natürlichem Weg entzweigegangen war, sondern durch Mittelzwerck manipuliert, tat nur, als wäre er entzwei. Auf diese Weise entstanden vielleicht Mittelzwerckische Signale, die bei conviva ludibundus den Impuls des Aus-dem-Wasser-Steigens provozierten.

Allerdings, daß sich das System zu seiner merkwürdigen Formgebung entschloß, konnte nur daran liegen, daß es in Form von Einzelelementen nicht lange auf dem Trocknen aushielt. Der Feuchtigkeitsverlust ging dann zu schnell vor sich.

So fand ich ein ausgedörrtes, nicht mehr aktionsfähiges Element in einer Gangecke. Vermutlich hatte es die Aufbauphase nicht schnell genug mitmachen können, hatte den Anschluß an die anderen verpaßt, die sich, um so die Feuchtigkeit für längere Dauer halten zu können, zu jener Großstruktur zusammenballten, die Nickelsen den Schlag versetzte und die bei Mittelzwerck eintrat.

Ich goß über das ausgedörrte Element ein bißchen Wasser, worauf es sich so weit erholte, daß es den Rückweg ins Meer bewältigen konnte.

Aber von meinen Versuchen soll hier nicht die Rede sein. Ich möchte Mittelzwercks Verdienst hervorheben, der mit der Kühnheit des Nichtgenaubescheidwissenden conviva ludibundus Fähigkeiten entfalten ließ, an die nicht einmal ich im Traum gedacht hatte.

15

Übrigens hob Mittelzwerck meinen merkwürdigen Zustand als mitreisende Aushängemumie plötzlich auf. Er richtete bei der offiziellen Nahrungsaufnahme am weißen, eiförmigen Tisch das Wort an mich, so daß ich zusammenfuhr und mir das Wabbelige aus dem Mund gefallen wäre, das ich immer nach Hamsterart in meinen Backenhöhlen deponierte, um es im Anschluß an die Eßversammlung in meiner Toilette auszuspucken. Diesmal schluckte ich es notgedrungen runter.

Ich war nicht mehr daran gewöhnt, beim Essen etwas zu sagen. So stammelte ich etwas auch mir selbst Unverständliches, als Mittelzwerck mich fragte, was denn ich zu den großen Entdeckungen des letzten Quartals meine.

Er wirkte noch größer und ausgedehnter als vor der Friederike-Kutzenbacher-Schau, wo er mit seinem Schauglas, das grüne Strünke und Medaillonteile enthielt, auftrat. Was er damals zu bieten hatte, war gegen das Heutige nichts. Daher strahlten seine Augen, sein Gesicht glänzte, und ich befürchtete fast, seine Stirnhaut würde sich so dehnen, daß sie zerriß.

Ja, sagte Mittelzwerck, mein guter, lieber, verehrter Kollege Philemon, wer hätte vor kurzem noch gedacht, daß wir nicht nur conviva ludibundus aufstöbern würden, nicht nur dahinterkommen, wie er funktioniert, wie man mit ihm spricht, wie man sich ihm verständlich macht, sondern auch daß man ihm Aufgaben stellen kann, die unsere besten Computer nicht besser, sondern eher schlechter bewältigen?

Ja, lieber, verehrter Philemon, in aller Bescheidenheit darf ich wohl sagen, es ist mir jetzt gelungen, conviva ludibundus in meinen Dienst, ich meine, in den Dienst des Menschen überhaupt zu stellen und ihn mit einer nutzbringenden Arbeit zu beauftragen. Das wäre eine ebenso einschneidende menschheitsgeschichtliche Veränderung, wie es die Zähmung und Domestizierung der wilden Tiere durch den Menschen war, beispielsweise des Schafes und des Rindes.

Ja, wenn man gerade selbst eine solche Veränderung bewirkt und mittendrin steht, empfindet man nicht immer, was historisch vor sich geht. Aber hier läßt es sich nicht übersehen.

Denn auch Sie selber spüren ja die technische Veränderung in Ihrer Kabine. Conviva ludibundus ist zum Erforschungsgehilfen des Menschen geworden.

Bereits jetzt hat er uns siebentausendachthundert Einzelinformationen über die Beschaffenheit des Meeresbodens und des Meeres im Bereich der Doktor-Droll-Insel geliefert. Das ist aber erst der Anfang.

Ja, lieber Professor, wir haben jetzt unsere Leute, die da unten Einzelheiten erforschen, für die wir bisher gar nicht die Zeit hatten.

Natürlich wäre es einfach gewesen, jetzt zu sagen, das Ziel unserer Reise ist erreicht, wir haben die Muschelräuber, kennen ihre Struktur und wir können unseren Forschungsbericht abfassen, den wir bei der Gesellschaft in der Registratur abheften lassen. Ja, so formal hätten wir uns unserer Aufgabe entledigen können. Wir hätten uns noch einen zweiten Forschungsauftrag geben lassen und dann erforschen können, was mit conviva ludibundus weiter geschehen soll.

Aber ich habe gleich die Initiative ergriffen, ich hoffe, mit dem richtigen Gefühl und, wenn Sie wollen, auch mit der notwendigen Phantasie, die man als Wissenschaftler eben nicht entbehren kann.

Und was ergibt sich? Wir verlängern zwar zeitlich das Unternehmen, wir haben Kosten, schon durch die neuen erweiterten Anlagen auf dem Chang, aber diese Kosten kommen hundertfach wieder herein durch die wertvollen Informationen, die unsere dienstbaren Geister der Wissenschaft bereitstellen und für deren Beschaffung sonst Milliarden für vollelektronische Tauchlaboratorien aufgebracht werden müßten.

Aber das schönste ist, sie arbeiten wieder ein, was sie im Meeresgarten seit Jahrzehnten abgefressen und schließlich noch ramponiert haben. Sie arbeiten die Kosten für Akusperr-Antirob inklusive Montage ein.

Und die moralische Seite. Die Muschelräuber werden zur Wiedergutmachung angehalten. Das könnte pädagogisch und juristisch beispielhaft wirken. Aber sie scheinen an sich einen guten Charakter zu haben, sind sehr gewissenhaft und fleißig, was ja die hohe Zahl an bereits gelieferten Informationen beweist. Man muß sie eben zu lenken verstehen, sie richtig im Griff haben.

Mittelzwerck lächelte gerührt. Die kleinen Meermännerchen, wenn sie auf ihren breiten Watschelfüßchen hereinspaziert kommen, sich dann in ihre Einzelelemente zerfallen lassen, die sich auf die Geräte setzen und die Informationen abladen wie Bienen ihren Honig.

Frau Mittelzwerck, der kühle Engel, sagte, die meisten schicken schon vom Meer aus die Forschungsmaterialien. Auf Grund ihrer elektronischen Eigenschaften geht das reibungslos, aber mein Mann legt auch noch Wert auf den persönlichen Kontakt. Er spricht so gern mit ihnen.

Wirklich, sagte Mittelzwerck, sie sprechen immer besser, sie beherrschen die wissenschaftliche Terminologie so gut, daß sogar ich einmal nicht wußte, was sie meinten. Phenotylogische Reskripanz. Wissen Sie, was das ist, verehrter Herr Kollege?

Nein, sagte ich, da bin ich überfordert.

Wer hätte das gedacht, sagte Mittelzwerck mit aufforderndem Blick.

Ich tat ihm, das Wabbelige schluckend, den Gefallen. Ja, lieber Kollege Mittelzwerck, wer hätte das gedacht.

16

Die Ludibundi kehrten am Meeresboden und im Meer um die Doktor-Droll-Insel nicht nur das letzte Körnchen Sand um, analysierten es und lieferten getreu die Daten, auch die Beschaffenheit von Flaschenverschlüssen, ihren Durchrostungsgrad, beschrieben ausführlich Form und Material von Hosenknöpfen, die ins Meer gefallen waren, und stellten Hypothesen bezüglich ihres Alters an und analysierten und registrierten jeden Regentropfen, der sich ins Meer begab. Wenn Jonas Nickelsen ein bißchen Tabaksaft ins Wasser spuckte, er hatte manchmal solche Gepflogenheiten, die sich aus seiner alten seemännischen Abstammung erklären lassen, analysierten sie nicht nur den Saft, wobei sie Schlüsse auf den Tabak, dem er entstammte, mitlieferten, sie meldeten auch, daß Nikkelsen in seiner Mundhöhle einen Stamm resistenter, doch nicht virulenter Streptokokken beherbergte.

Einige dieser umwerfenden Meldungen vernahm ich durch den Streckenabschnitt der Info-Pipeline, der neben meinem Bett entlanglief, wenn sich ein Ludibundus das Vergnügen machte, in einem durchdringenden nörgeligen Ton durchzugeben: Blechdose soundso viel Durchmesser, zu soundso viel Kubikmeter mit Sand gefüllt, oberer Deckel fehlt, im unteren Haltbarkeitsdatum 7.7.77 eingeprägt, Blech enthält soundso viel Anteile Zink, soundso viel Aluminium, Fundort soundsovielter Breitengrad, soundsovielter Längengrad, Wassersäule soundso viel Meter, Wasserdruck demnach soundso viel atü, Datum der Auffindung. Aber die meisten Ergebnisse liefen tickend und klickend an meiner Seite entlang, manchmal begleitet von einem Kichergeräusch.

Auf den Gängen fand ich nicht nur die Abdrücke des breiten, platten Watschelfußes, sondern auch weiße Spaghetti, die sich aus den Computern ringelten. Die vorherige klinikhafte Stille im Innern des Chang war jetzt von einem Dauerticken, Dauersummen und Dauerbrummen abgelöst.

Manchmal vernahm ich die Stimme Mittelzwercks. Nur so wird es dem Menschen möglich sein, die Erde wirklich zu beherrschen. Ja, jede Meeresecke wird ausgeleuchtet, ja, jeder Algenstrunk, ja, jedes Blatt und jedes Lebewesen wird gründlich vorgenommen. Ja, Generalinventur des Meeres, der auch die Inventur der Luft sowie des Festlands folgen wird. Dieses ist nur der Anfang. Wir wissen ja im Grunde überhaupt noch nicht, was wir als Herren der Erde eigentlich besitzen. Voll durchsehen, auch durch das scheinbar nicht Wesentliche, das fehlte uns bisher. Davor hat man zurückgescheut. Man war bequem. Das müssen wir zugeben. Denn es ist höchstwahrscheinlich, daß aus der Menge der neuen Daten solche gewonnen werden können, die uns ganz neue Wege der Entwicklung zeigen. Erst wenn wir wirklich hier alles durchforstet haben, werden wir auch den Kosmos durchforsten und beherrschen können.

Manchmal sprach Mittelzwerck sehr böse. Wie, es sind Ihnen zuviel Daten, Sie wissen nicht, wie Sie sie speichern sollen? Sie seien eine Gesellschaft zur Verwertung der Meeresfrüchte und keine Begräbnisanstalt für Daten aller Art? Ja, sehen Sie denn nicht die Aufgabe, die vor uns steht? Können Sie über Ihren Meeresfruchtverwertungszaun denn nicht hinausblicken? Es gibt auch andere Institute, die diese Daten speichern und verwenden können. Ich wende mich an alle Datenspeicherhäuser im Weltmaßstab.

Zu Klimm hörte ich ihn sagen, die denken noch zu eng. Als ob es nur um Meeresfrüchte ginge, es gibt auch Geistesfrüchte, die verwertet werden müssen.

Ach, sagte er, die sind beschränkt, die kommen da nicht mit. Alles sture Beamte, Kollege Klimm, die sind den Aufgaben nicht mehr gewachsen. Ich würde es nicht abwegig finden, einige durch conviva ludibundus ersetzen zu lassen.

Was soll diese Meldung? Hilfe, keine neuen Daten mehr, Papiervorräte müssen sonst rationiert werden. Sollen wir noch die letzten Wälder abholzen? Das muß wohl ein Scherz sein. Klimm, das können wir gleich wegwerfen. Ja, schmeißen Sie es durch das Bulleye. Weg damit. Darauf gehen wir gar nicht ein.

Was meldet da der Ludibundus?

Aha, er hat das Weggeworfene untersucht, er gibt den Text wieder, den Aufweichungszustand des Papiers, und nun die Meereszusammensetzung nach Einsinken und Auflösen des Papiers. Ich gebe zu, dies wäre an sich nicht nötig, aber sagt sehr viel über die Zuverlässigkeit der kleinen Geister. Da sehe ich, daß ich ihnen vertrauen kann. Sie geben jede Veränderung sofort an, und zwar im Augenblick, wo sie vonstatten geht.

Sicher werden sie es so weit bringen, Prozesse anzuzeigen, bevor sie noch ablaufen. Die Meldung selber mag nicht wesentlich erscheinen, aber das Melden ist es. Darauf kommt es an. Der Sinn der Meldung ist die Meldung. Notieren Sie das bitte, Kollege Klimm.

17

Im Chang war die Lufttemperatur gestiegen, möglicherweise durch das ständige Arbeiten von Apparaten und Anlagen. Das Rohr, das vom Kopf- bis zum Fußende meines Bettes verlief, fühlte sich warm an, auch der Geräuschgehalt der Luft hatte zugenommen. Die Ticker und Klicker, die durchs Rohr jagten, überlagerten sich und wurden überlagert von Wortfetzen in durchdringendem Nörgelton.

Ich bemerkte auch, der Chang vibrierte ständig, das hatte er sonst nicht getan. Ich selbst fing schon an zu vibrieren. Ich schlief fast gar nicht mehr, ich vibrierte mich in einen Abwesenheitszustand, einen Pseudoschlaf, aber ich konnte mich nicht entschließen, die gelblichen Ohrenstöpsel von Doktor Klimm zu benutzen. Als ich sie einmal probeweise einführte, hörte ich trotzdem die Ticker und Klicker und das Genörgel. Ich selbst schien sie bereits zu produzieren.

Eines Morgens erschien wieder in seinem grauen Strampelanzug, asymmetrisch ausgebeult, der schwitzende Klimm.

Die erhöhte und intensivierte Erweiterung unserer erweiterten Expeditionsaufgaben macht es notwendig, daß wir alle noch mehr zusammenrücken. Aber ich versichere Ihnen, Herr Professor, es ist halb so schlimm, wie es sich anhört. Zunächst wird kein zweites Rohr durch Ihre Kabine gelegt werden. Es handelt sich nur darum, die Kabine mit einem zweiten Mitreisenden zu teilen.

Und wenn es Ihnen auch zunächst seltsam erscheinen wird, daß wir eine bestimmte Person dafür ausgewählt haben, die Sie vielleicht nicht gewählt hätten, so muß ich Ihnen zu bedenken geben, es bestehen keine großen Wahlmöglichkeiten.

Mit mir zum Beispiel können Sie die Kabine nicht teilen, ich stehe im Forschungsprozeß und muß unbedingt in der Nähe des Chefs sein. Ich habe aber, falls Sie das beruhigt, meine Kabine bereits ganz aufgegeben und schlafe auf einem Notlager unter Professor Mittelzwercks Arbeitstisch. Meine Kabine ist mit den neuen Informationsspeicher- und Transportanlagen belegt. Auch in der

Schlafkabine des Chefs und seiner Gattin mußten wir Teilanlagen unterbringen.

Es bleibt also noch Frau Kutzenbachers Kabine, die bereits von zwei sich kreuzenden Rohren durchzogen ist und die, weil sie in der Nähe der Räume des Chefs liegt, sich sehr gut in den Arbeits- und Forschungskomplex einbeziehen läßt.

Nun hat allerdings der Chef moralische Bedenken geäußert. Immerhin sind Sie beide nicht miteinander verheiratet. Er wollte schon den Kapitän fragen, ob er zu einer Nottrauung, die natürlich sofort nach der Rückkehr wieder aufgelöst werden könnte, bereit wäre, zumal wir ja die würdige Umrahmung durch die Kulturkiste gewährleisten könnten, aber ich habe ihm gesagt, den Umständen nach, entschuldigen Sie, Herr Professor, wir sehen Ihrem neunzigsten Geburtstag entgegen, sei es nicht nötig, den Kapitän einen solchen Akt vornehmen zu lassen. Denn die biologischen Gründe dafür entfallen naturgemäß.

Das entsprach Klimms Vorstellungen.

Allerdings haben wir auch erwogen, die Anlagen und Arbeitsgegenstände, die für Frau Kutzenbachers Kabine vorgesehen sind, in der Doppelschlafkabine des Chefs und seiner Gattin unterzubringen und Frau Doktor Mittelzwerck mit Frau Kutzenbacher zusammenzulegen. Aber der Chef sagte, eben das ginge nicht, weil sie ja verheiratet seien.

Frau Doktor Mittelzwerck schien nicht abgeneigt, mit Frau Kutzenbacher zusammenzuziehen, aber ich meine doch, die Gattin gehört zu ihrem Gatten, zumal sie ja auch zu den Forschungsarbeitern gehört. So haben wir eben als einzige, die nicht direkt etwas mit den Expeditionsaufgaben zu tun haben, Sie und Frau Kutzenbacher gefunden.

Wir fragten uns noch, ob wir Sie mit dem Kapitän zusammenlegen könnten, aber auch dort ist ja Arbeitsbereich, und eng ist es auch. Zwar meinte der Kapitän, für Frau Kutzenbacher wäre bei ihm noch Platz, aber darauf wollten wir lieber nicht eingehen.

Wie man es also dreht und wendet, die einzigen Nichtarbeitenden auf dem Chang sind Sie und Frau Kutzenbacher; aber mit Rücksicht auf Ihre großen Verdienste in der Vergangenheit, wenn sie auch durch die neuen Erfahrungen dieser Expedition überholt sind, wollen wir Sie in Ihrer Kabine belassen und Ihnen auch Ihre persönlichen Gegenstände weiter genehmigen.

Mit Frau Kutzenbacher müssen wir allerdings ein Gespräch mit dem Ziel der Gepäckverminderung führen. Sie hat eine Unmenge Kisten und Säcke, die unter dem Aspekt der erweiterten Aufgaben nicht mehr tragbar sind. Sie werden über Bord gehen müssen.

Ach, sagte ich, das wird nicht nötig sein, die finden bei mir noch Platz.

Ich mache Sie aber auf die enorme Sauerstoffverdrängung, die dann eintreten wird, aufmerksam, Herr Professor, sagte Klimm, gerade für Sie ist Sauerstoff lebenswichtig, denn wir wollen Ihren neunzigsten Geburtstag noch feierlich durchführen.

Ach was, sagte ich, schicken Sie ruhig Frau Kutzenbacher mit ihrem Krempel.

Hinterher fühlte ich doch eine Beklemmung. Da würde ich mir etwas aufhalsen, nur weil ich nicht mit ansehen konnte, wie man der kleinen Friederike den nutzlosen Kram wegnahm und ins Meer versenkte.

Aber zunächst kam nicht Friederike zu mir, sondern Frau Doktor Dagmar Mittelzwerck. Sie sah noch leidlich engelhaft aus, allerdings rotfleckig am Hals und unter den Augen. Ihr schmuddlig gewordener weißer Overall war an den Ärmeln und Beinlingen aufgekrempelt und der Reißverschluß so weit heruntergezogen, daß ich zwischen den Brüsten eine feuchte Rinne erblickte.

Ach, Herr Professor, bitte weigern Sie sich, mit Frau Kutzenbacher zusammenzuziehen, tun Sie mir den Gefallen.

Ich begriff nicht, worauf das hinauslaufen sollte. Wollte etwa sie bei mir hausen?

Ich sagte, die erweiterten Aufgaben verlangen es leider.

Diese verdammten erweiterten Aufgaben, sagte sie. Wenn Sie sich in Ihrem hohen Alter weigern, kann Ihnen das niemand übelnehmen. Sie können sogar einen Funkspruch loslassen, Sie wollen von Bord, Sie können das hier nicht mehr mitmachen, gesundheitsmäßig.

Das würde Ihrem Mann sicher nicht gefallen, er hat für die Gesundheit der Reisenden vorbildlich gesorgt, denken Sie nur an das Essen, das keine Menschenhand je berührt hat.

Ach, dieser scheußliche Gummifraß, sagte sie. Aber der ist noch gar nichts gegen die scheußlichen Viecher, die dauernd bei uns ein und aus watscheln, sogar ins Schlafzimmer dringen sie und machen unästhetisch flitschende Geräusche. Sie mischen sich in die intimsten Angelegenheiten und analysieren sie, geben Kurvenpunkte an und berechnen die Divergenz der zwei Kurven, sie analysieren die Intimsekretionen und geben die darin enthaltenen Parasiten an, sie messen den Feuchtigkeitsgehalt gewisser Öffnungen, sie entblöden sich nicht, die Ergebnisse an die Gesellschaft zur Verwertung der Meeresfrüchte weiterzuleiten. Ich konnte es gerade noch verhindern, bin mir aber bei der Fülle des Materials, das stündlich, ja minütlich durch unseren Chang läuft und von ihm ausstrahlt, nicht sicher, ob nicht doch etwas davon nach außen gedrungen ist oder noch dringen wird. Ich bin dadurch natürlich vollkommen frustriert. Wie gelähmt, möchte ich sagen.

Ihren Gatten dagegen scheint die Exaktheit der elenden Viecher noch zu erfreuen.

Er wirft mir eine unwissenschaftliche Haltung vor. Als Wissenschaftler müssen wir natürlich auch die eigenen Körpervorgänge analysieren oder sie analysieren lassen und sie der Öffentlichkeit zur Verfügung stellen. Du meine Güte, als ob die Menschheit neue Aspekte aus der Analyse des Mittelzwerckschen Spermas gewinnen würde.

Nun, sagte ich, vielleicht kann sie das wirklich.

Der hektisch gefleckte Engel sagte böse, Ihnen wird die Ironie noch vergehen, die Viecher werden auch bei Ihnen noch etwas zu analysieren finden. Vorläufig sind sie noch mit dem Meer beschäftigt, aber der Übergriff in unseren Intimbereich war schon ein Vorzeichen. Gut, es ist keine Katastrophe, wenn die Welt erfährt, wie meine Vaginalflora beschaffen ist, aber ihre ekelhafte Art, ihre feuchten Fußabdrücke, ihr ständiges Changieren von Blau über Violett bis Phosphorgrün und der schauerliche Inhalt ihrer Einzelelemente. Intellektmäßig sehe ich natürlich, daß dieser Inhalt nichts anderes ist als ein computerartiges Arrangement en nuce, aber gefühlsmäßig möchte ich mich schütteln, wenn sich die Teile aufbauen und plötzlich der Ludibundus compositus in allen seinen Einzelteilen changiert und deren feine Innereigespinste dabei zittern. Und wenn er seine gequetschte nörgelige Zwergenstimme ertönen läßt, geht es mir durch und durch. Ich zucke jedesmal zusammen. Das allerschlimmste aber ist, daß Mittelzwerck ihn nicht ein Viech nennt, sondern an ihm die Menschenähnlichkeit hervorhebt und ihn sogar als beispielgebend für unser Menschenleben anzusehen anfängt.

Mochten Sie den conviva ludibundus nicht auch gern, fanden Sie ihn zuerst nicht niedlich? fragte ich.

Ich kann ihn nicht mehr sehen und hören, sagte sie, und deshalb, ich bitte Sie, wenn Sie es ablehnen, Frau Kutzenbacher aufzunehmen, bleibt nichts übrig, dann ziehe ich mit ihr zusammen. Dann bin ich endlich nicht mehr im direkten Einwirkungsbereich der Viecher.

Wissen Sie, Viecher scheinen es mir nicht zu sein. Mich ärgerte die lieblose Bezeichnung meiner Freunde.

Sie halten sie auch für menschennahe Strukturen, denen wir uns annähern müssen, für den neuen beherrschenden Menschentyp der Zukunft etwa?

Ich bin weder Anthropologe noch Futurologe.

Weigern Sie sich, Frau Kutzenbacher aufzunehmen, flehte sie. Sie schlug sich auf den Mund. Womöglich hören das die Ludibundi und melden es meinem Mann.

Ich glaube nicht, daß sie so petzerisch veranlagt sind.

Die machen alles, was ihnen befohlen wird. Ihre nörgelige Stimme bedeutet nicht, daß sie es ungern tun, die machen alles mit Feuereifer. Vorläufig hat er ihnen nur befohlen, maritimes Material herbeizuschaffen, aber er könnte ja schon einige damit beauftragt haben, ihm, was an Bord des Chang geredet wird, zu übermitteln, womöglich gleich mit psychologischer sowie moralischer und ideologischer Auslegung. Der Übergriff in unseren Intimbereich beweist, sie würden vielleicht auch von allein auf so was kommen. Schließlich gehört der Chang auch zum Bereich um die Doktor-Droll-Insel. Mich würde es nicht wundern, wenn sie ihn bis in alle seine Einzelteile analysieren würden.

Mir scheint, sie machen das bereits, sagte ich.

Nein, sagte sie, noch nicht, bis jetzt hat Mittelzwerck den Chang noch ausgenommen. Ohne den Chang, so lautete sein Auftrag. Aber wie dieser Einbruch in unseren Intimbereich beweist, geschehen Übergriffe. Eines Tages wird er sie nicht mehr steuern können, ach, lieber Herr Professor Philemon, können Sie nicht hinausfunken, daß Sie mit diesen Vorgängen nicht einverstanden sind? Können Sie nicht dagegen protestieren? Sie sind der Nestor, ich möchte nichts weiter als nach Hause. Fort von den widerlichen Gummimännchen.

Sie rührte mich. Ich sagte aber, Frau Kutzenbacher kann ich nicht wieder ausladen, aber wenn es Ihr Gatte zuläßt, können Sie meinetwegen auch noch zu mir ziehen. Wir müssen dann die Tür auflassen und möglichst auch das Bulleye öffnen. Die automatische Belüftung schafft es nicht.

Sie schlich davon, gebückt und traurig. Sie kam nicht auf mein Angebot zurück.

Frau Kutzenbacher saß abends auf ihrem Krempelhaufen vor meiner Tür. Wir werden es uns irr gemütlich machen.

18

Friederike besaß die Fähigkeit, in einer Ecke sich so einzurollen, daß sie raumsparend schlief. Sie konnte auf hartem Untergrund fest schlafen.

Als sich herausstellte, daß ihr eigenes Bett nicht mehr in die Kabine paßte, sagte sie, macht nichts. Und als ich ihr mein Bett anbot: Kommt nicht in Frage, ich vertreibe Sie nicht aus Ihrem Bett, ich kann sehr gut auf einem Seesack schlafen.

Wir könnten dieses Bett auch teilen, sagte ich.

Durchsägen? fragte sie.

Ich überlegte, ob man zu heutigen Zeiten nicht mehr »das Bett mit jemandem teilen« im alten Sinne verwendet. Sprach ich bereits in einer abgestorbenen Sprache? Was dies Gebiet anging, klaffte da zwischen uns ein generationeller Sprachabgrund? Oder kam sie bei meinem Alter nicht darauf, daß ich ein Teilen des Bettes ohne ein Zersägen meinen könnte? Stellte sie sich begriffsstutzig, weil sie mit Übergriffen durch mich rechnete? Dies hätte ich am liebsten für wahr gehalten. Ich sagte, wir könnten uns in dieses Bett so legen, daß wir uns beide darin gemütlich fühlen und keiner durch den anderen behindert wird.

Sie sagte, wir werden es so halten, wie es sich ergibt, variabel, man muß nicht immer in der gleichen Lage liegen, mal hier, mal dort, wie's gerade kommt und wie es einem zumute ist.

Sie hielt es auch für richtig, daß wir die Tür nicht dauernd schlossen. So zog gelegentlich ein leiser Hauch von Luft durch die Kabine, der allerdings nicht mit dem Wind, den ich aus meinem Haus gewohnt war, verglichen werden konnte.

Chang-Mief, wie Friederike sagte, blieb an allem hängen. Obwohl sie sich nackt auszog, Naturkleidung anlegte, wie sie es nannte, fand sie die Atmosphäre drückend. Sie wollte alle vorhandenen Türen, Klappen ständig offen haben.

Aber wenn plötzlich der Ludibundus compositus hereinspaziert?

Das wäre nett von ihm, dann könnte ich ihn richtig kennenlernen, wir könnten mit ihm sprechen, ihm Johnnyscheiben vorspielen, vielleicht würde er dazu tanzen, vielleicht auch mitsingen. Sie habe ihn nur einmal ganz kurz von hinten watscheln sehen. Undeutlich. Aber sie stelle ihn sich deutlich vor.

Sie bat mich nun fast täglich, den Ludibundus compositus in unserer Kabine erscheinen zu lassen. Anstatt zu Mittelzwercks kommt er zu uns, das muß Ihnen doch möglich sein, Philemon. Von Ihnen stammt der Trick mit dem kaputten Taschenrechner. Sie müßten den Ludibundus ohne weiteres umlenken können. Da sitzt also Mittelzwerck und wartet auf neue Materialien, aber der Ludibundus erscheint nicht. Er rekelt sich auf unserem Bett und hört sich Seemannslieder an, vielleicht singt er: Der Ludi war ein Seemann von besonderem Format.

Sie bat eindringlich. Manchmal schien ihre Stimme so kindisch nörgelnd zu klingen wie die des Ludibundus.

Trotzdem ließ ich mich nicht erweichen, einen Versuch zu unternehmen. Ich erklärte mehrmals, ich könnte es natürlich, aber ich blieb hart, auch wenn sie spöttisch blickte. Tun Sie's doch endlich.

Ich kämpfte mit der Eitelkeit. Manchmal war ich nahe am Nachgeben, aber der Wunsch, den Mittelzwerck und seine kleinen Mittelzwercke an ihrer Entfaltung nicht zu hindern, meine Neugier, was er nun weiter unternehmen würde, hielten mich zurück.

Ich kann mich da nicht einmischen, sagte ich, die Dinge müssen ihren technisch-wissenschaftlichen Gang gehen. Das muß organisch laufen, das darf ich jetzt nicht unterbrechen. Ich bin auch Forscher, ich würde es mir verbitten, wenn jemand in mein Experiment reinpfuschen wollte.

In Wahrheit dachte ich, Freund Mittelzwerck soll sich für alle deutlich entfalten können. Da muß ein ungebrochener Mittelzwerckismus herauskommen. Vorher ist es sinnlos, etwas zu tun. Es hieße dann, Philemon hat Mittelzwerck die großartige Forschungsarbeit durch Zwischenfunkerei verdorben, er war zu neidisch auf den jungen, hoffnungsvollen Wissenschaftler. Erst wenn Freund Mittelzwerck sämtliche Datenspeicherhäuser der Welt verstopft hat, wenn katastrophenartige Zustände eingetreten sind oder kurz bevorstehen, ist der richtige Zeitpunkt herangereift. Dann werde *ich* mich einschalten, dann werde ich auch verstanden werden, dann wird die ganze Welt auf meiner Seite sein, dann ist auch die Zeit gekommen, meine Arbeit über die Ludibundi auszugraben, sie zu vervollständigen und sie den Leuten, die mich befeiern wollen, zu schenken. Das wäre ein schöner Abgang für einen alten Mann.

Ich hörte also nicht auf Friederike und steckte demonstrativ Klimms Stöpsel in die Ohren, sobald sie wieder an zu quengeln fing.

Kapitän Nickelsen ließ sich mit Ohrenstöpseln nicht abweisen. Er kam im offenen Hemd, barfuß und völlig kahlgeschoren zu uns herein.

Aus seiner Hosentasche sah der Hals einer Flasche. Er zog sie, nahm einen Schluck und sagte, ich bin für diesen Chang verantwortlich. Mich sperrt man ein, falls ich nicht schon auf Grund liege, wenn Mittelzwerck etwas passiert.

Aber wie soll ich dafür garantieren, daß er in guterhaltenem Zustand auf Kai siebzehn abgeliefert wird und daß der Chang noch einigermaßen als Mobil erkennbar dort wieder Fuß faßt, wenn diese Glibberdinger sich überall verbreiten. Die setzen sich frech auf die Schaltanlagen. Erst gestern hab ich, mit nichtleitenden Handschuhen natürlich, zwei Dinger aus der Steuerung geklaubt und sie ins Meer geschmissen. Heute saßen gleich sieben am Radar.

Ich kann aber nicht dauernd hinter ihnen her sein. Wenn ich Ungezieferverjagungsgruppen aus der Mannschaft bilde, flitzen alle in dieser Enge und dieser Hitze durcheinander, rempeln sich in den Gängen an, und ihre eigentliche Arbeit unterbleibt. Wobei noch gar nicht sicher ist, ob nicht die frechen Dinger Kurzschluß erzeugen. Dann säßen wir im Dunkeln, manövrierunfähig.

Das Beispiel vom Meeresgarten können sie ohne weiteres hier wiederholen. Plötzlich sind alle elektronischen Innereien durchgeschmort.

Ich habe es Professor Mittelzwerck erklären wollen, aber er sagte, die technischen Steuer- und Lenkungsfragen des Chang wären meine Sache, damit könne er sich nicht auch noch abgeben, er hätte nachweislich nicht ein einziges ludibundisches Element beauftragt, sich mit dem Chang als solchem zu beschäftigen, er könne das belegen.

Ich erklärte auch, es wäre jetzt unübersichtlich auf dem Chang, die neuen Anlagen seien viel zu schwer, es dürften keine neuen mehr dazukommen. Sonst könnte ich nicht mehr garantieren, daß im gegebenen Moment der Chang sich in die Luft erhebt. Ich müßte befürchten, daß er an einigen Stellen Wasser nimmt, zumindest bei Seegang überflutet wird. Auch durch das dauernde Abladen von Computerschlangenpapier durch Flügler, das meist noch einige Zeit an Deck herumliegt und überspült wird, so daß aus ihm ein kleistriger Brei entsteht, der eine Rutschgefahr bedeutet, überall an den Sohlen rumgeschleppt wird und auch schon anfängt, sich in den Ritzen und Spalten festzusetzen, so daß es Türen und Klappen gibt, die nicht mehr dicht geschlossen werden können. Also, ich sagte, das bewältigen wir nicht.

Aber er erklärte, dann werden es vielleicht die Ludibundi bewältigen.

Er überlege, ob er nicht einem Teil von ihnen die Leitung des Chang anvertrauen solle. Allerdings, sagte er, konkret müßte die jeweiligen Aufgaben der Kapitän erteilen. Das beste wäre, Herr Nickelsen, Sie würden mir die notwendigen Aufgaben schriftlich hereinreichen, damit ich sie umsetzen und meinen ludibundischen Gehilfen übermitteln kann. Das ist zwar Mehrarbeit für mich, aber ein anderer hat ja nicht die Fähigkeit, mit ihnen in Kontakt zu treten. In hundert Jahren, vielleicht schon früher, werden auch andere Führungspersönlichkeiten sich diese Fähigkeit aneignen können. Vielleicht auch Kapitäne, falls es sie dann noch gibt. Also, reichen Sie mir die Materialien für die Aufgabenstellung her.

Aber das fehlte noch.

Nickelsen trank schon wieder aus der Flasche. Das wäre unser Untergang.

Ich fragte ihn, was er zu tun gedenke.

Das wollte ich Sie fragen.

Ich sagte, was kann ein alter Opa tun.

Ach, Opa, rief die kleine Kutzenbacher, die Kutz, so nannte ich sie jetzt, glauben Sie dem das nicht, Herr Kapitän, der tut bloß so, ein schöner Opa, kann ich Ihnen sagen.

Es war ja nett, daß sie so gut für meinen Ruf sorgte. Hier schien es mir jedoch nicht passend.

Ich gehe mal mit Nickelsen was reden.

In seinem Schaltraum war die Luft sehr trocken. Ich hustete.

Er hielt mir eine aufgekorkte Flasche hin. Hier muß man trinken, sonst dörrt man aus. Er sah mich finster an.

Es ist etwas im Gange, sagte er, es wird nicht gut auslaufen. Ich hatte, um das Schicksal nicht herauszufordern, die Kulturkiste nicht öffnen lassen. Aber was sehe ich vorhin? Der Gummikerl sitzt drauf und pitscht und klitscht am Schloß herum. Ich machte sch, sch. Das kümmerte ihn nicht. Ich gab ihm einen mit dem nichtleitenden Handschuh, da pitschte er in Richtung Mittelzwerck. Er hatte sich verlaufen, kann man sagen.

Aber ich glaube nicht daran, das war kein zufälliges Verlaufen, das hat was zu bedeuten. Der Ludibundus will die Kulturkiste aufmachen, er will diese Figuren, die Liegenden, sich Waschenden, artistisch Vögelnden, rausholen und die traurigen Musiken, die früher lustige Schlager waren. Er will das Zeug vorholen, das ich schon aus der Schulzeit kenne, das Dichtzeug, das in den Buchläden schon gelb und staubig war, als ich gerade lesen lernte.

Und wenn er es auch nicht rausholen kann, wenn er auch vorläufig das Schloß nicht aufkriegt, durch sein Daranherumpitschen hat er andeuten wollen, es ist bald Zeit, die Kiste aufzumachen. Das war ein Zeichen, Professor. Und wer es übersieht, ist selber schuld.

Nehmen wir an, es ist ein Zeichen, sagte ich, dann könnte es, wenn ich Sie recht verstehe, bedeuten, daß wir bald auf Kai siebzehn landen. Da können Sie doch froh sein.

Nein, sagte er, daß er jetzt an sie rangeht, bedeutet nicht, wir werden sie auf normalem Wege öffnen, am Schluß der Reise, und rasch die Sachen noch verteilen, damit wir unsere Punkte kriegen. Nein, es bedeutet, sie müßte jetzt geöffnet werden, weil jetzt das Ende unserer Reise naht. Aber Professor Mittelzwerck hat nicht die Absicht, die Reise zu beenden. Er sagt, es wird noch lange dauern. Was soll dann also das Benehmen des Ludibundus heißen? Es ist der Kistenöffnungszeitpunkt da, aber nicht vor Kai siebzehn, sondern hier.

Hören Sie, sagte ich, das leuchtet mir nicht ein.

Wir gehen auf Grund, wir sinken.

Jetzt schon?

Ich schätze, bald. Ich habe Rettungsmatratzen und Schwimmanzüge griffbereit gemacht. Für den Fall, daß wir uns noch für kurze Zeit erheben können, habe ich Fallschirme und Luftleitern parat. Wir könnten uns dann auf die Insel runterlassen.

Nickelsen, sagte ich, wir müssen diesen Chang noch eine Weile halten. Ich werde mich für Sie einsetzen, wenn wir nach Hause kommen. Mehr kann ich Ihnen jetzt nicht sagen. Höchstens, es muß noch schlimmer kommen, damit es besser wird.

Ich mußte husten, wir gossen beide tüchtig einen hinter. Er

sagte, hier kommen sie jetzt nicht mehr rein. Hier ist es knochentrocken, hier heize ich. Und die Methode wirkt. Sie austrocknen, dann fallen sie herunter wie tote Wanzen, platt, dürr, erledigt. Man kann sie rauskehren. Das mach ich jetzt in allen Räumen, wo sie nicht rein sollen.

Damals am Strand, ein Stückchen hinter Quallnik, da sagten Sie, Sie hätten nichts gegen Ihnen fremde Erscheinungen, wenn ich mich recht erinnere.

Im Prinzip habe ich nichts gegen sie. Ich lasse auch das Unbekannte gelten, bestimmt, sie sollen machen, was sie wollen. Ja, es gibt alles, und es soll auch alles geben, bio-elektronische und andere Bio-Kerle. Aber nicht bei *mir* drin. Nicht hier, auf *meinem* Sektor.

Ich mußte lachen, verzog nur knapp den Mund.

Natürlich haben wir jetzt dauernd einen sitzen, sagte er, wir wollen ja nicht selbst austrocknen, aber ich frage Sie, was wäre, wenn diese Dinger es fertigbrächten, uns magnetisch dahin zu leiten, wo Schiffe und Totalmobile spurlos verschwinden, wo auch Radar versagt?

Damit sie das nicht tun, müssen wir uns mit ihnen gut stellen, Kapitän.

Die reagieren nicht auf so was, die haben kein Gefühl wie wir.

Da könnten Sie recht haben.

Reden Sie mit Professor Mittelzwerck. Auf Sie hört er vielleicht. Er soll die Pitscher wegschicken. Alle warten darauf, daß *Sie* was tun.

Mir schien, er hatte nicht ganz unrecht. Es schmeichelte mir auch. Man hielt mich nicht für eine totale Mumie, die nur zur Verzierung mitgenommen war.

Mittags, das öffentliche Essen verlief trotz der angespannten Lage noch immer ordentlich im weißen, eiförmigen Saal, vielleicht weil Mittelzwerck die Lage nicht als so angespannt empfand, begann ich schonend.

Kollege Mittelzwerck, erinnern Sie sich, ich wollte Ihnen damals, als Sie mich aufsuchten, an diesem Abend kurz vor dem Installieren des Akusperrs im Meeresgarten, etwas mitteilen, aber wir kamen nicht dazu. Es war nicht ganz unwichtig. Und wenn wir es schon damals besprochen hätten ...

Ja, sagte er, es fällt mir ein, da war was; nun, darauf kommen wir zurück, wenn wir die Aufgaben erledigt haben.

Es wäre vielleicht mit diesen Aufgaben in Zusammenhang zu bringen.

Sicherlich, möglich, freilich, sagte er. Ich freu mich schon auf das Gespräch, aber jetzt, sehen Sie, wir stecken in ganz anderen Dingen drin. Wir müssen unsere erweiterten Unternehmungen sehr gut verteidigen. Wir stoßen nicht nur auf Verständnis, nicht nur auf Freude über den Erfolg der Wissenschaft, entschuldigen Sie, Professor Philemon. Er stopfte den Rest der Wabbelspeise in den Mund, stand auf und rannte fort.

Ich dachte, es soll nicht sein, er muß sich noch viel mehr entfalten. Wohl war mir dabei nicht.

Als Klimm gelegentlich vorbeikam, begann er mit der Frage, ob Kutz und ich uns wohl fühlten, ob wir noch ein Paar Ohrenstöpsel brauchten.

Er ließ durchblicken, daß die erweiterten Aufgaben nunmehr erfüllt seien. An sich seien sie, das zeige das Weiterarbeiten der Ludibundi, noch nicht erfüllt, es gäbe da noch große Möglichkeiten, aber die Obere Leitung, praktisch eine Versammlung aller Verwertungsgesellschaften der Welt, habe den Chef angewiesen, die Materialherbeischaffung zu stoppen. Die Welt ist eben noch nicht soweit, bemerkte Klimm, es gibt noch nicht die Möglichkeiten, derartig viele Informationen aufzunehmen. Es sei zu krisenartigen Erscheinungen gekommen, sagte er, und daher habe sich der Chef entschlossen, den Ludibundi Einhalt zu gebieten. Mehr sagte Klimm vorläufig nicht, ich hatte das Gefühl, er wartete darauf, daß ich mich äußerte.

Ich nickte nur, ich war gespannt, welche neuen Verdienste sich Mittelzwerck beim Bremsen des conviva ludibundus erwerben würde.

19

Freund Mittelzwerck ging davon aus, menschennahe Strukturen in seinen Dienst gestellt zu haben. So behandelte er die Ludibundi auch, als er ihnen klarzumachen suchte, ihre Aufgabe sei erfüllt.

Zunächst schien er geglaubt zu haben, dies würde eine Arbeit von wenigen Minuten, wenn nicht Sekunden sein. Die Ludibundi brauchten bloß von Mittelzwerck die entsprechende Weisung zu empfangen, und der Ludibundus compositus würde sich sofort in seine Bestandteile zerlegen, die durchs Bulleye ins Meer springen und sich dort zusammen mit den anderen ludibundischen Elementen urplötzlich still verhalten. Auf Abruf, aber vorläufig still.

Mittelzwerck hatte gemeint, er müßte nur die umgekehrte Kombination auf seinem Taschenrechner einstellen. Und als dies zu nichts führte, er müsse ihn einfach auf die Ausgangseinstellung bringen, um eine Art Nullstand zu schaffen.

Als auch darauf die Ludibundi nicht eingingen, war er nur wenige Minuten lang ratlos gewesen.

Frau Mittelzwerck, die gelegentlich bei mir vorbeikam, weil sie sich in einem ludibundifreien Bereich entspannen müsse, erzählte, sie habe Mittelzwercks Mißerfolge mit den Worten kommentiert: Du wirst sie nicht mehr los.

Aber Mittelzwerck habe geantwortet, gerade der Umstand, daß sie auf die Taschenrechnerkombinationen nicht reagierten, beweise, wie sehr sie sich während der Dienstzeit bei ihm entwickelt hätten. Jetzt zeigt sich, sie sind menschennäher, als wir dachten. Sie verlangen, daß ich ihnen erkläre, warum die Aufgabe erfüllt sein soll. Denn sie ist es ja nicht. Es ist die Weisung von oben gekommen, sie abzubremsen, aber die Ludibundi wissen genau, die Aufgabe ist nicht erfüllt, es gibt noch sehr viel zu analysieren und zu registrieren. Sie wollen eine vollständige Arbeit leisten, sie sind gründlich. Ich glaube, es ist ein Fehler, sie einfach technisch bremsen zu wollen. Ich muß als Mensch mit ihnen reden, und dies ist eben die neue Phase.

Es sitze dauernd der Ludibundus compositus, das Ekeltier oder der Ekelmensch, in der weißen Schale vor Mittelzwercks Tisch.

Mittelzwerck rede auf ihn ein. Dabei müsse Frau Mittelzwerck Töpfe mit Wasser bringen, damit Mittelzwerck den Ludibundus begießen könne. Nach einer Weile fängt er nämlich an, sich zu zerlegen, die Elemente wollen durchs Bulleye ins Wasser hüpfen.

Aber Mittelzwerck sagt, halt, hierbleiben, das muß ausdiskutiert werden.

Ja, es finden jetzt Diskussionen zwischen den beiden statt.

Mittelzwerck erklärt lang und breit, warum die Materialsammelaktion eingestellt werden müsse.

Und der Ludibundus entgegnet durchdringend im querulantischen Ton: Einstellung intranosibel, inpissonibel, expenetribel.

Dann schlägt Mittelzwerck im Lexikon nach, wo er die Wörter nicht findet. Er befragt den Computer, der hat sie auch nicht im Kasten.

Ich bezweifle dann, ob es derartige Wörter überhaupt gibt.

Und Mittelzwerck: Der Ludibundus verwendet sie, also gibt es sie, bloß wir sind noch nicht auf dem Stand, wo wir sie verstehen.

Er fängt wieder an, die Gründe für die Einstellung herzubeten.

Und wieder entgegnet der Ludibundus, es sei inpissonibel. Heute wurde er sogar wütend, er zerlegte sich blitzschnell in seine Elemente und fügte sich ebenso schnell wieder zusammen, und dabei knackte und blitzte es, und die Figur flammte grellblau, besonders die Augen.

Er hat nämlich Augen. Na, eben zwei größere Elemente, vorn zwei und hinten zwei.

Mittelzwerck ist jetzt der Meinung, der Ludibundus merke, daß er nicht mit der Anweisung der oberen Stelle eins sei. Ich muß mich mit der Anweisung in Einklang bringen, murmelt er vor sich hin. Dann begießt er das Scheusal.

Ich muß mir einen inneren Ruck geben, sagt er, durch mich muß die Richtigkeit der Anweisung ausstrahlen.

Aber ich glaube, auch heute überzeugt er den Widerling nicht.

Frau Mittelzwerck rannte dann fort, um Wasser für die Begießung des Ludibundus compositus einzufüllen.

Sie kam aber täglich wieder, ich spürte, sie wollte von mir einen Rat.

Vielleicht sollte Ihr Gatte reichliche Mengen Grüner Medaillons zu sich nehmen, empfahl ich. Die Vitamine und Enzyme und Spurenelemente würden ihm die geistige Arbeit erleichtern. Bedenken Sie, der Ludibundus nährt sich überwiegend von Grünen Medaillons. Dadurch entwickelt er auch eine solche Hartnäckigkeit. Seiner Körperstruktur entsprechend müßte natürlich Ihr Gatte bedeutend mehr Medaillons zu sich nehmen, zumal der Ludibundus aus vielen Einzelelementen besteht, die einzeln die Medaillonsäfte verspeisen, sie haben eine viel größere Verteilungsfläche, können mehr Vitamine und Enzyme und Spurenelemente unterbringen. Sie sollten schnellstens ausrechnen, wieviel Ihr Gatte benötigt, um dem Ludibundus mit gleicher Energie und Hartnäckigkeit gegenübertreten zu können.

So beschäftigte ich Frau Mittelzwerck. Denn durch das Vorhandensein von Grünen Medaillons im Gebiet der Doktor-Droll-Insel kamen Friederike und ich häufig in deren Genuß. Dies schlug sich bei mir erhebend nieder, was paradox klingt, aber ich wollte diese erfreuliche biologische Erscheinung nicht durch Frau Mittelzwercks Dauerklagen stören lassen.

Friederike hängte zwar das alte Trawlnetz vor die offene Tür, aber Frau Mittelzwerck redete auch durch die Maschen.

Manchmal schien sie zusammenzuzucken. Was ist das für ein furchtbares Geräusch, sind die jetzt auch bei Ihnen drin?

So gelang es mehrmals durch die ludibundiartigen akustischen Erzeugnisse, die bei unserer intensiven Beschäftigung öfter anfielen, Frau Mittelzwerck zu verscheuchen.

Andererseits war ich natürlich auf den Fortgang von Mittelzwercks Bremsversuchen gespannt.

Ich selbst schlich mich an seine Tür. Ich hörte ihn ungewohnt poltrig und grollend sprechen, einmal haute er sogar, denn er sprach in menschlichem Ton, auf den Tisch.

Und der Ludibundus antwortete elektronisch knatternd.

Aufgabe wird durchgeführt, Aufgabe wird durchgeführt, irreversibel, paradosibel, nonlogizibel. Nix geht verloren, nix geht verloren. Analysabel, registrapabel, ludibundabel.

Nachdem Mittelzwerck sich voll Grüner Medaillons gestopft hatte, schienen sich die Fronten zu verhärten.

Sie seien jetzt beide gleich energievoll, klagte Frau Mittelzwerck, sie brüllten sich nur noch an. Und dabei steigt die Informationsflut weiter. Die Viecher schuften unbekümmert, sie untersuchen Bestandteile, von denen es mir scheint, wir hätten entsprechende Meldungen schon erhalten. So führen sie an, das Sandkorn von vor einer Stunde sei inzwischen ein anderes, eine Stunde später würde es wieder ein anderes sein, eigentlich schon eine Minute, ja eine Sekunde später, und diese feinen Veränderungen, um die sich vorher noch nie jemand gekümmert habe, die seien eben wesentlich. Die könnten eben nur die Ludibundi aufspüren, weil sie so fein strukturiert seien.

So übersetze es ihr jedenfalls Mittelzwerck, aber nun sei er zu der Ansicht gelangt, Diskussionen seien uneffektiv. Eben weil die Ludibundi so fein und sensibel seien.

Man müsse ihnen noch menschlicher kommen, man müsse sie für ihre Arbeit auszeichnen, das erwarten sie, denn schließlich erwarten wir das auch. Er habe sein Inneres durchforscht und festgestellt, er fühle sich etwas gekränkt, daß man seine große Entdekkungsarbeit einfach mit der trocknen Anweisung, die erweiterte Aufgabe abzubremsen, beantwortet habe. Kein Dank, keine Anerkennung, nur Hilferufe, nur Abwehr.

Genauso müsse der Ludibundus empfinden. Hört jetzt auf, Burschen, es ist genug, der Ludibundus hat seine Schuldigkeit getan, er soll verschwinden.

Mittelzwerck hat bei der Gesellschaft einen Orden angefordert, den blauen Seestern mit Brillanten. Den will er dem glibbrigen Viech verleihen. Haben Sie, Professor Philemon, diesen höchsten Orden der Gesellschaft je erhalten?

Ich erinnerte mich nicht. Wohl gammelten in einer alten Schachtel einige solcher Dinger mit Bändern, Schleifen, Anstecknadeln. Kann sein, daß auch der goldne Seeigel dabei war, vielleicht die Seelilie zweiter Klasse.

Es regte mich nicht auf, daß Ludibundus compositus möglicherweise einen teureren Orden als ich erhalten sollte.

Wenn es auch ungerecht ist, sagte Frau Mittelzwerck, Hauptsache, er hört dann auf.

Im weißen, eiförmigen Saal, am eiförmigen Tisch fand die Verleihungsfeier statt.

Mittelzwerck sagte, dem Ludibundus so zwischen Tür und Angel den Orden an die Brust zu heften, wäre nichtachtend. Er forderte vom Kapitän die Öffnung der Kulturkiste.

Nickelsen blieb aber hart. Gerade jetzt nicht, sagt er, es reicht schon, wenn der Kerl in diesen Saal kommt.

Kutz, ich meine Frau Kutzenbacher, erklärte sich bereit, zu Ehren des Ludibundus eine Johnnyscheibe abzuspielen.

Als der Auszuzeichnende hereintrat, in seiner Nähe hielten sich Klimm und Frau Mittelzwerck mit Wassertöpfen, schien er den Kopf zum Seemannsgekrächze hinzuneigen, und es sah aus, als setze er zu einer Tanzbewegung an.

Freund Mittelzwerck trat aber, die Hand mit einem nichtleitenden Handschuh überzogen, auf ihn zu, um ihm den blauen Seestern mit Brillanten anzuheften. Die Rede, die er vorher hielt, war kurz. Doch haftete der Orden nicht, wo Mittelzwerck die Brust des Ludibundus vermutete. Er fiel herunter, und die Struktur zerlegte sich in ihre Elemente, die Wassergüsse hinderten sie nicht.

Ach, sagte Mittelzwerck, ich habe ja vergessen, daß jedes Element einen Orden kriegen müßte. Er hat Gerechtigkeitsgefühl. Jetzt scheint er beleidigt, was machen wir denn nun?

Kutz sagte, sie wundere sich, daß die Gesellschaft ohne weiteres so einen teuren Orden hergegeben habe, Funkspruch genügt, das komme ihr verdächtig vor.

Niedergeschlagen hob Mittelzwerck den blauen Seestern auf. Gehen wir auseinander, ich muß nachdenken, hier wurde etwas falsch gemacht. Oder, sagte er, muß ich nachdenken lassen?

Auf seinem Schalttisch habe er einen Informationsstreifen vorgefunden, berichtete Frau Mittelzwerck, aus dem hervorging, die Edelsteine am blauen Seestern seien unecht. Und einen anderen Streifen, der eine Meldung analysierte, der Stern sei für Professor Philemon bestimmt, zum neunzigsten Geburtstag. Es geht jetzt alles durcheinander.

Am besten, sagte ich, Ihr Gatte steckt sich den höchsten Orden selbst an, ich bin dafür, er hat Gewaltiges geleistet, das weiß hier jeder.

Er würde es nicht tun, dazu ist er viel zu korrekt.

20

Zur nächsten Eßversammlung erschien Freund Mittelzwerck seesterngeschmückt. Er wurde rot, als ich ihn ansah.

Ich hätte Ihren Vorschlag niemals angenommen, verehrter Herr Kollege, wenn es mir nicht in letzter Nacht gelungen wäre, conviva ludibundus ... Wir sollten diesen Namen durch einen zutreffenderen ersetzen. Weder ist unser fleißiger, tüchtiger, zuverlässiger Mitarbeiter ein Tischgast noch ein Spielender. Er schuftet hart, um es deutlich zu sagen. An Spiel denkt dieser Mensch gar nicht. Ich hätte aber nie den eigentlich für ihn bestimmten Orden angelegt, wenn es mir nicht gelungen wäre, mich mit ihm nunmehr zu verständigen. Unsere sehr langwierigen Verhandlungen haben erbracht, daß unser Mitarbeiter eine neue Aufgabe übernommen hat, dadurch erledigt sich die alte automatisch. Sehen Sie, Herr Kollege, er wollte keinen Orden, nicht etwa, weil die Edelsteine imitiert sind. Dies festzustellen entsprang nur seiner Gründlichkeit und Genauigkeit. Er wollte neue Arbeit. Er steht moralisch äußerst hoch. Wir könnten von ihm lernen. So einfach war es. Eine neue schöne Arbeit, und eine, die ihm liegen wird, mit der er naturgemäß verbunden ist. Ich stellte ihm die Aufgabe. Und so erlosch die vorige. Sie existiert für ihn nicht mehr, er fragt nicht mehr danach.

Daher die Stille, sagte ich, unheimlich, wie nichts mehr durch die Röhren tickt, auch scheint es etwas luftiger im Chang.

Das also war es.

Wollen Sie gar nicht wissen, womit er jetzt beschäftigt ist?

Ehrlich, ich wagte kaum zu fragen.

Er legt rund um die Doktor-Droll-Insel Muschelgärten an, er züchtet Grüne Medaillons... In kurzer Zeit wird er die Produktionsziffern von ihrem alten Garten verzehnfacht haben. Zugrunde liegen die Ziffern Ihrer besten Ernten.

Mittelzwerck stand im weißen Saal schneeweiß und mächtig da. Durch den weißen Hintergrund geschah die Täuschung, als seien Tisch und Saal sein Körper, auf dem ein runder, straffbespannter Kopf saß, der glänzte wie lackiert.

Ja, sagte Freund Mittelzwerck, entscheidende Ideen kommen über Nacht, man geht mit ihnen schwanger, und plötzlich werden sie geboren, vorausgesetzt, man ist nicht unfruchtbar, da ist die Schwangerschaft nur eingebildet, es kommt nur Luft heraus, da mag man noch so drängen.

Klimm sagte, ich möchte Ihren Vorschlag aufgreifen, den Ludibundus treffender zu benennen.

Ist Ihnen etwas eingefallen?

Vielleicht weiß Professor Philemon etwas?

Mittelzwerck sah mich an, als ob er sagen wollte, von dem da kommt nichts mehr.

Wie wär's mit »unser maritimer Bruder«? fragte Klimm.

Man könnte es erwägen.

Warum nicht unser kleiner Mittelzwerck. Die Mittelzwercke, fuhr es mir heraus.

Kutz kniff den Mund zusammen, um nicht zu lachen.

Klimm und Frau Mittelzwerck betrachteten den Fußboden.

Der Kapitän sah undurchdringlich geradeaus, bewegten sich die Spitzen seiner Teufelsohren?

Ich würde sagen, sagte Doktor Klimm...

Ich meine auch, Kollegen, ich danke Ihnen sehr, besonders Ihnen, verehrter alter Freund. Aus Ihrem Mund ist es mir eine große Ehre.

21

Zwischen mir und Friederike Kutzenbacher gab es während der Zeit unseres Zusammenwohnens nie Störungen. Dabei hätte ein normaler Mensch und erst recht ein normaler Greis es sicher als nervenzerrüttend empfunden, dauernd mit den merkwürdigen Gegenständen der Kutzenbacher konfrontiert zu werden. Mir machte es aber nichts aus, mich öfter an der Kapitänskiste zu stoßen, mit dem Fuß in einer Trawlnetzmasche hängenzubleiben oder von Malfarben bekleckst zu werden. Sogar die krächzenden Seemannsgesänge ertrug ich ohne Schaden für meine Psyche.

Ich besitze ein zusammenlegbares Wesen, ich kann mich innerlich zusammenklappen, nichts sehen, nichts hören, und durch diese innere Fähigkeit scheint es mir auch zu gelingen, mich unter engsten Raumverhältnissen, wo andere sich als sperrigen Gegenstand empfinden, noch einigermaßen bequem untergebracht zu fühlen.

Friederike schien nie das Gefühl zu haben, sich unmäßig auszubreiten. Wo sie sich niederließ, da war sie eben, überzeugt, daß niemand etwas dagegen haben könnte, wenn auf Tisch, Bett, Stuhl und überall auf dem Fußboden ihre verschiedenen Utensilien herumlagen. Vielleicht rechnete sie auch mich dazu.

So verstanden wir uns glänzend. Aber sobald das Gespräch auf den conviva ludibundus kam, gab es Meinungsverschiedenheiten.

Friederike fragte, ob die Ludibundi schön seien.

Ich hielt das für nebensächlich. Es sind Strukturen, sagte ich, die sich unter bestimmten Bedingungen herausbilden. So kann man sie weder für schön noch für häßlich halten. Diese Strukturen sind eben notwendig. Der Ludibundus compositus baut sich nicht aus ästhetischen Gründen zu einer menschenähnlichen Gestalt auf, sondern aus hydroökonomischen Erfordernissen. Die grüne Muschel ist nicht aus ästhetischen Gründen grün, sondern wegen ihres hohen Chlorophyllgehalts. Die Menschen reden sich ein oder bekommen eingeredet, die Natur sei schön, aber alles in ihr hat praktische biologische Ursachen.

Ich befürchtete schon, Friederike würde wie die Naturschwärmerinnen, die mich von dauerhaften Beziehungen zu Frauen zeit meines Lebens abschreckten, in Verzückung geraten, wenn ein Ludibundus zu uns hereinspaziert käme.

Ich begleitete sie nie auf dem Chang, wo sie, wie sie erklärte, neue Eindrücke auf sich wirken lassen wollte und wo sie, wie ich befürchtete, die Augen vor der Natur verdrehte. Schließlich, dachte ich, verfallen auch die natürlichsten Frauen der Naturanbetung.

Die Natur ist total nüchtern, sagte ich, und besonders nüchtern, wenn sie in bio-elektronischen Systemen auftritt. Mir graute davor, wie Friederike die Ludibundi malen würde. Und natürlich auch mich, wie einen fabelhaften Hexenmeister, der die grüne Muschel im Verein mit dem Zaubersystem herbeizaubert.

Das ist alles ganz nüchtern und im Grunde langweilig, sagte ich, zweckgebunden.

Kutz widersprach. Es gibt in der Natur auch Luxusbildungen, die zu nichts zu gebrauchen sind, zum Beispiel verrückt verästelte Geweihe, mit denen die Hirsche überall hängenbleiben.

Es steht zwar im naturwissenschaftlichen Lexikon, sagte ich, aber findest du diese Geweihe schön?

Nein, sagte sie, ausgefallen, irr, merkwürdig. Oder diese unpraktischen Riesenschnäbel mancher Vögel, die sie sogar beim Fressen hindern.

Jaja, sagte ich, da probiert die Natur viele mögliche Bildungen aus. Es werden alle morphologischen Sonderausprägungen durchgespielt, vielfältige physiologische Entwicklungstendenzen werden getestet. Ich bestreite nicht, daß es interessant ist, daß es mich faszinieren kann. Ästhetische Kategorien sind hier aber nicht anwendbar.

Ich hatte selbst das Gefühl, knochentrocken zu sein. Ich konnte nun einmal Naturgewundere nicht ausstehen. Darum sprach ich auch übertrieben sachlich. Das ist nichts weiter, da gibt es nichts hineinzugeheimnissen, nichts zu mystifizieren. Beinah hätte ich gegen meine tiefere Überzeugung gesagt, es ist alles durchschaubar, belegbar, erklärbar.

Kutz sagte, du lieferst mir selbst die Beweise. Eben: Alles wird durchprobiert, durchgespielt, alles verwandelt sich. Ob dabei Schönes oder Häßliches herauskommt, ist unwichtig, die Verwandlung ist die Hauptsache. Und weil der conviva ludibundus sich dauernd verwandelt, darum habe ich Lust, mit ihm zu spielen, ihn in vielen Variationen zu malen, ein Lied über ihn zu machen. Vielleicht läßt sich mit ihm noch viel mehr anfangen, vielleicht könnte er selbst Kunst produzieren, eben weil er ein großer Verwandler ist.

Dies erschien mir nun als der irrste Einfall. Ein Lied, meinetwegen, wir sind die lustigen Ludibundi, holladihü, holladiho. Ich bin ludibundus compositus, weil ich mein Wasser halten muß. Das würde sich in der Quallnik-Bar vielleicht gut verkaufen. Aber daß dieses bio-elektronische System selbst als Künstler auftreten sollte, hielt ich für blödsinnig.

Das sind nur Ideen von mir, sagte die Kutz. Ich will ihm nicht befehlen, los, Ludi, mach jetzt Kunst. Ich lasse mir ja auch nicht sagen, los, Kutzenbacher, jetzt Kunst gemacht und pünktlich abgeliefert. Da würde ich ganz steif werden, da würde nichts kommen. Ich möchte einfach mit ihm ein bißchen spielen, er heißt doch Ludibundus, der Spielende.

Spielen ist nicht gleich Spielen, sagte ich, es handelt sich hier um einen wissenschaftlichen Spielbegriff.

Ich langte nach den gelblichen Stöpseln, die Doktor Klimm mir überlassen hatte, und stopfte mir die Ohren zu. Ich hörte trotzdem die Kutz reden, aber ich hörte nicht mehr hin. Schließlich sah ich auch nicht mehr, wie sie den Mund bewegte.

22

Bisher war ich trotz aller Einschränkungen und Unbequemlichkeiten auf dem Chang, die sich durch Mittelzwercks Aktivität ergaben, ruhig geblieben.

Es hatte mich belustigt, wie gründlich der hoffnungsvolle junge Mann conviva ludibundus mißverstand. Er kann mit ihnen nicht umgehen, weil er nicht ihren wirklichen Charakter kennt. Daher kann er den Ludibundi auch nichts anhaben, hatte ich gedacht. Als ich bemerkte, daß er mit ihnen umging, als ob sie, wenn auch subordinierte Menschen wären, Fleißstrebeaufstiegswesen, wurde ich immer heiterer und unbesorgter.

Mittelzwerck hatte ja keine Ahnung, und mein Vergrabenes war keineswegs zum Wegwerfen verdammt. Nichts war umsonst gedacht, umsonst geschrieben.

Mittelzwerck mochte allenfalls erkannt haben, daß diese zappelnden, den eßbaren bunten Gummitieren ähnliche Wesen, durchsichtig und von vielerlei Gestalt, durch Fotosynthese Energie erzeugen, er mochte schlußfolgern, daß ihre bio-elektronische Struktur durch zufälliges Ins-Wasser-Fallen von Materialien irgendeines Instituts entstanden sei, er mochte auch herausfinden, daß sich conviva ludibundus nicht durch Befruchten fortpflanzte, daß er die Liebe an sich nicht kannte, doch in der Lage war, Liebesgeräusche zu erzeugen. Diese Erkenntnisse brachten Mittelzwerck nur dazu, Wesensverwandtschaft zwischen sich und dem conviva ludibundus festzustellen.

Doch weil er nicht erkannte, daß dies System alles aus einem Spieltrieb tat, aus Spieltrieb beispielsweise versuchte, sich eine menschenähnliche Gestalt zu geben, wobei in deren Innern ein Flüssigkeitshohlraum entstand, der es längere Zeit auf dem Trokkenen leben ließ, aus Spieltrieb die Bestandteile des Meeres analysierte, aus Spieltrieb dazu kam, die menschliche Sprache nachzubilden, aus Spieltrieb überhaupt die Aufgaben annahm, die Mittelzwerck ihm stellte, daß also das bio-elektronische System conviva ludibundus kombinations- und spielbesessen war und keine höheren Ziele kannte als das Spiel und sogar die Ernährung als Spiel betrachtete, lustig und unbekümmert sich also von den Grünen Medaillons ernährte, die wiederum von seinen Ausscheidungen lebten, weil dieses alles Mittelzwerck verschlossen blieb und er dem bio-elektronischen System sogar moralisches Empfinden andichtete, Gefühle und dergleichen Eigenschaften, die dazu dienen können, ihren Besitzer in den Griff zu kriegen, darum blieb ich zunächst sorglos.

Doch als er davon sprach, die Ludibundi (nunmehr die Mittelzwercke) würden die Züchtung einer Supermuschel übernehmen, hätten auch schon damit begonnen, fing ich an unruhig zu werden.

Ich sagte zur kleinen Kutz, jetzt geht es an die Muschel, und immer öfter hockte ich auf unserem Bett und starrte vor mich hin.

Und wenn sie fragte, woran denkst du, Phil, ertappte ich mich dabei, daß ich an gar nichts dachte. Ich dämmerte dahin, ich brütete, ich ahnte.

Herrschte jetzt eine heitere Stimmung auf dem Chang?

Klimm kam herein und futterte anstelle seiner Vitalisatoren Muscheln aus einer Tüte. Wir haben sie jetzt reichlich, sagte er, und das Problem ist nur, wir sind durch die gewaltige Arbeitsproduktivität der Mittelzwercke ein bißchen überrollt. Ich meine, wir sind nämlich vorübergehend etwas eingeengt. Dies sind naturbedingte Wachstumsschwierigkeiten. Eigentlich hatten wir vor, die Anlagen, die für die zeitweiligen erweiterten Aufgaben montiert wurden, wieder zu entfernen. Leider hat sich der Kapitän geweigert, er fürchtet Beschädigungen der Chang-Konstruktion. Wir sind also gezwungen, noch enger aneinanderzurücken. Schon um die ungeheuren Mengen von Medaillons, die jetzt anfallen, sofort einbüchsen und einfrieren zu können. Gewiß, wir lassen sie auch abholen, aber die Flügler sind nicht alle darauf eingerichtet, Muscheln im Frischestzustand zu erhalten. Die Mittelzwercke werfen auch einfach die Muscheln abgerissen auf den Chang, so daß wir schon aus Raum- und Steuerungsgründen uns von den Massen immer wieder schnell befreien müssen. Darum, verehrter Herr Professor, liebe Frau Kutzenbacher, Sie werden sicher Verständnis dafür haben, wenn ich Sie bitte, in die Kabine des Kapitäns zu ziehen. Er ist bereit, mit Ihnen dort zu hausen.

Ist das denn wirklich nötig, fragte ich, wird hier nicht übertrieben?

Darüber steht mir kein Urteil zu. Er selbst war also nicht einverstanden.

Wissen Sie, sagte er unvermittelt, ich fühle mich als Mensch auch nicht sehr wohl. Die Menschen werden hier auf diesem Chang vollkommen an die Wand gedrückt. Ich weiß manchmal nicht mehr, wozu ich da bin. Als ich damals in Ihrem Meeresgarten dem Chef behilflich war, da sagte er mir noch, ich wäre zur Entwicklung vorgesehen, aber jetzt werden von ihm ganz andere entwickelt. Ich werde anscheinend nur verwertet, bis aus mir nichts mehr rauszuholen ist. Ich renne hier herum und löse unlösbare Raumprobleme, schiebe den einen dahin und den anderen dorthin. Kaum habe ich an einer Stelle Luft geschaffen, schiebt sich da schon was anderes hin. Ihre Kabine wird morgen voller Muscheleinbüchsautomaten stehen. Übermorgen werden sie aber schon nicht mehr ausreichen. Entwickeln tun sich an meiner Statt die Mittelzwercke. Sie haben sich seit der Erteilung der neuen Aufgabe bereits um hundertfünfundsiebzig Prozent vermehrt.

Natürlich, dachte ich, denn auch die Muscheln vermehren sich, und je mehr Grüne Medaillons es geben wird, desto mehr Mittelzwercke wird es geben. Der Junge ist beinah auf der richtigen Spur, aber er hat hier nichts zu melden. Ich fragte, wenn ich mich weigern würde, schon wieder umzuziehen?

Dies können Sie natürlich. Im Grunde ändert es nichts, wie ich schon sagte, ein Loch wird aufgemacht, schon quillt es wieder über. Er zog den Mund bitter herab. Wenigstens wird der Chef jetzt öffentlich gelobt, weil die Versorgung der Menschheit mit Grünen Medaillons gesichert ist. Die soll es jetzt überbacken an allen Straßenecken geben, die Kinder nehmen sie zur Schule mit. Das Neueste sollen Grüne Medaillons in Bibberspeise mit Algenschaum darstellen, und dazu Bratkartoffeln. Das können Sie in jeder Automatenkneipe auf Knopfdruck kriegen, spottbillig, Sonderangebot.

Das müßte doch auch Sie erfreuen, sagte ich.

Verwertung und Entwicklung, ich weiß. Aber wo bleibt jetzt das Besondere? Wenn man es sich mal leisten will, was hat man noch vom Leben, wenn alles nach der grünen Muschel schmeckt, wenn jede Seife danach riecht? Und neuerdings, weil Grüne Medaillons nicht ganz so guter Klasse schon an die Kühe verfüttert werden, auch schon die Milch. Es gibt noch nicht einmal ein biederes Schweinskotelett ohne den Grüne-Medaillons-Geschmack. Jetzt hat Mittelzwerck auch unser Wabbelessen mit Medaillonsoße anreichern lassen. Es schmeckte vorher zwar nicht sonderlich, obwohl man es aus wissenschaftlichen Erwägungen begrüßen mußte, aber jetzt sehne ich mich sehr nach Wabbelspeise pur zurück.

Natürlich, alles roch nach Grünen Medaillons, sogar das schöne Essen, das uns die kleine Kutz in Töpfchen aus dem Bauch des Chang heraufholte, die Königsberger Klopse beispielsweise.

Ich war schon längere Zeit nicht auf den Gängen herumspaziert. Man hatte mich auch bei den Eßversammlungen nicht vermißt.

Als ich mit Klimm herumtappte, um mir die Sache beim Käptn anzusehen, mußte ich aufpassen, um nicht auf Strünken und Muschelteilen auszurutschen. Öfter sprang eine Tür auf, aus der geschlossene Muscheldosen rollten. Quer über meinen Weg fuhr dann ein Greifer, der sie aufklaubte.

Ich wurde hin und her gerüttelt, mußte ein Laufband übersteigen. Beim Kapitän fiel ich erschöpft auf dessen Stuhl.

Nickelsen lag in einer Hängematte. Eins seiner Teufelsohren guckte durch eine Masche, als fange es nur ihm zugängliche Informationen.

Die Kerle beginnen schon, den Chang mit Muscheln zu bebauen. Wir müßten uns erheben, um dem zu entgehen, aber das können wir nicht mehr. Es fällt schon schwer, mit den Geräten zu manövrieren, weil die Klapptüren teilweise zugewachsen sind. Allerdings brauchen wir die Dinger kaum, Greifer und Schaumschläger höchstens, weil sie zur Produktion eingesetzt werden können. Nun, was soll sein? Wir ankern hier, wir werden hier anwachsen.

Wir kreisen also nicht mehr um die Insel? fragte ich. Dabei hatte ich dauernd das Gefühl, wir würden uns bewegen.

Wir liegen still, wir können jetzt sogar die Kulturkiste aufmachen, die Reise ist beendet.

Vorläufig, sagte ich.

Er sah mich spöttisch an. Ich hab mit Mittelzwerck gesprochen, ich habe auf den Tisch gehauen, ich muß ja diesen Chang ordnungsgemäß wieder nach Kai siebzehn bringen.

Diese Aufgabe gilt nicht mehr, sagte Mittelzwerck, die Mittelzwercke haben es begriffen. Wenn eine neue Aufgabe gegeben wird, erlischt die vorige. Sie sind elastisch, schöpferisch, sie können sich umstellen, darum sind sie so lebenskräftig. Die Raumfragen, die Sie ansprechen, die zeitweilige Überlastung des Mobils, sind mir nicht fremd, ich habe sie mit meinen Mittelzwercken durchgesprochen. Ich habe darauf echt mittelzwerckisch reagiert, sie züchten jetzt das Supermedaillon. Es wird noch strahlend grüner sein, brillantgrünsuper, es wird größer sein als das gewöhnliche. So brauchen wir nur noch eine einzige Supermuschel. Und eine Supermuschel einzudosen oder einzufolisieren erfordert weniger Arbeitsgänge als vorher. So werden einige Überlastungen wegfallen. Die Supermuschel wird sich länger halten, so daß auch Flügler und normale Maritim-Mobile sie beinah verlustlos übernehmen können. Sehen Sie, Kapitän, so macht man das.

Nickelsen sagte weiter, ich hätte ihn noch fragen sollen, welche Aufgabe nun mir zuteil wird, wenn meine eigentliche angeblich erloschen sein soll. Aber ich kann mit dem nicht reden. Mir bleibt das Wort weg. Neuerdings. Zum Glück habe ich hier genügend Flaschen. Und wenn Sie beide zu mir ziehen, machen wir dicht.

Er schlenkerte eins seiner langen Beine aus der Hängematte, sein Gesicht nahm einen schlaffen Ausdruck an. Ist eben eine Flaute. Ich kenne das von meinem Urgroßvater. Kein Wind in die Segel uns pfiff, die Pest war unsere Plage, so liefen wir auf ein Riff.

Die Pest, dachte ich. Dem kommen aber Vergleiche. Ich hatte plötzlich einen Satz aus einem alten Buch im Kopf, und da er mit ihnen gefangen war, mußte er mit ihnen aushalten, bis zum bitteren Ende.

Na, dachte ich, so sieht es ja nun doch nicht aus.

Ich zögerte, zu Nickelsen zu ziehen, aber die kleine Kutz fand es aufregend, in einer echten Kapitänskabine bei einem echten Kapitän zu wohnen.

Nickelsen zog eine Folie quer. So sahen wir uns zeitweilig nur als Schatten.

Eines Tages kam Doktor Klimm vorbei. Befürchten Sie nicht, daß Sie schon wieder zusammenrücken sollen. Er knipste einen Plastsack auf. Hier bringe ich Ihnen die neue Muschel, Geschenk vom Chef.

Er legte vor jeden von uns ein straußeneigroßes knallgrünes Exemplar.

Übrigens, fragte Klimm gedämpft, ist morgen nicht neunzigster Geburtstag?

Nein, sagte ich, der ist noch nicht. Er war total vergessen worden. Kein Medium hatte darauf hingewiesen. Mein richtiger neunzigster Geburtstag, der kommt noch, dachte ich.

23

Ich habe zu Anfang von dem Dauerbild geschrieben, das sich mir darbot, wenn ich am Fenster meines von künstlichen Winden durchsäuselten Hauses die weißen Rollos aufzog.

Der helle Strand, das Meer und die dunkelgetönten Reihen des Meeresgartens, die manchmal unter der Gräue bewegten Wassers unsichtbar wurden. Ich schrieb auch von den Figuren, die durch mein Bild spazierten, den Liebespaaren, die sich vom Meeresrestaurant Muschelsaftflaschen holten, die sie noch im Gehen austranken, den Erntearbeitern, den Studenten mit Notizblöcken und kleinen Rechnern.

Während der ersten Zeit der Medaillonproduktion an der Doktor-Droll-Insel geschah es oft, daß ich träumte, ich wäre ein junger Mann und ginge in diesem alten, nicht mehr existierenden Bild spazieren.

Ich träumte, ich tauchte in meinen alten Meeresgarten hinab und durchschwömme die Reihen mit den Grünen Medaillons und den Algenkulturen, dem Meerkohl und den Meererbsen. Aber immer wieder strich ich an den silbergrünen Medaillons entlang, und ich fühlte ab und zu die leise, beinahe zärtliche Strömung, die plötzlich im Wasser entstand und meine Haut kitzelte. Ich hatte das Gefühl eines Fließens im großen Fluß des Meeres, und ich tauchte aus solchen Träumen sanft an die Oberfläche.

Ich glitt. Und Friederike, die kleine Kutz, tauchte mit mir auf. Jedenfalls hielten wir uns im Augenblick des Wiedererscheinens fest, wir schmiegten uns aneinander, wir lagen eine Weile mit offenen Augen stumm da, und ganz gemächlich erhoben wir uns, traten vor die Folie, die Kapitän Nickelsen durch seine Kabine gespannt hatte, und fingen an zu frühstücken.

Durch ein großes Bulleye blickte ich auf einen Teil der Doktor-

Droll-Insel. Sie erschien zunächst kahl und unwirtlich, nur ein zakkiger gelber Felsen und etwas dürres Gras. Aber ich konnte ein Stück von einem zum Erntegerät umgebauten Universalgreifer sehen, hier und da Häufchen von Grün, in die er hineinfuhr, als höbe er sie auf. Aber wenn er abschwenkte, schien es, als hätte er die Haufen erst hingelegt, sie vergrößert. Ansonsten sah ich nichts. Wir zerteilten unsere Supermuschel und tranken ihren Saft, und Kutz tupfte sich davon etwas aufs Gesicht und auf ihre kleine Brust.

Als ich an diesem Morgen auftauchte, wußte ich nicht, wo ich war. Zwar lag Friederike neben mir und hielt mich fest. Ich glaube, sie hielt mich fester denn je, so daß ich kaum Luft bekam. Dann schmeckte ich Salzwasser, daß in meinen Mund lief. Sollte es wahr sein, weinte ich?

Ein alter Mann weint im Schlaf und wacht unter Tränen auf. Welch scheußliches Bild. Aber im Traum war ich ja ein junger Mann.

Weinte ich, weil ich alt an die Oberfläche gestiegen war?

Auch die Kutz schien sich elend zu fühlen. Sie sah grünlich aus, sie wollte mich trösten, schien es, sie streichelte mich, sie fuhr mit ihrem grünlichen Mund meinen Körper entlang. Ist nicht so schlimm, Phil, wird alles noch gut werden.

Ich versuchte sie an mich zu drücken, es gelang nicht. Eben noch ein junger Mann, und jetzt kam ich nicht mehr hoch, lag schlaff auf dem grünlich scheinenden Laken, fühlte die eigene Kälte, obwohl es drückend und stickig in der Kabine war. Ich hatte ein dringendes Bedürfnis, in die kleine Kutz hineinzukriechen, ein Schutzbedürfnis, aber es gelang nicht mehr.

Sie hörte nicht auf, mich zu streicheln, sie lächelte. Wird schon wieder.

Das machte mich noch trauriger. Es wird nicht mehr, dachte ich, es ist vorbei, es war ein Nochmalaufleben, schon mehr, als ich billigerweise verlangen konnten, fast übernatürlich.

Kutz ist vierzig oder sogar fünfzig Jahre jünger als ich. Wie sagte sie?

Ich bin durch dich jünger geworden, Phil. Wir hatten uns beide gegenseitig verjüngt.

Sie zog ihr Gesicht von mir zurück, wahrscheinlich, damit ich ihr optimistisches Lächeln sehen sollte, aber es war nicht mehr das Gesicht der kleinen Kutz. Das Lächeln war ältlich, knittrig. Frau Friederike Kutzenbacher wirkte uralt.

Wie mußte erst ich aussehen, wenn sie schon aussah, als wäre sie von einer Stunde auf die andere einem Schnelldörrverfahren unterworfen gewesen, ihre Gesichtszüge sackten kraftlos nach unten.

Wir setzten uns stumm an unser Frühstück, und ich vermied es, die ehemalige Kutz anzusehen.

Ich zerschnitt wie nun seit vielen Wochen die große grüne Muschel. Sie ließ sich schneiden, als wäre sie aus einer Masse schnittfest gebacken, ich preßte Saft heraus, der wie üblich zuviel für unsere Becher war und den Tisch bespritzte.

Und wie üblich betupfte Friederike Gesicht und ihre kleinen Brüste mit Muschelsaft. Wie üblich sagte sie, alles echt bio, so würde man es nie von der Industrie bekommen.

Ich sah zum Bulleye, aber das Morgenbild war verschwunden. Da war überhaupt kein Bild mehr, keine Doktor-Droll-Insel, keine Greifer, das Fenster war grün verhängt. Daher also das grüne Licht, das Gefühl, nicht mehr wie sonst aufgetaucht zu sein, das grüne Laken, Friederikes grünlicher Mund.

Plötzlich kam Nickelsen ächzend herein. Er ließ eine kürbisgroße Muschel auf den Fußboden fallen. Das ist jetzt ihr neuestes Format. Mit Kleinigkeiten geben wir uns nicht mehr ab.

Ich wartete darauf, daß er wie üblich einen Witz an Friederike richtete, einen abgeleierten Klabautermannwitz etwa, über den ich mich jedesmal ärgerte.

Nickelsen war ein bißchen scharf auf die Kutzenbacher, er hatte es kaum unterdrücken können. Na, ist heute nacht der Klabautermann wieder gekommen, war er fleißig, ich würde ihn sonst mal ablösen.

Jetzt sah Nickelsen Friederike nicht einmal an. Er begann an dem Unding herumzusäbeln. Heute habe ich sie noch durch die Tür gekriegt. Aber wie wird es nächste Woche aussehen?

Der Saft stürzte aus der Unmuschel, eine gewaltige grüne Pfütze streckte ihre Zungen nach allen Richtungen aus.

Nickelsen ließ das Messer fallen, er versuchte nicht einmal, den Saft aufzuwischen, er rutschte in die Pfütze und blieb darin sitzen.

Auch er kam mir gealtert vor. Sein Haar war nicht mehr kurzgeschoren, es schien überhaupt nicht mehr vorhanden, der nackte Schädel schillerte grünlich. Wo blieb sein allmorgendlicher Klabautermannwitz?

Wir sind alle heruntergekommen, sagte plötzlich die Kutzenbacher, wir können nicht mehr, bei uns spielt sich nichts mehr ab.

Dabei futtern wir Supermuscheln, daß sie uns schon aus Nasen und Ohren quellen.

Vermutlich war auch mein geistiger Leistungsstand nicht mehr der von vor einigen Wochen. Trotzdem begann mir zu dämmern, unsere Schwächen könnten vom Genuß der neuen Supermuschel herrühren. Wir sollten sie analysieren, sagte ich, sie kommt mir vor wie ein aufgeblasener Frosch, der zwar groß wie ein Ochse wird, aber in dem nichts als Luft steckt. Aber sie war ja von sämtlichen Instituten der Welt analysiert worden. Und bevor sie sie heraufbeförderten, analysierten die Mittelzwercke sie. Alle Ergebnisse besagten, die Konsistenz sei dichter, sie enthalte weniger unnötige Stoffe, sei weniger wäßrig, was den Saft wertvoller mache.

Sie ist die alte Muschel nicht mehr, sagte ich, da fehlt was, sie ist hochgepumpt, sie wird in sich zusammenfallen.

Vorläufig wächst sie noch, sagte Nickelsen.

Es ist die Muschel nicht mehr, es ist nicht mehr mein Grünes Medaillon, sagte ich, es ist ausgelaugt, degeneriert.

Aber sie wächst wie verrückt.

Sie degeneriert ins Gigantische, sagte ich. Nach dieser geistigen Anstrengung legte ich mich auf das grünliche Laken und schlief sofort ein.

Friederike weckte mich.

Wir wachsen zu, wir liegen hier und schlafen, und das Grüne wächst. Wir kommen hier nie wieder raus. Wir müssen eine Delegation bilden und zu Mittelzwerck gehen.

Ich schlafe nicht, mein Kind, sagte ich. Aber hatte ich nicht die ganze Zeit geschlafen von dem Augenblick an, als die Mittelzwercke sich der Grünen Medaillons bemächtigten? Jetzt geht es an meine Muschel, hatte ich gedacht und vielleicht auch gesagt. Jetzt mußt du aufpassen, Philemon, aber bei Kutz, hinter der Folie, wo ich in meinen alten Meeresgarten tauchte und als junger Mann durch die mattgrünen Reihen strich, muß mir der Augenblick entgangen sein, in dem es aufzupassen galt. Was nützte jetzt eine Delegation, die bei Mittelzwerck protestierte? Die Muschel war hin, zu einem Nichts aufgebläht, sie würde platzen wie eine Blase, sie würde massenhaft vertilgt werden, hochgepriesen, angebetet. Sie war nur ein Phantom. Es gab sie nicht.

Und sicher gab es auch nicht mehr meinen conviva ludibundus.

Nahe schien mir zu liegen, daß es demnächst auch keinen Mittelzwerck mehr geben würde. Und keinen Chang und keine

Chang-Besatzung und keinen Nickelsen und keine kleine Kutz. Natürlich auch keinen alten Philemon.

Ich hatte die Entwicklung auf dem Chang mit angesehen, sie laufen lassen, weil ich gemeint hatte, daß es noch schlimmer kommen müsse, damit es besser wird. Aber es ist nicht einfach, abzuschätzen, wie schlimm es kommen muß, wo sich der Schlimmst-Punkt befindet, wieviel Grad slim die Kurve erreichen darf, und auch die Frage, ob es beim Umschlag einer schlimmen Quantität in eine neue Qualität sich stets um eine bessere Qualität zu handeln habe, ob nicht das Schlimme schlimmer werden würde und ob da überhaupt ein Umschlag stattfände, ob sich nicht einfach die Quantität des Schlimmen hemmungslos vermehrte, auch diese Frage war nicht ohne weiteres zu beantworten, und wie die Praxis mir nun zeigte, erhob sich noch eine weitere Frage: An welchem Punkt der slim-Entwickung muß eingegriffen werden? Wann ist mit dem Besserwerden trotz schlimmster Schlimmheit nicht mehr zu rechnen? Man mag mir vorwerfen, ich hätte Mittelzwerck (echt greisenboshaft) weitermachen lassen, hätte aus seinen Idiotien privaten Lustgewinn gezogen, aber wenn solche Nebenprodukte auch entstanden sind – wozu es leugnen? –, so habe ich dennoch versucht, mit Mittelzwerck zu reden, aber es war zu spät, der slim-Punkt, der entscheidende, war überschritten. Jetzt zu erforschen, wo er gelegen hatte, ob schon zu Anfang unserer Reise, ob schon am Meeresgarten, erschien mir witzlos. Mittelzwerck hatte mich niemals mit sich reden lassen. Das einzige, was ich hätte tun können, wäre vielleicht ein offner Brief an die Gesellschaft, ein Weltprotest gewesen. Aber was hätte er genützt? Hätte jemand darauf gehört? Wäre mein Protestieren nicht nur ein Alibi gewesen, ein Aktenfüllen, damit es hundert Jahre später hätte heißen können: Als einziger hat der greise Philemon gewarnt, es wurde aber nicht auf ihn gehört. Ja, darauf, daß auf sie nicht gehört wurde, sind manche Leute hinterher noch stolz, es gibt ihnen das Odium des verkannten Weisen und stellt die anderen als versteckte Besserwisser hin. Aber was nützt die Warnung, die nicht ernst genommen wird? Dient sie der Sache? Der lieben Menschheit und so weiter? Der Alte hat gewarnt. Sehr brav. Was hat er sonst getan? Hätte er nicht den Chang verlassen sollen? Demonstrativ, mit Kutzenbacher? Wenn Philemon und dann auch noch die Kutzenbacher, womöglich einen neuen Schlager singend, von Bord gegangen wären, hätte das ein Alarmsignal sein können, das nicht so leicht zu überhören gewesen wäre. Philemon geht von Bord. Hatte er nicht schon vor der Reise im Fernsehen gewarnt? Nun geht er. Und die berühmte Friederike Kutzenbacher, um derentwillen sich die Leute für die Expedition vor allem interessierten, die Zugnummer, geht auch. Da muß, trotz der Erfolgsberichte des Mittelzwerck, was faul sein. Philemon, der Nestor, der Weise, geht. Ein Menetekel. Und Kutzenbacher folgt ihm. Es stinkt an Bord des Chang. Dies wäre vielleicht eine Möglichkeit gewesen, aber ich hätte mich dann vom Ort der Handlung trennen müssen, und mittlerweile war mir der richtige Augenblick entgangen. Nichts ging mehr. Mir fiel der alte Umkehrwitz ein, mit dem man zu meinen jüngeren Zeiten meine Gesellschaft, deren Stempel ich hinten auf der Jacke trug, verspottet hatte: Gesellschaft zur Verwicklung und Entwertung der Meeresfrüchte. Diese Bezeichnung würde vermutlich überleben, und falls mein werter Name überlebte, dann in Zusammenhang mit den Begriffen Verwicklung und Entwertung.

24

Auf dem fleckigen, angerissenen Streifen, den Mittelzwerck mir schickte, las ich in großen lateinischen Buchstaben und in der Kettenform ohne Lücken, ohne Interpunktion, in der die alten Römer ihre Monumente beschriftet haben sollen, einen Text, den ich auf Anhieb nicht verstand. Als ich ihn zu gliedern versuchte, nach logischem Denken Lücken einließ, wurde der Text übersichtlicher, er ließ sich vorlesen, doch weder Friederike noch Nickelsen begriffen, was gemeint sein sollte.

Transbiopolymorphexcursistanz kapazidentozonerrator biovariabulosignificantspezifibel mittelzwerckosistenzdynamokomplexibel.

Nur das Wortstückchen »mittelzwerck« verstanden sie.

Wir rätselten sehr lange, was diese Zeichen zu bedeuten hätten.

Ob es sich um ein ganzes Wort handelte, um einen Code? Wir spielten Umstellrätsel, wir brachten aber nichts Klärendes zustande.

Immerhin läßt sich annehmen, sagte Nickelsen, daß dieser Brief von Mittelzwerck geschrieben wurde.

Nein, sagte Friederike, Mittelzwerck ist immer so korrekt, so pinnig sauber. Dieser abgerissene Fetzen klebt vor Schmutz.

War es ein Wisch, auf dem der Mittelzwerck in einer geheimen Sprache denunziert wurde, war es eine Beschwerde über Mittelzwerck? Wer sollte sie geschrieben haben? Vielleicht ein Mittelzwerck? Es schien jetzt schwierig, zu unterscheiden, wer überhaupt der richtige Mittelzwerck noch war.

Worum es sich auch handeln mochte, ich wollte nachsehen. Möglicherweise hatte auch Frau Mittelzwerck geschrieben, oder es ging um sie.

Die Gänge waren grün und schmierig, sie reinigten sich nicht mehr selbst, weil die entsprechenden Anlagen bewachsen und mit grünen Ausscheidungen verkleistert waren, die Kanäle bis oben zugestopft. Es quoll aus ihnen grüner Schmutz ins Innere des Chang zurück.

Ich schob mich wie ein Schlittschuhläufer durch diesen Brei. Zerbeulte leere Dosen, zu klein jetzt für die Supermuschel, kullerten mir vor die Füße, gelegentlich auch Schrauben, tote Batterien, die Gänge schienen niedriger geworden.

Mittelzwercks Doppeltür stand offen. Ich sah den hoffnungsvollen jungen Mann an seinem Schalttisch grünbekleckert sitzen.

Kapaziludimegaphide transbiozertifex, sprach er mich an, erhob sich sogar und packte meine Hand, transbiokybersysteriose, er grinste, anscheinend herzlich, mittelzwerckabulus.

Ja, sagte ich, gewiß, sehr freundlich, ich hätte nichts dagegen.

Possiveril.

Ja, sagte ich, mag sein.

Er schüttelte den Kopf, er zeigte plötzlich auf das Bulleye, das so wie alle anderen grün verdunkelt war. Er setzte sich an seinen Schalttisch, das Grün verschob sich, etwas lila-grün-blau Changierendes erschien im Fenster, ich hörte eine Kette durchdringend scharfer Töne, ich hörte ein gewaltiges Ungetüm von Worten, die zusammengekleistert, verbacken, ineinandergeronnen, gallertartig dem Untext auf dem angefetzten Streifen ähnelten.

Expersiokanalisabel oder so etwas antwortete in einer demütigen Haltung Mittelzwerck, expaniosabel, kreationivellaromatika. Er nickte eifrig. Mich sah er nicht mehr an, er starrte nur das schauerliche Auge an, in dessen Innern etwas Schillerndes sich hin und her bewegte. Er saß auch noch so da, als wieder das Grün vor seinem Fenster hing.

Was kann ich für Sie tun, Kollege? fragte ich.

Er buchstabierte das Unwort nach, das ihm durchs Fenster zugeschrien worden war, er schien es auswendig zu lernen, er sah mich an, er schüttelte mir beide Hände, exfusionanturbionolog.

Wo steckte Klimm und wo Frau Mittelzwerck?

Resistophenosibel, sagte eine Stimme. Als Klimm mich sah, verbesserte er sich, entschuldigen Sie, ich dachte, hier wäre nur der Chef.

Was haben Sie denn da gesagt?

Das weiß ich selber nicht, erkärte Klimm, ich rede das vor mich hin, hier wird nur so gesprochen.

Beim Sprechen spannte Klimm die Oberlippe über seinen Zähnen. Einmal vergaß er es. Zwei Lücken wurden sichtbar, die beiden Mittelzähne standen nagezahnartig vor.

Ja, sagte Klimm verlegen, ich weiß auch nicht. Ich faßte nur ein bißchen an, schon hatte ich zwei Zähne in der Hand. Die anderen wackeln auch schon. Ich traue mich nicht, sie zu putzen; er griff in eine seiner vielen Taschen und wickelte aus einem Fetzen Folie zwei große, schwärzlich angelaufene Hauer. Die Wurzeln sind doch ganz gesund, Professor. Und trotzdem, jetzt schrumpft auch schon das Zahnfleisch, und dabei schlinge ich ununterbrochen grüne Medaillons in jeder Form. Ich habe eine hohe Gefräßigkeit entwickelt. Wenn ich was Grünes sehe, muß ich es schlingen. Ich merke, wie meine Augen vortreten und Speichel in meinem Mund zusammenrinnt, ich kann mich nicht beherrschen. Kreationilomatikexpertissibel.

Wie bitte?

Ach ja, Sie sprechen diese Sprache nicht.

Wissen Sie, sagte ich, das beste ist, sie holen sich vom Koch was Herzhaftes, zum Beispiel einen Klops mit Zwiebeln, Gürkchen, Wurstresten, Kapern, der wäre Medizin für sie.

Dann fiel mir ein, daß wir schon lange vom Koch nichts Derartiges mehr erhielten. Als letztes hatte ich ein halbes Bratwürstchen mit Senf zugeteilt bekommen und Friederike davon noch die Hälfte abgegeben.

Ach, sagte ich, das gibt es ja nicht mehr, da hat mir mein Gedächtnis einen Streich gespielt. Wo steckt Frau Mittelzwerck?

Im Krankencontainer links um die Ecke, exhaustransistoral.

Frau Mittelzwerck lag starr auf einem der Roste des Containers. Ich zog ihn ein Stück heraus. Wie geht es Ihnen?

Professor, ich bin schwanger, helfen Sie mir, es glaubt mir keiner, der elektronische Befund behauptet, ich wäre ganz normal, aber

Sie sehen ja.

Ihr Bauch erschein ein bißchen aufgetrieben.

Es muß von einem solchen Ekel sein, ich habe nachts geträumt, es käme über mich, es legte sich auf mich, und die Geräusche, die es von sich gab.

Es könnte doch auch Mittelzwerck gewesen sein.

Welcher Mittelzwerck? Etwa mein sogenannter Ehemann? Der ist doch dazu nicht mehr fähig. Und dieser Traum muß Wirklichkeit gewesen sein, denn die Periode ist mir weggeblieben. Wie könnte sie mir sonst wegbleiben. Ich werde einen Mittelzwerck gebären, ein solches Vieh, ich hab schon alles unternommen, aber das hält sich fest, das geht nicht ab, und eines Tages wird es stückweise aus mir kriechen und sich zusammensetzen, gewaltig groß, und mir am Busen saugen.

Beruhigen Sie sich, es können auch gewisse Alterserscheinungen vorliegen. Sie müssen nicht gravide sein.

Die Wechseljahre, jetzt schon? schrie sie.

Es wäre immerhin das kleinere Übel, sagte ich.

Was wissen Sie denn; wenn Sie was wüßten, dann hätten Sie es auf dem Chang nie so weit kommen lassen.

Ich ging nochmals zu Mittelzwerck. Er sprach ein Wort, das nicht zu enden schien. Merkwürdigerweise sah er noch verhältnismäßig jung aus, die Locken schienen zwar ergraut, die rötlichen Augen trieften etwas.

Ich wartete, bis er sein Wort beendet hatte. Laut Zeitanzeiger dauerte es seit meinem Eintritt inzwischen eine halbe Stunde, wenn man einkalkuliert, daß die Anzeiger schleppender liefen. Neuerdings. Wie alles sich bei uns verlangsamt hatte. Dauerte es vielleicht bereits eine Stunde?

Ich unterbrach ihn schließlich. Kollege Mittelzwerck, wissen Sie noch, ich wollte Ihnen damals, als Sie mich spät in meinem Haus besuchten, noch etwas sagen, etwas sehr Wichtiges.

Er drehte sich erschrocken zu mir um, aber so langsam, als würde sein Erschreckungsprozeß in Zeitlupe aufgenommen. Sein Mund ging auf, die Augen quollen, ein Arm erhob sich zentimeterweise, dann krümmte sich die Hand und legte sich langsam hinters Ohr.

An jenem Abend, sagte ich. Akusperr-Antirob, der Meeresgarten, Grimseil, die blauen Techniker, sie spielten, ich weiß es noch, Tschaikowskis Klavierkonzert in ihrem Flügler.

Er hielt die Hand am Ohr, er schüttelte den Kopf, das Bulleye flog plötzlich auf, ein explizitomanifixterribles Wort dröhnte herein.

Mittelzwerck zuckte zusammen, wendete plötzlich seinen Blick von mir, sah starr vor sich und setzte das unterbrochene Wort mit unterwürfiger Miene fort.

Ich schlidderte, so rasch es ging, zu Nickelsen.

Ich muß nach oben, mir ein Bild machen. Was geht da draußen vor? Wie sieht es aus?

Gewöhnlich hatten wir den Chang auf einem Bildschirm betrachten können. Seine Manöver, seinen zeitweiligen Farbzustand und auch ein Stückchen seines Umfelds.

Nickelsen klopfte ans Gerät. Ein Faustschlag, sagte er, hat früher bei meinem Urgroßvater das Radio, wenn es streikte, wieder flottgemacht.

Tatsächlich erschienen auf dem Schirm Umrisse eines riesigen Gebildes, das man zur Not als unseren Chang ansprechen konnte. Er schien vollkommen grün, von einer unordentlichen grünen Wolke eingehüllt, von Wolkenfetzen.

Kein richtiges Bild, erklärte Nickelsen.

Er schlug noch einmal auf den Kasten, worauf die changähnliche Wolke auseinanderfloß, ein grünes Nichts zurücklassend, das sich allmählich auch verflüchtigte.

Ich muß nach oben, sagte ich.

Nickelsen schob und stützte mich auf der glitschigen Treppe. Die Ausstiegsklappe konnten wir jedoch nicht öffnen.

Scheint alles zugewachsen oder zugeklebt, sagte er.

Dann nehmen Sie ein Beil, und hacken Sie ein Loch.

Ein Beil war nicht an Bord.

Er nahm sein Muschelmesser und kratzte mühselig, er stieß, da brach es ab. Die Mißgebilde der technisch-wissenschaftlichen Phantasie unserer Epoche sind äußerst dauerhaft, sagte er.

Haben wir denn nicht eine Bohrmaschine?

Er sagte, wir sind nicht ausgerüstet als Handwerkertruppe, sondern als Forschungsschiff.

Er stieg herab und drückte sämtliche Befehlstasten für sämtliche Geräte, sämtliche Lüftungs- und Ausstiegsklappen sprach er elektronisch an.

Wir sind also gefangen, sagte er, die Luftzufuhr läßt auch schon nach.

Haben wir keine Waffe, etwas Explosives?

Wir sind ein friedliches Unternehmen, sagte er. Unstimmigkeiten werden durch Diskussionen im Kollektiv geklärt. Er lachte teuflisch.

Ich aber kam durch ihn auf die Idee, eines der grauenhaften Wörter zu versuchen, man muß die richtige Kombination zusammenbringen. Wir sprachen lange Reihen.

Die Kutzenbacher sang sie sogar.

Vergebens.

So sprengten wir nicht eine einzige Öffnung.

Als es laut Zeitanzeiger Morgen wurde, tappte ich noch einmal die Stiege hoch, stützte die Hand ein bißchen an die Klappe über mir. Sie öffnete sich ohne weiteres. Mehr als den Kopf steckte ich aber nicht hinaus.

Die Doktor-Droll-Insel war grün bekleckert und wohl auch bewuchert, das ganze Meer um sie herum leuchtete stechend grün. Und unser Chang kam mir als Teil der Insel vor, an sie gekettet, angewachsen, und auf die Dauerfarbe Superstechendgrün fixiert.

Doch wenn ich dies erzähle, nehme ich nicht die Reihenfolge meiner Eindrücke. Ich schildere ordentlich und pedantisch die Landschaft, als ob ich sie geruhsam betrachtet hätte.

In Wahrheit zog ich erschreckt den Kopf zurück und wäre fast ins Innere des Chang hinabgestürzt, denn es war nicht das krasse Grün der Insel, das ich zuerst sah, sondern es waren die ungeheuren Strukturen, die auf ihr hockten, die sich aufbauten und auseinandernahmen, in deren riesenhaften Elementen, die violett-blau-grün changierten, unübersichtliche Geschlinge heftig atmeten und ein Kanalsystem schillernd Flüssiges durchschoß.

Die Elemente sprangen voneinander und zueinander. Bald schwammen so viele im Wasser, daß sie das Meer verdeckten, bald bauten sie sich auf und kletterten zu einer Höhe, die unseren Chang als kleines armseliges Krabbeltier erschienen ließ, das sie mit einem ihrer Watschelfüße zertreten konnten.

Sie hockten schillernd und vibrierend auf der Insel, und wenn es ihnen einfiel, erfüllten sie die Luft mit extransformabilen Riesenwörtern, wobei in ihren Innereien Geknatter auftrat und Blitze aus den Nahtstellen der Elemente fuhren.

Aber als ich zuerst hinaussah, hockten sie auf der Insel stumm. Und wenn sie da erstarrt wären und mit der Zeit versteinert, dann hätte man in tausend oder mehr Jahren die rätselhaften Gebilde der Doktor-Droll-Insel beschreiben und dabei fragen können, ob sie die Reste eines Kults, einer Religion oder dergleichen darstellten.

Aber sie waren keineswegs erstarrt. Schon merkte ich, wie Elemente den Chang bestiegen, anfingen, sich aufzubauen.

Ich zog den Kopf zurück und schloß die Klappe.

Ganz einfach, sagte ich zu Nickelsen, ein Mittelzwerck compositus saß auf dem Chang, da konnte man natürlich nicht heraus. Mich wundert bloß, daß wir bei unseren Manipulationen nicht Schläge erhalten haben.

Die Isolierung hält noch, sagte Nickelsen, die nichtleitenden Handschuhe gehen aber bald in Fetzen. Ich schlage vor, jetzt alle raus und ab. Verschwinden, bevor auch noch die Rettungsboote überwuchert und festgekleistert sind.

Er drückte plötzlich wie gejagt die Katastrophenknöpfe. Er ließ die Arme schlenkern. Aus, vorbei. Sie springen nicht mehr an. Wir sind auf die privaten Schwimmwesten angewiesen, falls sie noch jeder greifbar hat.

Er rutschte auf den Boden, er saß, und seine Ohren wirkten starr, als würden sie bei einer leisen Berührung sofort abbrechen. Wir können kein Hilfssignal mehr funken. Jetzt haben uns die Mittelzwercke total im Griff.

Trotzdem muß es noch Möglichkeiten geben, sagte Frau Kutzenbacher.

Ja, in der Kunst, da gibt es immer welche, sagte Nickelsen, im Leben müssen wir uns abfinden.

Nein, sagte sie, ich finde mich nicht ab, es muß was geben. Wollen Sie einfach hier mumifizieren, Kapitän?

Was mich betrifft, so bleibe ich an Bord. Mein Urururgroßvater ist auch an Bord geblieben, nachdem sich alle anderen gerettet hatten. Flaschen sind noch genügend da.

Gegen Abend kam Doktor Klimm und bat mich, wie er sich ausdrückte, die Dinge in die Hand zu nehmen.

Ich fragte, ob er im Auftrage des Chefs handle.

Nein, sagte Klimm, der Chef erteile keine Aufträge mehr, und falls er doch welche erteile, so könne Klimm sie nicht verstehen. Er habe mir aber Mittelzwercks Taschenrechner mitgebracht. Er erzählte mir, als sei es die neueste Entdeckung der Wissenschaft, daß Mittelzwerck mit Hilfe bestimmter Kombinationen conviva ludibundus beeinflußt habe.

Wenn Sie, verehrter Herr Professor, nun Ihrerseits etwas versuchen wollten, vielleicht die Mittelzwercke, vormals die Ludibundi, mit einer neuen Aufgabe betrauen, es müßte sich dann logisch ergeben, nach den bisher gemachten Erfahrungen, daß sie die Produktion von Supermuscheln fahren lassen.

Sehen Sie, sagte er und hielt mir jene ludibunduskotverschmierte Scherbe hin, die Mittelzwerck damals aus einem Fenster des Unterwasserrestaurants gebrochen hatte, weil sich der grüne Kot nicht von ihr lösen ließ. Sehen Sie, das waren noch Qualitätsausscheidungen, aber die grüne Masse, mit denen die Mittelzwercke unseren Chang beschmutzen, ist wäßrig, glitschig, sie trocknet schlecht, sie gleitet, es steckt gewissermaßen keine Kraft in ihr, und auch die Muschel, die sie hier produzieren, hat keine Kraft, im Gegenteil.

Wem sagen Sie dies alles?

Ich meine nur, sprach Klimm, es ginge der Menschheit nichts verloren, wenn sie mit ihrer Produktion aufhörten. Wir hätten uns nichts vorzuwerfen, wir hätten eine wissenschaftliche Berechtigung, wir könnten das belegen.

Beleg man, wenn dich das beruhigt. An welche neue Aufgabe dachten Sie denn? fragte ich.

Klimm seufzte. Eigentlich graut mir vor jeder, die sie in ihre Hand nehmen.

Mir auch, mein Junge.

Trotzdem könnte der Rechner Ihnen vielleicht helfen.

Danke, die Marke nicht.

Sie werden aber etwas unternehmen?

Ich will's versuchen, sagte ich.

Ich wäre auch zu *allem* bereit, verehrter Herr Professor.

Nein, keine neue Aufgabe mehr für die Mittelzwercke.

Ich mußte sie dazu bringen, nicht mehr zu spielen, vielleicht das Nichtspiel-Spiel zu spielen, das Ruhespiel, das Spiel totale Passivität, das Nur-so-einfach-dahinlebe-Spiel. Möglicherweise könnten sich auf diese Weise einige von der Aufblähung, der übermäßigen Ausscheidung, der strapaziösen Strukturbildung erholen, es könnte der alte Kreislauf wieder aufgenommen werden. Wenn sich conviva ludibundus regenerierte, könnten sich vielleicht wieder die alten, normalen Grünen Medaillons entwickeln.

Zunächst fand ich den alten Taschenrechner nicht. Ich meinte, er läge unterm Kopfpolster, aber dort zeigte sich im Schaumgewebe nur die Stelle, wo er gelegen hatte. Ich wühlte alles durch, suchte auch auf dem Gang, bei Klimm und in der Nähe des Containers, in dem Frau Mittelzwerck auf ihrem Rost lag, auch auf der Ausstiegstreppe suchte ich.

Als ich in die Kabine kam, schon sehr verknurrt, saß Friederike auf dem Bett. Sie malte ihre Beine an, das eine schwarzgestreift, das andere schwarzgeringelt. Es müßte zu der grünen Umwelt passen, sagte sie.

Wo ist mein Rechner?

Sie klappte ohne hinzusehen mit einer Hand das Polster hoch. Da liegt er doch.

Hattest du ihn genommen?

Na ja, nicht so direkt, mehr so, eigentlich nicht.

Ich meinte, daß es verhältnismäßig einfach wäre. Conviva ludibundus und seine Abart oder Überart, der Mittelzwerck, sind keine Lebewesen im herkömmlichen Sinn. Dies hatte unser hoffnungsvoller junger Chef vollkommen übersehen. Ich würde sagen, sie könnten eine Art bio-mechanischer Automaten sein, und solche müßten auf die Einstellung STOP reagieren. Sicher hatte auch unser Chef das versucht, aber, wie ich meinte, mit untauglichen Mitteln. Sein Taschenrechner war nicht der richtige. Auf den hörten sie nicht immer. Und erst dann wären es für ihn die vollkommenen Mitarbeiter gewesen, wenn er sie auch abschalten hätte können, wie man jede Maschine abschalten kann. Nur nicht den Menschen, jedenfalls nicht jeden. Vielleicht hatte unser Chef schon daran gearbeitet, die Mittelzwercke zu so vollkommen menschennahen Wesen zu entwickeln, die sich abschalten lassen, aber sie hatten ihn vorher in ihren Griff bekommen.

Ich wollte versuchen, für dieses hemmungslos funktionierende System, diese außer Rand und Band geratenen biomechanischen Ludibundi, einen Mechanismus zu finden, der sie in Ruhestellung versetzen konnte. Ich hockte mich oben auf die Stiege, öffnete leicht die Klappe. Unten stand Nickelsen, um mich im Falle eines Absturzes aufzufangen.

Aber so viele STOP ich auch probierte, die Mittelzwercke alias Ludibundi sprachen auf kein einziges an.

Ich dachte, unser junger Mann hat sie wie menschenartige Wesen behandelt, und ich behandle sie jetzt wie Maschinen. Aber müssen die meisten Menschen nicht erst überzeugt werden, bevor sie etwas tun oder nicht tun? Nicht in langen Ketten überzeugen sollender Worte, aber durch eine Notwendigkeit, durch einen Impuls, der ihrem Wesen entspricht.

Welcher Impuls entsprach aber den Ludibundi?

Als ich stocksteif war, hob Nickelsen mich von der Stiege und trug mich aufs Bett.

In der Kabine schwammen Trümmer einer gewaltigen Supermuschel.

Es geht weiter, sagte der Kapitän, die sind nicht mehr zu bändigen.

Wollen Sie eine Tiefschlafkapsel, fragte Klimm, vielleicht fällt Ihnen danach etwas ein?

Gegen meine Gewohnheit nahm ich das kleine lila Ei. Nickelsen goß mir etwas Schnaps nach.

25

Nachher wird immer vieles behauptet. Dies sei in der historisch gegebenen Situation notwendig gewesen, jenes konnte nicht praktiziert werden, dieses müsse heute als falsch erkannt werden, sei aber damals richtig gewesen.

Klimm, den ich später zur Rede stellte, stritt das Gespräch mit Kapitän Nickelsen ab. Ganz stritt er es aber nicht ab, sie hätten da etwas erwogen, hypothetisch.

Aber Nickelsen grinste höhnisch. So kann man es auch nennen, sagte er.

Friederike war bei dem Gespräch nicht anwesend.

Ich schlief hinter der Folie. Ich schlief, und ich schlief auch nicht. Immerhin lag ich so, daß man mich für nicht anwesend halten konnte. In mir kämpften Nickelsens Schnaps und Klimms lila Tiefschlafei. Ich hörte die Szene jenseits der Folie, und ich glaubte sie, obwohl meine Augen geschlossen waren, zu sehen.

Es bleibt mir nichts anderes übrig, als aus den traumartigen Teilen, den Geräuschen, Tönen, die mich erreichten, ein Bild zusammenzustellen und dies wiederzugeben.

Klimm sagte demnach zu Nickelsen, ich glaube natürlich nicht, daß der Alte noch etwas machen kann. Das wäre sozusagen der Glaube an eine Wunderwaffe, eine Wunderidee. Wir kennen diesen Irrglauben aus der Geschichte. Und selbst wenn noch Möglichkeiten beständen, so ist für Versuche keine Zeit mehr vorhanden.

Schon wahr, sagte Nickelsen düster, wir befinden uns selbst in einem Prozeß. Nämlich jetzt geschieht es, daß wir uns umwandeln. Der historische Augenblick ist da, wir werden von einem gewöhnlichen biologischen Lebewesen zu einem bio-elektronischen, einem bio-technischen. Wir verwachsen mit diesem Chang, wir kommen von ihm nicht mehr los, wir sind jetzt Chang-Menschen. Wir werden jetzt selbst ein bio-elektronisches System, nur leider unbeweglich. Wir schleppen den Chang nicht mit uns herum, wir liegen fest. Aber das sind Anfangsschwierigkeiten, später wird es bio-elektronische Menschen geben, die sich durch alle Meere bewegen können. Ja, es ist folgerichtig, zuerst hatte der Mensch noch nahezu ein Fell, hauste in Höhlen, aber nach und nach enthaarte er sich, weil er sich Kleider anschaffte, etwas Künstliches, dann schaffte er sich künstliche Höhlen an, nämlich Häuser, dann Autos, in denen er die meiste Zeit seines Lebens verbrachte und in denen er am liebsten, ohne sich auszuziehen, ins Bett gegangen wäre. Aber wir gehen jetzt eine noch nie dagewesene enge Verbindung mit diesem Chang ein. Wir werden dabei wahrscheinlich zugrunde gehen. Die ersten gehen meistens zugrunde, aber historisch gesehen, ist das unwichtig. Trotzdem, es kommt mir seltsam vor. Wir hätten schon längst erstickt sein müssen, längst eingegangen unter den sauerstoffarmen Verhältnissen. Vielleicht leben wir, reduziert zwar in unseren Bio-Funktionen, zusammen mit diesem Chang weiter.

Nun halten Sie mal die Luft an, Nickelsen, hörte ich Klimms Stimme so barsch, daß ich zunächst zweifelte, ob er es überhaupt war, der da Nickelsen anfuhr. Sie haben wohl zu tief in die Flasche gerochen. Solche Spinnereien bringen uns nicht weiter. Die können wir uns nicht leisten. Wir müssen handeln, und zwar sofort. Jetzt hören Sie gut zu, was ich Ihnen sage, und das machen Sie dann und ohne langes Gefasel über Bio-Funktionen und solchen Quatsch, den Sie sich irgendwo zusammengelesen haben.

Ich finde Ihren Ton nicht sehr passend, sagte Nickelsen ruhig, der einzige, der mir hier etwas zu empfehlen, nicht zu befehlen hätte, wäre Professor Mittelzwerck.

Mittelzwerck hat einen dran, der ist oben nicht mehr ganz dicht, der ist reif für die Klapsmühle. Klimm bediente sich einer ordinären Ausdrucksweise. Der Chef bin jetzt ich. Sie können es nachlesen, wenn Sie wollen. Sie können auch später die Gesellschaft danach befragen. Im Falle eines Ausfalls des Chefs, Erkrankung, Tod, übernimmt die Leitung Doktor Ehrenfried Klimm.

Ja, wenn es so ist, hörte ich Nickelsen langsam und gleichgültig sagen, was empfehlen Sie also?

Es bleibt uns nach reiflichen Überlegungen meinerseits nichts anderes übrig, wir müssen die Kampfstoffdüse öffnen.

Was für ein Ding?

Die Düse, die den Stoff enthält, der hier radikal aufräumt.

Bedaure, so etwas haben wir nicht.

Dann muß ich Ihnen leider sagen, Nickelsen, Sie sind nicht informiert. Mit Recht natürlich, nur Mittelzwerck und ich sind eingeweiht. In äußersten Notfällen, in denen die Existenz des Menschen auf dem Spiel steht, darf dieses letzte Mittel Verwendung finden.

Haben Sie dafür die Erlaubnis der Gesellschaft?

Dadurch, daß wir den Kampfstoff mitführen, besitzen wir auch die Erlaubnis, logischerweise. Eine schriftliche Genehmigung geben doch gerade in solchen Dingen die Behörden nie aus. Aber wenn die Anwendung erfolgt ist, notgedrungen, wie wir ja belegen können, erhalten wir ohne weiteres die Genehmigung rückwirkend. Wenn etwas geschehen ist, kommen hinterher immer die Genehmigungen. Das ist ein Gesetz.

Sie kommen nicht immer, sagte Nickelsen.

Als ob das jetzt das Wichtigste wäre, Sie Bürokrat, sagte Klimm, hier geht es um den Bestand der Menschheit.

Na, nicht der ganzen, vielleicht um Ihren Bestand und meinen und den von ein paar anderen Leutchen.

Hier geht es um ein Prinzip. Hier ist der historische Entscheidungspunkt, hier erweist sich, ob der Mensch seine mit Mühe und Not erkämpfte Vorherrschaft halten wird oder nicht. Und wenn wir hier siegen, mit welchen Mitteln auch immer, dann ist das auch ein moralischer Sieg. Sollen wir zulassen, daß die Welt, die wir uns geschaffen haben, durch Mittelzwercke von wachsenden Ausmaßen beherrscht wird und wir, wie der jetzt vollkommen durchgedrehte und nicht mehr aktionsfähige Mittelzwerck da hinten in seiner Kabine, zu Sklaven dieser Mittelzwercke degenerieren?

Sie sind doch selber ein Mittelzwerck, sagte Nickelsen.

Quatschen Sie nicht, Mann. Tun Sie, was ich Ihnen sage. Hier geht es ganz einfach um die Macht. Die oder wir. Kapiert?

Nee, sagte Nickelsen.

Ist auch nicht nötig, sagte Klimm, ich habe die Befehlsgewalt.

Sie können sich später bei der Gesellschaft erkundigen. Jetzt wird die Düse geöffnet. Her mit dem Schlüssel.

Was für ein Schlüssel?

Schlüssel siebenhundertsiebenundsiebzig, den Sie doch als Kapitän besitzen. Den Schlüssel für den Notfallkasten. In diesem Kasten befindet sich die Kampfstoffdüse.

Dazu müßte ich noch mit Professor Philemon sprechen.

Mein Gott, sagte Klimm, Diskussionen können wir uns nicht mehr erlauben. Wollen Sie hier krepieren?

Wenn's nicht anders geht, wozu sich dagegen stemmen. Mein Ururgroßvater ist auch mit seinem Schiff untergegangen. Richtige Kapitäne machen das so.

Die Düse wird jetzt geöffnet.

Ich weigere mich. Ich habe darüber keinen Vertrag abgeschlossen; in meinem Vertrag steht, dies wäre ein friedliches Forschungsschiff. Und Sie haben mir nichts zu befehlen.

Sie sind aber unelastisch.

Und wie soll diese Kampfstoffdüse wirken?

Total, sagte Klimm, alle Bio-Mechanismen hier um die Doktor-Droll-Insel, aber auch alle sonstigen Lebewesen werden vernichtet. Das müssen wir in Kauf nehmen. Die Gegend wird für einige Jahre zu meiden sein.

Das Zeug breitet sich doch über alle Meere aus, sagte Nickelsen, wir werden keine Fische mehr haben, keine Muscheln, keine Pflanzen, man wird im Meer nicht mehr baden können, die Küsten werden verseucht, sogar der Regen wird giftig werden.

Wir müssen es in Kauf nehmen, die oder wir.

Ich bin zwar besoffen, sagte Nickelsen, aber ins Meer schütte ich nichts.

Und die menschenfeindlichen Strukturen wachsen.

Wer hat sie denn menschenfeindlich gemacht? Vorher waren sie ja nicht feindlich, vorher waren sie Tischgäste, spielende.

Das können wir jetzt nicht untersuchen.

Ins Meer schütte ich nichts, und wenn die Dinger noch so wachsen, das Meer versaue ich nicht.

Ich möchte wissen, wer Sie dem Chef als Kapitän empfohlen hat. Sie sind überhaupt kein Kapitän, Sie sind ein versoffner Spinner.

26

Ich fühlte, wie ein Tropfen auf mich fiel. Und ich schmeckte Salz auf den Lippen; allmählich wurde ich wach.

Friederike beugte sich über mich, aus ihrem Haar tropfte es, eine Wasserperle rollte schräg über ihre Nase. Sie war nackt, auch von ihrer Brust tropfte es, und im Bauchnabel stand etwas grünliches Wasser, sie roch süßlich-fad. Das war der übliche Supermuschelgeruch.

Als sie mich an der Schulter berührte, sah ich Algen um ihr Handgelenk gewickelt, in der anderen Hand hielt sie die durchsichtige Tauchblase, diesen kugligen Helm. In dem Helm lag mein alter Rechner.

Wie geht es, Phil, hast du ein bißchen Kraft?

Ich weiß nicht, sagte ich. Ich erwartete, sie würde mir etwas berichten wollen, was ich nur schwer ertragen könnte. Ich rappelte mich aber auf.

Ich möchte dir etwas zeigen, Phil, was Schönes, wirklich, du mußt es unbedingt gesehen haben. Du müßtest aber mit mir tauchen. Wo ist dein Tauchzeug?

Ich stellte fest, daß ich keins hatte.

Ach, sagte sie, da liegt was in der Kiste, ich hab mir auch was rausgesucht.

Sie zog mir die durchsichtige Haut an und stülpte mir eine Blase über den Kopf.

Du siehst aus wie ein Heiliger, sagte sie. Der heilige Philemon predigt den Ludibundi, aber sie hören nicht auf ihn.

Ich sagte ärgerlich, was soll das? Aber ich hatte nicht genügend Kraft, mich Friederike zu widersetzen. Sie hievte mich durch jene Ausstiegsklappe, und oben auf dem Chang, der grünlich glimmerte, verschloß sie meinen Helm.

Mein erster Eindruck von der Doktor-Droll-Insel. Sie war noch grün bekleistert, aber es saßen da nicht mehr die gewaltigen Strukturen, die Unholde, die Monstren oder wie man sie nennen soll. Ich hatte eher den Eindruck, es wüchsen dort jetzt Bäume, aber beim Näherhinsehen erkannte ich, daß die Strukturen andere Formen angenommen hatten, Windflüchterformen beispielsweise. Auch schien ein hoher, vielverzweigter Kaktus dort zu stehen.

Als wir eintauchten, sah ich gerade noch, wie sich von den Gebilden Teile lösten und ins Wasser glitten. Der Kaktus sah plötzlich nur noch wie ein Pilz aus. Ich sah noch seinen Hut abspringen.

Dann aber begann, ich möchte sie so nennen, die Friederike-Kutzenbacher-Schau.

Frau Kutzenbacher führte die Ludibundi vor. Doch klingt mir dies zu zirkusmäßig. Frau Kutzenbacher mit ihren dressierten bioelektronischen Ungeheuern, erstmalig in der Welt.

Und worauf soll ich besonders hinweisen, wenn ich die Schau beschreibe? Auf Friederike etwa, die strahlend und etwas kindisch lächelnd auf jede neue Attraktion zeigte, die nicht aufhören wollte, die sich verspielte, die immer neue Zugaben lieferte, die mich mit großen Kulleraugen ansah. Es kommt noch schöner, Phil. Gleich wirst du staunen. Sieh doch mal da. Ist das nicht irr, nicht ultramaritim? Das war ihr neuester Ausdruck.

Und soll ich vielleicht zu dem Ganzen sagen, ein Zufallsspiel, von dessen Sinn die Ausführende nichts wußte, das sie vorher nicht plante, nicht berechnete und dessen Auswirkungen sie nicht voraussah?

Soll ich Frau Kutzenbacher zitieren? Ach, weißt du, Phil, ich wollte einfach sehen, ob sie nicht auch was anderes können. Ich wollte sie mal auseinandernehmen, sie auch ein bißchen foppen.

Und Ihre Antwort auf meine erschrockene Frage, den Taschenrechner so lange unter Wasser, ganz einfach so, uneingehüllt: Ach, Phil, es geht; im Trocknen oben, da geht es nicht so gut, aber im Wasser funktioniert es.

Auf diese Weise, fürchte ich, ist es nicht möglich, die Sache zu erklären.

Friederike selbst kann ich die Schilderung nicht überlassen, da würde nichts als »schön« und »sieh mal jetzt« rauskommen. Vielleicht auch gar nichts. Ich mach das eben so.

Ganz nüchtern, wissenschaftlich von mir begutachtet, begann die Schau vor einem Felsen, der grün bewuchert war und flacher werdend im Meer verlief. Zunächst erblickte ich einige Elemente der Mittelzwercke, die auf und nieder spielten, die aber, als Frau Kutzenbacher auf meinem Rechner eine Kombination einstellte, die ich nicht ganz erkennen konnte, sich aneinanderreihten, als wollten sie marschieren, doch dann in dieser Reihe Lücken ließen, sie umbauten, sich aufeinandertürmten, sich plötzlich alle zu einem Klumpen ballten, das Tempo wechselten, wild hüpften, dann langsam auseinandertrieben.

Man könnte sagen, hier ahmte der Taschenrechner die Schüttelbewegungen eines Kaleidoskops nach, die zu den wechselhaften unendlichen Zusammenstellungen von bunten durchsichtigen Teilen führen.

Nach einer Weile allerdings bemerkte ich, daß Friederike den Rechner gar nicht mehr bediente. Die Elemente waren durch ihn angestoßen, in Gang gebracht, sie spielten nun von sich aus weiter, sie wechselten die Farben durchs ganze Spektrum. Manchmal erblaßten sie, und nur ihr inneres Gekröse blieb schemenhaft erkennbar, dann leuchteten sie überraschend auf. Manchmal geschah es, daß Elemente ihre Farbe, nachdem eine Struktur entstanden war, noch änderten, als korrigierten sie das Bild, als fänden sie die neue Farbe passender. Manchmal arrangierten sie auch Farbzusammenstellungen, die für das Auge schmerzhaft waren. Manchmal versuchten sie sich totzustellen, sie sanken auf den Meeresboden, verflachten, schienen in den Sand zu sickern. Und plötzlich stoben sie wie eine Wolke wieder auf.

Manchmal erhob sich aber auch nur ein Element, hopste ein wenig hoch und ließ sich wieder fallen.

Sie bildeten anfänglich hyperbolische und parabolische Figuren, sie schienen streng mathematisch orientiert zu sein, auf Linien, Kreise, die sie vorher berechnet zu haben schienen. Aber im Lauf der Vorstellung gerieten ihnen ungebundene, unberechenbar erscheinende Gebilde, die man mit einiger Phantasie durchaus mit Tieren, Pflanzen, Menschen oder technischen Gegenständen vergleichen konnte, in der Art wie man Wolken mit Schiffen, zerzausten Büschen, Federn zu vergleichen pflegt.

Abweichend von den Kombinationen, die im Kaleidoskop entstehen, waren die Bilder, die die Ludibundi zusammenstellten (ich nenne sie in diesem Zusammenhang, weil es mir nicht mehr zuzutreffen scheint, nicht die Mittelzwercke), nicht unbewegt. Sie waren ständig im Werden und Vergehen, sie wandelten sich dauernd. Aber wenn sie vorübergehend als fertig angesehen werden konnten, enthielten sie in vielen Fällen mobile Teile, oder sie waren ganz und gar mobil.

Besonders blieb mir eine dafür beispielhafte Bildung im Gedächtnis. Man konnte dabei an ein merkwürdiges, umständlich konstruiertes, sperriges Gerät erinnert werden, das durch verzweigte Treibriemen und kleine und große Räder, Kettenverschlingungen und Zahnräder, über die die Ketten laufen, etwas Profanes in Bewegung setzt. Wenn ich mich recht erinnere, ging es um das

Entleeren eines Wassertöpfchens. Hier stellten sie die kompliziertesten Bewegungen und Gegenbewegungen der Räder, das Umkippen des Töpfchens, das Ausfließen des Wassers dar, wobei auch noch die Farben wechselten.

Ich räume ein, die Phantasie ließ mich hier mehr erblicken, als dargestellt sein sollte. Ich kann nicht nachweisen, daß hier ein Apparat, womöglich parodistisch, absichtlich vorgeführt sein sollte.

Ich räume ein, es könnte eine Zufallsbildung gewesen sein. Aber das umständliche Laufen der Teile unter sich war abgestimmt.

Wenn ich den Namen Mittelzwercke oder Mittelzwerck für dies System nicht mehr verwende, so auch noch deshalb, weil jene typischen Töne, die durchdringenden, nörgelnden Geräusche, die sich zu einer merkwürdigen Sprache, einer Zusammenballung von Wortelementen entwickelten, die keinen Sinn ergaben, bei dieser Schau nicht auftraten.

Feststellbar war ein variables Glucksen, Gluckselemente etwa, die sich bis zu Geräuschen steigerten, die beim Anschlagen von Hohlräumen aus Glas oder Metall entstehen können. Auch diese waren äußerst variabel.

Sie ergaben eigenartige Musiken, die jeweils die Bilddarstellung begleiteten, manchmal auch ausfielen. Es mag zufällig sein, daß die Begleitmusik zum umständlichen Apparat ein wenig monoton klang. Und wenn das Wasser schließlich nach langen Umdrehungen und Hebeltätigkeiten aus dem Töpfchen lief, triumphartig zu explodieren schien. Häufig erklangen auch unangepaßte Töne und Rhythmen. Ein Rad drehte sich qualvoll langsam, die Musik jagte indes dahin. Natürlich müssen auch Unstimmigkeiten, die durch die Übermittelungsgeräte im Tauchanzug entstanden, berücksichtigt werden.

Soviel also zu dieser Schau, die übrigens nicht abbrach – sie spielen weiter, Phil –, die wir aber aus Gründen der Erschöpfung verlassen mußten.

Beim Auftauchen erblickte ich auf der Insel kein Element, keine sich aufbauende Struktur. Im Wasser schienen einige zu treiben. Auch auf dem Rücken des Chang sah ich das eine oder andere kleben, sie schienen eingegangen.

Das wesentliche Ergebnis, das über den Schauwert der Veranstaltung hinausgeht, war: Die Ludibundi vergaßen bei ihren Spielen die Produktion.

Ich habe während der Zeit unter Wasser keine übermäßigen

Ausscheidungen beobachtet. Gelegentlich erzeugten einige aus spielerischen oder, wenn man will, auch künstlerischen Gründen Ausscheidungswolken oder -nebel, die sich sehr rasch verdünnten. Sonst schieden die meisten kaum etwas aus.

Einige spielten mit treibenden Muscheln, als handle es sich um Bälle, aber ich konnte keine physiologischen Kontakte feststellen. Tatsächlich ließ die Produktion von Supermuscheln nach, bis sie fast zum Erliegen kam.

Es schien so, als stellte sich der alte Kreislauf wieder her. Zumindest war ein STOP entstanden.

Die wissenschaftliche Erkenntnis lautet demnach, hemmungslos funktionierende Ludibundi, ausgewachsen zu sogenannten Mittelzwercken, sind nur zu bremsen, wenn den ästhetischen Forderungen, die innerhalb des Strebens und der Struktur der Ludibundi liegen, Rechnung getragen wird. Es darf nicht übersehen werden, daß für conviva ludibundus ästhetische Gesetze ausschlaggebend sind. Das ist das Außerordentliche in ihrem Wesen. Sie gruppieren sich abstrakt spielend zu ästhetischen Figuren. Dies entspricht ihrer Art. Wesensfremde Forderungen an sie zu stellen muß aber zu Katastrophen führen, durch die das Gleichgewicht, die Ausgewogenheit in der Natur, beschädigt wird.

Ich habe lange Abhandlungen zu diesem Thema hingelegt.

Zu Friederike sagte ich damals, hingerissen, gerührt, durchgeschüttelt, völlig ermattet: Jetzt habe ich doch Hoffnung, daß meine Muschel noch einmal wird, was sie mal war.

Soviel Kraft brachte ich noch auf, die Kutz zu streicheln und zu küssen. Daß sie nicht ganz verloren ist.

Anhang

Aus einem Protokoll der Kommission für Rentabilitätskontrolle bei der Gesellschaft zur Entwicklung und Verwertung der Meeresfrüchte:

Da der Leiter des Forschungsunternehmens Antirob, durchgeführt auf »Totalmobil 01«, Professor Dr. Dr. Hans H. Mittelzwerck, zur Aussprache vor der Kommission auf Grund seines Gesundheitszustandes nicht erscheinen konnte, wurde vom Vorsitzenden an seiner Statt Professor Philemon, Züchter der Grünen Medaillons, danach befragt, was die kosten- und zeitaufwendige Expedition nach seiner Ansicht für Ergebnisse gebracht habe.

Professor Philemon äußerte, man könne es vorläufig noch nicht absehen.

Der Vorsitzende fragte ihn darauf, wie sich die Kosten beziehungsweise die Verluste rechtfertigen ließen. Er zählte als hervorstehende Beispiele auf:

1. Verschrottungsreife des »Totalmobils 01«, das man, um weitere Kosten zu vermeiden, nicht nach Kai 17 zur Vernebelung überführen wolle.
2. Die vorzeitige Versetzung des hervorragenden Wissenschaftlers und Führungsaspiranten Professor Dr. Dr. Hans H. Mittelzwerck in den Ruhestand beziehungsweise in die Invalidität. Da dessen physische und psychische Schäden irreparabel seien, bestehe nur noch die Möglichkeit, ihn ehrenhalber im Oberen Rat der Gesellschaft zu verwenden.
3. Die lang dauernde und vielleicht unwiderrufliche Lahmlegung der Produktion von Grünen Medaillons, einer der finanziellen Hauptstützen der Gesellschaft.
4. Zahlung von Schmerzensgeldern sowie Renten an mehrere Expeditionsmitglieder, zum Beispiel an Frau Doktor Mittelzwerck, Stellung von Zahnersatz etc.
5. Kosten, die aus dem unrationellen Aufwand für die Speicherung uneffektiver Daten entstanden sind.

Professor Philemon bemerkte daraufhin, es seien auch die Kosten für die Installierung des Akusperr-Antirob aufzuführen, das notgedrungen stillgelegte Meeresrestaurant und die zerstörten Anlagen des Meeresgartens. Andererseits könne man die Unversehrtheit der Kulturkiste an Bord des »Totalmobils 01« verbuchen, sie könne zum zweiten Mal benutzt werden.

Als Begründung für die hohen Kosten gab er an, es hätten zwar nicht alle Ziele des Unternehmens erreicht werden können, zum Beispiel habe sich zwar gezeigt, daß Mittelzwercks Denkweise unzweckmäßig sei, woraus sich wertvolle Erkenntnisse für nachfolgende Wissenschaftler ergeben könnten. Dies dürfe sich die Gesellschaft ruhig etwas kosten lassen.

Zum Punkt »lang dauernde oder unwiderrufliche Lahmlegung der Produktion von Grünen Medaillons« schlug Professor Philemon vor, sich auf der Doktor-Droll-Insel anzusiedeln, wo sich auch noch das Wrack des »Totalmobil 01« befindet. Er will sich dort Versuchen widmen, in einem neuen Meeresgarten die grüne Muschel zu regenerieren, obwohl er sie als aussichtslos betrachtet.

Zu weiteren Fragen nach der Rechtfertigung der extrem hohen Forschungskosten äußerte sich die Vertreterin der Ludibundi-Filmgesellschaft, Frau Friederike Kutzenbacher. Sie teilte mit, die Gesellschaft drehe bereits bei der Doktor-Droll-Insel. Die Titel der zunächst vorgesehenen Filme lauten: Ludibundus compositus (ein Horrorstreifen in Brillantfarbe), Die Tänze der Ludibundi, Werden die Ludibundi die Herrschaft des Menschen ablösen? (Problemfilm) und Lyrische Farbspiele der Ludibundi (Bilder zum Träumen; Anleitungsfilme zur Kreativität).

Hier sieht die Kommission für Rentabilitätskontrolle eine Möglichkeit der Beteiligung am Gewinn. Die Vertreterin der Ludibundi-Filmgesellschaft äußerte, dafür lasse sich keine rechtliche Grundlage erkennen.

Der Vorsitzende wies jedoch auf die hohen Investitionen in das Forschungsobjekt hin, ohne welche es nicht zur Ideenbildung für die genannten Filmprojekte gekommen wäre.

Er regte ein Gespräch mit dem Jusititiar der Gesellschaft zur Entwicklung und Verwertung der Meeresfrüchte an, der den Tatbestand einer Umwandlung des anfänglichen wissenschaftlichen Unternehmens Antirob in ein künstlerisches Vorhaben rechtlich untermauern könnte, woraus sich ein Anspruch auf Gewinnbeteiligung und damit eine Rechtfertigung der Kosten herleiten lassen würde.

Naunemann, Vorsitzender

Stalins Geist

I

In der Nüchternheit dieses kalten und schneeweißen Märztages will ich alle Ereignisse vom letzten Herbst zusammentragen und meinem damaligen Verhalten auf den Grund gehen, das mir heute widersinnig unnatürlich idiotisch erscheint.

2

Die Stadt Knorch hatte die Internationalen Homerfreunde im besten Hotel, im Chromaton, untergebracht. Die wenigsten von ihnen wären in der Lage gewesen, den Aufenthalt dort aus eigener Tasche zu zahlen, aber sie hätten sich auch privat gegen das Chromaton gesträubt, weil sie dessen Luxus als überflüssig empfanden. Auch ich konnte nicht einsehen, was mir in meinem Zimmer beispielsweise ein großer Farbfernseher, auf einer silbrigen Säule ruhend, nützen sollte, da ich ja nicht des Fernsehens wegen ins Hotel gekommen war, und angenommen, ich hätte nach den anstrengenden Vorträgen des Kongresses, die bis in den späten Abend dauerten, noch Zeit gefunden, fernzusehen, so hätte ich es dennoch unterlassen, weil mein Kopf voll war von den auf dem Kongreß geäußerten Gedanken, so von den Theorien Asmussens, der die recht abenteuerliche Hypothese vortrug, daß beide Epen, die Ilias sowie die Odyssee, von einem Dichter stammten. Die Argumente für seine Theorie durchdenkend, war ich gerade im Begriff, vom Vortragssaal ins Foyer zu gehen, um mit dem Lift das Stockwerk zu erreichen, in dem mein Zimmer lag, da wurde ich von hinten angefaßt, und zwar derart, daß ich erschrak und unwillkürlich in Abwehrstellung ging. Ich hörte meinen Vornamen Wilhelm rufen und dann den abgekürzten, wie meine einstigen Mitschüler ihn gerufen hatten: Will. Bist du es, Will?

Vor mir erblickte ich einen kleinen, schwärzlich behaarten Mann und überlegte, wer er sein könnte. Ich kam nicht eher drauf, bis er sich vorstellte: Egon Blend.

Du hast mir früher so oft geholfen, sagte er, daß ich dich jetzt zu einem Drink einladen möchte, er zog mich gleich am Ärmel, mich, der ich in Gedanken über die Theorien Professor Asmussens keinerlei Lust verspürte, in einer Bar einen Drink zu nehmen. Zwar ließ er meinen Ärmel los, drängte sich aber so an mich, daß er mit seinem Drängen meine Schritte lenkte und ich, weil ich tief in Gedanken war, mich von ihm in den Lift schieben ließ, der abwärts fuhr, und ohne von Blend gefragt zu werden, in eine dunkle Nische der Bar hinein, die abgeschirmt war vor dem Einblick anderer Gäste, aber wie durch ein Fenster eine Aussicht auf die Bühne bot, wo eine schwarzgekleidete Tänzerin sich langsam auszog.

Was möchtest du trinken, fragte Blend. Ohne meine Antwort abzuwarten, bestellte er Sekt, original französischen Champagner, den es, wie er mich aufklärte, nur in der Bar des Chromaton gab. Die Flasche zu hundertfünfzig, wie er hinzubemerkte.

Allmählich fing ich an, mich auf ihn einzustellen. Er schilderte mir, wie ich ihn einst durch Vorsagen aus mancher schwierigen Situation gerettet, ja, sogar ein Signalsystem entwickelt hätte, das ihm half, Kenntnisse vorzutäuschen. Ich erinnerte mich an ihn als einen Jungen, der immer was im Gange hatte, sich aber nie mit dem beschäftigte, was die Schule lehrte. Womöglich sah er in der Kunst, die Kenntnis des Lehrstoffs vorzutäuschen, das Bildungsziel der Schule. Sie war für ihn eine Schule der Vortäuschungen. Ich hatte mich damals oft gefragt, ob es für ihn nicht einfacher wäre, das Schulwissen sich anzueignen anstatt seine ganze Energie auf komplizierte Systeme zu verwenden, mit denen er Wissen vortäuschen konnte, auf Spickzettel, auf das Erlernen der Taubstummensprache, auf geheime Zeichen, auf präparierte Bücher, aufs Auskundschaften dessen, was drankommen könnte, und auf das Anbringen verborgener Schaulöcher im Schülertisch.

Wenn er nur nicht in seine Schilderungen, wie sehr ich ihm dann und wann geholfen hätte, ich hatte das alles vergessen, den Kommentar zur Leistung der Tänzerin eingeflochten hätte. Sieh mal, die hat einen schönen Rücken, nicht mager, aber auch nicht feist und fett, er ist eher fleischig, hier nehmen sie nicht jede Tänzerin, da muß eine schon was Besonderes haben, wenn sie hier auftreten darf.

Die Ecke, in der wir saßen, war so, wie Egon Ecken auch in der Schule geliebt hatte. Bevor wir in eine neue Klasse kamen, suchte er, wie er es nannte, den toten Winkel, wo man sieht, ohne gesehen zu werden. Mir war diese Nische hier zu dunkel, die Bühne, auf der die Tänzerin sich auszog, ein zu greller Fleck.

Eigentlich merkte ich nach den ersten Sätzen, daß wir uns nichts zu sagen hatten. So war ich froh, daß er ununterbrochen redete und ich nur zuhören brauchte oder es auch lassen konnte. Doch wurde ich das Gefühl nicht los, im dunkel Verborgenen zu sitzen und etwas mitzumachen, was nicht erlaubt war. Ich glaube, das war wesentlich. Das Sitzen im Verborgenen.

Kann sein, daß dieses Imverborgenensitzen der erste Eindruck war, der in mir haften blieb und aus dem Unterbewußten hochkam, als die Ereignisse des letzten Herbstes ihren Lauf nahmen. Blend schien nicht nur sehr froh zu sein, einen alten Mitschüler getroffen zu haben, mir kam es vor, als sei es für ihn notwendig, so einen wie mich zu treffen. Er beteuerte bei der zweiten Flasche, daß er nun endlich jemand habe, mit dem er sich in Ruhe aussprechen könne. Sich aussprechen, so nannte er das Hervorholen verstaubter Schulerlebnisse! Er fragte mich nicht einmal, warum ich mich im Chromaton aufhielt, betonte nur, daß er endlich jemand gefunden hätte. Ich schloß daraus, daß er sich mit etwas beschäftigte, das fragwürdig, vielleicht sogar nicht ganz gesetzlich oder doch etwas war, das ihm die Ruhe nahm.

So fragte *ich* ihn denn, was er so treibe. Treibe sei gut, er lachte, er treibe nicht, er *ver*treibe, und zwar CEREBRALIN, eine von manchem sehr begehrte Flüssigkeit, die immer teurer würde, kein Rauschgift, bitte, CEREBRALIN eben. Inzwischen werde das Flakon schon bis zu zwanzigtausend gehandelt und er erhalte für jede vertriebene Flasche zehn Prozent. Übrigens werde CEREBRALIN bei Sanafarm hergestellt. Sanafarm hier in Knorch. Ich kannte weder das CEREBRALIN noch eine Sanafarm, Blend schien vorauszusetzen, daß sei mir alles geläufig. Verstehst du, ich vertreibe das CEREBRALIN. Die Sanafarm in Knorch leite Hagen Groh, gleichfalls ein alter Klassenkamerad, ich würde mich sicher an ihn erinnern.

Ich entsann mich nur eines langen düsteren Bengels, der, wenn die Lehrer ihn fragten, immer mit drohendem Unterton antwortete, er stieß die Antworten hervor, als wäre er beleidigt, weil er gefragt worden war, und dem ihn fragenden Lehrer kündigte er seine Rache an. Wehe, du fragst mich noch einmal. Wenn eine Arbeit zurückgegeben wurde, nahm er sein Heft zögernd mit finsterem Blick entgegen, als hätte man ihm Böses angetan, auch wenn die Note, die er bekommen hatte, gut war. Oft war sie sehr gut. Manchmal fragte ihn ein Lehrer, ob er enttäuscht sei, weil er ihm eine Eins gegeben hatte. Groh antwortete nie, er schaute den Lehrer wütend an. Hätte ich das nicht fragen sollen, fragte der erschrocken.

Was sei denn eigentlich CEREBRALIN, fragte ich Blend.

Erstaunt, daß ich es noch nicht wußte, sagte er, das ist Stalins Geist auf Flaschen gezogen, er flüsterte, als ob jetzt er mir vorsagte. Als sie den toten Stalin fürs Mausoleum einbalsamierten, haben sie sein Gehirn in Alkohol gelegt. Dabei hat einer, der ein Getreuer Stalins war, treuer als alle die anderen, die, kaum war Stalin tot, von ihm abfielen und die ihn später aus dem Mausoleum entfernen ließen, also ein unerschütterlicher Getreuer hat die Tinktur aus Stalins Hirn, die Urtinktur, erst hergestellt und dann herausgeschmuggelt und aufbewahrt. Und diese Urtinktur, mit hochprozentigem Alkohol verdünnt, von eins zu tausend, eins zu zehntausend bis sogar eins zu hunderttausend, das ist CEREBRALIN. Man nimmt es tropfenweise. Drei Tropfen täglich. Wer sich mehr leisten kann und will, nimmt mehr.

Wozu aber?

Um so zu werden, wie Stalin war.

Will das denn jemand?

Es wollen mehr, sagte Egon Blend, und diesmal zog auch er ein düsteres Gesicht, als CEREBRALIN vorhanden ist.

Nun, sagte ich, jeder versucht eben, sich irgendwie durchs Leben zu schlagen.

Es bringt mir mindestens zweitausend täglich, wenn nicht noch mehr, das ist nicht bloß ein Sichdurchslebenschlagen, da steht etwas dahinter, Blend wurde heiter. Gut, daß ich dich getroffen habe, einen aus einer anderen Welt.

Im Korridor zu meinem Zimmer mußte ich um die Ecke biegen, die nahezu im Dunkeln lag, und gerade an dieser Ecke, warum gerade an dieser, traf ich Blend noch einmal. Er kam wie aus dem Hinterhalt hervorgeschossen, er drückte mir etwas in die Hand.

Habe ich abgezweigt, sagte er, nimm es. Ich weiß nicht, wie ich meine Schuld an dir sonst gutmachen könnte. Er drückte nochmals meine Hand, herzlichen Dank für diesen wunderbaren Abend. Ich hatte das Gefühl, er huschte weg, und wie ich mir nichts anderes vorstellen konnte, in eine verborgene Nische, einen toten Winkel.

3

Blend hatte mir ein Flakon mit der Bezeichnung CEREBRALIN geschenkt. CEREBRALIN in goldenen kyrillischen Buchstaben, die den altgriechischen Zeichen entfernt ähneln, auf zwiebelförmiges Glas gesetzt, in dessen Oberfläche Rhomben geschliffen waren, die dem Flakon den Anschein gaben, es bestehe aus Kristall. Der Schraubverschluß, eine vergoldete Kappe, trug eine Spitze wie früher die Pickelhauben. Ich hielt das Fläschchen gegen das Lampenlicht und sah die bläulichgrüne Flüssigkeit metallen glänzen. Alles darauf berechnet, ein mystisches Gefühl hervorzurufen. Das einzig Sachliche schien mir die Angabe eins zu eintausend, die derart winzig unter dem kyrillischen CEREBRALIN stand, daß ich sie beinahe übersehen hätte. Eine ziemlich starke Lösung. Auf tausend Alkoholteilchen kam eines aus der Urtinktur. Ich prüfte den Boden der Flasche, ob da ein Zeichen des Herstellers eingeprägt sei, etwa SANAFARM, ich konnte keins entdecken. Hagen Groh stellte das Mittel wohl ungesetzlich her.

Um so weniger kann ich heute begreifen, daß ich, kaum war der Homer-Kongreß zu Ende, nichts anderes im Sinn hatte, als zu der Firma Sanafarm hinauszufahren, in eine Fabrikvorstadt von Knorch, deren trostlose Atmosphäre daherrühren mochte, daß beinah alle Betriebe stillgelegt waren. So konnte ich zerbrochene Fenster sehen, Fabrikhöfe, in denen hohes Gras wuchs und technische Teile rosteten, Schornsteine, aus denen kein Rauch stieg, und sogar eine Ratte, die über die Straße flitzte, konnte ich beobachten. Die Tore der Fabriken, weder geöffnet noch verschlossen, hingen meist schief in ihren Angeln. In einer Straße aus einstöckigen, vor etwa hundert Jahren billig hingebauten Häusern fuhr ich an einer ehemaligen Kneipe vorbei. Durch offene Fenster konnte ich das Innere, eine braune düstere Räucherhöhle erkennen.

Am Ende dieser Straße sah ich von weitem schon eine lange Mauer, die grau und dabei ordentlich verputzt war. Zweihundertfünfzig Meter makelloser grauer Putz. Darüber konnte ich fünf Sheddächer und über ihnen ein nachgemachtes gotisches Türmchen sehen, schließlich, am Ende dieser Mauer ein Tor, zweiflüglig und aus Riffelstahl, und eine schmale Tür, gleichfalls aus Stahl, darüber auf einem einfachen schwarzweißen Emaille-Schild: Sanafarm.

Ich konnte keinen Knopf zum Anfassen und keine Klinke finden, so lag die Annahme nahe, die Tür wäre die Fortsetzung der Mauer, sie ließe sich nicht öffnen. Als einzig auffallendes Gerät entdeckte ich eine Videokamera, sie bewegte sich hin und her, nur diese sich bewegende Kamera sagte mir, daß die Fabrik arbeitete.

Ich schaute zum Türmchen auf, ich hielt es für ein Ziertürmchen, und sah den Schatten eines Mannes, der aber im selben Augenblick verschwand. Es war also ein Wachtturm.

Ich suchte an der Tür nach einer Klingel und fand sie in einer Ecke so hoch angebracht, daß ich mich auf die Zehenspitzen stellen mußte, um sie zu drücken. Mein Klingeln schrillte durchdringend, ich zog erschrocken den Finger an mich, gleich darauf fuhr mich aus einem verborgenen Lautsprecher eine kalte Stimme an: Wer sind Sie? Was wollen Sie?

Ich möchte Herrn Direktor Hagen Groh sprechen.

Ich welcher Angelegenheit?

Ich bin ein alter Schulfreund von ihm.

Danach trat eine Pause ein. Es folgte keine Aufforderung zu warten.

Ich schaute wieder zum Türmchen. Sobald mein Blick nach oben ging, zog sich der Mann dort oben zurück. Ich bildete mir schon ein, er hätte ein Gewehr bei sich, mit dem er aus dem Verborgenen auf mich zielte.

Dann hörte ich die kalte Stimme: Direktor Groh ist nicht zu sprechen. Verlassen Sie das Gebiet des Eingangs.

Aber ich möchte doch, sagte ich, vielleicht komme ich nie wieder hierher nach Knorch.

Ich fordere Sie auf, das Territorium des Eingangs zu verlassen, um den Verkehr nicht zu behindern.

Hier ist doch kein Verkehr.

Die Stimme wurde energischer. Sie befinden sich im Begriff, verkehrsbehindernd aktiv zu werden, verlassen Sie das Territorium des Eingangs. Dieser Logik wollte ich mich auch nicht beugen, als die angeblich letzte Aufforderung an mich erging. Sie behindern den Verkehr. Bei Uneinsichtigkeit sind Maßnahmen gegen Sie nicht zu vermeiden.

Weit und breit war kein Mensch, kein Fahrzeug außer mir und meinem Auto, nur eine Mauer war zu sehen. Ich schaute zum Türmchen auf, und wieder zuckte der Schatten, den ich dort oben wahrzunehmen glaubte, sichtbar zurück.

Was würde jetzt passieren?

Wir geben Ihnen dreißig Sekunden Zeit!

Ich blieb still stehen. Würde das Tor sich öffnen? Würde ein Rollkommando herausgestoßen kommen? Und würde der Schatten auf dem Turm, von dem ich annahm, daß er ein Gewehr hielt, auf mich anlegen?

Plötzlich platschte ein Guß eiskalten Wassers auf mich nieder, ich hörte Hundegebell, das sollte mich wohl einschüchtern. Die Witterung war sehr herbstlich und ich durchnäßt, so setzte ich mich schnell ins Auto und fuhr davon.

In meiner Vorstellung ließ sich diese unheimliche Fabrik mit ihrer langen grauen ordentlich verputzten Mauer nieder.

Wenn es für Hagen Groh auch typisch war, wie man mich soeben behandelt hatte, konnte ich mir doch nicht begreiflich machen, daß sich mit solchen finsteren Gepflogenheiten in unserer heutigen aufgeklärten Zeit ein Unternehmen überhaupt führen ließ. Nach meinem Gefühl hätte es längst Bankrott gemacht haben müssen, anstatt in der bedrückenden Umgebung gestorbener Fabriken als einziges weiterzuexistieren, einerseits im Besitz moderner Video-Elektronik, die seine Sicherheit garantieren sollte, andererseits rückständig genug, um mögliche Eindringlinge mit Wassergüssen abzuwehren. Lag etwa in diesem Widerspruch die Stärke des Unternehmens?

Zu Haus stellte ich das Flakon mit dem CEREBRALIN auf meinen Schreibtisch. Während ich meine Kongreßnotizen ordnete, nahm ich es zwischendurch mehrmals zur Hand und drehte es, so daß die Rhomben das Lampenlicht vielfältig reflektierten.

4

Nur derart vorbelastet sind die Ereignisse des nächsten Tages wohl zu erklären. Gleich in der ersten Stunde wollte ich in der Klasse, die ich in Griechisch unterrichtete, das von der Blendung des einäugigen Kyklopen Polyphem berichtende Kapitel durchgehen, bis hin zur Abreise des Odysseus. Ich war noch nicht ganz bei mir, die Reise mit ihren Erlebnissen hatte mich angestrengt, und meine müde Stimmung schien sich auf meine Schüler zu übertragen, ich hatte das Gefühl, daß sie aus Widerwillen Vers für Vers stockend und stotternd übersetzten, es ging nicht vorwärts.

Da wollte ich mir helfen, indem ich den Klassenbesten, Bannse, beauftragte zu übersetzen, und schon flossen die Worte.

Aber bevor er anfing, bereits als ich ihn aufrief, lächelte er, und wie mir schien, richtete sich sein Lächeln gegen mich. Nun muß ich ran, dachte er wohl, weil der Herr Studienrat nicht weiter kann. Er kam an jene Stelle, an der die anderen Kyklopen den von Odysseus Geblendeten fragen, warum er denn so schreie, ob ihm einer was angetan habe, und Polyphem antwortet, Niemand hat mir was angetan, denn der Odysseus hatte sich ihm als ein Herr Niemand vorgestellt, und wo die anderen sagen, wenn niemand es gewesen ist, der dir das angetan hat, mußt du, sofern du Schmerzen leidest, zu deinem Vater, dem Meeresgott Poseidon, beten, daß er dir hilft, und wo Odysseus das Gespräch mitanhört und sich ins Fäustchen lacht.

Mir lachte die Seele vor Freude, übersetzt Heinrich Voß, daß sie mein falscher Name getäuscht und mein trefflicher Einfall, mich Niemand zu nennen.

Mir lachte das Herze, übersetzt ein anderer, aber Bannse, der Klassenbeste, übersetzte: ich feixte vor Freude, und dabei lachte er mir ins Gesicht. Wieso lachte Bannse? Was führt er im Schilde? Sollte auch ich wie Polyphem getäuscht worden sein? Geblendet? Unmöglich, daß Bannse über den Text gelacht hatte. Heute lachen Schüler nicht mehr über Odysseus' Einfall. Heute halten sie den für kindisch. Auch ich kann über den Einfall nicht mehr lachen. Warum also lachte Bannse?

Ich drehte mich blitzschnell um, geschah etwas hinter meinem Rücken?

Die Schüler dösten, schien es.

Wie kam ich darauf, nach dieser Stunde Bannse vor das Lehrerzimmer zu bestellen, mit ihm an das große Flurfenster zu treten und ihn zu fragen, warum, Bannse, haben Sie an der Homerstelle gelacht?

Ich fand die Stelle ulkig, antwortete er.

Sagen Sie mir die Wahrheit, Sie haben über etwas anderes gelacht.

Ja, gab er zu.

Da haben Sie mir soeben nicht ganz wahr geantwortet.

Doch, sagte Bannse, ich habe über diese Stelle gelacht, aber auch über Kyklops, da dachte ich an Klops, ich dachte, ich esse einen Kyklops. Es gibt heute Kyklopse, sagt die Mutter, dachte ich.

Darüber wollen Sie gelacht haben? Das kann ich Ihnen nicht

glauben. Ich mußte doch herausbekommen, was Bannse und was die Klasse im Schilde führte.

Wenn Sie mir nicht die Wahrheit sagen, muß ich Sie wegen ungebührlichen Benehmens ins Klassenbuch eintragen.

Ist Lachen verboten, fragte er.

In gewissen Zusammenhängen kann Lachen verboten sein, sagte ich ernst, ziemlich grob: Sie sprechen jetzt sofort die Wahrheit oder ich schreibe Sie ein. Es wird ein schwerer Tadel. Sie haben gelogen, als Sie behaupteten, über Odysseus' List gelacht zu haben, ich habe Sie überführt. Sie haben zugegeben, über etwas anderes gelacht zu haben, aber was Sie dann als das Andere anführten, nehme ich Ihnen nicht ab. Es ist so kindisch, daß es Ihre Nichtreife bezeugt. Nicht nur die Leistungen sind es, die beurteilt werden, sondern auch Ihre Reife, ich kann Sie, wenn ich will, vom Abitur zurückstellen.

Daß ich derart gewaltig überzog, lag sicher daran, daß ich in einen Sog des Mißtrauens geraten war. Hinter Ihrem Lachen, Bannse, steckte etwas anderes. Das haben Sie mir jetzt zu sagen.

Es steckte nichts anderes dahinter, Bannse senkte den Kopf.

Aha, dachte ich, jetzt wird er weich, er hat sich in etwas hineingelogen. Jetzt muß ich hart zupacken.

Wenn Sie es mir nicht sagen wollen, bringen Sie mir das Klassenbuch, dann muß ich eintragen: Bannse lügt.

Das müssen Sie dann, sagte er, und trotzdem habe ich nicht gelogen.

Wenn sich herausstellt, daß Sie gelogen haben, und das wird sich herausstellen, fliegen Sie von der Schule. Das verspreche ich Ihnen, da nützen Ihnen alle Ihre guten Leistungen nichts.

Ich drehte mich um und ließ ihn stehen, und in der schattigen Ecke, dort, wo der Korridor umbiegt, zog ich die Jacke aus und überprüfte, ob da die Schüler nicht einen Zettel angeheftet hatten oder Tinte angeschmiert, fand aber nichts.

5

Nach Schulschluß fuhr ich noch nicht nach Hause und ging stattdessen durch das alte und noch vom vorigen Jahrhundert her berühmte Schulhaus. Wie war es doch verkommen, nicht, daß es unsauberer und baufälliger als andere Schulhäuser gewesen wäre, aber sein Stil, sein Geist, er war herunter, und als ich dann den Keller kontrollierte, durch den sich dicke und dünne Heizungsrohre wanden, entdeckte ich eine alte Tür mit einer Klappe in Augenhöhe. Ich hob die Klappe und schaute in einen zellenartigen verstaubten Raum mit einem zerkrachten Stuhl, einer Holzpritsche und einer Wasserkanne aus Blech. Das kleine Fenster war vergittert. Der Karzer, stellte ich fest, in einem solchen Zustand! Ein rostiger Schlüssel steckte, ich wollte ihn umdrehen, das Schloß war wohl seit hundert Jahren nicht geschmiert. Mit einem Mal überkam mich eine Vision, Bannse, die Schüler Schidlinski und die Petrusch, die sich ihm angeschlossen hatten, in diesem Karzer, gefesselt, und Bruno Hülsch, der bärenstarke Klassenschlechteste, der nicht zur Reifeprüfung zugelassen war, schlug Haken in die Wand, um die Gefesselten daran aufzuhängen. Ich sah mich, wie ich ihm befahl, wen er zuerst aufhängen sollte, zuerst die Petrusch, dann Bannse. Ich hörte mich lachen, ich finde es sehr praktisch. Wichtig, sagte ich zu Hülsch, ist das Geständnis. Auf das Geständnis kommt es an.

Ich hörte Schritte, der Heizer sah die Rohre nach.

Meine Vision erlosch. Was ist das für ein Raum, fragte ich den Heizer, wozu die Klappe in Augenhöhe?

Da haben sie früher die ungezogenen Schüler eingesperrt, vorm ersten Weltkrieg, schätze ich, manchmal denke ich mir, auch heute könnten wir das brauchen, nicht immer, aber in besonderen Fällen, wenn mal ein wirklich dicker Hund vorkommt.

Nun, sagte ich, das ist nicht mehr im Sinne des heutigen Erziehungsideals, innerlich freute ich mich, daß dieser Proletarier so eine vernünftige Ansicht äußerte.

Noch einen schönen Tag, sagte ich. Wenn ich Direktor wäre, stellte ich mir vor, könnte mir dieser Mann die sogenannten dikken, aber auch die etwas mageren Hunde, das kleinste Vorkommnis, das in der Schule geschehen ist und noch wird, könnte er mir mitteilen, er müßte mein Vertrauensmann werden.

Ein wenig verschwitzt verließ ich den warmen Keller, wo Sauerstoff knapp war.

6

Einen Tag später kam ich auf dem Weg zum Lehrerzimmer wie immer an der etwas dunkleren Ecke vorbei, und da schoß jemand auf mich zu, ich spürte eine Gefahr, ich zuckte zurück, doch eine Hand faßte mich an. Will, sagte der Mann, Will, hast du einen Augenblick Zeit? Vor mir stand Egon Blend, ich bitte dich, mir einen Gefallen zu tun, hast du ein kleines Augenblickchen Zeit?

Woher weißt du, daß ich hier unterrichte?

Ich habe mich erkundigt, Will. Er habe drei Paletten CEREBRALIN, die wolle er bei mir für kurze Zeit abstellen, er zahle selbstverständlich Lagergebühr, ob er sie mir nach Hause bringen dürfe.

Ich wurde sehr mißtrauisch, und als ich sein Gesicht sah, das halb im Schatten lag, als ob der Schatten es entzweischnitt, kam mir die Sache mysteriös vor. Ich spürte echten Unwillen, so wie ich auch als Schüler ärgerlich reagierte, wenn er von mir ein Vorsagen oder die Lösung einer Aufgabe verlangte, aber getrieben von der unterbewußten Pflicht, mich kameradschaftlich zu zeigen, hatte ich immer wieder eingewilligt.

Blend klingelte mich gegen vier Uhr morgens aus dem Schlaf, hastig kam er mit drei Paletten, er trug sie auf dem Rücken, heraufgestapft, ich war noch nicht ganz bei mir, er flüsterte, es ist nichts Strafwürdiges, in drei Tagen hole ich sie ab.

Warum kommst du jetzt, fragte ich im Dämmerzustand.

Es ist die beste Zeit, er flüsterte, das ist die beste Zeit, er drückte mir einen Umschlag in die Hand, das ist die Lagergebühr für nur drei Tage, wenn ich bis dahin nicht gekommen sein sollte, gehören die Dinger dir. Kannst damit machen, was du willst.

Gibt es denn keinen anderen Ort, sie zu verwahren?

Ich habe keinen anderen gefunden, sagte er. Glaub mir, die Sache ist nicht ungesetzlich.

Da standen die drei Paletten nun im Korridor. Ich torkelte ins Bett zurück, schlecht ausgeschlafen fuhr ich Unterricht erteilen.

Diesem Zustand war es sicher zuzuschreiben, daß ich beim Eintritt in die Klasse über die Schwelle stolperte, ich drehte mich aber um, und gleich begann ich die Gegend um die Tür sowie die Schwelle zu untersuchen, ob da nicht unsichtbare Drähte gespannt sein könnten. Bevor ich mich auf den Lehrerstuhl setzte, prüfte ich mit der Hand, ob da nicht unsichtbarer Klebstoff ausgegossen war, als ich das Klassenbuch aufschlug, faßte sich es mit spitzen Fingern an, weil ich befürchtete, daß aus den Seiten dickflüssige Tinte quellen würde. Und aus dem Lehrerzimmerfenster beobachtete ich in der Pause die Petrusch, wie sie, in engen schwarzen Glanzhosen und schwarzem Kettenhemd sich an mein Auto lehnte und ihre langen blutroten Fingernägel über die Motorhaube fahren ließ, als wollte sie mein Auto symbolisch blutig kratzen, ich rannte sofort runter, um sie zur Rede zu stellen, die steckte doch in einem Komplott, das gegen mich gerichtet war, Bannse gehörte dazu und wer weiß noch, doch als ich unten ankam, war sie verschwunden, ich fuhr selbst mit den Fingern über die Motorhaube, ich suchte nach Kratzspuren, fand aber keine, aber als ich nach Hause fuhr, tat ich es erst, nachdem ich das Auto gründlichst untersucht hatte. Ob aus den Reifen nicht die Luft abgelassen war. Ob der Motor ansprang und ob nicht Wasser oder Zucker in den Tank gegossen war und ob die Handbremse funktionierte.

Zu Hause blinkte das Flakon mich an, es zog meinen Blick auf sich, ich setzte mich ermattet an den Schreibtisch und sagte mir, gegen mich wird etwas vorbereitet, unter allen Umständen muß ich herausbekommen, was. Da ist ein heimtückisches Komplott im Gange.

Statt Hefte zu korrigieren und Unterrichtsvorbereitung zu betreiben, überlegte ich, wie ich dieses Komplott aufdecken könnte. Ich malte auf ein leeres weißes Papier einen Kreis und schrieb den Bannse rein, 12 a, dann einen Kreis und schrieb die Petrusch rein, 11 b, darauf verband ich beide Kreise.

7

Gegen Abend, immer noch damit beschäftigt, Verdächtige einzukreisen und ihre Kreise miteinander zu verbinden, wurde ich durch ein schrilles Klingeln herausgeschreckt. Zwei Männer von der Kriminalpolizei hielten mir ein Foto vor, es zeigte Egon Blend hellichten Tages und mit gespaltenem Schädel auf der Erde liegend. Mittags, als ich begann, Verdächtige einzukreisen, war es passiert, erfuhr ich. Blend habe viele Adressen mitgeführt, doch keiner der von der Kripo Angesprochenen habe sich entsinnen können, ihn gekannt zu haben, ich sei der erste, der zugibt, ihn zu kennen. Das sind seine Flakons, sagte ich und zeigte auf die drei Paletten. Er hat sich heute früh um vier gebracht.

Warum um vier?
Er sagte, es wäre die sicherste Zeit.
Wieso die sicherste?
Ich weiß nicht, sagte ich.
Was haben Sie danach getan?
Die Polizei wollte jede Minute belegt haben und wissen, wie ich sie verbracht hatte, seit Egon Blend mit den Paletten zu mir gekommen war.
Ich spürte immer mehr, daß sie mich wegen Mordes an Blend verdächtigten. Wen haben Sie in der Zeit angerufen? Wen haben Sie gesprochen? Erinnern Sie sich mal. Sagen Sie alles. Verschweigen Sie nichts. Mit wem sind Sie zusammengekommen?
Ich war verdächtig. Ich steckte angeblich in einem Komplott.
Sie halten sich zur Verfügung.
Sie verlassen nicht das Haus.
Sie verlassen nicht die Stadt.
Nehmen Sie die Paletten mit, sagte ich und gab ihnen auch das Flakon, das auf dem Schreibtisch stand.
Danach fühlte ich mich leichter.
So entsteht eine Verdächtigung, dachte ich, so baut sie sich auf. Weil ich ansprechbar war, weil ich die Wahrheit sagte, verdächtigt man mich.
Das dunkle Verborgene der Ecken, in die mich Egon Blend im Chromaton gezogen hatte, die Ecken, in denen der Geist des Unerlaubten nistete, doch auch die ordentlich verputzte endlos lange Mauer im vollen Tageslicht, die kalte Stimme am Tor, der Schatten auf dem falschen gotischen Türmchen, diese ungewohnten Eindrücke waren plötzlich in mich hineingeschickt worden, ich hatte sie nicht verarbeitet, war ihnen ausgeliefert gewesen. Sie hatten mich in ihren Sog gebannt, ich war ihnen unterlegen, und erst als ich spürte, daß man mich verdächtigte, merkte ich, welche Fehler ich begangen hatte. Ich fragte mich nun, ob ich mich nicht bei Bannse entschuldigen sollte. Ich könnte ihm erzählen, wie anstrengend die Zusammenkunft der Freunde Homers gewesen war, ich könnte ihm das Programm, ein dickes sehr künstlerisch mit altgriechischen Vasenbildern ausgestattetes Buch schenken. Während ich es heraussuchte, berührte ich die Stelle, an der das Flakon gestanden hatte. Konnte es nicht auch sein, daß sein makabrer Inhalt auf mich ausgestrahlt hatte? Und ich, nachdem ich seinen Strahlungen nicht mehr ausgesetzt war, wieder normal zu denken anfing?

Nachschrift:

Wer Egon Blend ermordet hat, konnte bis heute nicht ermittelt werden. Möglich, daß mehrere CEREBRALIN-Vertriebssysteme sich untereinander bekämpften.

CEREBRALIN besteht aus reinem, mit etwas Wermut versetzten Alkohol. So könnte vermutet werden, daß es nur einen symbolischen Wert besaß.

Unser lieber Versager

I

In aller Stille macht eine Heilmethode von sich reden, die jene üble Krankheit, DAS MENSCHLICHE VERSAGEN, bekämpfen soll. Jeder zweite Erdenmensch über fünfundzwanzig muß heute als Versager bezeichnet werden. In einigen industriell sehr hoch entwickelten Gebieten sind sogar 75 Prozent der Erwachsenen Versager, 10 Prozent unschädliche Halbversager, 10 Prozent können als Nichtversager gelten, aber nur 5 Prozent stellen totale Erfolgsmenschen dar. Diese Zahlen sind unbrauchbar, wenn man aus ihnen Schlüsse ziehen möchte. Nicht jeder, der einmal durch eine Prüfung gefallen ist oder einen Computer falsch programmiert hat, nicht jeder, der sich selbst gelegentlich als Versager empfindet, und erst recht nicht jeder, der sich öffentlich als Versager beschuldigt, nicht jeder, der wegen Versagens krank geschrieben oder in den Rentnerstand versetzt wird, ist Versager im versagenswissenschaftlichen Sinn. Nur ganz wenige imponieren als Versager derart, daß sie zur Heilbehandlung zugelassen werden können.

Diese Behandlung besteht darin, amtlich anerkannte Versagerpersönlichkeiten mit einem Heilschiff in den Raum steigen zu lassen, damit sie sich dort in einer außergewöhnlich harten Situation bewähren können. Das kosmische Bewährungserlebnis soll ihr Selbstbewußtsein stärken und das irdische Versagenserlebnis aus ihrem Erinnerungsspeicher löschen. Zur Erde zurückgekehrt, sollen diese Persönlichkeiten ohne Versagensfurcht ihre früheren Aufgaben wieder erfüllen oder noch schwierigere übernehmen können. Vielleicht wird es eines Tages möglich sein, auch mittleren und sogar Kleinstversagern die Raumbewährung zu ermöglichen.

Heute trägt die Sozialversicherung bereits 50 Prozent der Kosten, 50 Prozent werden vom Betrieb bezahlt, in dem der Kranke tätig war. Aber noch ist der Aufwand erschreckend hoch, die Kosten für den Bau des Heilschiffes, die Gehälter der spezialausgebildeten Besatzung werden zwar durch staatliche Subventionen aufgebracht, doch muß der Kranke Wäsche, Kleidung und, wie sich gezeigt hat, einen Teil der Nahrungsmittel selbst mitbringen, letzteres heimlich, da die sehr unschmackhafte langweilige Bordkost zum Heilprogramm gehört, dem sich der Kranke unbedingt zu fügen hat. Gelingt es ihm, die Vorschrift zu umgehen, beginnt vielleicht schon die Entwicklung seines neuen Selbstbewußtseins.

Die Warteliste der amtlich anerkannten Versager, die in den Raum wollen, ist dicker als ein Buch. Und die Versager wollen wirklich! Hier wird nicht etwa von einem Amt die Liste der einschlägigsten Versager aufgestellt, um diese nach der verstaubten Redeweise »auf den Mond zu schießen«.

Nach einem menschlich auslotenden Gespräch mit einem Mitarbeiter des Instituts für Versagensforschung melden sich die Versager spontan freiwillig. Das Gros der aufsteigenden Versager kommt zur Zeit weniger aus den Kreisen der Bevölkerung, die die zentralen Programme abarbeiten oder abarbeiten lassen, sondern aus Kreisen, wo ein gewisses Maß an Produktivität, selbsttätigem Denken, Erfindungsgeist, Dynamik und manchmal auch an normaler ordentlicher Arbeit gefordert wird. Dort zeigen sich versagerische Symptome am häufigsten und krassesten. Hohe Versagerpersönlichkeiten oder Gruppen von Versagern, die über ein eigenes Heilschiff verfügen könnten, beeinflussen die Statistik nicht, sie gelten offiziell nicht als Versager und sehen sich selbst nicht als solche. Chefs von Regierungen, Wirtschaftskommandeure, Weltverwaltungsfunktionäre der höheren Kategorien sind bisher nicht mit Heilschiffen in den Raum gestiegen, obwohl sie es sich leisten könnten.

Interessieren dürfte, daß auf den Wartelisten mehr Versager als Versagerinnen stehen. Frauen erleben anscheinend immer weniger das Gefühl, zu versagen oder versagt zu haben. Das mag an ihrer Klugheit liegen, sich gar nicht erst in Situationen zu begeben, die ein Versagen provozieren könnten. Die meisten Frauen wissen heute nicht, was ein Versagen ist. Wie macht man das: versagen, wo kriegt man das gelehrt? Erklärt man einer Frau, daß sie versagt hat, beantragt sie nur selten eine Heilbehandlung. Sie nimmt die Krankheit nicht so wichtig. Gesunde Frauen simulieren manchmal ein Versagen, um eine Raumfahrt auf Staatskosten zu erlangen, der Psychologe nennt diese Haltung »abnormes Raumreisebegehren«. Ernstlich versagen die meisten Frauen so gut wie nie. Sie sind ja traditionsgemäß viel weniger empfindlich und jammern weniger über Krankheiten als Männer. Auch daran mag es liegen, daß die Versagenskrankheit sie nicht so oft befällt.

Nehmen wir die Besatzung unserer Heilrakete SANI 7, mit der wir gestern aufgestiegen sind, nehmen wir mich: Steige ich als Versagerin ins All? Will ich geheilt werden? O nein. Ich will Recherchen über Versagensforschung und die Raumheilmethode anstellen, amtlich bestätigte Versager interviewen, um daraus möglichst schnell ein nicht zu dickes Buch zu machen. Die Raumschiffkommandantin (Norine Nord), die Kopilotin (Carlina Meier), Raum-Info-Koordinatorin (Yvonne Pump), die Psychologin (Dr. Friedlinde Freund), die Psychoschwestern, Bewährungstherapeutinnen, die Elektroniker und sonstigen Versorgungskräfte reisen alle nicht wegen versagerischer Eigenschaften mit, die sie im Kosmos überwinden sollen, sie arbeiten hier, schlicht gesagt. Insgesamt sind wir fünfundzwanzig Beschäftigte, und alles Frauen. Die Zahl der amtlichen Versager, die sich an Bord befinden, beträgt nur fünf. Alle sind männlichen Geschlechts.

2

Die fesselndste Versagerpersönlichkeit scheint hier an Bord Emil Erasmus K. zu sein. Die anderen vier Versager enttäuschten mich auf den ersten Blick, der eine könnte sein Gesicht für ein Plakat »Ich bin gesund, weil ich nur kybernetisch stoffwechsele« vermieten, er sieht nicht aus, als würde sein Versagen ihn im geringsten irritieren. Der andere, ein arroganter Fransenkopf, brünett-lakkiert, fletschte ohne Hemmung Zähne, die sogar echt erscheinen. Beide sind altjung, vorvorletzte Phase, straffschlaff, man merkt, daß sie seit Jahren Aufrüttler zu sich nehmen. Wer nimmt die aber nicht?

Die anderen beiden, Glatzköpfe in der ersten noch aufhaltbaren Abstiegsphase, tragen bedeutende Physiognomien, sie blicken um sich, als wäre die Raumheilmethode von ihnen selbst erfunden worden, und sie reisten nur mit, um sich an ihrer Wirksamkeit zu laben. Ich möchte wissen, wer diesen harmlosen Figuren die Anträge genehmigt hat.

Aber Emil Erasmus K. braucht nicht einmal den amtlichen Versagerausweis vorzuzeigen, so sehr flößt er von Anfang an Vertrauen ein. Kurz vor dem Abschuß, als sich die Klappe schloß und die vier anderen Versager stumpf in den Sesseln hockten, als sei ihr Abzisch ins Totenreich gesichert, stemmte K. sich verzweifelt gegen die Spezialtür und hielt sie vielleicht eine tausendstel Sekunde länger offen, als ihr Programm es vorsah. Sinnlos, idiotisch, gemeingefährlich, wenn man bedenkt, daß es womöglich die Elektronik durcheinanderbrachte, wodurch sich plötzlich, mitten auf der Reise, die Klappe lockern und schließlich öffnen könnte und vielleicht ständig sperren und Weltraumleerluft einlassen würde. Was hatte K. davon, wenn er den unabänderlichen Klappenschluß um eine tausendstel Sekunde verzögerte?

Nun, immerhin war das die Zeit, die meine Halsbandkamera gebraucht hat, um dieses Bild von ihm zu schießen, wie er die Tür aufstemmen will, ein Dünnmann, dessen Halssehnen zu zerreißen drohen und dessen bläßlichgraue Augen wie Murmeln aus den Höhlen treten. Das Bild des absolut Verzweifelten, des total Hoffnungslosen, der freiwillig den Einschluß wünschte, im letzten Augenblick jedoch, von jeglicher Moral verlassen, dem primitivsten Freiheitsdrang zum Opfer fällt und dabei selbstverständlich, mein zweites Foto zeigt es, versagen muß. Emil Erasmus hat die Arme sinken lassen, sein Kinn hängt auf der Brust, alles an diesem elenden Versager scheint zu hängen, vielleicht erkennt er selbst, daß schon der Wunsch, die Klappe aufzuhalten, Versagen war.

Bis zum Einlenken der Rakete in ihre vorgeschriebene Heilbahn verhielt er sich sprachlos, aß nicht, schlief nicht und zuckte nicht, wenn ich ihn betrachtete: eine Puppe zum Simulieren wissenschaftlich-technischer Vorgänge mit menschlicher Beteiligung, nachlässig angemalt in grauen Tönen, gräuliche Haare auf den Kopf gemalt, und Pünktchen, Pünktchen, Komma, Strich, fertig ist das Pappgesicht, noch Segelohren drangeklebt, den Hals, als wäre der defekt und könnte brechen, mehrfach mit einem grauen Schal umwickelt, den Rest in einen Schlotteranzug vom Billigautomaten eingetütet, Schuhe vom Leichenschuhhaus, Sonderangebot, die Brille aus dem Feinmüll, verbogen und mit nur einem Glas.

3

Jeder Versagerpatient bekomme natürlich sein individuelles Heilprogramm, sagte mir Dr. Friedlinde Freund, Psychologin beim Institut für Versagensforschung, die in Zusammenarbeit mit der Weltraumverkehrsverwaltung errechnete Bahn sei präzise festgelegt, sie sei total sicher, Gefahrenmomente könnten nach wissenschaftlicher Voraussicht nicht auftreten, keinem der Raumpatienten könne ernsthaft etwas zustoßen, die außergewöhnlichen Situationen, die ihnen hier oben verabreicht werden, seien sämtlich auf Sicherheit geprüft.

Wir wenden nicht jede Situation auf jeden an, im allgemeinen handelt es sich um kollektive Gefahren, die wir auftauchen lassen, unser Raumschiff kommt plötzlich vom Kurs ab, das kann auf den elektronischen Apparaten von unseren Patienten nachgeprüft werden, stimmt aber nicht; das Schiff wird, wie Lichterscheinungen auf dem Bildschirm zeigen, von fiktiven Insassen einer feindlichen Raumstation bedroht; das Schiff beginnt heißzulaufen; die Sauerstoffversorgung droht auszufallen; eine lebensgefährliche Havarie tritt auf, ein Patient muß es wagen, notwendige Reparaturen außenbords durchzuführen; es wird Meteoritenalarm gegeben; das Schiff fliegt in ein Gebiet ein, wo die physikalischen Gesetze angeblich aufgehoben sind: Es scheint Gefahr zu laufen, sich in ein Perpetuum mobile zu begeben beziehungsweise selbst eins zu werden; plötzlich nähert sich das Schiff einem Schreckensplanetoiden, auf dem außerirdische Existenzen in tierischer Form ihr Unwesen treiben; ein Teil der Reisenden, und zufällig sind immer Patienten dabei, ist gezwungen, auf dem Planetoiden zu landen, um durch Erforschung der Lebensumstände wertvolles Material zum Schutz der Erde zu sammeln. Solche gefährlichen Situationen beinhaltet unser Heilprogramm, sie sind ungefährlich.

Auf meine Frage, ob man solche Situationen nicht billiger auf der Erde in einer Art Geisterbahn von ungewöhnlichen Ausmaßen organisieren könnte, durch die man die Versager schleust, antwortet Dr. Freund:

Unsere Versagerpatienten sind heute noch sehr sensibel. Sie werden es merken, sogar, wenn man sie in eine echte Rakete steckt, den Abschuß simuliert, sie einschläfert und erst wieder in jener Geisterbahn aufwachen läßt. Wir sind zwar für das Leben und die Gesundheit unserer Schützlinge verantwortlich, aber ein bißchen Realität muß sein, denn würde nur einer merken, daß alles simuliert ist, könnte diese Erkenntnis schwere Depressionen und die Manifestierung des Versagensgefühls hervorrufen. Ein solcher Kranker wäre unheilbar.

Es gibt ja verschiedene Versagensformen, warf ich ein.

Wir wandeln unser Programm, wie ich andeutete, individuell etwas ab. Mit Versagern, deren Krankheit auf dem Sexualsektor besonders kraß hervortritt, werden wir Gruppen- oder Einzelgespräche führen. Solche, die an Hemmungen gegenüber Vorgesetzten leiden, werden wir mit den steuernden Persönlichkeiten des Raumschiffs vorsichtig in Kontakt bringen, etwa durch Einnahme der Mahlzeiten am Tisch des Kapitäns. Eine schreckliche Situation für solche Kranken, die sie bewältigen müssen. Solchen mit Artikulationsschwierigkeiten, die alles zu ausführlich, zu genau, zu klar und zu deutlich darlegen, erteilen wir die Aufgabe, über entsprechende Geräte kurz Informationen in den Raum zu geben, wobei wir ihnen klarmachen, daß von diesen Informationen, oft Abkürzungen wie RIPZAK oder VIOTRANSOST, das Leben der Raumschiffinsassen oder (bei idealistischen Charakteren) die Existenz des Erdballs abhängt, ein Buchstabe zuviel kann den Untergang bedeuten. Wir verfügen aber auch über kleinere Härten, an denen alle teilnehmen dürfen, etwa das Essen, das ausreichend aber absichtlich unschmackhaft ist, das tägliche Lesen der Leitartikel und Kommentare des televisionär übermittelten Zentralen Weltblattes RENOVIERTER GLOBUS sowie der jeweiligen nationalen Ableger desselben, den Raumschiffappell mit Ansprache des Kapitäns, Gesang der Hymne FÜR DEN KOSMOS STEHEN WIR AUF WACHT, Hissen und Einholen der Schiffsfahne oder das Verlesen von Raumstrafgesetzen, Raumbenutzerordnungen, wozu eigens Versammlungen einberufen werden, in denen die Diskussionsbeiträge darin bestehen, daß man die Strafgesetze und Benutzerordnungen wortgetreu wiedergibt und glaubhaft darlegt, man stimme mit ihnen überein.

Ich bemerkte, dies seien keine speziell kosmischen Bewährungsproben, die könne man auf der Erde auch haben.

Dort entziehen sich ihnen aber viele Versager, sie verstehen das oft sehr raffiniert. Im Raumschiff haben wir diese ideale Situation der hermetischen Abgeschlossenheit. Wohin sollte sich hier ein Kranker entziehen?

Von mir über die einzelnen an Bord befindlichen Versager und deren Krankengeschichte befragt, verwies mich Dr. Freund auf das Arztgeheimnis. Es sei unzulässig, die vollen Namen der Versager, ihre Fotos oder Einzelheiten ihres Verhaltens während der Heilreise in meinem geplanten Buch zu veröffentlichen, wenn die Versager selbst es mir nicht erlaubten.

4

Ich sprach Emil Erasmus K. vorsichtig an, wie er sich denn fühle, und er begann zu weinen. Die Anzugjacke mit dem auf die linke Brustseite genähten schwarzen V (Versager) war schnell von Tränen naß. Ich reichte ihm mein Taschentuch. Er schniefte unästhetisch. Sie können es behalten, sagte ich. Er sah mich traurig an. Der reinste Jämmerling. So einen hatten wir in unserer Schule, den prügelten wir Mädchen immer durch, danach tat er uns leid, wir gaben im Beruhigungsbonbons und streichelten ihm die sensiblen Stellen.

Es ist abscheulich, daß wir hier eingeschlossen sitzen, im Raumknast sozusagen, sprach ich, wir sind zwar freiwillig hier drin, ich habe hartnäckig um meinen Listenplatz gerungen, und nun ist es viel schlimmer, als ich dachte. Na, immerhin, wenn die Behandlung hilft, will ich die knastige Atmosphäre gern in Kauf nehmen. Ach, sagte er, Sie tragen auch das widerliche V. (Ich hatte es mir in Dr. Freunds Kabine angeeignet, wo mehrere Vs in einer offenen Schachtel lagen, und meinen Overall damit benäht.)

Ja, ich bin auch Versager. Sirene Selenik mein Name. Sirene reicht schon, wir könnten uns auch duzen. Leidensgefährten, die wir sind.

Sirene, sagte er, wie häßlich.

Ich wollte sagen, die werden morgen mit dem Programm beginnen, doch fiel mir ein, daß ich das als Versagerin nicht wissen konnte. Ich sagte, wer weiß, was die noch mit uns machen werden. Er sagte, die machen nichts, die kurven mit uns rum, bis harte Sachen auf uns loskommen, damit wir uns bewähren. Wenn aber keine kommen?

Es werden welche kommen.

Aber wann? Wie lange wird das dauern? Und werden sie bei mir anschlagen?

Ich sagte, du darfst dich gegen die Behandlung nicht sperren und nicht schon vorher ängstlich sein. Was du da an der Einstiegstür gemacht hast, an dieser Klappe, war unnötiger Energieverschleiß, du mußt dich schlappmachen.

Ich muß mich bewähren, sagte er, das mit der Klappe war vielleicht schon eine Bewährungsprobe. Wir kann man wissen, was eine Bewährungsprobe ist. Vorher sagt keiner, paß auf, hier kommt 'ne Stufe. Wenn du gestolpert bist, dann heißt es, Bewährungsprobe nicht bestanden. Das ist das Hinterhältige.

Ich sagte, die meinen es hier gut mit uns.

Emil Erasmus blickte mich argwöhnisch an. Die blaßgrauen, verschwommenen Pupillen schrumpften zu Punkten, graphitfarben, poliert. Ich assoziierte: Fliegenaugen, kurz vor dem Schlag mit der Klatsche.

5

Du darfst nicht zu sehr davon überzeugt sein, daß du ein schwerer Fall bist, sagte ich sanft zu K., du mußt dir einbilden, gar nicht krank zu sein, dann brauchst du auch nicht immerzu an die Bewährung zu denken, und wenn sie kommt, bewährst du dich höchst elegant, wie im Vorübergehen, das läuft dann voll natürlich, nicht so verkrampft. Bewährungskrampf bringt uns nicht weiter.

Er sagte wehleidig, ich bin ein schwerer Fall, ich bin an Bord der schwerste, nicht so ein kleiner Bettnässer, so ein mittelmäßiger Weltuntergangsalarmknopffalscheinsteller, so ein Sexualfehlzünder. Er konnte sich nicht bremsen. Ja, solche Memmen sind unbeherrscht. Er mußte seine Leiden vor mir erzählen, er litt nicht nur an einer einzigen Versagensart, es war ein ungeheures Bouquet verschiedener Versaglichkeiten, und er schien darauf auch noch stolz zu sein. Emil Erasmus K., erst einunddreißig Jahre alt, von Hemmungen, Phobien und Allergien zerrüttet.

Er leide erstens an einer chronischen Gleichlaufangst, die sich so auswirke, daß er nicht in der Lage sei, zu ganz bestimmten, immer gleichen Zeiten von einem ganz bestimmten, immer gleichen Ort zu einem ganz bestimmten, immer gleichen anderen Ort zu gehen oder zu fahren und dort eine ganz bestimmte Zeit bei einer ganz bestimmen, ihm zugeteilten Arbeit zuzubringen, danach zu ganz bestimmter Zeit zu dem bestimmten, immer gleichen Ausgangsort zurückzukehren. Dies ginge ihm nicht nur bezüglich eines Arbeitsortes so, es träfe auch für Räume innerhalb der eigenen Wohnung zu, für Ferienorte, Freizeitpunkte, Versammlungen, Verwandtenwohnungen, Festveranstaltungen, Geburtstagsfeiern. So habe er den Geburtstag einer Freundin nicht im Januar feiern können. Er wurde am betreffenden Termin vollkommen schlapp und konnte sich zu keiner Feiertätigkeit erheben, er hätte es jedoch großartig im August gekonnt. Ihm sei da so gewesen, erklärte er, daß er den

Fakt, daß seine Freundin nicht nur geboren, sondern auch noch lebendig war, begießen müßte, auch gab es schönere Blumen als im Januar, doch seine Freundin habe sein Verhalten so verbittert, daß sie ihm fortgelaufen sei; er habe auch nicht bei den regulären periodischen Wohnturmversammlungen erscheinen können, obwohl man ihn schon Wochen vorher einlud. Sobald die Stunde nahte, zu der man sein Erscheinen erwartete, verfiel er in totale Schlappheit, er hatte die abstruse Vorstellung, man müßte sich versammeln, wenn einem so zumute sei, wie man auch lieben müsse, wenn man den Drang verspüre, nicht, wenn die festgesetzte Zeit gekommen ist, Silvester, Weihnachten oder Rosenmontag, oder wenn das Televisionsprogramm gelaufen ist.

Er leide übrigens auch an Televisionsphobie, er konnte, wie er sagte, die fremden Leute in seinem Zimmer nicht ertragen, die da spektakelten, ohne zu fragen, ob ihn die Sachen interessierten, die sie behakelten. So lebte er atelevisionär, was ihm das Image eines Menschenfeindes eintrug; von da war es nun nicht mehr weit zur Tele- und Videophonophobie. Ohren und Augen versagten ihm, sobald man ihn mit diesen Kommunikationsgeräten konfrontierte. Ich kann nicht telefonieren und auch nicht videophonieren, sagte er, beim ersten werde ich die Furcht nicht los, ich würde entweder in einen leeren Raum sprechen, wo keine Menschenseele meine Worte hört, oder es würden mich zu viele hören, oder es würde mich nur einer hören, und gerade der wäre nicht der Richtige. Ich gebe was in einen Apparat, wer fängt es auf, wer sitzt dort auf der anderen Seite? Bei diesen Fraglichkeiten packt mich kaltes Grauen. Genauso unerträglich ist es mir, zu sehen, wer auf der anderen Seite sitzt, ich fürchte immer, es sei in Wirklichkeit nicht der, den ich da sehe.

K. ging stets selbst hin, wenn er mit jemand sprechen wollte. Auf diese Weise glaubte er souverän zu sein, tatsächlich, er begab sich auf seinen beiden Füßen gehend, einen Fuß vor den anderen setzend, manchmal auf Rollschuhen, doch nie in einem Auto oder im Elektronikflitzer zu ihm, er besaß solche Fortbewegungsutensilien ebensowenig wie eine Flugbrumme, hatte sich nie bemüht, auch nur die billigste Ausführung dieser Dinge zu erwerben, eine schwere Versagensform, ein Stumpfsinn, der ihm bei seinen Mitmenschen Mißtrauen, Abneigung, ja, Ekel eintrug, so daß sie ihm nicht öffneten, wenn er sie, auf zwei Füßen kommend, sprechen wollte.

Sein liebloses Verhältnis zu solchen hohen gesellschaftlichen Werten wie Geld war derart krankhaft, daß er beim Anblick von Geldhaufen, Geldscheinbündeln, Schecks und von Wertgegenständen in Form von Luxuswohnturmsiedlungen, goldenen Schmuckpanzern, jenen juwelenübersäten Chemisetts und Leibchen, Salon-Raketen für Weltraumwochenendausflüge, worin gesunde Menschen den wahren Sinn des Lebens finden und deshalb auch ihr ganzes Leben dafür arbeiten, in schrille Schreie ausbrach. Ich möchte leben, schrie er, ich möchte leben, laßt mich doch leben, ich bitte euch; manchmal schrie er auch, er sei unschuldig, man möge ihm doch bitte nicht das Leben nehmen, er wäre aber fast von selbst gestorben, da er kaum noch zu essen pflegte.

Als er noch eine Frau hatte, beschuldigte er sie, sie wolle ihn vergiften, sobald sie eine lecker eingepackte Mahlzeit vor ihm aufriß; nichts war im recht, obwohl die dreißig Kataloge der Internationalen Mahlzeitenindustrie mit etwa sechzigtausend verschiedenen wissenschaftlich getesteten Frühstücksmenü- und Abendbrot-Assietten abonniert hatte, die ständig die Programme wechselten. Er schrie hysterisch, ich möchte leben, und rührte nichts an. Ihm kam der sonderbare Einfall, selbst Nahrung anzubauen und seine Frau zu animieren, die Mahlzeiten selbst herzustellen. Dies führte dann zur Scheidung. Er habe unzumutbare, unanständige, menschenunwürdige Handlungen von seiner Frau verlangt, ein Unhold, zur Ehe untauglich, so stand er vor Gericht, schon äußerst mager.

Da seine Kau- und Schluckmuskeln bei allen sechzigtausend angebotenen Assietteninhalten versagten, strich er nachts durch die Anlagen und fraß Laub von den Bäumen, im Winter schlich er in Gewächshäuser und Blumenläden, doch immer häufiger geschah es im Zuge der Entwicklung, daß er nur Plastblätter vorfand, die ihm nicht gut bekamen.

Ich will nicht sagen, daß man mich schlecht behandelt hat, ich wurde als geschiedener Unhold zwar die bisherige Wohnung los, doch das Soziale Wohnungszuteilungswesen stellte mir ein vollelektronisches Appartement in einem neuen Turm bereit, ich konnte aber den Wohnvertrag nicht unterschreiben, ich wurde plötzlich von einer Schreibhemmung befallen, ich konnte zwar den Stift festhalten, die Tintenpaste lief, aber zum Schreibakt kam es nicht.

Seit langem hatte er schon Fragebögen, Karteikarten, Anträge und andere wertvolle Dokumente nicht mehr ausfüllen können, nun konnte er auch seinen Namen nicht mehr schreiben. Befragt nach seinen Wünschen, schwieg er, und als ihm das Soziale Hilfsmannschaftsbüro anbot, die nötigen Papiere – es laufen jeden Monat für einen Durchschnittsbürger fünfundsiebzig bis hundert Formulare an – für ihn mit Schrift zu füllen, zeigte sich, daß er auch von einem Sprechversagen befallen war.

Da er niemals zum Ärztlichen Computeriat gegangen war – ich bin unschuldig, ich möchte leben –, auch keine menschlich strukturierte medizinische Persönlichkeit zu konsultieren pflegte, blieb seine Krankheit unregistriert, bis ihn die Hilfstruppe zum Schutz bestehender Gepflogenheiten aufgriff, als er dabei war, auf einem freien Fleckchen Erde aus Müllbestandteilen eine Art Haus zu bauen. Man denke, auf einem freien Fleckchen, das es ja eigentlich nicht gibt. Es konnte nur das Fleckchen sein, wo jene Müllteile gelegen hatten, bevor K. sie aufhob, um sich das Haus zu bauen. Er war halbnackt, bei ihm befand sich eine rostfarbene hochschwangere Katzenhündin sowie ein Lebewesen, das einer Flugbrumme nachgebildet schien. Der Offizier der Hilfstruppe befragte K. nach Herkunft und Beruf. Sogar bei dieser einfachen Anforderung versagte er, doch kam ihm teilweise die Sprache wieder.

Ich weiß nicht, gab er an, ich möchte leben. Nun, sie bekamen es auch ohne ihn heraus, die Datenabrufstelle funktionierte in dem Moment, als sie sein Bild erhielt.

Emil Erasmus K. war Koordinationsverwaltungssekretärvertreter ersten Grades im Ständigen Europäischen Hauptbauplangrobgestaltungsvorbereiterkomitee des Wohnturmfertigungsindustriebereichs 728 des Dezentralisatorkonzentrationsstützpunktes Mitte. Er war dazu durch einen Studiennachweis der Bildungsindustrie qualifiziert, Sektor Humane Steuerungsphilosophie. Die Nachprüfung ergab, daß K. am Arbeitsplatz karteimäßig geführt und seine Planstelle mit ihm besetzt war. Gelegentlich sei er dort aufgetaucht, manchmal um Mitternacht, und habe die vorhandene Arbeit, die für sechs Wochen präzise vom Computer in tägliche Rationen aufgeteilt gewesen sei, in einer einzigen Stunde zur Erledigung gebracht. Ja, K. sei ein Versager, das könne man behaupten.

Sie schleppten mich in einen Arztsalon, erzählte er, beschickten mit mir etliche Maschinen, und die Maschinen nickten und zwinkerten, und schließlich spuckte eine den amtlichen Versagerausweis aus, eine andere das schwarze V zum Aufnähen und noch eine den Antrag auf eine Raumheilreise.

Der Offizier der Hilfstruppe sei nett zu K. gewesen.

In meiner schwerkranken Verfassung (und meine Krankheit schreite fort) sei eine Existenz für mich auf Erden nicht mehr möglich, ich würde jämmerlich zugrunde gehen, wenn ich mich nicht zu einer Raumreise entschließen könnte. Nur noch der Kosmos kann Ihnen helfen.

K: Ich dachte, da ist was Wahres dran. Ich konnte auf der Erde tatsächlich nicht mehr existieren. Schlimm waren meine vielfalchen Versagungen, aber noch schlimmer machte sich der Drang bemerkbar, etwas zu machen, ich meine selbst zu machen, nach eigenen Einfällen. Bau eines Müllhauses, Haltung des schwangeren Katzenhundes und eines Flügeltiers. Das waren nur die Anfänge.

Glauben Sie mir, sprach lieb der Offizier, wenn ein Versager nur versagt, mag es noch gehen, aber wenn auch noch Einfälle auftreten, die er tatsächlich durchführt, wird es gefährlich. Rettung ist dann nur möglich, wenn sich der Kranke sofort auf Heilreise begibt. Ihr Antrag wird als *vordringlich* behandelt.

Was blieb mir übrig, ich unterschrieb. Emil Erasmus K. begann zu zittern. Die Hemmung versagte diesmal, ich konnte fließend meinen Namen schreiben! Der Offizier blickte mich ängstlich an; war das nun wieder ein Versagen, daß mein Versagen dieses Mal versagte?

6

In der Clubkabine spielen unsere Versager, außer dem armen K., der grämlich in der Ecke hockt, am Tischdiorama das beliebte Krieg-der-Welten-Spiel. Diese erwachsenen Versagerpersönlichkeiten zerren wie wild an den Panikhebeln, um die bunten Plast-Erdbewohner möglichst echt panisch herumirren zu lassen, drükken mit kindischer Satanie Verderbensknöpfe, um Außerirdisches gummifingrig ins Erdenleben greifen zu lassen, die ausgeleierten Heulton- und Lichteffektauslösertasten werden sie bald kaputtgemacht haben. Sie sind so in Fahrt, daß sie nicht bemerken, wie eine Hilfspsychologin und eine Bewährungstechnikerin hereinkommen und mit besorgten Mienen das Diorama umstellen.

Ist was, frage ich, um das Heilprogramm, denn das soll jetzt losgehen, in Gang zu bringen.

Ich will keine Panik machen, sagt die Hilfspsychologin, zur Panik ist wirklich kein Grund vorhanden, aber es wäre nicht falsch, wenn wir ab und zu einen Blick auf den Schirm werfen würden, um uns die Abweichung bewußt zu machen, die sich unbegreiflicherweise ergeben hat und jetzt noch zunimmt. Besser, man erlebt das mit vollem Bewußtsein, als sich über die Situation etwas vorzumachen.

Was wird, wenn wir noch mehr abweichen?

Sicher ist keine Gefahr vorhanden.

O doch, es könnte schon eine Gefahr vorhanden sein, sagt der eine der beiden Glatzköpfe, die immer so um sich blicken, als wäre die Raumheilmethode an ihrem Schreibtisch ausgebrütet worden, jede Abweichung bedeutet Gefahr. Ich schlage vor, wir richten eine energische Anfrage an die Frau Kapitän.

Vielleicht ist der vorgezeichnete Kurs falsch, und die Abweichung ist der richtige Kurs, sagt der elegante Zähnefletscher.

Der Rundkopf, der kybernetisch stoffzuwechseln scheint, weist ihn zurecht. Immer das Beste hoffen, auf die Art gehen wir der Verglühung entgegen. Es muß gehandelt werden.

Wir sind keine Fachleute, sagt der Fletscher.

Ich habe gehört, es soll hier absolut sicher zugehen.

Da sehen Sie es, gleich zu Anfang weichen wir ab.

Ich hätte den Antrag nie stellen sollen.

Ich möchte sofort mit meinem Rechtsanwalt verbunden werden.

Vielleicht sollte man beten?

Zu wem? Wer ist hier zuständig? Nichts wird einem mitgeteilt. Ich fordere ein Gespräch mit dem Institut für Versagensforschung.

Vielleicht ist es nichts Ernstes. Spielen wir weiter, die Außerirdischen sind am Zug.

Bitte werfen Sie ab und zu einen Blick auf diesen Schirm. Die Bewährungstechnikerin knipst das Licht an. Deutlich kann ich das Ausscheren des Schiffs aus der vorgezeichneten Bahn erkennen. Bitte, vergessen Sie es nicht, damit Sie nicht überrascht werden. Nun, Herr K., Sie müssen ja nicht pausenlos auf den Schirm starren. Lenken Sie sich ein bißchen ab. Vom Draufstarren wird der Kurs auch nicht richtiger.

Ich bezweifle, ob K. überhaupt etwas von dem falschen Kurs wahrnimmt, der da als leuchtender Faden über den Schirm kriecht und sich immer mehr von der Zeichnung entfernt. K. scheint abgeschaltet zu haben. Ich mime vor ihm die Ängstliche: Wir wollen es nicht zu leicht nehmen, Erasmus. Warum stößt er nicht seinen berühmten Schrei *Ich will leben* aus? Warum ruft er nicht nach einem Rettungsschiff? Warum tobt er nicht wie zu Anfang, als sich die Klappe schloß?

7

Heute sagt mir Dr. Friedlinde Freund, sie habe K. die Note Null mit Sonderlob eingetragen. Er sei der einzige gewesen, der sich bei der Kursabweichung menschenwürdig betragen habe, nämlich gelassen, aber nicht schläfrig, während die anderen sich durch ihr eigenes Geschwätz entnervt hätten und schließlich in den alten Fehler verfallen wären, von der Situation nichts wahrnehmen zu wollen. Sie haben sich ins Katastrophenspiel geflüchtet, anstatt die Wirklichkeit zu akzeptieren.

Ob sie ahnten, daß es eine künstliche Wirklichkeit war? frage ich.

Sie haben versagt, antwortet Dr. Freund, darauf kommt es an, nicht darauf, ob die Wirklichkeit echt war, wo gibt es denn heute noch echte Wirklichkeiten, nennen Sie mir ein paar, die Realität einer Wirklichkeit ist zweitrangig, Hauptsache, der Mensch versagt nicht.

8

Ich will mit Friedlinde Freund nicht streiten. Wahr ist aber, daß auch mich an Bord kein Versager so fasziniert wie Emil Erasmus K. Die anderen öden mich an.

Vorige Woche stand die Bedrohung durch ein fiktives feindliches Raumschiff auf dem Plan. Unser Schiff schoß auf Kommando der Kapitänin Norine Nord aus fiktiven Kanonen fiktive Verteidigungsraketen ab, die auf dem Bildschirm wie Feuerwerk explodierten. Die Versager grölten Triumph, als das fiktive feindliche Schiff abdrehte. Ob sie vorher gezittert hatten, weiß ich nicht. Ich hatte mich Emil Erasmus gewidmet, der den fiktiven Vorgang gleichmütig beobachtet. Der Mann gewinnt immer mehr an Format.

Ich glaube, sagte ich, bei dir schlägt die Behandlung schon an. Du benimmst dich großartig.

Du auch, sagte er; was ist eigentlich dein Versagen?

Daß ich zehn Bücher zu schreiben anfing und keins mir gelungen ist. Aber ich bin als Buchschreiberin amtlich registriert, also muß ich Bücher schreiben. Immer wenn ich losschreiben will, lösen sich die Fakten, die genau vor mir standen, in Luft auf.

Vielleicht gelingt es dir hier, ein Buch zu schreiben. Er blickte mich mit Fliegenpunktaugen stechend an.

Vielleicht, murmelte ich, vielleicht, wenn du mir hilfst.

Er antwortete nicht, ich hielt es für klüger, das Thema fallenzulassen.

Heute ist plötzliches Heißwerden des Raumschiffinnern dran, die Versager wälzen sich unruhig in ihren Kabinen, kommen in den Clubraum gestürzt, verlangen zu trinken, erhalten aber nicht mehr als üblich.

Dr. Freund läßt sich bewegen, eine Flasche Wasser extra für alle zu genehmigen. Die Versager schlagen sich darum, nur K. hält sich zurück. Er zieht aber seinen grauen Schlotteranzug und schließlich shirt und slip aus, die ohnehin löchrig sind wie ein Sieb.

Ich bin erstaunt über seinen schönen mageren, aber straffen Körper, Brust und Oberschenkel glänzen blaßblond behaart, einen Bauch kann ich nicht registrieren. Ich wage kaum tiefer zu blicken, es fasziniert mich ungeheuer, ich muß diesem Superversager folgen, wie er Kabine um Kabine streift, reinblickt und manchmal längere Zeit drinbleibt.

Er löst die Aufgabe brillant, sagt hingerissen Friedlinde Freund, er wahrt in harter Situation die Menschenwürde, Emil Erasmus zeigt uns den wahren Menschen.

Nun fällt auch die Beleuchtung aus. Allein der Bildschirm glimmt, Hilfspsychologinnen und Bewährungstechnikerinnen infiltrieren das Gerücht, die Sauerstoffversorgung drohe auszufallen.

Ich kümmere mich nicht darum, was die vier aufgeregten Versager machen, ich suche Emil Erasmus, der trostspendend durch die Kabinen geistert.

Er hat uns durch sein Vorbild aufgerichtet, sagt Kapitänin Nord.

War doch alles fiktiv, flüstere ich.

Trotzdem, sagt sie, da können Sie jede fragen.

9

Und wie stand es mit mir? Bin ich die einzige Frau an Bord, die einen klaren Kopf behalten hat und unterscheiden kann, was wirklich ist und was fiktiv? Schade, daß ich nicht deprimiert und daher auch nicht trostbedürftig bin.

Emil Erasmus scheint das nichts auszumachen; ich überraschte ihn, als er an meiner Kabinentür durchs Schließloch spähte.

Ich bin nicht drin, rief ich.

Er zuckte nicht zusammen. Dann gehst du eben rein.

Und was willst *du* hier? fragte ich, die Tür aufschließend.

Sirene, sagte er ein bißchen vorwurfsvoll, du weißt doch, ich leide an chronischer Gleichlaufangst, ich kann nicht dauernd in meinem eigenen Versagerbett zur vorgeschriebenen, immer gleichen Zeit den vorgeschriebenen Schlaf durchführen.

Du meinst, wir sollen unsere Betten tauschen?

Du weißt, Sirene, daß ich nicht nur Normalversager, sondern Multiversager bin. Ich habe manchmal auch die Vereinsamungsphobie, ich kann nicht dauernd allein in einem Bett sein.

Bevor ich ihm entgegnen konnte, war er schon in mein Bett geschlüpft, zog aber keineswegs den grünen Schlafsack zu, lag lässig da, als sollte ich ihn für den teuren Damen-Almanach APOLLO fotofixieren: Herrenakt, weiß, in grüner Schale.

Als ich ihn noch betrachtete, wirkte er plötzlich, als sei ihm etwas dringend. Ich kann den Sack nicht zuziehen, klagte er, ich bin allergisch gegen Eingeschlossensein.

Ich leider auch, gestand ich.

Aber wenn ich allein *offen* liege, befällt mich ein Gefühl des Ausgesetztseins, ich fröstele und klappere mit den Zähnen.

Das muß nicht sein, wir haben beide in diesem Bett und auch im Schlafsack Platz.

Kaum hatten unsere beiden Häute sich berührt, fröstelte er nicht mehr. Sein silberblondes Hauthaar leitete knisternd Energie. Von wem zu wem? Ich kann es nicht mehr unterscheiden.

10

Merkwürdig finde ich, daß K., als lebensgefährliche Havarie im Plan stand, sich nicht als erster meldete, um die notwendigen Reparaturen außenbords durchzuführen. Die anderen Versager stiegen zwar an der sicheren Leine aus, wagten aber nicht, am Raumschiff etwas anzufassen. Wir sind keine Fachleute, wir könnten was kaputtmachen. Sie erhielten dafür knappe Halbnullen eingetragen.

Erst als sie unverrichteterdinge zurückgekrochen waren und unsere Kapitänin den K. dringend bat, sich wenigstens die Schadenstelle anzusehen, ließ er sich in den Raumanzug stecken und spazierte an der Leine hinaus. Er blieb länger im Raum als die anderen vor ihm. Er umschwebte das ganze Schiff, wobei er jeden Quadratmillimeter des Mantels zu untersuchen schien. Ich habe leider versagt, gab er, zurückgekehrt zu, ich habe den Defekt nicht gefunden.

Um die Fiktion zu erhalten, begab sich eine unserer Technikerinnen außenbords und tat, als repariere sie.

Was haben wir noch auf dem Plan? Ach, Meteoritenalarm. Den Einflug in ein Gebiet, wo unser Schiff, wie die Kapitänin uns weismachen will, zu einem Perpetuum mobile zu werden droht. Es könnte geschehen, sagte sie, daß wir aus dem Gebiet nicht mehr herauskommen. Ich habe die ganze Fiktionswirtschaft satt. Es wundert mich aber, daß Emil Erasmus bei dieser Schauernachricht höhnisch den Mund verzog.

Freust du dich etwa?

Ich amüsiere mich. Ist das Versagen?

Wir wollen Dr. Freund befragen.

Friedlinde erklärte, Versagen sei das nicht, im Gegenteil, es sei ein Zeichen von Charakterstärke.

Emil Erasmus K. kann sich verhalten, wie er will, Friedlinde findet es großartig. Er ist unser Erfolgspatient, sagte sie, ich bin gespannt, wie er sich bei der letzten Probe bewähren wird, wenn die Versager auf dem Schreckensplanetoiden landen müssen. Es dauert bis dorthin einige Monate. In der Zeit lautet die Heilaufgabe: sich in der Langeweile des Raums bewähren.

11

Noch nie hat sich mein lieber Emil Erasmus über das unschmackhafte Versageressen an Bord beklagt, nie sehe ich aber auch, daß er es ißt, er magert trotzdem nicht noch mehr ab. Ob er sich Extraspeisen eingeschmuggelt hat?

Ich selber lege etwas von meinem Sonderessen, das ich als Nichtversagerin erhalte und das fast immer ein Genuß ist, in seine Jakkentasche.

Ich ahne, auch andere spenden ihm von ihrem Essen. Er ist ja ständig in den Kabinen der nichtversagerischen Schiffsinsassen Gast. Ich sehe ihn kaum noch im Club, er streift durchs ganze Schiff, läßt sich die technischen Details erklären, sitzt neuerdings sogar bei unserer Kapitänin Norine Nord. Er habe eine natürliche navigatorische Begabung, behauptet sie. Manchmal läßt sie ihn sogar lenken. Manchmal vertritt er die Kopilotin Carlina Meier. Wenn es ihm einfällt, übernimmt er die Arbeit der Raum-Info-Koordinatorin Yvonne Pump, nimmt Infos an und sendet welche aus. An alles lassen sie ihn ran.

In Dr. Freunds Kabine sitzt er stundenlang und stellt mit ihr Versagenstheoreme auf.

Es fehlt noch, daß er auch mein Buch schreibt. Er mischt sich bereits ein, sagt, was drinstehen sollte und was nicht. Ich ahne, er hat längst herausgefunden, daß ich das schwarze Versager-V unbefugt trage.

Yvonne Pump wird ihm die Info gegeben haben, oder er hat sie selbst hervorgekramt. Er stellt sich unwissend, wenn er zu mir in die Kabine kommt, wo er ein Streicheln nicht nur für seine versagerischen Seelenteile sucht.

Und weinen sehe ich ihn überhaupt nicht mehr. Sein memmenhafter Habitus ist nahezu verschwunden, dabei stand der ihm gut. Bleib bei mir wohnen, bat ich ihn kürzlich, ich und du, das genügt doch, bleib bei mir.

Er sah mich fliegenäugig an. Verlangst du das von mir? Forderst du es?

Ich verlange und ich fordere es.

Dann geht es nicht. Ich kann das nicht. Du weißt, daß ich versage, wenn man von mir etwas Gleichlaufendes verlangt.

Kann es mich wundern – nun übernimmt er auch die Landung auf diesem Schreckensplanetoiden. Es war geplant, daß nur die fünf Versager mittels einer Fähre landen sollten, Emil Erasmus läßt jedoch das Raumschiff niedergehen.

Die Außerirdischen in ihren grünlichglibbrigen Schleimplasthäuten sind irritiert.

Ihr Chef hat seinen Saurierkopf gelüftet. Gestatten, Josef Pieper. Er fragt Emil Erasmus, ob etwas sei, so pflege das hier nicht zu laufen. Geplant sei, daß die Außerirdischen sich einen der Versager fangen und in die Schreckensgrotte schleppen, woraus die anderen Versager ihn dann befreien müssen, falls er nicht Selbstbefreier wird, wofür ihm eine Chance eingebaut sei.

K. sagt, der Plan sei außer Kraft gesetzt. Auf dem Schreckensplanetoiden sei augenblicklich, auf die Sekunde, gerade jetzt, die 1. Kosmische Versagerrepublik gegründet worden, zu der die Außerirdischen als Bürger herzlich eingeladen seien.

Die anderen Schreckenswesen lüften nun ebenfalls die Saurierköpfe. Die Losung heiße, für Glück und Menschenwürde des Versagervolkes, erklärt mein lieber K. Er werde es sich vorbehalten, Minister zu ernennen, zuerst den Landwirtschaftsminister, der die Begrünung des Planetoiden vorbereiten solle.

Es zeigt sich jetzt, daß K. in seinem Schlotteranzug Sämereien geschmuggelt hat, ein Flugtierpärchen, das in den Jackentaschen grüne Eier bebrütet, sowie zwei winzige junge Katzenhunde, die in den Hosenbeinen hausten.

Was soll das heißen, fragt schwer benommen Dr. Friedlinde Freund, Versagerrepublik? Da müßte man erst definieren, wer ein Versager ist. Ob er von richtigen Versagern stammt, ob sein Versagen praktisch erworben wurde, ob es genetisch festgelegt ist oder ob es sich um bewußtseinsmäßiges Versagen handelt.

Hier sollen alle Versager die gleichen Chancen haben, erklärt Emil Erasmus, wir werden diesen Planetoiden nach unserer Vorstellung begrünen, besiedeln und bevölkern. WIR WOLLEN LEBEN, heißt unser Gruß. WIR WOLLEN LEBEN, rufe unversehens auch ich. Und die Minister sollen nicht zu lange ihr Amt bekleiden, wir wählen sie so oft wie möglich ab. Wenn wer nicht mehr Minister sein will, soll er sich nicht genieren, soll er sein Amt hinschmeißen. Den pflichtbewußten Kampf, den dulden wir hier nicht.

Ich frage, wer ist *wir*?

Das sind wir alle.

Aber du fragst niemand, bestimmst einfach! Ob auch K. abzuwählen sei und ob er, wenn es ihm einfiele, sein Amt hinschmeißen würde, erkundige ich mich.

Bei mir ist es was anderes, sagt er, ich bin ja der natürliche Stammvater dieser neuen Republik.

Es läßt sich nicht verheimlichen: die Elektronic-Miezen, die Versorgungskräfte, Bewährungstechniker, die Psychoschwestern, die Info-Koordinatorin, die Kopilotin, die Raumschiffkommandantin, die Psychologin und die Versagensforscherin Dr. Friedlinde Freund – alle sind guter Hoffnung durch meinen tüchtigen Versager Emil Erasmus K., und mir geht es nicht anders. Warum hat niemand von uns auf dieser langen Reise Verhütungspralinés gegessen? Im Arzneicontainer waren keine. Ein menschliches Versagen? Man konnte die Entschuldigung vorbringen, im Heilplan seien für unsere amtlich anerkannten Versagertypen sexartige und fortpflanzerische Bewährungsproben nicht enthalten. Wir hätten in den fünf Patienten nur die spezielle Versagerpersönlichkeit gesehen.

Die vier, die ihre Freizeit mit Krieg-der-Welten-Spiel totschlugen, rechtfertigten das auch. Wer hätte sich auf einen Emil Erasmus K. einrichten können? Ein K-Verhalten war nicht vorgesehen. Haben wir versagt?

Wohl oder übel müssen *wir* uns bewähren und, wie Emil Erasmus K. sich ausdrückt, die ersten Kinder der 1. Kosmischen Versagerrepublik das grüne Licht des Schreckenssterns erblicken lassen. Doch vorerst muß ich schreiben, was mir der Stammvater diktiert:

AUFRUF

AN ALLE VERSAGER HIMMELS UND DER ERDEN!
WIR HABEN DIE VERSAGERKRANKHEIT, GEISSEL DER MENSCHHEIT, ÜBERWUNDEN! IN UNSERER REPUBLIK WIRD ES SIE NICHT MEHR GEBEN, WEIL ES HIER KEINERLEI MOTIV FÜR EIN VERSAGEN GIBT UND AUCH NIE GEBEN WIRD!

Ich würde das so kategorisch nicht behaupten, wage ich einzuwenden.

Schreib, was ich dir diktiere, sagt er, und halt den Mund!

Die Abendbetrachtung: Großvater und Enkel über Fa und Cre

Zuverl. phantasieloser, absol. initiativloser,
undynamischer Typ, auch rüst. Rentner, für
gesellschaftl. wichtige Aufgabe dringend
gesucht. Gute Bez. u. Sondervergünst. garant.
Nur ernstgem. Zuschr. an VII/3876-771

So geht es nun auf allen Seiten, sagte Herr Filip Nostal, und zwar seit Wochen. Zum Beispiel dieses Inserat steht schon seit Ostern drin. Dick eingerahmt, orange und außerdem in Leuchtschrift. Trotzdem meldet sich keine einzige phantasielose Menchenseele und wird sich auch nicht melden.

Wenn ich nachts durch die Straßen rutsche, um mal ein kleines Bier zu trinken, verfolgen und blenden mich die Hilferufe.

Stellen sofort ein:
Frauen und Männer ohne Kreativität.
Ärztliche Bescheinigung erwünscht.
Partner für friedliches
phantasiefreies, vollkommen einfallsloses
Zusammenleben gesucht. Vorbedingung:
Interesse für *nichts*.

Die Texte drehen sich als Feuerräder, Buchstaben streuen sich sternschnuppenartig aus und setzen sich zusammen, Bildwerbung kriecht über jede zweite Wand. Ein dickes Männchen in einem aufgepumpten Sessel, umgeben von kindischen Trickitrackiwackelbildern, von Naschi-Töpfchen und buntglasierten weiblichen Strukturen: so fein lebt Papi, weil er nachweisbar absolut phantasiefrei ist.

Herr Filip Nostal fragte seinen Enkel, der auf dem Teppich Brennversuche unternahm, wobei er ohne irgendeine Vorlage ein kompliziertes Muster zu kokeln anfing: Gib ehrlich zu, du kannst dir auch nicht vorstellen, wie man es macht, ein Mensch ohne jede Phantasie zu sein. Aber du wirst mir zustimmen, so wie es gegenwärtig geht, kann es nicht weitergehen, die Katastrophe kündigt sich schon an.

Der Enkel des Herrn Nostal sagte, ohne von seiner Arbeit aufzublicken: Dein Jammern kommt daher, daß du als Kind in anderen Verhältnissen gelebt hast. Nun stellst du dauernd Vergleiche an. Ich kenne nur die Schilderungen der Geschichtsbücher, denen mißtraue ich genauso wie deinen rührseligen Erzählungen, wie phantasielos dein Vater und dein Großvater gewesen seien und wie sie große Schwierigkeiten fürchteten, weil du das erste hochkreative und hochphantasiegeladene Kind in der Familie warst. Dann aber hätten sie sich doch gefreut. Du hättest dauernd etwas dynamisiert, etwas zerbastelt, sie hätten sich nicht mehr so stark gelangweilt. Natürlich hätte es auch Mißverständnisse gegeben, weil du beständig etwas umfunktioniertest und sie von manchen Funktionen eine einseitige Vorstellung besaßen, aber sie seien schließlich froh gewesen, daß sie die vorgeburtliche Genbehandlung hätten an dir durchführen lassen. Es machen alle, hätten sie gesagt. Wenn heute jeder hochphantsieausgerüstet ist, muß unser Sohn es auch sein. Wie soll er sonst im Leben weiterkommen? Sie seien traurig gewesen, daß eine Fa- und Cre-Behandlung bei ihnen nicht mehr machbar war. Ihre Phantasielosigkeit stempelte sie als alt, überholt, versteinert. Tatsächlich wurden sie bald in den Frührentnerstand versetzt. Aber du hast sie wie verrückt geliebt, ich weiß, ich weiß.

Nie fiel den beiden etwas ein, sagte Herr Nostal, was mich ernsthaft gestört hätte. Mein Vater ließ sich jeden Morgen vom Straßenband zum Röhrenbahnsystem befördern. Es war das Straßenband 897. Er trat Punkt sieben Uhr dreißig direkt von unserer Haustür auf das Band, von hinten sah ich ihn davongleiten, und acht Minuten später glitt meine Mutter auch davon. Pünktlich um vier Uhr einundzwanzig nachmittags kam sie wieder angeglitten. Niemals erzählten sie genau, wohin das Röhrenbahnsystem sie fuhr, sie sagten, zur Beschäftigung. Womit sie sich beschäftigten, erklären sie nicht näher. Ich merkte, daß es sie gar nicht interessierte. Es wäre taktlos gewesen, sie danach zu fragen. Bei meinen Großeltern verhielt es sich genauso. Daher konnte ich meine Phantasie und Kreativität voll betätigen. Der Enkel sagte, in diesen alten Büchern steht, daß früher unter phantasielosen Staatsmachern oder auch Eltern, Lehrern und solchen Unterdrückerpersönlichkeiten für Phantasiebesitzer das Leben furchtbar gewesen sei, sie seien dauernd in ihrer Kreativität total behindert worden, auch eingesperrt und sogar totgeschlagen, wenn sie sich nicht gleich selbst umbrachten.

Das mag schon vorgekommen sein, sagte der alte Nostal, als Phantasie-Inhaber und Kreative noch selten auftraten, Zufallsprodukte waren, merkwürdige Bildungen der Natur, und daher von der Gesellschaft als regelwidrig empfunden wurden. Als ich geboren wurde, fing es gerade an, sich zu gehören, die Kinder vorgeburtlich mit Phantasie und Kreativität, mit Fa und Cre, auszurüsten. Und meine Eltern hörten mir geduldig zu, bestaunten, was ich zerbastelte, beschmierte, fanden es höchst Cre, wenn ich den Badewannenabfluß verlegte und in der Küche einen Springbrunnen tanzen ließ, selbst wenn dabei das Abendessen fortschwamm. Natürlich gingen ihnen auch mal die Nerven durch, zum Beispiel als ich neue Fenster konstruierte, durch die es dauernd zog, weil sie nur lose in den Rahmen hingen und wehten, wobei sie aber in sehr schönen Farben schillerten. Gerade dadurch, daß meine Eltern auch schimpften und ich dann einen Hauch von Unterdrückung spürte, wurde ich noch viel phantasievoller und kreativer. Heute denke ich aber, man hätte einige schwach oder gar nicht mit Fa und Cre Besetzte übriglassen oder die Grade abstufen und dabei die dominante Vererblichkeit einbauen sollen. Weil darauf nicht geachtet wurde, sieht heute auf dieser Erde alles so chaotisch aus. Darum leben wir elend, einfach weil keine Menschenseele mehr existiert, die einem staunend, mißbilligend, wütend, dämlich glotzend zuhört, die uns aus Mangel an Vorstellungskraft behindert. Bist du jemals in deiner Fa und Cre behindert worden?

Das werde ich doch dauernd, sagte der Enkel böse, allein durch dein Gerede, wo ich mich auf das Muster im Teppich konzentrieren muß. Jetzt ist ein Loch zu groß gebrannt.

Mach eine große Blume draus.

Mußt du mir dauernd reinreden, wenn ich was mache? Das ist *mein* Muster, das ich entwickle.

Auf *meinem* Teppich, sagte Nostal.

Das ist auch meine persönliche Idee. Wie kommst du überhaupt dazu, sie mir zu klauen, indem du sagst, es sei dein Teppich? Das habe ich selber ausgedacht, daß es dein Teppich sein muß, weil nämlich deiner so fußlig ist und besser nach gebratenem Staub stinkt, wenn man die Löcher reinbrennt, als der von meiner Mutter. Es ist auch ein Geruchsmuster, das ich entwickle.

Ich hindere dich ja nicht, mein Junge. Aber wenn du dir unsere Städte ansiehst, Halbangefangenes, in einem Stil Begonnenes und in sechs anderen Fortgeführtes, dann Stehengebliebenes, Ruinen ... Kann man die öffentliche Gruselschau denn noch als Stadt bezeichnen? Ja, früher, da ähnelte ein Häuserblock dem andern. Da gab es eben nur die einschlägigen Formen der Schulgeometrie. Die Straßen schnurgerade, und ein Verlaufen war nicht möglich, die Straßenbänder brachten einen genau an den gewünschten Punkt. Ich gebe zu, es war ein bißchen langweilig, aber gerade auf der Basis der Langeweile, auf diesem grauen, weißlichen Untergrund, erschienen die Haufen zerbastelter und farbbeschmierter Materialen, die Trümmerschöpfungen aus allen Haushaltungen, die aus den Schächten rutschten, erregend, reizvoll. Es gab nur wenige Eltern, die nicht stolz waren, wenn sich vor ihrer Haustür der größte Fa-und-Cre-Haufen befand. Später wurde auf Differenziertheit und Farbnuancen Wert gelegt. Es war so unterhaltsam, spazierenzugehen und dabei diese Haufen zu untersuchen. Die Vielfalt der Ideen! Und dauernd waren wissenschaftliche Kommissionen aus Industriebereichen unterwegs, die diesen Haufen Anregungen entstocherten.

Jetzt haben wir die Haufen auch noch, fuhr Nostal fort, aber der graue Untergrund ist hin. Die schnurgeraden Straßen gibt es nicht mehr, es gibt nur Windungen und Kurven, Labyrinthe, Sackgassen, plötzlich abgebrochene Wege. Kein Haus darf einem anderen nur entfernt ähneln. Mein Haus hat eine langgezogene Zitronenform, die Poren sind die Fenster, und aus der Spitze lassen wir uns mit Hilfe eines Ausstiegschlauchs herab. Ich war sehr froh, es konstruiert zu haben. Gut, dir mißfällt es. Aber wie findest du die Flasche, in der mein Nachbar haust und die er kriechend verlassen muß? Wir haben in der Stadt zwanzig verschiedene Verkehrssysteme, Transportbänder, Röhren, Walzen mit Fußbetrieb, in denen man sich abstrampelt. Neulich kam ich todmüde in der Versammlung an, weil die anderen siebzehn Systeme sich wieder mal verheddert hatten. Im Saal, wo dann die Reden losgingen, gelangten wir zu keiner Lösung des Verkehrsproblems. Zwar muß ich zugeben, daß hin und wieder jemand auf seinen Vorredner einging, aber gleichzeitig entwickelte er dessen Beitrag weiter. Er spielte damit. Variierte ihn. Nachher hatten wir lauter Variationen. Und nun wird es natürlich dahin kommen, daß alle Variationen verwirklicht werden. Leider sind wir ja alle gleichzeitig mit dieser hohen Durchsetzungskraft ausgerüstet worden.

Nach der Versammlung ging ich mit meinem alten Freund Leo nach Hause. Merkwürdigerweise traf es sich, daß wir beide auf ein und denselben Fischsalat Appetit bekamen. Aber der Laden hatte sich schon wieder umfunktioniert. Er bot nun Pilze an, allerdings in vielen Zubereitungen, er hatte sogar Fliegenpilze, denen das Gift entzogen war. Unseren Fischsalat sollte es woanders geben, aber da war es unserer nicht mehr, er hatte fremdartige Nuancen, war rot statt lila und leuchtete im Dunkeln überhaupt nicht. Wir kamen mißgestimmt in Leos Straße, er wollte mir sein neues Haus in Form eines Spargels zeigen. Dabei gerieten wir in eine Halde von Fa und Cre. Wir blieben in Zerbastelungsprodukten der neuen Generation stecken. Freund Leo sagte, wenn es doch einen einzigen Menschen gäbe, der treu und brav kontinuierlich einen treuen und braven Computer alten Stils so programmieren könnte, die optimale Beseitigung der Fa-und-Cre-Haufen zu organisieren.

Ich sagte, wir könnten auch noch einen Menschen brauchen, der wenigstens ein Jahr lang oder auch nur ein halbes dafür sorgt, daß *ein* Verkehrssystem behalten wird. Ich sagte traurig, wir sind eben so strukturiert, daß wir zwar dauernd Neues erfinden, entwickeln, durchsetzen können, aber es will uns nicht gelingen, die stumpfsinnigen Tätigkeiten zu bewältigen. Immer liegt der Erfindungsabfall. Auch findet sich kein Küchencomputer mehr bereit, wenn wir ein neues Gericht erfunden haben, den Abwasch zu erledigen. Im Gegenteil, er selbst entwickelt unser Gekochtes nach seinen Intentionen weiter, wir sind entsetzt, wenn wir es nachher schmecken, und dabei produziert er noch mehr schmutziges Geschirr.

Ach, sagte Leo, an solche Dinge denke ich schon gar nicht mehr. Aber könnte man nicht wirklich einige wenige, vielleicht defekte Wesen finden, deren Krankheit im Fehlen von Fa und Cre besteht? Es kann unmöglich bei allen die vorgeburtliche Behandlung erfolgreich verlaufen sein.

Wer würde zugeben, sagte ich, daß es bei ihm nicht funktioniert hat? Dann wäre er ja ein Objekt für die gewaltige, durch nichts zu hemmende Phantasie der Ärzte. Er hat ja aufgrund seines Fehlers nicht Fa und Cre genug, sich selber zu behandeln. Da verkriecht er sich lieber oder heuchelt Phantasie und Kreativität. Das fällt nicht einmal auf, weil sich ja keiner um den anderen kümmert. Sobald sich aber ein solcher Kranker an die Beseitigung eines Fa-und-Cre-Haufens machen würde, wäre er bloßgestellt. Die Ärzte würden sich mit den verschiedensten Methoden, die sie ununterbrochen weiterentwickeln und variieren würden, mitsamt den Fa-und-Cre-Computer-Kompanien auf ihn stürzen. Nie wird sich einer melden. Da helfen die verlockendsten Angebote nichts.

Wenn man erreichen könnte, daß bei der neuen Generation Durchsetzungsschwäche eingepflanzt wird, sagte Leo.

Aber nicht durchgängig diesmal.

Nach einer Weile fragte Leo, meinst du, es war ein von Natur aus phantasiebegabter Mensch, ein richtig kreativer, dem die Idee gekommen ist, uns allen Fa und Cre einzusetzen?

Ich weiß nicht, sagte ich.

Sprich offen, bat mich Leo, würdest du selbst gewünscht haben, Fa und Cre zu besitzen, wenn sie dir nicht schon, ohne daß man dich fragte, eingepflanzt worden wären?

Das konnte ich nicht beantworten.

Könnte vielleicht ein sogenannter Bürokrat auf die Idee gekommen sein? mutmaßte Leo.

Was ist ein Bürokrat, fragte Herrn Nostals Enkel. Ist es solch Lederhäuter mit Panzerfüßen, halb Land-, halb Wassertier? Die Sorte mag ich.

Genaue Auskunft vermochte Herr Nostal ihm nicht zu geben.

Die Wächter des Doms

I

Alle rieten mir ab, den Dom, der dicht am schwarzen Fluß stand und viele Kilometer weit zu sehen war, zu fotografieren. Zwar bestätigten alle, er sei einer der schönsten noch vorhandenen gotischen Dome, aber Eberhard Schwand, dem es gelungen war, an der Pforte der klugen und törichten Jungfrauen ein paar sehr gute Fotos zu schießen, riet mir ebenfalls ab (ich wollte Fotos schaffen, die im Buch aufrichtbar sein und vom Dom einen räumlichen Eindruck vermitteln sollten), und er warnte mich ausdrücklich, denn kaum hätte ich das andere Ufer erreicht, würden sich die Homopoden lästig machen. Sie würden mir so lange zusetzen, bis ich mein Vorhaben aufgebe.

Im Museum hatte ich schon einige in Spiritus eingelegte Homopoden besichtigen können. Sie wurden auf der Schrifttafel als vom Menschen abstammende Mutanten bezeichnet, die infolge zu hoher atomarer Strahlung oder durch Einnahme chemischer Gifte aus der Luft und aus Nahrungsmitteln zu einer Schrumpfform des Homo sapiens verkommen waren. Ich hatte auch in ein Buch über die Psychologie der Homopoden geschaut, sie wurden darin als unberechenbar und unkommunikativ beschrieben. Ihre Sprache sei ein verhunztes Romanisch mit lateinischem Grundwortbestand. Ich hatte auch Ratschläge gehört, wie die Homopoden zu besänftigen wären. Sie fräßen besonders gern Schweinekoteletts, ich müßte mich also, wenn ich denn wirklich den Dom fotografieren wollte, mit einigen tausend Koteletts eindecken und sie zu einer Bratstelle am Fuße des Doms mitnehmen, die schon Eberhard Schwand benutzt habe. Doch Schwand sagte, er habe nur die törichten und klugen Jungfrauen aufgenommen, das hinter der Pforte befindliche Kriegerdenkmal, an dem ihm sehr gelegen war, hätte er zwar gesehen, sich aber vor den Homopoden dermaßen geekelt, daß er kein Bild mehr machen wollte. Man möchte den Stiefel nehmen, sagte er, und sie zertreten, die Homopoden mit Benzin übergießen und verbrennen, aber sie laufen auf ihren vier kurzen Füßen schnell weg und verkriechen sich so, daß sie in den Trümmern, die den Dom umgeben, nicht mehr zu finden sind. Vorsicht vor ihrem Biß, er ist giftig, nach Wochen, mitunter Monaten

Siechtums geht man qualvoll daran zugrunde, ihr Maul enthält so viele widerstandsfähige Viren und Bakterien, daß sie selbst durch Chemotherapeutika aller Bandbreiten nicht zu beseitigen sind! Niemals zeigen, daß man am Dom interessiert ist, sagte Schwand ferner, bei den Verhandlungen, die Sie mit denen zum Betreten des Doms führen, sollen Sie unbedingt Gleichgültigkeit heucheln. Es muß in der Umgebung des Doms Tausende Homopoden geben, aber ich, fügte er hinzu, ich werde nicht wieder über den Fluß setzen, abgesehen davon, daß die paar Fotos mit den Unmassen von Fleisch zu teuer bezahlt sind.

Könnte man die Umgebung des Doms nicht mit Giftgas einnebeln, um sie auszuräuchern, fragte ich.

Es wurde erwogen, sagte Schwand, aber es ist nicht bekannt, ob sie nicht giftgasbeständig sind und ob das Gas auch in die letzten Schlupfwinkel kommt und ob die Gaswolke bei entsprechendem Wind nicht auf das Ufer zuweht, von dem wir, das heißt Sie, denn ich habe genug von dem einmaligen Besuch, abstoßen wollen. Auf keinen Fall, riet Schwand, sollte ich gleich beim ersten Mal alle Koteletts mitnehmen, ich sollte zunächst hundert braten und sie den Homopoden ohne Bedingungen anbieten. Danach könnte ich verhandeln. Bei den Verhandlungen sollte ich ruhig bleiben, die Homopoden warteten nur darauf, daß ich unruhig würde, darin sähen sie eine Chance. Homopodisch heiße es ENEM INSILENT. Wenn ich diese Worte höre, sollte ich so schnell ich kann, ins Boot steigen und zurückrudern. Das Klügste aber wäre, ich würde erst gar nicht hinfahren.

Ich besuchte noch Professor Schwertlich, der als führender Homopodologe gilt und am Flußufer eine Beobachtungsstation unterhält. Ich könnte Ihnen viele Einzelheiten nennen, sagte er, aber die werden Sie vergessen, wichtig sollte für Sie sein, daß die Homopoden unter einem hypertrophierten Minderwertigkeitskomplex leiden, den es in dieser Stärke beim Menschen nicht mehr gibt. Ihre Vorfahren haben, wie Sie ja wissen, vor Jahren die ihnen gegebenen wissenschaftlichen und technischen Möglichkeiten mißbraucht und damit eine Mutation ausgelöst, die zu diesem säuglingsgroßen vierbeinigen Typ geführt hat. Wenn man sich vorstellt, daß sie früher einmal Menschen wie wir gewesen sind! Mit dem Mißbrauch war die Zerstörung ihres Lebensraums einhergegangen, und nun wollen sie diesen Raum unter allen Umständen verteidigen, sie halten allen Ernstes ihren zerstörten Raum für verteidigungswürdig! Aufgrund ihrer Minderwertigkeitskomplexe können sie es nicht dulden, daß andere kommen und den Raum, den sie zerstört haben, wieder in Ordnung bringen. So tun sie nichts zur Erhaltung des Doms, dulden aber auch nicht, daß andere etwas tun. Ihre mutierten Körper, die eine Verkrüppelung höchsten Grades darstellen, sind nicht in der Lage, an dem zerstörten Lebensgebiet etwas zu verändern. Sie leiden ständig Hunger, und das zwingt sie dazu, uns zu gestatten, ihr Territorium zu betreten, wenn wir Fleisch bringen, viel Fleisch. Nur dürfen Sie nicht hinsehen, wenn sie das Fleisch fressen! Ist es schon unappetitlich, einem Menschen zuzusehen, wie er mit den Zähnen ein Fleischstück zerkleinert, befällt Sie bei den Homopoden Ekel. Er reichte mir sein Fernglas, sehen Sie, wie sie erwartungsvoll am Ufer lauern, in der Hoffnung, ein Boot wie Ihres legt an und jemand wirft ihnen Fleisch hin? Aber denken Sie daran, alles, was die Homopoden Ihnen gegenüber tun werden, geschieht aus Minderwertigkeitskomplexen ... Ich empfehle Ihnen, sie bei jeder sich bietenden Gelegenheit zu loben und sich keinen Ekel anmerken zu lassen. Sobald die Homopoden gewahr werden, daß Sie sich vor ihnen ekeln, werden sie gemein, dann beißen sie. Ziehen Sie auf jeden Fall feste Stiefel an, manchmal beißen sie ohne ersichtlichen Grund ins Bein. Sie wissen, daß ihr Biß tödlich ist, und sie benutzen ihn nicht nur, um sich zu wehren, sondern um sich an dem Gebissenen für ihr Dasein zu rächen, das sie der Dummheit ihrer Vorfahren verdanken. Einen, der der technischen Katastrophe entgangen ist, sehen sie als einen an, der ihr ZUFÄLLIG entgangen ist.

Professor Schwertlich schärfte mir ein, die Homopoden jedesmal mit BONDI zu grüßen, das sei die Kümmerform von BONUS DIES, ich sollte mich dabei verneigen, aber keinen Gegengruß erwarten, die Homopoden glaubten es nicht nötig zu haben zurückzugrüßen. Aber, sagte er, soweit er aus alten Quellen wisse, lohne es, den Dom zu fotografieren, die Homopoden zerstörten nichts, doch sie besserten auch nichts aus, sie verfügten weder über Fertigkeiten noch erforderliche Mittel, sie verfügten über nichts als ihren Minderwertigkeitskomplex. Wie hoch ihre Lebenserwartung sei, wisse er nicht, er mutmaße, daß tagtäglich eine größere Anzahl an Hunger zugrunde gehe. Sie besäßen keinerlei Kultur. Nach Schwertlichs Ansicht seien sie biologisch niedriger einzuordnen als Bienen, Termiten, Ameisen.

2

Durchs Fernglas hatte ich einen Klumpen säuglingsgroßer Vierbeiner, hundeartige schlammfarbene Lebewesen, erkannt, ihre Unterkiefer waren extrem weit vorgeschoben, ihre Nasen plattgedrückt, nicht mehr als zwei Ein- und Ausatmungslöcher, und auf den Schädeln saß je ein Büschel Haare. So lagen die Homopoden verklumpt und rührten sich auch nicht, als ich mich mit dem Boot zu nähern begann, worin ich einige hundert Koteletts, jedes einzeln in einer weißen Serviette, aufgestapelt hatte.

Als ich anlegte, bewegten sie sich nicht, aber die hintersten, die fast im Wasser lagen, blinzelten zu den Höherliegenden auf, ich hörte einen Laut wie PROPOS klingen und wußte schon von Schwertlich, daß Propos der Vorgesetzte war. Ein Homopode mit besonders weit hervortretendem Kinn, das einer spitzen Hundeschnauze glich, löste sich aus dem Klumpen.

Schwertlich hatte mir erzählt, die Homopoden seien in der Lage, Worte zu verstehen und Worte zu bilden, wenn auch im Kümmerstil. So sagte ich, liebe Freunde, ich bin hergekommen, um Sie meiner aufrichtigen Freundschaft zu versichern. Um dies zu dokumentieren, habe ich fünfhundert vorgebratene Schweinskoteletts gebracht, die ich Sie zu verzehren bitte, was ich mir aufrichtig als eine hohe Ehre anrechnen würde. Ich grüße Sie damit herzlich.

Der Propos hatte nicht nur zugehört, er richtete, so schien es mir, den Blick begehrlich auf die Koteletts, er sagte aber nichts, lief an das Boot heran, stützte sich mit den kurzen Vorderfüßen auf und fing die Koteletts zu beschnüffeln an. Er schien mich höhnisch anzugrinsen. SENNEP ABSENS, verstand ich, und da mich Schwertlich darauf vorbereitet hatte, daß sie gelegentlich aus Schikane zu ihren Koteletts Senf verlangen, hatte ich ein Faß mitgenommen und holte es aus dem Boot. Nachdem der Propos APERT gerufen hatte, öffnete ich das Faß, und er steckte die Schnauze hinein.

SENNEP DEFEK, sagte er, was bedeuten sollte, der Senf sei ungenügend.

Was fehlt, Herr Propos?

Er sagte, SARAK, was etwa Schärfe heißen sollte.

Ich werde SARAK SENNEP holen. Ich lud die Koteletts aus, ruderte schnell hinüber und kam mit einem Faß scharfen Meerrettichsenf zurück.

Die Homopoden hatten in der Zwischenzeit alle Koteletts verzehrt, sie mahlten noch mit den Zähnen, und weil es alle taten, klang es unangenehm, doch dachte ich daran, daß ich auf keinen Fall Widerwillen zeigen durfte. Ich lächelte sie an, sagte, ich würde noch mehr Koteletts herbeischaffen, und fuhr zum zweitenmal hinüber, um wieder einige hundert Stück zu holen, die alle einzeln in schneeweiße Servietten gepackt sein mußten, weil nackte Koteletts von den Homopoden nicht angenommen wurden.

Es hilft Ihnen vielleicht, hatte Schwertlich gesagt, bevor ich losfuhr, wenn Sie dran denken, daß auch Sie ein Homopode sein könnten, wenn Ihre Vorfahren entgegen allen Warnungn ökologische Fehler begangen hätten. Ihre Enkel können aber noch Homopoden werden. Also nicht voreilig totschlagen wollen. Ich dachte daran, als ich die Homopoden ununterbrochen Koteletts fressen sah.

Noch mehrmals mußte ich hinüber und herüber, und schließlich war eine große Menge Homopoden hinzugekommen, sie sägten mit ihren Zähnen den Kotelettknochen durch, zermahlten unter Knirschen das Fleisch, die Mäuler halb geöffnet, so daß ich Speichel sah, der schäumend zwischen den Lippen hervorquoll.

Ich hatte ein Dauerlächeln aufgesetzt und hielt mich daran fest. Ich meinte, daß nun der Zeitpunkt gekommen sei, den Dom besichtigen zu dürfen. Ich sagte dem Propos, daß ich das Bauwerk rückhaltlos bewundere, es gebe in der Welt nur wenige so schöne Baudenkmale, wie sie, die Freunde, ihr eigen nennen.

Schwertlich hatte mich beschworen, niemals von Homopoden zu sprechen, geehrte Homopoden etwa, das würde sie beleidigen, ich sollte zu ihnen stets liebe Freunde sagen.

Der Propos entgegnete mir hechelnd, ich sollte neue Koteletts bringen, dann würde es vielleicht möglich sein zu prüfen, ob die PASSAGE CONTROL OPPORT sei. Eine solche PASSAGE CONTROL, so belehrte mich Schwertlich, könne Tage und sogar Wochen dauern, doch sei sie weiter nichts als eine homopodische Schikane, ich müßte Geduld aufbringen.

Mein Lächeln verschwand nicht mehr aus meinem Gesicht. Ich begann zu fürchten, es würde niemals mehr verschwinden, weil ich es derart eingekrampft festhielt.

Nach ihrer Kotelettmahlzeit begannen einige Homopoden zu kopulieren, sie taten es schamlos. Die Homopodin steckte ihr Hinterteil heraus, der Homopode fuhr hinein, und beide gaben quietschende Geräusche von sich. Oh, wie entzückend naturell, sagte ich laut und zeigte dabei nicht nur mein eingekrämpftes Lächeln, sondern ein frohes Lachen, obwohl ich mich beinahe zu Tode ekelte.

Mein taktvolles Verhalten gab wohl den Ausschlag für die Nachricht, daß meine PASSAGE CONTROL POSIBEL sei. Bald darauf teilte mir Propos mit, PASSAGE sci PERMIT, doch unter der Bedingung, daß ich für die den Homopoden entstandenen Unkosten, ich frage mich heute noch, welche es waren, TRIMILL KOTELETT nebst SARKAS SENNEP liefern würde.

Wieder fuhr ich hinüber und mußte mir den Spott derjenigen anhören, die mich von Anfang an gewarnt hatten. Schwertlich bestätigte mir hingegen, daß es bei mir unüblich schnell vorangehe. Wie er vermute, hungerten die Homopoden unerträglich, darum seien sie diesmal Zugeständnissen eher geneigt, andere hätten sie wochenlang mit deren Booten hin und hergeschickt, um ihnen schließlich mitzuteilen CONTROL sei IMPOSIBEL, dagegen sei ich ungeheuer schnell vorangekommen, was er auch meinem diplomatischen Feingefühl zuschreibe. Er warnte mich nochmals, sprachlich oder mimisch zu entgleisen; würde ich Ekel oder Abscheu zeigen oder auf ihre Minderwertigkeit, wenn auch nur indirekt, anspielen, wäre aller Aufwand umsonst gewesen.

Nachdem ich die dreitausend Koteletts abgeladen hatte und sie unter laut mahlenden Geräuschen von ausgehungerten Homopoden zerfasert worden waren, durfte ich an Land und an den Dom bis zu der Pforte der Jungfrauen herangehen. Ich fotografierte die weinenden und lachenden gotischen Mädchen und glaubte, was sich später auch erweisen sollte, daß mir die Aufnahmen gelungen waren. Dann aber wollte ich in den Dom hinein. Ich drückte die schwere Eisenklinke, worauf die Tür sich unerwartet leicht und leise öffnete, und in der Dämmerung, die im Innern herrschte, erschrak ich vor dem Kriegerdenkmal: die lebensgroßen, dunkel glänzenden Figuren schauten mir verstört entgegen. Ich fühlte gleich, daß Aufnahmen dieses Denkmals durchschlagenden Erfolg haben würden. Erst als ich blitzte, entdeckte ich, daß auf die Holzfiguren Homopoden gekrochen waren. Wie fotografenüblich, gab ich ein Handzeichen, daß sie weggehen sollten. So merkten sie leider, daß mir daran gelegen war, das Denkmal ohne sie zu fotografieren, und sie verhielten sich genau entgegengesetzt. Sie strömten zusammen, um sich vor meine Kamera zu stellen, zu setzen, durch das Bild zu laufen, und dabei machten sie einen lustigen Eindruck, sie fiepten und äußerten: ANGANG!

Ich sah mich nach dem Propos um, er hockte hinter mir in Nähe meines Beines. Nicht beißen lassen, dachte ich, und ich entsann mich wieder, daß ich so tun mußte, als ob ich gar nicht fotografieren wollte. Ich lachte also und kehrte mich vom Denkmal ab, um in das tiefere Innere des Doms zu gehen. Das Dach war undicht, von oben regnete es herein, ich bewunderte für mich die schlanken Sandsteinsäulen, die diesen Dom dreischiffig gliederten, genial, sagte ich zu mir, und schade, daß diese Schönheit den Homopoden überlassen ist.

Als ich Gleichgültigkeit heuchelnd wegging, ließen sie vom Kriegerdenkmal ab, sogar diejenigen, die auf den Figuren gelegen hatten, krabbelten runter und folgten mir, aber als ich das Grab des Erzbischofs aufnehmen wollte, legten sich einige drauf und schoben die langen Unterkiefer vor, die sie leicht öffneten, so daß es aussah, als lachten Füchse. Ich merkte, es war nicht möglich, ungestört zu fotografieren, solange die Homopoden durcheinanderkrochen.

Ich hätte nun mit dem Propos in neuen Verhandlungen verlangen müssen, daß sie mich während der Aufnahmen nicht behinderten. Ich konnte ihm das nicht direkt sagen, weil er daraus auf mein Interesse geschlossen und unverschämte Forderungen gestellt hätte. So sagte ich, während ich Gleichgültigkeit heuchelnd den Dom verließ, bedauernd, daß ich nicht mehr Aufnahmen machen konnte, weil für mein Vorhaben die Mitarbeit der lieben Freunde unabdingbar sei, ohne ihre großzügige und noble Hilfe würde meine Arbeit nicht vonstatten gehen. Ob sie sich vielleicht dazu durchringen könnten, für einige Stunden den Schutz, den sie durch ihre Anwesenheit dem Dom gewährten, aufzugeben, damit ich die von ihnen so mustergültig erhaltenen Kunstwerke aufnehmen könnte? Es MÜSSE aber nicht sein, wenn ihnen nicht daran gelegen sei, noch weitere zehntausend Koteletts in Empfang zu nehmen, sowie dreitausend Liter Milch, die ich mit Hilfe einer Pipeline vom anderen Ufer herüberleiten würde, es müsse aber, wie gesagt, nicht sein.

Der Propos handelte auf fünfzehntausend Koteletts hoch und auf fünftausend Liter Milch und ich erklärte ihm lächelnd, daß ich die Menge für realistisch halte, da nur durch das aufopferungsvolle Wirken der lieben Freunde der ehrwürdige Dom erhalten werden konnte.

Er verlangte hechelnd, daß dies im Text zu meinem Fotobuch erwähnt werde und forderte die Vorlage des Manuskripts, in dem ausdrücklich stehen müsse, daß einzig (auf dieses EINZIG legte er besonderen Wert) durch ihre Arbeit und Mitwirkung der Text sowie der ganze Fotoband zustande kommen konnte. Nachdem ich dies versprochen hatte, ließen sie mich endlich in Ruhe fotografieren, nach einigen immer wieder auftauchenden Schwierigkeiten, aber sie ließen mich. Die Vorverhandlungen hatten ein Jahr und siebzehn Tage gedauert; während dieser Zeit zernagten und zermahlten die Homopoden an der Bratstelle vorm Dom die Koteletts und schlürften laut die Milch in sich hinein und danach kopulierten sie.

Professor Schwertlich hatte mir geraten, den Homopoden nicht zu sagen, wann ich für immer abfahren wollte. Ich sollte, wenn ich zum letzten Mal ins Boot steigen würde, so tun, als käme ich wieder, vielleicht auch einiges entbehrliche Gerät dortlassen, sonst würde ich Gefahr laufen, daß sie mich noch zum Abschied beißen würden. So glaubten sie, als ich abstieß, ich würde neue Koteletts holen, versammelten sich zu Tausenden am Ufer und warteten auf meine Wiederkunft. Ich beobachtete durchs Fernrohr, wie sie in ansteigenden Reihen auf der Uferböschung hockten und auf das Boot, das ihnen Koteletts bringen sollte, warteten. Dort sind sie dann verhungert, und wenn der Wind herüberwehte, rochen wir ihren Aasgeruch.

Später, als wir annehmen konnten, sie wären ausgestorben, denn selber konnten sie sich nicht ernähren, fuhren Professor Schwertlich, Eberhard Schwand und ich hinüber. Nur selten begegnete uns ein elend hinkendes Exemplar, das dem Tode nahe schien. Bevor der Dom nun gründlich restauriert werden konnte, mußten vor allem die Homopoden herausgeschafft werden, die sich am Kriegerdenkmal und am Altar zum Sterben hingelegt hatten und dort verwesten.

In einigen verfallenen Häusern entdeckte ich noch Homopoden. Die Türen waren meist zerbrochen, so daß es zog, die Fenster waren auch zerbrochen, an manchen hingen noch Fetzen von Gardinen, die Homopoden selbst krochen vor Kälte und Hunger in die Schränke und hatten dort ihr Lager. Trat ich in so ein ehemaliges Zimmer, schien es, als wäre es unbewohnt, die Stühle zerkracht, die Teppiche zerfetzt, doch dann bewegte sich in einer Schrankwand die untere Tür, ein Homopode steckte seine Schnauze heraus, und dort inmitten alter Tischdecken und Kissen wohnte er, die Tür stieß er mit seiner Schnauze auf, seine Greifwerkzeuge waren ja verkümmert und kaum zum Stoßen zu gebrauchen, doch gar nicht, um etwas festzuhalten. Ich hatte auch diesmal einige Koteletts bei mir, jedes in eine weiße Damastserviette eingewickelt, und wieder legte ich sie hin. Nicht hinwerfen, hatte mir Schwertlich damals eingeschärft, das beleidigt sie. Der sich im Schrank aufhaltende Homopode kroch hervor und legte seine Kümmerpfoten drauf und fing an, mit den Zähnen den Knochen abzureißen, das Fleisch zu mahlen, wobei vor seine Lippen Schaum trat. Als ich mich in dem Zimmer umsah, erblickte ich einen Haufen beschmutzter, ehemals weiß gewesener Servietten, auch das Gelaß im Schrank war voll davon. Nur einige stärkere Individuen, die Koteletts zwischen den Zähnen hatten fortschleppen können und sie gehamstert hatten, schienen noch am Leben. Zwar glaubte ich in einem jener Homopoden, die ihre Schranktür mit der Schnauze aufgestoßen hatten, den Propos zu erkennen, doch sicher war ich nicht und fragen wollte ich nicht, ein inneres Taktgefühl hielt mich zurück, denn eigentlich glichen sie sich mehr als vorher, sie waren die Reste einer schlammfarbenen Masse.

Ich kann es nicht verstehen, sagte Eberhard Schwand, als wir uns an der alten Bratstelle am Dom zu einem Gespräch zusammenfanden, daß niemand vorher daran gedacht hat, die Homopoden auszuhungern. Ja, auf das Einfachste kommt man zuletzt, doch wer soll nun die ekelhafte Säuberungsarbeit leisten?

Professor Schwertlich meinte, es gebe Spezialtrupps zur Reinigung verseuchter Territorien, da liege das Problem nicht, die Frage sei, ob man das Leben der letzten noch verbliebenen Homopoden erhalten solle oder nicht, sie könnten doch eine ständige Mahnung sein, mit Wissenschaft und Technik vernünftig umzugehen.

Schwand meinte, dazu genügten schon die eingelegten Exemplare im Museum, man sollte das Leben der letzten Homopoden beenden, es müßte dazu eine Verordnung von Staats wegen erlassen werden, ihr armseliges Dasein sei nicht nur für die Mitwelt, sondern auch für sie selber eine Qual, es gebe außer ihnen kein Wesen auf der Erde, das ein so unglückliches Leben führen müsse, und so unglücklich seien die Homopoden, weil sie sich klar darüber seien, wo dieses ihr Leben herrühre. Sie litten, meinte Schwand, unter der eigenen Bösartigkeit. Man könnte ja Homopoden in den entsprechenden künstlerischen Werkstätten nachschaffen und sie in Warnfilmen auftreten lassen, dann brächten sie noch einen Nutzen. Positiv sei, daß endlich die bisher von ihnen belagerten Kunstschätze der Menschheit wieder zugänglich gemacht werden können.

So redeten sie hin und her, ich sagte wenig. Mir schien es so, daß ich, obwohl ich mit den Homopoden kein Mitleid fühlte, als ich mit ihnen zu tun hatte, in der Erinnerung, wenn sie alle tot wären, Mitleid mit ihnen haben würde.

Homo pipogenus erectus

I

Ich verdiene nun, wie Sie wissen, pro Jahr einige Billionen, aber Sie sehen mich nicht in der Lage, Sie in meinem Haus einigermaßen anständig zu empfangen, sagte Adam Radarro, Vorsitzender mehrerer Kommissionen zur Koordination irdischer Wissenschaften, zu dem auch außerirdisch nicht gänzlich unbekannten Strukturforscher Planus Irreversiblus.

Sehen Sie meinen Kühlschrank an: Er ist bis auf ein paar Oliven aus der Zeit meines Großvaters leer. Sehen Sie meinen Tieffroster an: Er enthält ungenießbare Eisbrocken aus der Zeit meines Vaters. Und betrachten Sie dieses Zimmer: Es ist nicht der Flor des Teppichs, in dem Ihre Füße versinken, sondern ganz gewöhnlicher Staub, der sich zu einer flockigen Schicht vereinigt hat. Und wenn Sie bei mir übernachten wollten, könnte ich Ihnen nur schwärzliche Bettwäsche bieten, die ich Ihnen über ein Häufchen zerfetzten Schaumpolsters spannen müßte. Die Lampe hier brauchen Sie bitte nicht anzuknipsen, sie brennt nur gelegentlich, und die Heizung funktioniert nur, wenn ich Sie bitten dürfte, in den Keller zu steigen und einige Schaufeln Koks in den Ofen zu füllen, falls noch Koks vorhanden und falls die Schaufel nicht auch schon zerbrochen ist. Das einzige, was ich Ihnen anbieten könnte, ist Geld. Allerdings nur, wenn die Geldabrufmaschine nicht auch schon streikt.

Machen Sie sich keine Umstände, sagte Planus Irreversiblus, der Strukturforscher, ich kenne die Lage bestens.

Aber kann ich es hinnehmen, daß ich im Jahr mehrere Billionen verdiene und einem Gast nicht einmal einen Imbiß anbieten kann, den es an jeder Straßenbude gibt?

Sie irren sich, an den Straßenbuden gibt es Imbisse nur noch gelegentlich. Sie brauchen sich überhaupt nicht zu schämen. Auch ich könnte Ihnen in meinem Hause nichts bieten, es sei denn, ich hätte gerade Glück gehabt und im Maschinenladen eine Tüte Nährkonzentrat erwischt, und dreckig, lieber Radarro, ist es bei mir auch.

Ich kann beispielsweise durch die Fensterscheiben nicht mehr erkennen, welche Art Wetter draußen stattfindet, so daß ich ganz allein auf den Wetterbericht angewiesen bin, falls er zufällig einmal geliefert wird.

Nun, sagte Radarro, Sie verdienen zwar nicht soviel wie ich, aber ich kann mir vorstellen, daß auch für Sie der Gedanke bedrückend ist, mehr Geld zu verdienen als Ihre Vorfahren, aber schäbiger zu leben als sie.

Es ist nicht das Geld, über das ich mich ärgere, aber ich habe keine Zeit mehr, meine Forschungen zu betreiben, weil ich dauernd damit beschäftigt sein muß, Maschinen zu reparieren, die eigentlich für meine Versorgung und Sauberhaltung angeschafft wurden, oder wenn die Defekte irreparabel sind, meine Versorgung und Reinigung selbst vorzunehmen. Unsere Vorfahren haben auf Grund ihrer gewaltigen Taten in Wissenschaft und Technik uns einen großen Reichtum hinterlassen. Dies war ihnen nur möglich, weil ihnen damals die kleinlichen Arbeiten der persönlichen Beköstigung und Sauberhaltung abgenommen wurden, teils noch von menschlichen Dienstleistern, teils schon von Maschinen, die damals auch noch beim kleinsten Anschein eines Defekts von Spezialisten untersucht und instand gesetzt wurden. Niemals hätten meine Vorfahren, die alle Forscher waren, uns auf einen solchen Stand, wie wir ihn heute theoretisch haben, bringen können, wenn sie Fenster putzen und Wäsche waschen und sich ihr Essen hätten mühsam zusammensuchen müssen. Es ist wahr, niemand braucht bei uns mehr den Dreck eines anderen wegzuräumen, es widerspräche unseren moralischen Normen, abgesehen davon, daß auch keiner mehr darauf angewiesen ist, mit Dreckwegräumen bei anderen Geld zu verdienen. Das geistige Niveau der Allgemeinheit hat sich derart erhöht, daß sich nur ganz wenige auch gegen höchste Bezahlung dazu bereit erklären. Genauso sieht es mit den Reparaturberufen und den Nahrungsgüterbereitstellungsdiensten aus.

Es war doch mal die Rede davon, Maschinen zu erfinden, die sich selbst reparieren, sagte Adam Radarro.

Die Rede war von vielem, sagte Irreversiblus mürrisch, aber heute kommt ein Erfinder nicht mehr dazu, etwas zu erfinden. Fast die ganze Bevölkerung besteht zwar heute aus Erfindern von umwälzenden wissenschaftlichen und technischen Ideen, die grundlegend diskutiert werden und die uns alle mehr oder weniger faszinieren, aber wer kommt schon dazu, sie zu verwirklichen, es sei denn, er ließe sich ganz und gar verwahrlosen, er hungere und friere.

Adam Radarro betrachtete den großen Strukturforscher Planus Irreversiblus. Er mußte zugeben, dessen Anzug zeigte Zeichen der Ausfransung, aus einem seiner Schuhe sah eine schmutzige große Zehe, seine Wangen waren hohl, die Nase spitz, und Radarro schöpfte bei diesem Anblick Hoffnung, daß der Forscher hin und wieder doch noch zum Forschen kam.

Irreversiblus bemerkte, wie Radarro ihn musterte. Ja, sagte er, ich nähere mich bereits jenem archaischen Bild des Geistesschaffenden, das in der älteren Literatur gelegentlich heraufbeschworen und durch unsere Vorfahren glücklich beseitigt wurde. Sie hausen in einer Hütte, daran Ratten nagen, hieß es literarisch von solchen großen Geistern, aber ich sage Ihnen, auch hinter meinem Haus begegnete ich neulich einer Ratte.

Höchste Zeit, daß wir etwas erfinden, sagte Radarro, neue Strukturen meinetwegen, das wäre Ihre Angelegenheit, davon verstehe ich als Koordinator der Wissenschaften nichts, und wie mir scheint, sind Sie sogar schon einer Sache auf der Spur. Ich würde erst mal drei Billionen für Sie lockermachen lassen.

Was soll ich damit anfangen?

Sie könnten sie für spätere Zeiten aufbewahren, wenn es sich wieder lohnt, Billionen zu besitzen, lieber Freund.

Irreversiblus sagte verachtungsvoll, lassen Sie mir die Piepen überweisen. Sie werden, wie ich die Geldmaschinen kenne, wahrscheinlich sowieso erst bei mir eintreffen, wenn sich die Lage bereits gewandelt hat.

Was ich jetzt wirklich brauche, sind einige hartgesottene Wissenschaftler, die sich gleich mir dazu bereit erklären, die Leiden physischer Verwahrlosung auf sich zu nehmen, und dadurch Zeit für die Betreibung eines Forschungslabors und Zeit für Forschungsreisen zu gewinnen.

So runtergekommen, wie Sie aussehen, Mann, müßten Sie schon etwas gefunden haben.

Was wir brauchen, das sind Arbeitskräfte, sagte Irreversiblus.

Genial gedacht, das weiß ich auch.

Nicht Menschen, andere Strukturen.

Nun fangen Sie nicht mit Maschinen an.

Ich meine lebende Strukturen.

Womöglich Elefanten?

Nein, sagte Irreversiblus, Pipogigos.

2

Als nach Jahren Planus Irreversiblus von seiner Expedition in das schroffe und als nahezu unbezwingbar geltende Alphagebirge zurückkehrte, konnte Adam Radarro nicht verbergen, daß er enttäuscht war. Zwar schien der Wissenschaftler den höchsten Grad von Abmagerung, Austrocknung und Abgerissenheit erreicht zu haben, doch als Radarro die mitgebrachten Pipogigos sah, erinnerte er sich, derartige Lebewesen schon einmal gesehen zu haben: ausgestopft, in dem Glasschrank seiner Schule, wo sie zusammengekrümmt, Kopf in den Brustfedern versteckt, wie frierende Hühner gesessen hatten. Die zwei Pipogigos, Männchen und Weibchen, die Irreversiblus in einem Käfig vor Radarro hinstellte, erschienen dem Billionär nicht bemerkenswerter als zwei große, zerzauste, hühnerartige Krähen.

Mit denen wollen Sie unsere unhaltbaren Zustände beseitigen?

Mit diesen nicht. Planus Irreversiblus versuchte, die Lumpen, aus denen seine Kleidung bestand, so zurechtzulegen, daß wenigstens einige Stellen seines sonnenverbrannten Körpers bedeckt wurden. Mit diesen natürlich nicht, obwohl sie ihrer Struktur nach bereits alle Merkmale besitzen, auf denen wir aufbauen werden. Sicher kennen Sie die Charakteristika des Pipogigos noch aus der Schulzeit, so daß ich dabei nicht zu verweilen brauche.

Radarro war das Kapitel Pipogigo gänzlich entfallen, er wußte nicht einmal mehr, zu welcher Familie die Pipogigos zählten und ob es sie nur im Alphagebirge gab, auch konnte er über die geologische Herkunft dieses Gebirges nichts Gelerntes wiedergeben.

Unsere Schulmaschine hatte das nicht im Programm, wahrscheinlich wegen der Unerheblichkeit dieser Vögel.

Eher nehme ich an, sagte Irreversiblus, daß man sich nicht darüber einigen konnte, in welche Kategorie die Pipogigos eingestuft werden sollten. Als Vögel schlechthin kann man sie nicht bezeichnen, obwohl sie vogelartige Gewohnheiten haben, beispielsweise das Fliegen.

Heute ist es eine unumstößliche wissenschaftliche Tatsache, daß der Pipogigo zum ersten Mal im Alphagebirge auftauchte, daß es in anderen Gebirgen und zu anderen Zeiten keine Pipogigos gegeben hat, wie auch das Alphagebirge erst seit der Zeit besteht, in der es üblich war, die Abfälle der Kultur zu Höhenzügen aufzuschichten.

Das auffälligste Ergebnis der Verwitterung, Verkleisterung, Verbackung und schließlichen Versteinerung jener Abfälle ist eben das Alphagebirge. Sicher haben Sie von den archäologischen Funden gehört, die dort dauernd gemacht werden, und in diesen Höhen der Abfälle der Kultur, wo die Luft bereits lebensgefährlich dünn ist, existiert nun der Pipogigo.

In der Frühzeit des Alphagebirges, als es noch nicht versteinert war, konnte man ihn noch als Vogel ansprechen. Durch die Einwirkung eines Mutationsfaktors, mit dem der Pipogigo während seines Herumwühlens in den noch nicht verfestigten Bestandteilen des heutigen Alphamassivs in Berührung gekommen sein muß, hat sich seine Struktur entscheidend geändert. War er zunächst nichts als ein großer krähenartiger Vogel mit breitem Schnabel und krähenüblichen Krallen, wies er nach der Verwandlung ein zweites Paar Greiffüße auf, die stark an die Hände des Affen und sogar des Menschen erinnern und vom Pipogigo wie Hände gebraucht werden können. Es scheint nicht abwegig, daß er damit auch kompliziertere handwerkliche Tätigkeiten ausführen könnte. Sein Auge, vor der Verwandlung eher kurzsichtig, nahm an Sehschärfe derart zu, daß Pipogigos kilometerweit entfernte kleinste Gegenstände oder Veränderungen an der Erdoberfläche auch bei schlechter Beleuchtung erkennen können. Die neueste Erkenntnis über den Pipogigo besteht darin, daß er fähig ist, nach Eingabe einer Anzahl von Worten und Satzelementen Sprachtext zu formen.

Also wie Papageien.

Papageien, erklärte Irreversiblus, plappern nach, was ihnen vorgesprochen oder eingetrichtert wird. Pipogigos sind fähig zu kombinieren.

Sie wollen sagen, diese Vögel denken.

Erstens sind es, wissenschaftlich gesprochen, keine Vögel, sondern orthogene, aufrechtgehende, flugfähige, wenn auch eierlegende Vierfüßler. Zweitens entbehren ihre Kombinationsergebnisse noch jeder Logik. Logisch nachvollziehbare Zusammenhänge, die ihnen unterlaufen, sind zufällig.

Was sollen wir nun mit diesen Papageien, die nur Unsinn quatschen?

Irreversiblus war als Wissenschaftler und Forscher bereits so abgehärtet, daß er sich Zweifel von Laien, auch wenn sie mit Hilfe von Billionenfonds oder sonstigen Machtfaktoren einen sogar außerirdischen Einfluß besaßen, nicht zu Herzen nahm. Aber den

Einwurf Radarros fand er auf eine kränkende Art vulgär, zumal beim Einfangen der Pipogigos außer Irreversiblus alle Expeditionsteilnehmer umgekommen waren. Er meinte, Radarro nichts weiter von seinen Entdeckungen mitteilen zu sollen, vor allem nichts von dem Mutationsfaktor, den er nach einer entnervenden Kette von Laborversuchen in einem Haufen von Gesteinsproben aus allen Teilen des Alphagebirges gefunden hatte und der aus einer künstlichen Marmelade bestand, die einstmals zusammen mit Resten von weggeworfenem Plutonium lange Zeit auf dem Müll gelegen hatte. Er wollte sich darauf beschränken, die Pipogigos kurz vorzuführen. Er öffnete den Käfig, streckte die Hand nach dem Pipogigo-Männchen aus und führte es vor den Sessel, in dem Radarro mit skeptischer Miene saß.

Der Pipogigo hielt den Kopf auf die Brustfedern gesenkt.

Sie sollten versuchen, mit ihm Kontakt aufzunehmen, sagte Irreversiblus.

Radarro lachte. Guten Tag, Herr Pipogigo, sehr erfreut, Sie kennenzulernen. Er hielt dem orthogenen Lebewesen die Hand hin, als ob er es begrüßen wollte; er gab sich Mühe, nicht zu zeigen, wie er sich ärgerte, auf Planus Irreversiblus wissenschaftlichen Quatsch hereingefallen zu sein. Wollen Sie mir nicht Ihre werte Pfote oder Kralle reichen oder wie das Dings wissenschaftlich heißt? Er fuhr zusammen, als der Pipogigo eine große safrangelbe, hornige, aber auch fleischig scheinende Hand vorstreckte; er zog die eigene Hand zurück.

Der Pipogigo hatte sie schon erfaßt und quetschte sie. Dabei blickte er Adam Radarro direkt ins Gesicht.

Radarro erschrak, als er anstelle eines befiederten Vogelkopfes ein gelbes Ledergesicht mit großen braunen Augen, einer krummgebogenen Nase, einem Mund sah, der runzlige Lederlippen und sogar Zähne besaß, die er Radarro vollzählig zeigte, während er Pipogigo sagte.

Radarro, antwortete Adam Radarro schwer benommen. Womöglich wird er mich noch umarmen und auch noch küssen wollen. Irreversiblus, es ist genug, ich kann mir jetzt sehr gut ein Bild von diesem Lebewesen machen.

Er wünschte, als Irreversiblus den Pipogigo wieder in seinen Käfig steckte, daß er die beiden Exemplare ins Alphagebirge zurückfliegen ließ. Er wollte nichts mehr von Pipogigos wissen. Der Pipogigo, so schien es ihm, hatte ihn hinterhältig angeblickt, und Irreversiblus kam ihm nun unheimlich vor. Fast teuflisch, dachte er. Am besten, ich löse den Vertrag. Er wagte nicht, es vorzuschlagen, aus Angst, Irreversiblus könnte ihn für feige halten, und weil die Zustände unhaltbar waren.

Ich will versuchen, die guten Anlagen der Pipogigos so zu bearbeiten, daß sie der menschlichen Gesellschaft nutzbar werden, verhieß Irreversiblus.

Von guten Anlagen habe ich nichts gemerkt, dachte Adam Radarro. Er fragte trotzdem, wieviel brauchen Sie dafür?

3

Am meisten hatte Irreversiblus die Bemerkung Radarros geärgert, der Pipogigo wäre ein Papagei. So legte er bei seiner *mutativen Bearbeitung der Eigenschaften des orthogenen, flugfähigen, wenn auch eierlegenden Vierfüßlers Pipogigo* nicht das Gewicht auf die Entwicklung des Sprechens und Nachsprechens, nicht auf das Senden, sondern auf das Empfangen von vokalen Informationen und auf die Fähigkeit, empfangene Informationen in manuelle Arbeit umzusetzen. Besonderen Wert legte er darauf, die Geschicklichkeit der Hand des orthogenen Vierfüßlers mutativ zu verbessern.

Parallel zu den Qualifizierungsarbeiten am Pipogigo beschäftigte er sich mit der Entwicklung von dessen Fortpflanzungsmethoden und Fruchtbarkeit.

Das Pipogigoweibchen, so groß wie ein mittlerer Mensch, legte pro Monat in der Regel ein einziges Ei von Erbsengröße. War es vom Hahn befruchtet worden, wuchs es innerhalb von sieben Monaten zur Größe eines Kürbis heran. Das Pipogigojunge konnte das Ei nicht selbständig verlassen, die Schale war zu hart, es blieb der Pipogigomutter anheimgestellt, das Ei an einen Stein zu werfen, damit es zerbrechen und ein Junges mit safrangelbem Ledergesicht und großen hornigen Vorderhänden entlassen konnte.

Die meisten Eier, so beobachtete Irreversiblus an dem einzigen Weibchen, das er vom Alphagebirge mitgebracht hatte, blieben erbsenklein, da entweder das Männchen keine Lust zur Befruchtung zeigte oder das Weibchen sich der Befruchtung entzog, zumal es stärker als das Männchen und etwas größer war.

Wurde wirklich ein Ei befruchtet, blieb fraglich, ob das Weibchen geneigt war, es zu bebrüten, so daß in vielen Fällen das Ei nicht über Kirschengröße wuchs und einging.

Selbst wenn es nach siebenmonatiger Bebrütung zum Zerschlagen reif geworden war, wußte man nicht, ob es die Pipogigomutter überhaupt zerschlug. Oft stritten sich die Eltern, wer es zerschlagen sollte, das Junge erstickte dann im Ei.

Irreversiblus meinte, er und Radarro würden zu ihren Lebzeiten nicht mehr in den Genuß von Dienstleistungen der Pipogigos kommen, wenn deren Fortpflanzung dem Zufall und der Laune der Pipogigos überlassen blieb, und in sein Tagebuch, das er sporadisch führte, schrieb er, wir müssen eine Dienstleistungsgesellschaft auf orthogener Massenbasis werden.

Nötig schien ihm zunächst, die Kraft und auch die Körpergröße des Pipogigomännchens zu erhöhen, die Eier dem Pipogigoweibchen wegzunehmen und sie in Brut- sowie Zerschlaganstalten industriell zu warten. Als dies gelungen war, versuchte er, die Legepausen zu verringern, so daß pro Monat mit zehn bis fünfzehn Eiern zu rechnen wäre, sowie das Wachstum der Eier zu beschleunigen, damit die Zeit bis zum Zerschlagen drei Monate nicht überstieg. Da er auch außerirdisch ein nicht gänzlich unbekannter und dazu hartgesottener Strukturforscher war, gelang ihm dies in einem Maß, das ihm erlaubte, eher als es Radarro erwartet hatte, ihn (der sich an der Spitze einer Kommission befand) den ersten von Pipogigos besetzten Dienstleistungsbetrieb besichtigen zu lassen.

Adam Radarro hatte noch immer ein unheimliches Gefühl, sobald er an die erste Begegnung mit dem Pipogigo dachte. Andererseits sah er ein, daß etwas Entscheidendes geschehen mußte, zumal inzwischen auch seine Anzüge in Fetzen hingen, er Magengeschwüre erhalten hatte und sich mit seiner Kommission zu Fuß ins Pipogigo-Dienstleistungskombinat begeben mußte. Fast alle seine Autos waren irreparabel, für die noch fortbewegungsfähigen standen nicht genügend Antriebsmittel zur Verfügung. Er meinte, er hätte sich zu sehr von ästhetischen Gesichtspunkten leiten lassen, als ihn bei der Begegnung mit jenem ersten Pipogigo Unheimlichkeit anfiel. Wir können jetzt keine Schönheitsansprüche stellen. Möglicherweise später, wenn unsere Lage sich gebessert hat, könnte man einen Designer mit einer gefälligeren Formgebung beauftragen.

Planus Irreversiblus empfing die Kommission in einem blendendweißen Anzug, schneeweißen neuen Schuhen. Sein Haar stand nicht mehr struppig und verfilzt vom Kopf, es lag in glatten Strähnen und ordentlich geschnitten. Irreversiblus war rasiert, seine Brille bestand nicht mehr aus wackligen, mit Leukoplast und Nähgarn zusammengehaltenen Blechteilen, sondern aus Leuchtglas, wie vor Jahrzehnten üblich, als die Lage noch haltbar gewesen war.

Radarro bemühte sich verschämt, die Lumpen an seinem Körper so zu halten, daß seine von trockner Haut umspannten Knochen nicht überall hervorragten und die Verkümmerung der weicheren Unterteile nicht allzu sichtbar wurde.

Irreversiblus wirkte als einziger beinah fett. Radarro meinte, einen teuflischen Zug in seinem Gesicht zu sehen.

Irreversiblus sagte, unsere Gastgeber, die Pipogigos, erwarten uns in diesem von ihnen selbst erbauten Haus.

Es war ein Pavillon, montiert aus Kunstholzstämmen, nach Art des prähistorischen Blockhauses.

Radarro mußte zugeben, die Pipogigos hatten sauber gearbeitet. Wenn es stimmte, was Irreversiblus angab. Als er im Eingang den Pipogigo sah, der die Besucher mit einer würdevollen Kopfneigung empfing, schien es Radarro schon glaubhafter.

Der Pipogigo besaß zwar immer noch ein safrangelbes, schrumpliges Gesicht, doch da er eine schwarze Brille trug, erschien es Radarro nicht mehr so erschreckend. Zudem hatte der Pipogigo über die Hände oder, wie sie Radarro nannte, die Arbeitskrallen Handschuhe gezogen, und seine Füße steckten in spitzen schwarzen Schuhen. Sein Anzug war nicht weniger sauber als der von Planus Irreversiblus.

Der Forscher hatte dem Pipogigo eingeschärft, den Mund nicht unzivilisiert aufzureißen, vor allem aber kein Wort zu sagen, damit nicht wieder unangebrachte Vergleiche mit Papageien herangezogen würden.

Radarro meinte wahrzunehmen, daß dieser Pipogigo lächelte. Sehen Sie mal den Mund von diesem orthogenen Dingsda an, sagte er leise zu einem Kommissionsmitglied. Sind Sie nicht auch der Meinung, daß es grinst?

Nein, sagte das Mitglied, es sind naturgegebene Falten, die Pipogigos sollen die faltenreichsten orthogenen Vierfüßler sein. Radarro bestand darauf: Es grinst.

Den gleichen Eindruck gewann er von den anderen Pipogigos, die ihnen Irreversiblus zeigte.

Hier sehen Sie Pipogigos bei relativ einfachen Tätigkeiten, dem Reinigen von Schuhen, Kleidungsstücken, Behältern, Möbeln, Fußböden, Glasscheiben sowie beim An- und Abschalten einfacherer elektrischer Geräte und Maschinen.

Die Pipogigos trugen blaue Arbeitskittel, die sich im Rücken über ihren Flügeln wölbten. Es schien, als ob sie bucklig wären.

Irreversiblus bat die Gäste, den Pipogigos die Schuhe zum Putzen hinzuhalten. Die Pipogigos stürzten sich darauf und wichsten sie in wenigen Minuten blank. Da kein Besucher Schuhe trug, aus denen nicht eine oder mehrere Zehen oder Teile des Fußrückens sowie der Ferse sahen, wurden diese mit Schuhkrem eingeschmiert und blank gerieben, so daß der Eindruck eines heilen Schuhs entstand. Und als Irreversiblus andere Pipogigos damit beauftragte, die Anzüge der Herren von Staub zu reinigen, geschah es, daß die kräftigen Bürstenstriche der orthogenen Dienstleister die Haut, die durch die Lumpen sah, empfindlich scheuerten und sie froh waren, als sie in einem großen Zimmer weibliche Pipogigos beim Reinigen des Bodens durch Staubsauger und Schaummaschinen besichtigen durften.

Wir kommen zu den höheren Tätigkeiten. Irreversiblus führte sie in einen Raum, wo Pipogigoweibchen Babys aufs Töpfchen setzten, sie fütterten und wuschen.

Radarro wandte sich wieder an ein Kommissionsmitglied. Meinen Sie nicht, daß ihr Gesichtsausdruck verkniffen ist? Ich finde, man sollte einen solchen Anblick Kindern nicht zumuten, sie werden für ihr Leben einen Schock mitnehmen.

Das Mitglied sagte, die Pipogigomamis sehen doch entzückend aus, ein bißchen faltig, dann sind es eben Omis.

Aber die safrangelbe Horrorfarbe, sagte Radarro zögernd.

Gelb macht den Menschen heiter, bereits die alten Griechen empfanden Gelb als schöne Farbe.

Irreversiblus zeigte ihnen Pipogigos, die Aktenstücke in Ordner hefteten. Allerdings, gab er zu, nur nach der vorgeschriebenen Reihenfolge. Man muß die Stücke vorordnen, sie heften nur. Ich hoffe, auch hier noch aus dem Anfangsstadium herauszukommen. Er lud die Herren zu einem Imbiß ein, den Pipogigomädchen in weißen Kleidern an kleine Tische mit Vogelbeinen brachten, die Pipogigos selbst gezimmert haben sollten. Die Omeletts, die sie auftrugen, habe ein Pipogigokoch, im Hintergrund mit einer großen weißen Mütze sichtbar, gebacken.

Etwa aus Pipogigoeiern, fragte Radarro mit Anzeichen des Widerwillens.

Wir haben eine halbindustrielle Hühnermast- und Eierleganstalt, da streuen Pipogigos Futter und sammeln Eier ein, einige schlachten Hühner.

Da kommen Raubvogelinstinkte hoch. Radarro sagte aber nichts.

Die Kommission war froh, nach Jahren wieder Omeletts zu essen, sie durfte nachverlangen, soviel sie wollte. Schließlich rief Irreversiblus drei Pipogigos, die unbekleidet waren, so daß sie ihre Flügel frei bewegen konnten. Sie sollten die Stadt nach Eßbarem abgrasen.

Sie fliegen jetzt zu sämtlichen Kaufhallen und Straßenbuden. Wenn sie dort etwas finden, funken sie. Bestellen Sie bei ihnen, was Sie haben wollen; falls es vorhanden ist, bekommen Sie es auch.

Nach einer halben Stunde segelten diese Pipogigos, Körbe in ihren Händen, im schrägen Flug vorm Haus herunter und packten Tüten mit Nährkonzentraten, Fruchtbomben und sogar einen Ring Kraftwürstchen aus. Die Kommissionsmitglieder bestürmten Planus Irreversiblus, er möchte jedem von ihnen einen persönlichen Pipogigo überlassen.

Irreversiblus bedauerte. Vorläufig nur auf Vorbestellung.

Dann aber mit Garantie und ausführlicher Gebrauchsanweisung? fragte Radarro.

Irreversiblus lächelte.

Radarro blieb, nachdem die Kommission davongetrabt war. Ich hätte gern, daß meine Frau so einen Orthogenen sieht, bevor ich mir ein abschließendes Urteil bilde.

Irreversiblus sagte, fahren wir gleich zu Ihnen.

Radarro glaubte, er träume, als hinterm Pavillon ein Auto vorgefahren kam, am Steuer ein safrangelbes Knautschgesicht.

Möchten Sie vorne sitzen, fragte Irreversiblus.

Danke, nein, sagte Radarro.

Vor seinem Haus bat er Irreversiblus, mit seinem Pipogigo nicht gleich zur Tür hineinzufallen. Frau Isabel Radarro kam schon heraus, als sie das ungewohnte Geräusch eines Autos hörte.

Der Pipogigo jagte ihr keinen Schreck ein. Wie konnte jemand, der ein intaktes Auto fuhr, erschreckend wirken.

Würdest du solche Individuen im Haus beschäftigen, auch deine intime Wäsche von solchen waschen lassen? fragte Radarro.

Natürlich, sagte sie, die stinkt ja schon zum Himmel.

Findest du es nicht etwas ungewöhnlich? Ich hab' den Eindruck, daß es dauernd grinst.

Es grinst nicht, sagte Frau Radarro, es ist charmant.

Ich werde für Ihre Arbeit weitere fünf Billionen beantragen, sagte Radarro zu Irreversiblus. Wir ziehen das Projekt Pipogigo ganz gewaltig auf.

4

Erinnern Sie sich, fragte Adam Radarro, als er in seinem Haus Planus Irreversiblus einen Empfang spendierte, bei dem die glänzenden Persönlichkeiten sowie erhabenen Geister der Gesellschaft sich nicht mehr wie noch vor kurzem um Lukullusbrötchen prügelten sowie sich gegenseitig Beine stellen mußten, um in den Besitz der letzten Gurke zu gelangen, sondern gelassen, teils sogar angewidert auf schwerbeladene Tafeln blickten, an denen weißgarnierte Pipogigodamen durch einladende Gesten etwas vom Überfluß an den Mann zu bringen suchten.

Erinnern Sie sich, lieber Professor Irreversiblus, wie ich Sie damals vor Ihrer Expedition ins Alphagebirge empfangen mußte?

Erinnere mich, sagte Irreversiblus mürrisch. Ihm fiel auf, auch die anderen Gäste waren mieser Stimmung.

Es nützte nichts, daß Adam Radarro das Elend vergangener Zeiten heraufbeschwor.

Jetzt ist das schöne Muster der echten Perser wieder zu erkennen, nachdem es jahrelang von Staub bedeckt gewesen ist. Wissen Sie noch, wie eine einzige Lampe, und die auch nur gelegentlich, hier leuchtete? Erinnern Sie sich der schwarzen Fensterscheiben?

Ja, sagte Irreversiblus, jajaja, ich erinnere mich ja schon.

Haben wir jetzt nicht einen solchen Stand erreicht, wie ihn vielleicht noch nicht mal unsere Vorfahren uns hinterlassen hatten? Und liegt es nicht daran, daß wir jetzt alle wieder in der Lage sind, uns schöpferischen Arbeiten zu widmen? Statistisch ausgewiesen haben wir eine Erfindungsdichte, wie sie seit hundert Jahren nicht mehr gemessen wurde, seitdem die Grunderfindung, die Schaffung der modernen Heinzelmännchen, der Pipos, wie wir sie liebevoll benennen, stattgefunden hat.

Und warum ziehen hier alle Gesichter, als ob die Zustände unhaltbar wären, fragte Irreversiblus.

Zustände müssen unhaltbar sein, ein Zustand, der nicht unhaltbar ist, bringt uns nicht weiter. Ich kenne keinen einzigen Zustand in der Geschichte, der nicht unhaltbar gewesen wäre. Selbst wenn er, äußerlich betrachtet, als angenehm bezeichnet werden konnte. Wir haben jetzt bessere und schönere Maschinen, es kommen dauernd neue Erfindungen auf den Markt, aber wer soll die Dinger warten? Denn jetzt ist es nicht mehr damit getan, sie einfach zu reparieren, wie unsere Pipos das, zugegeben, ausgezeichnet machen. Wir finden keinen, der die Maschinen programmiert, dies oder das zu tun; das können unsere Pipos nicht, wir müssen uns damit selber quälen. Diese Leute hier ziehen mürrische Gesichter, weil sie die schöne Zeit, die sie verwenden könnten, neue Maschinen zu erfinden und neue Kunstwerke zu schaffen, die wir uns ohne weiteres jetzt leisten könnten, damit vertun müssen, Maschinen zu programmieren und Kleinigkeiten an Grundtypen zu verändern, anstatt sich darauf zu konzentrieren, die große Linie der kommenden Jahrhunderte technisch und wissenschaftlich vorzuzeichnen. Sie müssen, wie sie beklagen, ingenieurbürokratische Murkelarbeit leisten. Ich habe sie alle zu diesem Empfang eingeladen, nicht um sie zu mästen. Die meisten Pasteten und Kuchen sind nur aus Plast, weil niemand ißt. Ich habe sie geladen, und sie sind gekommen, um von Ihnen zu hören, wie es mit unseren Pipos weitergehen soll. Die Pipos sind sehr tüchtig, niemand will Ihrem Werk Kritik antun, wir müssen aber auch die Pipos dauernd programmieren, wir müssen ihnen genau eintrichtern, was sie zu tun haben. Geben wir einem Schuhe zu putzen auf, dann putzt er Schuhe, bis wir ihn bremsen. Das ist doch nicht rentabel, blanker als blank kann ja ein Schuh nicht sein. Wozu wichst also der Pipo stundenlang die Schuhe der Familie, anstatt sich eine andere Tätigkeit, zum Beispiel Grillreinigen, zu suchen, ohne daß man ihn mit der Nase daraufstoßen muß? Wir haben jetzt für die lästigen Arbeiten Pipos. Wir stinken nicht mehr. Wir bedecken mehr als unsere Blöße. Das Essen steht uns bis zum Hals. Aber wir haben keine Zeit. Meine Frau sagt, je mehr Pipos sie beschäftigt, desto weniger Zeit hat sie.

Irreversiblus dachte an den Ausspruch Radarros, als er die beiden ersten Pipos aus dem Gebirge brachte, der Pipogigo wäre ein Papagei. Du bist ja selber schuld, dachte er, daß ich ihn mit einem stärkeren Empfänger ausgestattet habe, den Sender aber verkümmern ließ.

Die Höherentwicklung der Pipogigos ist dringend notwendig, sagte er, es wird jedoch nicht einfach sein.

Was es kostet, wird bezahlt, sagte Radarro. Darf ich den Gästen mitteilen, daß Sie inzwischen einen fortgeschrittenen Typ in Arbeit haben? Möchten Sie selber sprechen?

Der neue Pipo wird kommen, weil wir sonst untergehen. Irreversiblus sagte dies mit einer Stimme, bei der die Gäste die Köpfe hoben und die Radarro, der dem Professor ein Sektglas in die Hand gab, drohend klang.

Wann wird er kommen? fragte ein Gast.

Irreversiblus schlug die Hände auseinander. Das vermag heute niemand zu sagen.

Radarro hatte das Gefühl, Irreversiblus wollte es nur nicht.

5

Der neue Typ fand einen überzeugenden Vertreter in August Pipogenus, einem mit Hilfe jener mutativen Kunstmarmelade von Irreversiblus entwickelten Geschöpf, das selbständig denken, sich artikulieren, selbständig handeln konnte.

A. P. besaß nicht mehr so viele Falten wie seine Vorstufen im Gesicht, das nicht mehr ordinär gelb wie die Gesichter der Ungeheuer in Geisterbahnen und Horrorkabinetten, sondern mild goldbraun war. Statt Kopffedern hatte A. P. Haare, die sich frisieren ließen und, wenn sie herunterhingen, die Hörlöcher verdecken konnten, die immer noch an seine Vorstufen erinnerten. Flügel besaß er noch, konnte sie aber so zusammenfalten, daß sie im Rükken keinen zu starken Buckel bildeten.

Irreversiblus klassifizierte ihn als Homo Pipogenus erectus. Ihm schwebte vor, A. P. als seinen Assistenten auszubilden, zumal A. P. Hinweise und Empfehlungen (das Wort Befehl benutzte Irreversiblus absichtlich nicht, weil er ein demokratisches Verhältnis zu August demonstrieren wollte) schon aussprach, bevor sie Irreversiblus gab. Auch sein Gedächtnis funktionierte reibungsloser, doch kränkte dies Irreversiblus nicht.

Er nannte August Pipogenus seinen Freund, gelegentlich auch seinen Sohn, und lebte mit ihm in ein und derselben Wohnung, wo A. P. seine Bibliothek nicht nur benutzte, sondern auch logisch ordnete, Briefe erledigte und lästige Termine für Irreversiblus wahrnahm.

Als Adam Radarro kam, saß Herr A. P. im Sessel und rauchte aus einer weißen dünnen und langen Pfeife. Radarro glaubte einen Schauintellektuellen des Fernsehens zu erblicken, doch A. P.'s Hände, die die Pfeife hin und wieder stopften, wiesen noch pipogene Ledernarben auf.

Mein Freund, Herr August Pipogenus, sagte Irreversiblus. Wir können mit ihm offen über alles sprechen.

Dies schien Radarro übertrieben, er fühlte Sympathie für Herrn A. P., als der die Pfeife in den Mundwinkel hängte und trotzdem deutlich sagte, Ihr Freund bin ich nun wirklich nicht, Irreversiblus.

Warum nicht?

Das müssen Sie sich selber sagen, nach allem, was Sie mit mir angefangen haben.

Was habe ich Ihnen denn getan?

Es reicht wohl, daß Sie mich, wie Sie es nennen, geschaffen haben. Sie sind mein Schöpfer, mein Erzeuger, und ich bin Ihr Produkt. Wie sollte ich Ihr Freund sein?

Wir können trotzdem hier über alles sprechen und eine fruchtbringende Diskussion entfalten, sagte Irreversiblus irritiert.

Ich rate es Ihnen nicht, sagte A. P.; wenn Sie auch nicht mein Freund sind, hege ich doch gemäßigt altruistische Empfindungen für Sie. Ich möchte Sie nicht in peinliche Lagen bringen.

Irreversiblus sah voller Stolz von Herrn A. P. auf Herrn Radarro. Sehen Sie, so zart ist Homo Pipogenus erectus seelisch strukturiert. Nun, August, du hast es selbst gesagt, ich sei dein Schöpfer, dein Vater also, ich danke dir für diesen Ausspruch.

Nichts zu danken, zumal es nichts daran ändert, daß wir nicht über alles sprechen können. Väter sind gewöhnlich unterentwikkelter als ihre Kinder, das geistige Gefälle ist zu groß. Es tut mir leid, Irreversiblus. Wie könnten wir uns beispielsweise über Fluggedanken unterhalten, da Sie nicht fliegen und mir daher nicht folgen können? Und das ist nur ein Beispiel, andere führe ich der Kompliziertheit halber gar nicht an. Er zog an seiner Pfeife, er nebelte sich ein.

Irreversiblus sprach heiter zu Radarro: Das ist noch längst nicht alles, er hat das Weltdiplom für Mathephychemosophie, die Ingenieururkunde für praktisch-elektronische Maschinentechnik erster Klasse.

A. P. sagte aus seinem Nebel, ich würde vorschlagen, ich gehe jetzt ins Bett.

Bleib bei uns, August, du hast ja überhaupt noch nichts gesagt. Herr Radarro interessiert sich für deine Ansichten.

Ich kann der primitiven Lust, sich vorführen zu lassen, leider nichts abgewinnen, sagte A. P. Sie sehen, Irreversiblus, oder meinetwegen: Papa, du siehst, daß wir auch darin divergieren.

Unter vier Augen sagte Radarro zu Irreversiblus: Ganz so hatte ich mir den neuen Typ nicht vorgestellt. Ist es denn nötig, daß er, wenn er schon wissenschaftlich und technisch so hoch entwickelt ist, schärfer als Menschen sehen und fliegen kann, nun auch noch kritische Gedankengänge hat und uns über den Mund fährt?

Irreversiblus war über Radarros Einschätzung verstimmt. Es ist nicht einfach, bei einer hohen geistigen Entwicklung kritisches Denken gänzlich auszuschließen.

Sie sind ein Wissenschaftler von interplanetarem Ruf, von Ihnen erwartet man nichts Einfaches.

Bei allen Fortschritten der Wissenschaft muß man auch Lästiges in Kauf nehmen, Vorteil bringt Nachteil mit sich.

Damit wir uns nicht falsch verstehen, ich schätze Ihre Leistung hoch, A. P. ist eine großartige Leistung, es geht mir um einige kleine Änderungen. Er müßte nur in wissenschaftlichen und technischen Bereichen denken können. So, wie er jetzt ist, möchte ich ihn nicht einsetzen. Da würde er uns, offen gestanden, bald unterkriegen, da würden wir ihm schließlich die Schuhe putzen. So darf der neue Pipotyp nicht aussehen.

Es gibt Entwicklungen, die nicht mehr rückgängig zu machen sind. Irreversiblus blickte Herrn Radarro durchdringend an.

Jede Entwicklung kann rückgängig gemacht werden, behauptete Radarro, nehmen Sie die Geschichte: Da ging es ebensooft rückwärts wie vorwärts.

Nehmen Sie die Wale, entgegnete Irreversiblus, die waren einmal Landtiere, durch ihren dauernden Aufenthalt im Meer bildeten sie die Hauptmerkmale von Fischen aus, so sind sie, zwar noch Säuger, unwiderruflich Wassertiere geworden; sie können nicht mehr aufs Land zurück.

Radarro war überzeugt, Irreversiblus wollte A. P. nicht ändern, konnte es aber. Er fand Irreversiblus teuflisch, besonders seine Ohren, die an der hinteren oberen Ecke spitz zuliefen und an die Wand des Zimmers große Schatten warfen. Es graute ihm vor dem Professor; er sagte leise, man sollte ihm wenigstens die Flügelsehnen durchschneiden.

Damit könnten Sie Homo Pipogenus erectus nicht rückgängig machen. Sie müssen mit ihm leben.

6

Tatsächlich wurde A. P. zur Massenherstellung nicht zugelassen. Wir haben diesen einen, das genügt, entschied die Kommission, die Adam Radarro herbeigerufen hatte. Doch machte dies A. P. nichts aus, er fühlte sich keineswegs gekränkt, weil man ihn nicht in Serie fertigen wollte, und führte im Hause des Planus Irreversiblus ein flottes Leben.

Ich habe nun, sagte er zum Professor, weil ich ein Einzelexemplar darstelle, ein unnachahmliches und unwiederbringliches, die dringende Verpflichtung, wenigstens etwas von meiner Einmaligkeit und Unnachahmlichkeit zu konservieren. Und das geschieht am besten in jener Art, die Sie unsittlich nennen.

An sich war Irreversiblus weit davon entfernt, A. P. ein Liebesleben zu mißgönnen, doch wirkten sich die Nebenumstände sehr störend aus, da sich die Liebe nicht im Bett und unter Schalldämpfung durch Decken, Kissen, Schaumpolster vollzog, im Dunkeln in einer Ecke, sondern unter bei Menschen bisher unbekannter Lärmentwicklung.

Schon mittags, wenn die dumpfe, schwere, mulmige Atmosphäre eintrat, die Irreversiblus zum Mittagsschlaf veranlaßte, vernahm er fernes Rauschen und Flügelschlagen, das immer näher kam und schließlich wie ein Sturm das Haus umbrauste. Dann wurde es ein Weilchen still, doch der Professor wußte, daß er auf Schlaf nicht hoffen konnte. Schon ging Gezänk vonstatten. Die Stimmen der angeflogenen Pipoweibchen wurden immer schriller, so daß Irreversiblus dringend wünschte, daß August an eins der Fenster trat und sich ein Weib ins Haus zog, damit sich das Gezänk ein bißchen legte.

Doch war dies nur Erlösung für wenige Minuten. Im Zimmer über Irreversiblus fing kurz darauf ein Lärmen an, das August taktvoll durch Inbetriebnahme eines elektrischen Musikgeräts zu übertönen suchte, das aber immer wieder durchdrang, schon deshalb, weil es unbeirrbar rhythmisch war, und schließlich war das

Kreischen des Weibchens durchdringender als jede elektrische Musik. Auch August schien Töne auszustoßen, die weit von jenen abwichen, die er als Homo Pipogenus erectus nach dem Plan seines Schöpfers von sich geben sollte. Es waren, wie Irreversiblus zu vernehmen meinte, eindeutig Urvogellaute, und so bedrückte ihn nicht nur der Lärm, sondern auch der Gedanke, daß seine Schöpfung genetisch auf äußerst schwachen Füßen stand und plötzlich ins Urvogelhafte zurückzufallen drohte.

Besonders aber peinigte Irreversiblus die Wiederholung der Prozedur: zunächst des kreischenden Gezänks der Pipoweiber auf Dach und Bäumen, die das Haus (als Lärmschutz gedacht) umstanden, dann kurze, trügerische Stille, in der Irreversiblus in einen Halbschlaf sank, dann Tanz über seinem Kopf, der manchmal schon im Treppenhaus begann und durch die Zimmer des ganzen Hauses tobte.

Irreversiblus hatte zunächst als toleranter Mensch gedacht, er könnte, wenn schon der Mittagsschlaf verloren sei, mit Hilfe einer anderen Einteilung des Tageslaufs doch noch zu seiner Ruhe kommen, die er, da er nun schon bejahrt war, hin und wieder brauchte. Doch August dehnte die Prozeduren aus bis Sonnenuntergang.

Danach hörte Irreversiblus nur noch gelegentlich ein Flügelrascheln; doch wenn die Sonne wieder anfing aufzugehen und der Professor im tiefsten Schlaf zu liegen pflegte, erhoben die Pipofrauen, die noch nicht drangekommen waren, auf Dach und Bäumen übernachtet hatten, ein mörderisches Kreischen. Irreversiblus hörte, wie August Pipogenus etwas ihm Unverständliches hinausrief, wonach der Lärm allmählich einschlief.

Am Frühstückstisch sah August heiter und äußerst kraftvoll aus, er leerte zwei große Dosen Honig und zwei Pakete Vollkornwaffeln, rührte sich Eierspeisen in großen Schüsseln an. Er fragte höflich Irreversiblus, wie er geschlafen habe. Seine dunkelbraunen und blanken Augen wirkten besorgt.

Irreversiblus fluchte hinter der Serviette, ich schlafe immer schlechter, wäre es nicht das beste, wir würden dir ein Haus einrichten, wo du so leben kannst, wie du es gerne hättest?

Ach, sagte August, ich lebe hier ganz gut.

Irreversiblus wollte fragen, ob er denn dauernd solch ein brünstiges Leben führen müsse, es müsse auch Pausen geben, doch ihm fiel ein, daß er es ja gewesen war, der das Interesse für Fortpflanzungsfragen den vorher liebesfaulen Pipogigos eingearbeitet hatte.

Du müßtest dich etwas schonen.
Nein, sagte August, es ist die beste Methode, um fit zu bleiben.
Fit wofür?
Das wirst du schon noch sehen, du wirst dich sicher freuen.
Wir haben einen sehr verschiedenen Lebensstil, sagte Irreversiblus, der neben August P. gelb und zerknittert aussah und bucklig, als ob er selber Flügel in seiner Jacke zu verstecken hätte. Wir müssen uns verständigen.
Ich sehe ein, sagte August, wir sollten *dir* woanders ein Haus einrichten. Hier ist es nicht das Richtige für dich.
Das wollte Irreversiblus auf keinen Fall, nicht nur, weil er als alter Mann an seinen Örtlichkeiten hing. Er wollte August P. nicht aus den Augen lassen, er war von jener schrulligen Sorte Wissenschaftler, die sich für ihr Produkt verantwortlich zu fühlen scheint.
Das Treiben meines August ist vielleicht deshalb für mich quälend, weil ich still liege und passiv die Geräusche in mich dringen lasse; ich werde selber Geselligkeit entfalten, so daß ich mich auf diesen Lärm nicht konzentriere, sondern mich ablenke.
Selbst Lärm zu machen, hielt er für vulgär. Er lud sich einen alten Freund, den Wissenschaftler Theo Kommunizius ein, der sich seit mehr als fünfzig Jahren mit der Verbindung von Sprache und Verhalten beschäftigte. Er stellte ihm auch August P. vor, und beide schienen sich gut zu verstehen.
Irreversiblus hoffte schon, er könnte August von seinem andern Tun abhalten, doch wurde das Gekreisch auf Dach und Bäumen unerträglich. August erbot sich höflich, es abzumildern. Ich sehe nach dem Rechten. Er lächelte Irreversiblus an.
Jetzt wirst du erst mal was erleben, sagte Irreversiblus zu Kommunizius, den er aus seiner Jugend als nervlich schwachen Knaben kannte und der vulgären Lärm in jeder Form ablehnte, der schon bei einem etwas lauten Türenschließen zusammenzuckte. Vielleicht gehst du doch lieber, sagte er, zumal der Freund weißhaarig, tattrig und sehr hinfällig war.
Doch nach der ersten Prozedur sah Kommunizius noch frisch aus, er lauschte interessiert, und plötzlich rief er, nun forsche ich Zeit meines Lebens danach, wie eigentlich der Ausdruck vögeln entstanden sei. Hier finde ich es praktisch akustisch vorgeführt. Ich bin dir äußerst dankbar, Planus, daß du mir die Gelegenheit gegeben hast, dies noch in meine Werke, Ausgabe letzter Hand, die bald erscheinen sollen, aufzunehmen. Er kam, obwohl am Stock

und tatternd, auch an den nächsten Tagen und sprach mit August P. darüber.

P. kannte den berühmten Ausdruck nicht, worüber Kommunizius erneut in Staunen fiel. Wo haben die Menschen ihn dann her, wenn ihn die Vögel nicht mal kennen?

Nun, August zündete sich seine lange weiße und dünne Pfeife an, es muß wohl daran liegen, daß Menschen, wenn sie Vögel sehen, gern etwas tun möchten, was sie nicht können. Sie haben schon das Fliegen weitgehend nachgeahmt, indem sie sich in Flughohlkörper oder Vogelphantome setzen, doch biologisch können sie nicht fliegen.

Ich meinte jene ganz bestimmte Tätigkeit, sagte Theo Kommunizius, wir Menschen haben es da auch zu schönen Ergebnissen gebracht.

Das kann ich nicht beurteilen, als Homo Pipogenus meine ich, daß auch bei dem von Ihnen genannten Ausdruck Sehnsucht im Spiel sein könnte. Ich will nicht sagen Neid.

Vom Dach und von den Bäumen erhob sich das Gekreisch. Ich hab' mich zu sehr in die Theorie begeben, da draußen hören Sie die Praxis, entschuldigen Sie mich bitte. Kommunizius lachte. Er lebte durch die Bekanntschaft mit August auf. Irreversiblus verfiel zusehends. Er lud auch eines Tages Radarro ein.

Es ist nicht auszuhalten, bestätigte Radarro, es ist die Hölle.

Ich kann ihn leider nicht aus den Augen lassen, ich darf ihm nicht entfliehen.

Bloß nicht, sagte Radarro, Sie können noch am besten mit ihm umgehen, ich fürchte aber, er wird Sie schaffen.

Wenn Sie mir wenigstens schalldichte Wände einbauen lassen könnten.

Radarro sagte, sie dürfen kosten, was sie wollen.

Eingemauert in Lautlosigkeit, vernahm Irreversiblus, wenn er sich mittags, sobald die schwere, mulmige Atmosphäre eintrat und Dunst das Sonnenlicht verkleidete, zum Schlafen legte, das Kreischen der Pipoweibchen, die rhythmischen Laute der Liebesprozeduren des August Pipogenus deutlicher als zuvor.

Die Lärmfachleute, die das Haus mit Meßgeräten abhorchten, konnten kein einziges Phon ermitteln, das etwa durch die Lärmschutzmauern drang.

So ging Irreversiblus zu seinem alten Freund, dem Psychiater Alius.

Du bist genauso unnormal wie früher, sagte Alius, ich stelle keine Veränderungen an dir fest, die mich besorgt machen. Daß du lärmempfindlicher geworden bist, ist eine Altersgebrechlichkeit.

Bedenke die schalldichten Mauern. Ich dachte immer, wenn man älter wird, läßt das Gehör nach. Jetzt hege ich den perversen Wunsch, bald gänzlich zu ertauben.

Du warst schon immer unnormal, du bist damals ins Alphagebirge aufgebrochen, um Pipogigos einzufangen. Jetzt lebst du mit einem Pipogigo in Hausgemeinschaft. Es paßt genau in dein Karteiblatt. Alius gab Irreversiblus einen kleinen Kanister Schlafsaft. Komm immer mal vorbei.

Er dachte, es ist nicht mehr viel Hoffnung, der Pipogenus hat ihm seinen Tagesrhythmus aufgezwungen. Womöglich wird Planus selbst ein Pipogenus, zumindest psychisch. Ins Karteiblatt schrieb er: Identitätsverlust.

Irreversiblus meinte, es wäre das Gewissen, das ihn auch schalldicht ummauert nicht schlafen ließ. Er sah vor sich die Folgen des Liebeslebens des August Pipogenus. Die unzähligen Eier, die in den Brutanstalten zerschlagen werden würden. Die Pipos, die massenhaft entschlüpfen würden, um lärmend neue Pipos zu erzeugen. Und Augusts Prophezeiung: Es werden geistig hochentwickelte Individuen sein, nicht mehr die einfältigen Pipos, nicht mehr die alten Kulis. Sie werden nicht ganz so hochentwickelt sein wie ich, aber es wird genügen, mit ihnen geistigen Kontakt zu pflegen. Dies ist im Augenblick für mich bei den vorhandenen Pipos noch zu mühsam, ich muß zu tief hinuntersteigen.

Die Worte ließen Irreversiblus bereuen, daß er die Pipogigos mit solcher Fortpflanzungskraft versehen hatte.

7

Er hatte sie aber auch, auf Wunsch Adam Radarros und einer Kommission, der jener vorsaß, mit einem schnellen Wachstum ausgestattet. Sowohl die körperliche als auch die geistige Vollreife pipogener Individuen wurde in derart kurzer Zeit erreicht, daß, wie Radarro sich ausdrückte, die ökonomische Effizienz noch zu unseren Lebzeiten spürbar sein wird. Also erlebte es die Generation der Pipoväter, wie August Pipogenus, nachdem der erste Schub Nachkommen aus seinen Eierschalen geschlagen worden war, mit deren Schnellausbildung begann, die sich einfach und unbürokratisch, wie August es nannte, fliegender Weise in den Wolken vollzog, wo A. P. schwärzliche flügelschlagende Massen um sich scharte, über denen er selbst lehrend schwebte.

Irreversiblus und erst recht Radarro und den verschiedenen Kommissionen, denen er vorsaß, war es nicht möglich, den Inhalt der Ausbildung in den Wolken zu erfahren.

Befremdlicherweise hatte A. P. nicht einmal einen Lehrplan zur Genehmigung eingereicht. Flugzeuge, Ballons und Luftschiffe, die Radarro aufsteigen ließ, und mit denen er, obwohl mit Gicht, Atembeschwerden, Gallengestein behaftet, selbst sogar manchmal startete, um etwas von den Lehrgängen mitzubekommen, kehrten unverrichteterdinge zurück: auf Tonbändern lediglich Gepieps und Gezwitscher, das Irreversiblus zur Entschlüsselung überantwortet wurde.

Es wäre natürlich, wie Kritiker dieser Methode meinten, nicht nötig gewesen, mit umständlichen Apparaturen in die Lüfte zu steigen, man hätte ohne weiteres mit Hilfe von Radiowellen die Laute der Ausbildungskurse auffangen können, aber, so sagte Radarro, wir wollen eindeutig demonstrieren, auch wir sind fliegende Wesen, nicht durch ohne unser Verdienst gewachsene Flügel, sondern durch unseren Schöpfergeist.

Die Entschlüsselung der Laute zog sich hin. Irreversiblus hatte Wochen vor den Tonbändern verbracht und sich bemüht, indem er sie langsamer ablaufen ließ, einzelne Tonbausteine aus langen Piepsern oder Kreischern herauszuhören, diese Töne oder Worte nachzubilden und festzustellen, ob sie einer menschlichen Sprache nahekämen.

Radarro fand ihn in seinem Labor in einem weißen Kittel auf dem Fußboden hockend, gekrümmt, als verberge er auf dem Rükken ein Flügelpaar, und angestrengt Piepser und Kreischer ausstoßend, wobei er in sein Inneres zu horchen schien.

Radarro mußte ihn unsanft schütteln, um ihm seine Anwesenheit klarzumachen.

Formen Sie bitte mal diese Laute nach, sagte Irreversiblus, vielleicht finden Sie etwas heraus, das einer menschlichen Sprache ähnelt.

Ich glaube kaum, sagte Radarro, das beste wäre nach meiner Ansicht, wir würden den neunmalklugen August Pipogenus, wenn er sich gerade mal in dieses Haus herabgelassen hat und schläft, ein bißchen fesseln und ihn dann selbst nach der Bedeutung dieser Geräusche fragen. Wir könnten ihn, wenn er nicht antwortet, ein bißchen hungern und dursten lassen. Wir könnten ihm androhen, ihm die Flügelsehnen ein bißchen durchzuschneiden, ihm und den andern Pipos auch. Wenn er dann nicht spricht, tun wir es einfach.

Niemals, sagte Irreversiblus entsetzt.

Radarro hatte das Gefühl, der weiße Kittel des Professors blähte sich und Irreversiblus würde auffliegen.

Ein solcher Eingriff wäre im höchsten Maße unmoralisch. Wie können Sie, Radarro, mir einen solchen Vorschlag machen? Es sind lebende Organismen, deren Eigenart wir zerstören würden.

War es nicht ebenso unmoralisch, den Pipogigo, der naturgemäß aus den auf natürlichem Wege gewachsenen Abfallgebirgen hervorging, zum Homo Pipogenus erectus zu manipulieren, schlug dabei Ihr Gewissen nicht?

Irreversiblus sah Radarro durchdringend und traurig an. Hatten Sie mir nicht die Billionen gegeben?

Radarro erschien er wieder teuflisch, ein trauriger Teufel, der nun schon zum hundertsten Male erlebt, wie der Besteller plötzlich mit dem Gewissen kommt. War es nicht auch moralisch inkonsequent, dem Pipogenus die Flügel zu lassen, anstatt sie ihm abzumanipulieren, wodurch er menschengleicher geworden wäre und leichter in unsere Gesellschaft hätte integriert werden können?

Darin, daß er die Flügel hat, besteht ja gerade die ungeheure Disponibilität des Pipogenus und seiner Nachfahren. Niemals brauchten wir bisher Pipos mit aufwendigen Verkehrsmitteln an einen Einsatzort zu bewegen. Sie leisten biologischen Selbsttransport. Die Informationen, die sie uns brachten, kamen auf Grund ihrer Flugfähigkeit oft schneller und sicherer als die auf elektronischem Wege besorgten, die immer Störungen ausgeliefert sind. Ich verstehe Sie überhaupt nicht, Radarro.

Die Lage hat sich geändert, wir müssen wissen, was die da oben aushecken.

Wir werden es bald erfahren, wir müssen nur oft genug diese Laute nachformen, ich werde Theo Kommunizius, den Sprachforscher, heranziehen.

Aber schnell bitte, sagte Radarro sauer.

Das nächste Mal fand er Irreversiblus und Kommunizius in weißen Kitteln, die im Rücken gebläht waren, als steckten Flügel darunter, vor dem Tonbandgerät hockend und piepsen, zwitschern und gelegentlich kreischen.

Noch nichts gefunden, fragte er grob.

Durchaus, sagte Kommunizius, mir scheint nämlich, bei einigen Lautsystemen handelt es sich um Verballhornungen menschlicher Sprachelemente, die möglicherweise dem Wunsch der Pipogeni nach Verkürzung folgen.

O Gott, sagte Radarro.

Übereilung wäre hier schädlich, sagte Kommunizius, um aber die Wahrscheinlichkeit der Zahl der Möglichkeiten von Ergebnissen zu erhöhen, schlage ich vor, eine größere Gruppe von jüngeren Wissenschaftlern hinzuzuziehen.

Als Radarro beim nächsten Besuch Irreversiblus und Kommunizius inmitten von Leuten in weißen Kitteln fand, die, Vogellaute nachbildend, auf dem Boden hockten, ihn nicht bemerkten und von ihrer Tätigkeit auch durch Rütteln und Stoßen nicht abgebracht werden konnten, rief er den Psychiater Alius.

Alius sah sich die weiße Versammlung an und sagte nicht, was er dachte. Er konnte Radarro nicht leiden. Sie sind etwas überreizt, sagte er, ich werde Ihnen ein paar Kanister Schlafsaft verschreiben. Sie werden dann mit neuen Kräften an die Entschlüsselung der Vogelsprache gehen können.

Das ist doch Unsinn, sagte Radarro, die werden damit nie zu Rande kommen.

Wieso nicht, haben Sie schon mal die Laute nachgeformt?

Ich werde mich schwer hüten, sagte Radarro, damit ich hier nachher genauso sitze. Ich bin ja noch normal.

Darum kann ich dich auch nicht leiden, dachte Alius. Er spürte Lust, die Vogellaute selber nachzuahmen. Ihm schien, daß eine Kraft ihn zu Boden zog, so daß er hocken mußte. Ich werde im Selbstversuch erforschen, ob wirklich ein Unsinn zugrunde liegt.

Radarro schwitzte kalten Schweiß. Mich bringt ihr nicht dazu. Er wollte das Haus verlassen, als vor dem Fenster Flügel rauschten. Im Vorraum erschien August Pipogenus, das Haar vom Wind zerzaust, die Flügel bereits taktvoll unter einem Hausanzug verborgen. Man zeigt nicht offen seine Überlegenheit, sofern man es nicht nötig hat. Er schob Radarro, der steifbeinig entweichen wollte, von hinten einen Sessel unter, in den er hilflos kippte.

Ich freue mich, daß Sie mich gerade jetzt besuchen, er zog die lange weiße und dünne Pfeife aus der Tasche, wenn Sie gestatten, ich mache ein paar Wolken; möchten Sie auch, möchten Sie etwas trinken, wir hätten Grund zu feiern.

Ich wüßte nicht.

Die Ausbildung der ersten von mir stammenden Generation Homines Pipogeni ist nun erfolgreich abgeschlossen.

In welchen Fächern?

In allen.

Das gibt's doch nicht.

Sie können sich selbst überzeugen. Möchten Sie einen Homo Pipogenus?

Nein, danke bestens.

Macht nichts, sagte A. P., er wartet schon vor Ihrem Haus.

8

Der Pipogenus saß auf der kleinen Mauer vor Radarros Garten, er wirkte verhältnismäßig groß und kräftig, sah aber bescheiden und sogar schüchtern aus.

Radarro dachte, der wird ganz gut die niederen Pipos scheuchen. So schüchtern wirkende Gestalten sind zu den Untergebenen besonders streng. Wie heißen Sie?

Ich trage eine Nummer. Mein Vater August Pipogenus möchte aber, daß wir jeweils den Namen unseres Gastgebers annehmen.

Das wollen wir nicht einführen, sagte Radarro. Der Pipogenus gefiel ihm nicht, besonders nicht das lange schwarze Haar, das glattgekämmt und duftend das immer noch leicht ledrige Gesicht verhängte. Die grüngeschminkten Lippen fand er widerlich. Er wollte fragen, bist du schwul?

Der Pipogenus rutschte raschelnd von der Mauer, er steckte in einem langen, zipfeligen Rock.

Die einzige Schwierigkeit könnte darin bestehen, daß ich weiblich bin. Ich müßte mich Adama Radarra Pipogena nennen.

Nicht möglich, Radarro sah die Dame erschrocken an, faßte sich aber. Ich meine, es ist zu lang. Was da für Zeit mit Aussprechen vergeht, wieviel Papier und Schreibstoff vergeudet wird.

Dann nehmen wir die Abkürzung: A Ra Pi. Das klingt doch nett.

Ich weiß nicht. Wir sind zwei vollkommen verschieden strukturierte Wesen, nicht nur geschlechtlich, auch herkunftsmäßig und gesellschaftlich.

Arapi eignet sich sehr gut zum Rufen. Die Pipogena rief in schrillen Tönen ein dutzendmal Arapi, so daß Radarro meinte, es wäre besser, sich Aufgaben für die Dame auszudenken.

Also, Arapi, du nimmst von mir jetzt jeden Morgen den Katalog der Weisungen entgegen, die du den Pipos geben sollst. Natürlich können ich und meine Frau darin nicht auf so primitive Einzelheiten wie auf das Schuheputzen, das reguläre Wäschewaschen, die Säuberung des Hauses, Instandhaltung und Reparaturen der einzelnen Geräte und Fahrzeuge eingehen. Die Organisation des Ablaufs unseres Alltags muß ich dir überlassen. Mich interessieren Besonderheiten.

Besonderheiten, das werde ich mir merken.

Dein Zimmer liegt im Oberstock, gleich unterm Dach. Das wird deiner Mentalität entgegenkommen. Du kannst da schnell mal rausfliegen und nach dem Rechten sehen. Wir sind uns also einig?

Noch nicht so gänzlich, sagte Arapi schüchtern. Da ich nun Ihren Namen trage, wäre es richtig, wenn Sie mich auch mit Sie ansprechen würden. Es sei denn, ich sagte auch zu Ihnen du.

Radarro fand dies unverschämt, doch fürchtete er, Arapis Stimme würde wieder schrillen. Wir wählen dann das Sie. Sind wir uns einig?

Ich hielt es für günstiger, wenn ich gleich neben Ihrem Schlafzimmer wohnen würde. Dann könnte ich viel eher nach dem Rechten sehen.

Nein, nein, sagte Radarro.

Noch besser wäre es, ich würde in Ihrem Zimmer schlafen. Am besten dicht neben Ihrem Bett.

Nein, schrie Radarro.

Noch was. Ich möchte für die Arbeit etwas haben.

Sie kriegen Futter und Kleidung wie die anderen Pipos.

Ich möchte Geld, sagte Arapi.

Kein Pipo hat je Geld empfangen.

Soll ich ohne Geld meine Persönlichkeit entwickeln?

Wir werden noch darüber sprechen.

Arapi sagte, bitte gleich, sie setzte eine große Brille auf, in deren schwarzen Gläsern Radarro sich als hutzeliges Männchen sah. Zweifach und daher besonders hutzelig. Und auch besonders geizig. Geiz möchte aber Radarro sich nicht vorwerfen lassen. Ich werde Ihnen geben, was Sie brauchen, von Fall zu Fall. Er dachte, für widerlichen grünen Lippenlack. Ich will einen Vertrag abschließen, sagte Arapi.

Radarro schlug Vertrag auf Probe vor: Ich kriege kein Geld von Ihnen, Sie keins von mir, bis wir uns einig sind, daß wir ein festes Arbeitsverhältnis eingehen wollen. Natürlich haben Sie hier Essen und Trinken frei sowie Logis.

Arapi packte mit ihrer hornigen, doch grünlich manikürten Hand Radarros Hand, so daß sie noch lahmte, als er unterschreiben wollte, und ihm Arapi die Hand führen mußte.

Ich sollte Sie noch meiner Frau vorstellen. Radarro hoffte, seine Frau würde Arapi ablehnen, sie war jedoch von ihr entzückt.

Wir haben endlich eine Hausdame. Ich werde für Ihre Garderobe sorgen, liebe Arapi.

Sie dachte an ihre abgelegten Kleider, Schuhe, Hüte, die ihre Schränke beängstigend verstopften. Arapi war ihr auch sympathisch, weil sie sie häßlich fand und weil sie keine menschliche Dame war.

Menschliche Damen, sagte Frau Radarro, werden so leicht gewöhnlich. Sie klopfte Arapis Rücken, wo sich, wenn auch nur schwach, die Flügel wölbten.

Arapi steckte den Vertrag hinter den Bund des zipfeligen Rockes und bat zu Bett gehen zu dürfen.

Sie kann entsetzlich kreischen, das wollte ich dir noch mitteilen, sagte Radarro zu seiner Frau.

9

Arapi kreischte nicht, sie kam auch niemals wieder auf das Geld zu sprechen, Radarro erinnerte sich nicht, daß sie das Wort noch einmal in ihren grünlackierten Mund genommen hätte. Sie sprach sehr leise mit den Haushaltpipos, die leise taten, was sie verlangte. Radarro fürchtete schon, er wäre taub geworden, so ungeheuer war die Stille in seinem Haus.

Bei mir verhalten sich die Orthogenen leise, sagte er zu Irreversiblus und auch zu Alius, die nicht auf ihn hörten, weil sie noch immer die orthogenen Laute nachzubilden suchten. Es ist der beste Beweis, sagte er darauf zu seiner Frau, daß die verrückt sind und ich als einziger normal, und tragisch ist es, daß gerade der Erschaffer der Pipos und Pipogeni, ihr Vater, mit ihnen nicht fertig werden kann. Ich glaube, das kommt daher, daß ich von Anfang an ein nüchtern ökonomisches Verhältnis zu ihnen hatte. Ich habe Geld in sie gesteckt, Irreversiblus hat sein Leben investiert.

Doch er verriet ihr nicht, daß ihn manchmal Unheimlichkeit beschlich, wenn er Arapi still in einer Ecke des Hauses, sehr häufig aber auf der Gartenmauer sowie auf kleineren Bäumen versunken hocken sah, gekleidet in die abgelegten Sachen seiner Frau.

Arapi, fragte er bisweilen, haben Sie nichts zu tun?

O doch, sagte Arapi, es wird schon seinen Gang gehen, Sie werden es erleben.

Sie setzte auch gelegentlich die schwarze Brille auf, doch sah Radarro nicht sehr gründlich hin, aus leisem Horror vor einer Widerspiegelung. Wenn sie die Brille absetzte, war er unzufrieden. Ich hätte doch reinsehen sollen.

Er unterließ es aber auch beim nächsten Mal.

Ihm kam es auch so vor, als nähmen das Haus und seine Innereien, seit sich Arapi darin aufhielt, einen gräulichen Farbton an. Ihm schien, der Teppich bekäme allmählich einen grauen Flor, in dem der Fuß noch nicht versank, der aber schon das echte Persermuster verschleierte. Er meinte, es röche im Haus nach überalterter, verschmutzter Wäsche, wenn auch nur fein, doch hartnäckig. Und eines Tages fand er die kombinierte Reinigungsmaschine verstaubt in ihrer Ecke. Er drückte eine Taste, die Elektronik sprach nicht an.

Er rief Arapi. Arapi kam nicht. Er suchte sie im ganzen Haus. In der Garage entdeckte er, daß alle seine Wagen höchst dreckig, nicht fahrbereit und teils entzwei waren. Er konnte auch keinen einzigen Pipo finden.

Er suchte den ganzen Garten ab, bis er ein Rascheln und Wehen über seinem Kopf wahrnahm und auf dem Dach des Hauses die Pipos hocken sah, versammelt um Arapi, als brüteten sie etwas aus.

Arapi, rief er, das Haus ist vollständig verschlampt.

Arapi setzte ihre Brille auf und flog zu ihm herunter. Er fand es unheimlich, wie sie mit ihren großen Flügeln auf ihn zuflog, er hatte sie mit Flügeln noch nie gesehen, ihm war es, als sähe er das Fräulein Arapi erstmals nackt. So wich er, verwirrt, auch nicht den schwarzen Brillengläsern aus, die sich ihm näherten.

Wollen Sie und die Pipos überhaupt nicht arbeiten?

Arapi sagte sanft, wir behandeln gerade das Thema Arbeit, woher die Arbeit als solche historisch kommt, wir nehmen gerade den ersten Pipo durch, der eine Arbeit ausgeführt hat. Natürlich tat er das noch unbewußt. Wir wollen aber den bewußten Pipo, der weiß, warum und auch für wen er beispielsweise einen Teppich reinigt.

Warum? fragte Radarro wütend. Weil dieser Teppich von Staub bedeckt ist. Für wen? Für mich, so wie Sie mich hier sehen.

Soweit sind wir auch schon gekommen, das genügt nicht. Der Pipo weiß zwar, warum und für wen er reinigt. Aber er sollte fragen, warum für Herrn Radarro, warum nicht für mich?

Bekanntlich hat kein Pipo einen Teppich.

Er könnte aber einen haben.

Wozu?

Es muß nicht gerade ein Teppich sein, ich meine nur, wir müßten den Pipos die Möglichkeit der Selbstverwirklichung verschaffen. Was sind sie jetzt? Ein Nichts.

Die schwarze Brille kam unerbittlich auf Radarro zu, er sah sich in ihr als ein Ungeheuer, das an die Brillenglasränder stieß. Es hatte ein gierig aufgerissenes Maul und an den Händen Klauen, sein Bauch war prall, und eine Uhrkette aus Gold hing darüber. Radarro befühlte unwillkürlich seinen Bauch, der war nicht prall, an dem hing keine Kette. Auch seine Fingernägel befühlte er, sie waren peinlich kurz gefeilt. Im Brillenspiegel sah er einen schwarzen, halbkugeligen Hut mit Krempe auf seinem Kopf, obwohl er wirklich nur Glatze trug. Die Brille zeigte ihm das Bild des sogenannten Ausbeuters, das er als kleiner Junge in der Schule durchgenommen hatte, er hatte mit dem Stab die grausigen Details jener archaischen Erscheinung zeigen dürfen. Dies Ungeheuer soll ich sein? Er sagte rasch, ich bin für Selbstverwirklichung, ich werde Lohn zahlen, wenn ihr es wünscht, ich möchte aber bitten, daß ihr dann auch mein Haus in Ordnung haltet.

Sie sehen ein, Radarro, daß wir den Dingen zunächst theoretisch auf den Grund gehen müssen. Würde Ihnen ein sauberer Teppich denn noch Freude machen, wenn Sie sich sagen müßten, er ist gedankenlos und ohne tieferen Sinn von unwissenden Pipos gesäubert worden?

Macht euch Gedanken, meinetwegen, tut aber auch mal was.

Das werden wir, das wird schon alles seinen Gang gehen.

Tatsächlich schien am anderen Tag der Reinigungsautomat zu arbeiten, auch schien die Staubschicht auf dem Teppich dünner, der feine Duft nach alter Wäsche sich zu verflüchtigen, doch bald fiel alles in den alten Zustand.

Radarro wollte mit seiner Frau darüber reden, er fand sie nicht in ihrem Zimmer. Das Haus schien leer von jedem Lebewesen, das Dach aber war dunkel von Pipos, die Zirkel hielten. Radarro meinte, es säßen oben zwei Arapis. Als er genau hinsah, erkannte er neben Arapi seine Frau. Er meinte, die Pipos hätten sie verschleppt, mutmaßte Geiselnahme, schrie, Arapi solle seine Frau freilassen.

Die Frau winkte ihm zu. Alles in Ordnung, Adam.

Komm runter, schrie er.

Arapi war so freundlich, sie herabzufliegen.

Leider hab' ich noch keine Flügel, sagte Frau Radarro.

Du wirst auch keine kriegen, sagte er.

Wir sollten auf den Grund der Dinge gehen, möglicherweise wachsen uns noch welche, es ist hochinteressant. Arapi sagte, mir könnten immerhin noch geistige Flügel wachsen.

Dir nicht mehr, mit sechzig Jahren.

Warum nicht, man muß nur nachdenken, sagt Arapi, und diskutieren.

Merkst du nicht, wie das Haus stinkt, fragte Radarro.

Bleib doch nicht immer in sekundären Fragen stecken. Auf diese Weise wachsen dir keine Flügel.

Sie zog aus ihrem Zipfelrock, der sehr dem ersten Rock Arapis ähnelte, ein Brillenungetüm mit schwarzen Gläsern.

Radarro starrte sie erschrocken an, er sah sich in dem Glas als Wurm, der sich, auf dem Bauch kriechend, von Teppichstaub ernährt. Ja, sicher, es sind vielleicht wirklich sekundäre Fragen.

Seine Frau lächelte breitmündig, mit grünlackierten Lippen. Arapi trug sie auf das Dach, wo sie sich vorsichtig niedersetzte, als wäre sie von einem warmen Ei davongeflogen.

Radarro beschloß, sich einer seiner Kommissionen, an deren Spitze er noch immer stand, zu widmen, primären Fragen also, wie er sich sagte. Er suchte sich die nächstgelegene von denen, die gerade tagen sollten, und ging zu Fuß hin.

Der Marmorsaal war leer, im Dach stand eine Klappe offen.

Radarro stieg die angelehnte Leiter hoch, die Kommission saß brütend auf dem Dach, und ihre Rücken wölbten sich, als ob sie Flügel unter ihren Jacken hätten. Radarro klopfte einem Mitglied auf den Rücken. Schaumpolster, fühlte er, auf allen Rücken fühlte er die Polster. Das finde ich besonders widerlich, nicht biologisch fliegen können und anstelle von Flügeln Polster tragen.

Es ist die neue Linie, sagte das Mitglied mit dem dicksten Polster.

Und was besprecht ihr hier?

Wir denken zunächst nach; es war ein Fehler, immer gleich zu handeln, so unweise Methoden lehnen wir jetzt ab.

Setzen Sie sich zu uns, Radarro, Sie können noch viel lernen.

Ich danke bestens, wollte Radarro sagen, doch stieg er lieber schweigend die Leiter runter. Im leeren Saal versuchte er die neue Sitzhaltung der Kommission. Mir fehlt das Polster, dachte er.

Auf seinem Rückweg erblickte er auf vielen Dächern Versammlungen. Nicht immer konnte er genau erkennen, welcher Teilnehmer orthogener und welcher menschlicher Natur war.

In den Schaufenstern der großen Modehäuser sah er im Rücken rundgeschnittene Jacken, Mäntel, Kleider, rückwärts gewölbt durch Polster. In den Parfümeriegeschäften lag gelbliches Makeup und eine Gesichtslotion, die Falten à la Pipo erzeugen sollte. Und vor der Universität sah er Studentinnen mit runzligen Gesichtern, buckligen Rücken. Er wollte beim Rektor dagegen protestieren. Er traf ihn inmitten einer brütenden, buckligen Versammlung.

Wer keine Flügel hat, der sollte keine vorspiegeln. Radarro riß unbeherrscht dem Rektor die Jacke ab und auch das Hemd, er hatte plötzlich Federn in der Hand, der Rektor besaß Flügel.

Sind Sie ein Orthogener? fragte verwirrt Radarro.

Leider nicht ganz, sagte der Rektor, die Flügel, symbolisch, sind mit Saugnäpfen an meiner Rückenhaut befestigt; es wird aber etwas entwickelt, es wird, verlassen Sie sich darauf.

Ich finde das höchst unwürdig, sagte Radarro.

Er kam sich auf der Straße wie ausgestoßen vor, der einzige, der keine Jacke mit Rückenpolster, geschweige Flügel trug.

Ein junges Mädchen, elegant verrunzelt, rauschte mit zipfeligem Rock an ihm vorbei und sah ihn kurz durch eine schwarze Brille an.

Radarro erblickte sich im Glas als tatterigen Greis, der die gesellschaftliche Entwicklung nicht versteht.

Als er müde nach Hause kam, sonnte sich auf der Gartenmauer Arapi. Sie wirkte auf ihn weniger orthogen, viel eher menschlich.

Ach, sagte er, Arapi, wenn ich Flügel hätte, dann würde ich dich bitten, mit mir wegzufliegen.

In ihrer Brille sah er sich als Krüppel, an seinem Rücken hingen Krücken.

Du hast ein Flugzeug, soviel ich weiß.

Ich möchte richtige Flügel.

Sie würden dir nicht stehen, Radarro, die Bilder von den Engeln finde ich pervers. Es war schon etwas dämmrig. Arapi sagte, ich bin ganz gern in deinem Haus, Radarro.

Zieh deine Jacke und vielleicht auch dein Hemd aus, ich möchte deine Flügel sehen.

Der leichte Wind, den ihre Flügel machten, kam ihm wie Streicheln vor. Trag mich ein bißchen.

Sie flog ihn mehrmals um das Haus, stieg hoch und segelte dann schräg nach unten.

Danke, Arapi.

Im Bett erwog Radarro Möglichkeiten, sich Flügel, die ihn wirklich trügen, zu schaffen. Wir haben Kunstglieder, die feinste Operationen auszuführen imstande sind, elektronische Hände, Füße, sogar Geschlechtswerkzeuge, die allen Ansprüchen genügen, ich will mich operieren lassen.

Aber er sagte sich, daß es dann Massenerscheinung werden würde wie Rückenpolster, gelbe Runzelhäute, Flügel mit Saugnäpfen.

Er konnte die Sehnsucht nach orthogenen Funktionen nicht mehr unterdrücken. Und wenn ich nur ein ganz gewöhnlicher Pipo wäre.

Am Morgen rief er bei den verschiedenen Kommissionen vergeblich an. Nichts läuft mehr.

Bei seinem Ausflug in die Stadt war er durch Staub gewatet. Ihm schien auch, es standen schon Leute nach rundgeschnittenen Jakken und nach Polsterstücken Schlange.

Auf seinem Teppich lag die Saugmaschine, zerbrochen, im Flur häuften sich schmutzige menschliche und orthogene Schuhe.

Da tat Radarro etwas, von dem er glaubte, daß es noch keine Massenerscheinung sei. Er griff nach einer Bürste und putzte alle Schuhe, die er fand.

Danach bemühte er sich um den zerbrochenen Sauger.

Arapi, rief er, ich werde hier jede Arbeit machen, wenn du mich jeden Abend und jeden Morgen dafür ein Stündchen durch die Luft fliegst.

Arapi lächelte mit ihrem grünen Mund.

Radarro hatte noch einen klaren Augenblick. Wir hätten niemals August Pipogenus in Auftrag geben dürfen.

Er sah sich in Arapis Brille als primitiven Pipo in blauer Arbeitskleidung.

Am frühen Morgen wartete er im Garten auf Arapi. Er rief sie. Das Dach war leer. Sie schien im Vestibül zu hocken, doch als er näher hinsah, war es seine Frau.

Wo sind die Pipos, wo ist Arapi?

Ich glaube, sie sind fortgeflogen.

Auf seinem Schreibtisch lag ein Brief.

Arapi schrieb, wir haben uns gelangweilt, das geistige Gefälle war zu groß.

Das ist doch eine Unverschämtheit, sagte Radarro.

Er rief Planus Irreversiblus an.

Ja, sagte Irreversiblus, sie haben uns verlassen. Auch mein Sohn August, leider.

Er sah zwar mitgenommen, doch ungebrochen aus, als er bei Herrn Radarro eintrat. Wir könnten sie einfangen.

Nur das nicht. Radarro überlegte eine Weile. Wir sind jetzt also wieder auf dem alten Stand. Der Teppich, in dem Ihr Fuß versinkt, besteht zum größten Teil aus Staub.

Ich habe zwar versucht, Schuhe zu reinigen, doch dürfte dies nicht meine Hauptaufgabe sein. Die Pipogeni waren eine Fehlentwicklung. Das müssen wir zugeben.

Allein im Weltraum

Es gab eigentlich keinen Menschen mehr, der eine trionische Gleichung, ganz gleich, welchen Grades, im Kopf ausrechnete, auch damals schon nicht mehr, als Professor Grimbacher es im Mathematikunterricht von Sirius verlangte und Sirius ihn deshalb für einen altmodischen Rechenlehrer hielt. Man überließ solche Rechnungen seit langem dem Rechenautomaten.

»Stellen Sie sich vor«, sagte Grimbacher, »Sie wären auf eine einsame Insel verschlagen und hätten keinen Rechenautomaten zur Hand und könnten dann nicht einmal eine trionische Gleichung lösen.«

Sirius erschien dieses Argument mehr als lebensfremd, denn auf einer einsamen Insel, wohin man mutterseelenallein verschlagen wäre, würde man mit dem Adam-Riese-Einmaleins, das man im Kindergarten lernte, vollkommen ausreichen, eine trionische Gleichung wäre auf einer einsamen Insel gegenstandslos. Und Sirius weigerte sich, als moderner Mensch, wie er sagte, die trionische Gleichung im Kopf zu lösen, wofür er einen Verweis erhielt, aus dem er sich aber nichts machte. An die Affäre mit dem guten alten Grimbacher, der seit fünf Jahren tot war, mußte Sirius denken, als Andromeda, dieses verrückte Mädchen, ihm von seinem Kollegen Orion ausgespannt werden sollte. Es war in diesen Zeiten schon lange nicht mehr üblich, einen Mann deshalb anzurempeln und zu sagen: »Du, das ist meine«, und Sirius sagte deshalb nur: »Ich weiß nicht, ob es Andromeda recht ist, wenn du mit ihr tanzt.« Er hatte Orion, als er, Sirius, Andromeda bei sich hatte, im Café »Ekliptik« getroffen. Andromeda sah an diesem Abend wüst aus mit lila Glanzhaar und mit ihren hochhackigen, elektronisch betriebenen Rollschuhen, die zur Steuerung den neuen Zavattini-Leuchtsporn trugen, und Andromeda lächelte und ging mit Orion zum Tanz, dem gerade aufgekommenen Abdomente, dieser Art Bauchtanz, bei dem die Paare voreinander stehenbleiben und nur ihre Bäuche hin- und herbewegen.

Als wohlerzogener Mensch schluckte Sirius rasch eine Besänftigungstablette, und als das Paar vom Tanz zurückkam (Andromeda habe tatsächlich einen hübschen Bauchnabel, bemerkte Orion), sagte er sehr freundlich: »Wir müßten Wege finden, um zu entscheiden, mit wem Andromeda heute den Abend verbringt.«

Er erinnerte sich, in einem historischen Roman gelesen zu haben, wie man sich früher um die Mädchen schlug, in sogenannten Bumslokalen, die es heute nicht mehr gab, und wo dann ein sogenanntes Überfallkommando gekommen war, das Ordnung stiftete, man nannte das damals wohl Polizei oder so ähnlich.

Andromeda sagte:

»Ich stelle euch eine mathematische Aufgabe, wer sie im Kopf lösen kann, mit dem gehe ich.«

»Bitte«, sagten Sirius und Orion gleichzeitig, aber Sirius geriet in Verzweiflung, als er feststellte, daß es sich um eine trionische Gleichung handelte, die Orion im Kopf zu lösen vermochte, er aber nicht, und weil Sirius es nicht mit ansehen konnte, wie Andromeda vor Orion beim Abdomente ihren Bauchnabel bewegte, bezahlte er die Rechnung, schluckte, um eventuell aufsteigende Wutgefühle zu bekämpfen, eine Abregungstablette und verließ dann das Café.

Orion aber brachte Andromeda ins Bett und blieb gleich die ganze Nacht bei ihr, denn, so argumentierte er, es lohne sich nicht mehr für ihn, nach Hause zu fahren, weil er schon morgens um 5.34 Uhr die Post zur Weltraumstation XY 4 bringen müsse, zusammen mit Sirius, seinem Kollegen.

Das Unternehmen bestand darin, daß Orion und Sirius auf dem Kurs a-C 3482 der Postrakete begegneten, die von CV 5 kommend nach AG 7 flog, Post abwarfen und in Empfang nahmen, und daß Orion zu diesem Zweck das Raumschiff verlassen mußte. Er hatte das schon achtundsiebzigmal gemacht, aber immer noch war er bei diesem Manöver etwas erregt. Er hatte schon mit Krösus, einem erfahrenen Raumpiloten, darüber gesprochen, aber der hatte ihm versichert, er selbst, der doch ein Rendezvousunternehmen schon mehr als tausendmal bewerkstelligt habe, spüre noch jedesmal diese Art Erregung, was aber wissenschaftlich begründet sei, denn Psychologen sprächen davon, das Erlebnis *allein im Weltraum* zu schweben, wenn auch nur für kurze Zeit, sei ein zu elementares Grunderlebnis, zu stark, um zum Routineerlebnis werden zu können.

Bevor Orion heute mit Sirius startete, bot er ihm eine Tablette an, die die freundschaftlichen Gefühle für ihn, Orion, stärken sollte, denn sicher, so sagte er sich, gehe es Sirius nahe, daß er Andromeda verloren hatte.

Sirius lehnte die Tablette ab, er erklärte, man lebe nicht mehr in einem Zeitalter, in dem Eifersucht üblich sei, wie zum Beispiel in jenem verstaubten 20. Jahrhundert, in dem es noch Menschen gab, die von Gefühlen beherrscht wurden.

Sie bestiegen beide gutgelaunt die Kapsel, nicht ohne sich vergewissert zu haben, ob ihr Vitamin-C-Spiegel auch genügend hoch sei. Aber nach dem Start konnte es auch durch äußerste Willensanspannung nicht verhindert werden, daß sie beide gleichzeitig an Andromeda dachten, und so kamen sie auch gleichzeitig auf Rollschuhe mit Zavattini-Leuchtsporn-Steuerung zu sprechen, und sie fanden, daß diese neue Mode dem dahinrollenden Frauenbein etwas Graziöses gebe.

Dann jedoch mußte sich Orion zum Rendezvous mit der Postrakete fertig machen, er griff den Postsack und verließ das Schiff, wobei er sich mit der Raumpistole auf die etwa tausend Meter höher befindliche Kreuzungsbahn der Postrakete zu bewegte, der Postaustausch klappte wie immer, und Orion wollte sich schon zu seiner Kapsel zurückbegeben, als er entdecken mußte, daß die Sicherungsschnur lose war und er mit einem Mal allein, mutterseelenallein, im Weltraum schwebte. In der Ferne sah er einen Punkt, das war die entschwindende Kapsel mit Sirius an Bord.

Orion überlegte blitzschnell und beschloß, in der Höhe des Kreuzungspunktes zu bleiben und am besten nichts zu tun als auf dem alten Kurse weiterzuschweben, man würde ihn dann schon finden.

Aber wann würde Sirius den Verlust bemerken, und wie lange könnte es dauern, bis ein Rettungsschiff auftauchen würde? Orion hatte zufällig die Position des Kreuzungspunktes im Kopf, und er rechnete aus (dazu brauchte er eine trionische Gleichung), die Rettungskapsel könnte, wenn Sirius im gegenwärtigen Augenblick den Verlust Orions bemerken würde, in 16 h, 43 min., 14 sec erscheinen. So beruhigte sich Orion und schwebte weiter im Weltraum, weil ihm auch nichts anderes übrigblieb.

Aber als er die Erde betrachtete, die wie ein Fußball tief unter ihm lag, und den Mond, dessen Gebirge gelb glänzten, kamen ihm trübe Gedanken. Zuerst hielt er sie für typische Gedanken eines Menschen des 20. Jahrhunderts und deshalb für nicht mehr gültig. Er hatte nämlich gedacht, Sirius könnte die Leine mit Absicht gelöst haben, damit Orion nicht mehr auf die Erde zurückkäme, Sirius könnte das aus Rache getan haben, weil Orion die trionische Gleichung der Andromeda gelöst hatte.

Orion erinnerte sich einer Vorlesung des Professors Segment, der anhand verschiedener Vorfälle demonstriert hatte, daß die Rache, eine archaische Erscheinung aus dem 20. Jahrhundert, auch mitunter noch im 21. Jahrhundert vorkommen könne, und daß zum Beispiel Zähneknirschen oder der Ausruf: »Das ist ja!« Rudimente des Rachegefühls sein könnten. Es gebe auch heute noch Ausbrüche von Rachegefühl, zwar selten, aber es gebe sie.

Orion war sich nicht sicher, ob Sirius nicht auch an solchen Gefühlen litt oder doch von solch einem Gefühl ganz plötzlich überfallen worden war. Dann müßte er sich natürlich in einer Heilanstalt das Rachegefühl psychiatrisch behandeln lassen. Aber das war jetzt nicht Orions Sorge. Würde man in einem solchen Fall jemals entdecken können, daß Orions Verbleib im Weltraum nicht nur ein bedauerlicher Unfall gewesen war?

Aber Professor Segment hatte ausdrücklich betont, es seien an sich ausgestorbene Gefühle, man solle sie nicht ernst nehmen, es handele sich wirklich um ganz seltene Ausnahmen.

Orion wurde etwas müde, er geriet ins Träumen, und er träumte von der Elektronenrechnerin Andromeda, die so wunderbar Abdomente tanzte und deren Bauchnabel sehr gut aussah. Andromeda verstand es aber nicht, ihn richtig zur Schau zu stellen.

Dann begann Orion jämmerlich zu frieren. Er sah genauer ins All, durch das er lautlos glitt. Die Erde drehte sich lautlos. Es geschah nichts, nur ein Meteoritenschwarm zog unter ihm vorbei. Die unendliche Einsamkeit nahm Orion fast den Atem. Er verstand jetzt, mutterseelenallein im All schwebend, was die Psychologie mit dem elementaren Erlebnis des Im-All-Seins meinte.

Wenn ich jetzt nicht im All zugrundegehen muß, sagte er sich, wenn Sirius nicht aus Eifersucht die Verbindungsleine durchgeschnitten hat, dann wäre das eins meiner größten Erlebnisse. Es würde ausreichen, um Schriftsteller werden zu können, denn das sagte neulich im Fernsehen ein Literaturkritiker, eine Literatur des 21. Jahrhunderts sei ohne das elementare Erlebnis nicht mehr möglich, ganz gleich, wo der Autor dieses Erlebnis herbeziehe, es müsse vorhanden sein, und am besten beziehe man es aus dem Weltall.

Es war noch sehr viel Zeit, bis eine Rettungsrakete eintreffen konnte. Allmählich gewöhnte sich Orion an das All, fast fühlte er sich gemütlich. Sauerstoffvorrat und die Beheizung des Raumanzuges würden ausreichen.

Orion überrechnete noch einmal die trionische Gleichung und erschrak. Das Bergungsschiff müßte, falls Sirius es rechtzeitig benachrichtigt hätte, schon in etwa vierzig Minuten auftauchen, es flog ja mit einer ganz anderen Anfangsgeschwindigkeit als Sirius' Kapsel. Es flog ja viel schneller, und Orion war sehr erregt, denn er würde nun bald wissen, ob er im All einsam zugrunde gehen müßte, und dann bemerkte er elektrische Funken an seinem Raumanzug. Er wußte jetzt, er war angepeilt worden, sie hatten ihn im Griff.

Erleichtert dachte er, der Professor hatte recht, als er von Rachedurstigen als von ganz seltenen Ausnahmen sprach, abnorm kranken Menschen. Sirius hatte die Schnur doch nicht durchgeschnitten, er unterlag nicht diesen Gefühlen. Aber vielleicht unterlag ich, vorübergehend natürlich nur, den sogenannten Verdächtigungen? Vielleicht sollte ich sofort nach der Landung den Psychiater aufsuchen? Denn solche Erscheinungen, rechtzeitig erkannt, sind leicht auszukurieren bei dem Stand, auf dem wir uns heute befinden.

Der Wunschsohn

1

Besonders fürchte sie ihn nachts, erzählte sie ihren Freundinnen, obwohl ihr Mann ihr streng verboten hatte, über Robert zu sprechen. Wir machen uns lächerlich und fordern den Spott der ganzen Stadt heraus, und sage ja nicht, daß wir für ihn 150 000 Mark bezahlt haben, dann würde es nämlich heißen, das haben die nun davon, daß sie nicht wie normale Bürger einen normalen Jungen haben wollten, nein, Brallkes wollten ein Genie, es mußte unbedingt ein Genie sein. Daß du mir nicht darüber redest. Kein Wörtchen über Robert!

Doch wenn die anderen Frauen über ihre Kinder sprachen, konnte Ilse nicht an sich halten. Allein die Tatsache, daß sie ein ungewöhnliches Kind besaßen, mit Eigenschaften, an die die anderen gar nicht herankamen, löste ihre Zunge.

Nachts, sagte sie, nach Mitternacht verlasse er sein Bett und wandere leise im Haus herum, aber *wie* er gehe, das jage ihr ein Grauen ein: als schleife jemand mit langen, ziehenden Strichen über die Teppiche, als sei ein fremdes Wesen, eine Erscheinung nicht von dieser Welt in ihrer Wohnung zu Besuch. Dieses Ziehen. Dieses Schleifen. Dieses Gegen-den-Strich-Bürsten. Es halte etwa eine halbe Stunde an, dann werde es in den Räumen still. Sie könne aber in Erwartung dessen, was nun folge, nicht einschlafen. Es folge immer etwas.

Manchmal das Quietschen einer Türangel, aber unentwegt, und als sie einmal aufgestanden war, habe sie Robert mit der Tür in der Hand gesehen, die er hin und her bewegte, und dabei habe er rhythmisch mit dem Kopf genickt, er habe einen nach hinten ausgebuchteten Schädel, so habe er selbstvergessen genickt und dabei die quietschende Tür bewegt. Als sie ihn ansprach, habe er aufgeschrien, er habe die Tür aus der Hand gelassen und sei mit kleinen Schritten hastig atmend in sein Zimmer gerannt. Er habe die Tür zugeworfen, das ganze Haus habe gedröhnt, und ihr Mann Eberhard sei aufgewacht. Sie habe dann vorsichtig in Roberts Zimmer geschaut, er habe sich ins Bett gewühlt, sie sei näher herangetreten, und er habe in den Kissen hin und her gezuckt und geheult. Sie habe ihn streicheln wollen, da habe er geschrien, geh weg, du

Hexe, und hatte dabei aufgerissene Augen.

Daß einer Mutter dabei unheimlich werden konnte, verstanden die Freundinnen. Sie sagte, sie hätte ihm versprechen müssen, ihn auf seinen nächtlichen Ausflügen nicht mehr zu stören, aber sie wache jedesmal auf, wenn sie die schleifenden, ziehenden Schritte höre und kurz danach die ersten Geräusche kamen: einmal waren es gezupfte Drähte, die ihr Mann, der vortags etwas repariert hatte, liegengelassen und die nun Robert in der Küche aufgespannt hatte. Die ganze Nacht habe er an ihnen gezupft, sie habe schon geglaubt, nun wären wirklich erdfremde Wesen in die Wohnung eingestiegen. Die Aufspannungen habe er natürlich nachher nicht abgeräumt, er räumte niemals etwas weg, so sei sie morgens in der Küche über die Drähte gestolpert.

Jede Nacht diese Geräusche.

Und erst die Weihnachtsfeier.

Er konnte so schön die alten Weihnachtslieder am Klavier spielen und singen, aber während der Feier sang und spielte er sie aus Bosheit ganz verzerrt, sie klangen wie Hundegeheul. Als ihre Eltern und die Schwiegereltern endlich die Lieder singen wollten, konnten sie sie nicht mehr, die falschen Töne steckten ihnen bereits so im Gedächtnis, daß sie nicht einmal Stille Nacht, heilige Nacht richtig herausbringen konnten, ihnen klang Roberts Weihnachtsliedgeschrei immer noch in den Ohren, und sie wollte beobachtet haben, wie er teuflisch grinsend in der Ecke saß und sagte, jetzt können sie sie nicht mehr.

2

Ihr Mann Eberhard indessen war darauf erpicht, die 150 000 Mark wiederzubekommen, die er für die genetische Manipulation des Robert vor seiner Geburt dem Studio METAMORPHOSIS gezahlt hatte.

Als Robert in Musik ein Ungenügend nach Hause brachte, glaubte er einen hinreichenden Grund dafür zu haben, das Geld zurückverlangen zu können.

Genbearbeiter Mutasius lachte ihn aus. Das Ungenügend könnte vor Gericht eher als Gegenbeweis angesehen werden, ein in den herkömmlichen Normen erzogener und erziehender Musiklehrer sei bestimmt nicht imstande zu beurteilen, ob sein Schüler ein Genie sei oder nicht. Lesen Sie in Immanuel Kants Kritik der Urteilskraft! Genie gibt, heißt es dort, der Natur die Regel und steht im Gegensatz zu jeglicher Nachahmung. Daß er nachts, wenn alles still ist, die Wohnung nach neuen Geräuschen, nach Tönen absucht, und das Nacht für Nacht, deutet auf frühe Genialität hin, da versucht er nämlich, der Natur die Regel zu geben. Und Besessenheit ist dabei im Spiel.

Sie haben ihn auf das absolute Gehör prüfen lassen, und er hat jeden, aber auch jeden Ton falsch angegeben?

Ein wirklich falsch Hörender rät unter zehn Tönen mindestens ein bis zwei richtig, aus reinem Zufall, und wenn Ihrem Sohn mehrere Dutzend Töne zur Bestimmung angeschlagen wurden und er nicht *einen* richtig nannte, beweist das nur, daß er keinen richtig nennen *wollte*. Er wollte die Prüfer vielleicht ärgern. Wir haben unsererseits Methoden, mit denen wir ihm eine Falle stellen können, und wenn er dann ungewollt den richtigen Ton trifft, haben wir bewiesen, daß er ein Genie ist, also Ihren Wünschen entsprechend vorgeburtlich aufbereitet wurde.

Ich kann mich besinnen, sagte Mutasius, wie Sie wegen Ihres Wunschsohnes zu mir kamen und ich Ihnen zu einem leicht schwachsinnigen Kind geraten habe, das mache am meisten Freude, weil seine Hilflosigkeit jedes Elternherz erfreut und seine dann mühselig erworbenen Fortschritte um so mehr elterliche Befriedigung auslösen, weil dann der Trieb, aus seinem Kind etwas zu machen, schönste Erfüllung findet. Sie schlugen meine Empfehlung in den Wind. Ich habe Sie vor einem Genie gewarnt, weil es niemals den Vorstellungen seiner Erzeuger entsprechen kann. Es liegt in der Natur des Genialen, keinen Vorstellungen entsprechen zu können! Sie ließen sich nicht beraten, es mußte ein Genie sein, wie es manchmal ein ganz bestimmtes Haustier sein muß, das ausgesetzt wird, wenn es nicht mehr gefällt. Strengen Sie einen Prozeß an, Sie werden mit Ihrer Klage nicht durchkommen. Nicht mit den kümmerlichen Beweismitteln, über die Sie im Augenblick verfügen.

3

Bis Eberhard Brallke dann einen Artikel in einer bedeutenden und als seriös bekannten Tageszeitung über die Praktiken bei der Genmanipulation zu lesen bekam. Es werde da unglaublich gepfuscht. So würden bei der vorgeburtlichen Aufbereitung von Genies nicht die eigentlich genialischen Faktoren berücksichtigt, sondern die äußerlichen überbetont, die sich in der Mißachtung jeder Regel, jeglicher menschlicher Übereinkunft kundtun. Ja, es werde geradezu davon ausgegangen, daß ein Genie menschliche Gesetze zu mißachten habe, daß es eher äußerlich Schockierendes zustande bringe als wirklich Genialisches. Dies sei für die Manipulatoren leichter, als sich um das wirklich wertvolle Innere zu kümmern. Die Geschichte der Genies beweise, daß es sich in der Regel bei ihnen um bescheidene, fleißige, lernbegierige Menschen handelt, die sich äußerlich in nichts von den anderen sogenannten normalen Menschen unterscheiden. Vorsicht also beim In-Auftrag-Geben von sogenannten Genies. Hier sei ein weites Feld für Betrug, der nicht immer als solcher auszumachen sei.

Dieser Artikel erschien gerade zu der Zeit, als Robert den Eltern erklärte, er habe den Musikunterricht bei Professor Schwallhofer geschmissen, weil der nichts von Musik verstünde, der sei ein pedantischer Musikautomat.

Drei Alimentsklagen hatten sie inzwischen auch auf dem Hals: für Luise Griebnitz, Yvonne Schönlich und Klara Blumert.

Herr Blumert, der nach einem heftigen Wortwechsel bei Herrn Brallke die Tür ins Schloß geworfen hatte, Klara wollte nicht abtreiben lassen, empfahl Herrn Brallke, den Unhold Robert kastrieren zu lassen. Jeden Köter, der hemmungslos zeugt, behandle man so.

Brallke jedoch versuchte in einer Klage zu behaupten, mit der hemmungslosen Paarungssucht sei in Robert eine Eigenschaft hineinmanipuliert worden, die die Eltern nicht verlangt hätten. Da seien Brallkes als Kunden übers Ohr gehauen worden. Aber Mutasius konnte auch diesem Vorwurf entgegnen, er habe sowohl im Stammbaum der Mutter Ilse Brallke geborene Schadfließ als auch in Vater Eberhard Brallkes forschen lassen. Dabei seien mehr als häufig Fälle von ungehemmter Paarungssucht aufgefunden worden. So habe die Großmutter der Ilse siebenundzwanzig Kindern das Leben geschenkt, und Eberhards Urgroßvater habe neben sieben unehelichen Kindern sechs eheliche sein eigen genannt. Sie hätten uns das eher und rechtzeitig mitteilen sollen, sagte Mutasius mit hinterhältigem Grinsen, dann hätten wir diese Erbanlage hinwegarbeiten können.

4

Was sie auch in Angriff nahmen, um die 150 000 Mark zurückzubekommen, es schlug ihnen fehl. Die Beratungsstelle für Genbeeinflussungsgeschädigte, die sie aufsuchten, konnte ihnen keinen praktischen Rat geben. Der sie beratende Psychologe betonte, daß es sich um äußerst schwierige Fälle handele, besonders, weil einheitliche Richtlinien, wer als Genie zu gelten habe, fehlten. Sie müßten erst erarbeitet werden. Wenn Brallkes durch eine Spende dazu beitrügen, daß eine Kommission sich mit der Erarbeitung solcher Richtlinien befassen kann, wäre man sehr dankbar. Sie legten hundert Mark auf den Tisch und verabschiedeten sich in dem Bewußtsein, sich wieder an eine Stelle gewandt zu haben, die ihnen Geld abverlangte.

Je mehr wir unternehmen, desto schlimmer wird es, sagten sie sich.

Sie fühlten, daß sie zum Gespött der Leute geworden waren. So schlossen sie sich immer mehr ab, ließen Robert freie Hand, und obwohl er nun schon achtzehn Jahre alt war, eigentlich volljährig, ließen sie ihn in ihrer Villa gewähren. Nach wie vor schlich er nachts durch das Haus, nach wie vor erzeugte er dann unheimliche Töne. Sie atmeten ein wenig auf, als er ihnen eines Tages Karten für die Uraufführung seines I. Klavierkonzerts vorlegte, die in der ehemals königlichen Akademie stattfinden sollte. Pünktlich stellten sie sich ein, nahmen schüchtern auf den Logensesseln Platz, starrten auf das Orchester, dem scheußliche Masken umgebunden waren, und nahmen von Tönen nichts wahr.

Die Mutter gab später an, sich an Töne erinnert zu haben, wie er sie nächtlich im Haus zu erzeugen pflegte.

Mit einem Blitz und nachfolgendem Gewitterknall endete das Konzert. Sie konnten nachher nicht mehr sagen, ob die Leute Beifall oder Buh spendeten, sie hatten das Gefühl, taub geworden zu sein.

Bei der Feier standen sie mit dem Sektglas in der Hand und lächelten jedem stumm zu, der sie begrüßte und etwas zu ihnen sagte, sie hörten nicht, was.

Zu Hause wartete Frau Ilse auf die nächtlichen Geräusche, wobei sie vergaß, daß Robert noch feierte und gar nicht da war. Gegen vier Uhr morgens hörte sie ein Auto vorfahren, dann Gekicher und schließlich Türklappern und immer wieder Gekicher, das in Stöhnen überging.

Die Gespenster sind wieder da, sie flüsterte und hatte Scheu, das Bett zu verlassen, obwohl sie dringend zur Toilette mußte. Erst nachdem es hell geworden war, verstummten die Laute. Da schlich sie sich aus dem Bett, und als eine Lerche zu singen anfing, erinnerte sie sich daran, wie schön dieses Haus gewesen war, als Robert noch nicht existierte. Aber solche Gedanken, dachte sie entsetzt, kämen ja dem Wunsche gleich, daß er nicht mehr leben solle.

5

Sie konnten nicht behaupten, daß Robert undankbar war. Bei der Uraufführung seiner Oper schleppte er sie fast gewaltsam vom Parkett auf die Bühne, um ihnen den ihm zugedachten Lorbeerkranz zu überreichen, ja, er setzte ihn sogar der sich sträubenden Mutter auf die Frisur, was sie um so mehr verwirrte, als die Geräusche der Oper ihnen Schauer über den Rücken getrieben hatten, es zum anderen Gruppen von hartnäckigen Buh-Rufern gab, die die Bühne mit einem Hagel von verfaultem Obst einzudecken versuchten. Sie beschlossen, nie wieder zu einer Aufführung ihres Sohnes zu erscheinen.

Brallke selbst neigte nach wie vor zur Ansicht, daß dem Studio METAMORPHOSIS ein Fehler unterlaufen sei, unsaubere Arbeit, Pfusch. Er freute sich jedesmal, wenn in einer Publikation ein Verriß der Werke seines Sohnes erschien. Er sammelte die Verrisse in einer Mappe und meinte, wenn sie genügend angeschwollen sei, könnte er den Prozeß um die Rückzahlung der 150 000 Mark wagen.

Als er eines Tages meinte, die Mappe sei ausreichend mit Beweisen über die fehlende Genialität seines Sohnes gefüllt, ging er zu einem Rechtsanwalt, der ihm als Fachmann für Fälle von Vertragsbrüchen empfohlen war. Kaum erblickte er ihn hinter seinem schwarzen Schreibtisch, kam er ihm unheimlich vor. Nicht nur, weil er einen sehr langen Spitzbart trug, nein, er hatte überdies einen Knebelbart, sah wie ein Truppenführer aus der Zeit des Dreißigjährigen Krieges aus und hielt ein Drahtgestell vor seine kleinen Augen, um die gesammelten Materialien zu prüfen, ab und zu kicherte er wie ein Zwerg, aber manchmal lachte er laut heraus.

Man möchte doch mit den Ohren wohltuende Melodien hören ... Sehr schön formuliert, Herr Brallke, das möchte man. Aber was möchten Sie? Ihr Geld zurück. Das habe ich mir gedacht. Im übrigen bin ich ein Anhänger der Musik Ihres Sohnes. In seiner Musik ist etwas, das hat man bisher nie so deutlich bewußt gemacht bekommen: es ist das unmanipulierbar Unheimliche, das einen plötzlich und überraschend anfällt. Unmanipulierbar, sage ich. Er gab Brallke die Mappe wieder, bedauere, ich kann nicht.

Der Zufall wollte es, daß Brallke auf dem Gartenweg zu seiner Haustür dem Sohn begegnete. Robert trug einen schwarzen Hut, dessen überbreite Krempe sein Gesicht beschattete, sein schwarzer Mantel schleifte fast den Boden, vor der Brust hielt er einen schwarzlackierten Aktenkoffer, in dem der Weg sich spiegelte. Tag, Vater, rief der Sohn. Ein schwaches Echo kam von der Hauswand wieder. Die Schritte Roberts zogen reibend und zischend über den Weg. Als er die Gartentür ins Schloß warf, zuckte Brallke zusammen.

Dann sah er, wie mehrere Ratten mit schleifenden Füßen und trotzdem flink das Haus verließen, er konnte sich nicht erklären warum. Robert hatte wieder einmal den Plattenspieler nicht abgestellt, dort lief seine Musik, deren Töne für die Ohren von Ratten qualvoll waren, was jedoch niemand wußte.

Brallke selbst zögerte, den Plattenspieler abzustellen.

Durfte er das überhaupt?

Mein Boy

Als ich das mir empfohlene Fachgeschäft betrat, kam mir sofort ein Boy entgegen und biederte sich an, welche Ausführung von seiner Sorte ich freundlichst haben möchte. Ich antwortete kühl, für wissenschaftliche Belange, denn schon sah ich im Hintergrund die dummen, vulgär-nützlichen Strukturen, die ihre Fähigkeiten im Putzen, Waschen, Kochen und derlei anödenden Machereien vorführten, und als ich auf dem Band ins obere Stockwerk fuhr, sprang mir ein funkeläugiger Lackaffe entgegen, benutzen Sie mich, gnädige Frau, Sie werden voll befriedigt sein, und er fing an mich zu befummeln, wobei er mir gleichzeitig seinen Bruder anpries, wie elegant der Teller auf den Tisch setze, total geräuschlos, nie würde er Soße auf den Teppich gießen, beim Essen bringe er Witze zu Gehör, auch scharfe, je nach Wunsch.

Bei allen diesen Boys schien unverkennbar, daß sich Charaktereigenschaften eingeschlichen hatten, die mir die heutigen Vertreter des männlichen Geschlechts so widerwärtig machen: das unbedingte Funktionierenwollen und eine domestikenhafte Unterwürfigkeit, die ich mit Falschheit und Hinterhältigkeit gleichsetzen muß; ich dachte, der untere Laden führt die gängige Ware, doch in der oberen, der wissenschaftlichen Spezialabteilung tönte mich gleichfalls eine Lakeienstimme an: gestatten Sie mir, Sie um eine Aufgabe aus MATHE-PHY-CHEM-BIO zu ersuchen, ich löse sie im gleichen Augenblick, in welchem Sie sie nennen. Ich fragte ärgerlich, warum nicht schon, bevor ich sie genannt habe? Er haspelte, im gleichen Augenaugenaugaugaug ... ein Boy trat hinter ihm hervor, von dem ich annahm, daß er menschlich sei. Ihm konnte ich erklären, welchen Typ ich brauchte. Ich stand vor meiner Expedition in das Gebiet, wo sich einst jenes versunkene GUS, das Große Unbekannte Staatswesen, befunden haben sollte, und dabei konnte ich keinen menschlichen Begleiter brauchen.

Ohnehin wäre nie ein Mann von eignem Charakter freiwillig mit mir losgefahren, ich gelte als rechthaberisch und manchmal soll ich zänkisch sein, aber wie soll ich mich mit einem Menschen (noch dazu männlich) vertragen können, der seine privaten Bedürfnisse sowie Skurrilitäten in eine wissenschaftliche Expedition einfließen läßt und massig Geld dafür verlangt, daß er ein Unternehmen durch Widerrederei zum Scheitern bringt. Verzichtet er auf Geld, verlangt er Ruhm, er will ein Buch schreiben, und plötzlich war es er, nicht ich, der trotz der übermenschlichen Anstrengung nichts finden konnte, und er begründet es damit, daß die Zusammenarbeit schlecht gewesen sei. Ein fader Bravling, der alles widerspruchslos durchführt, nicht reinmeckert und die Versehen meinerseits, die auch vorkommen, als die genialsten Einfälle behudelt, würde noch teurer kommen als ein Eigenkopf, der Geld verlangt. Der Bravling ist der Totengräber jedes Unternehmens.

Ich legte dem Fachmann also dar, daß mein Boy einen Orientierungssinn besitzen, graben und dabei tief ins Erdreich dringen können müsse, er müsse archäologische Fundstücke erkennen, bergen, fotografieren und architektonische Gebilde erfassen sowie messen können, ansonsten solle er die Fähigkeiten eines Expeditionsteilnehmers in wüsten unbewohnten Gegenden aufweisen, er müsse Wasserquellen auf Gifte, Radioaktivität, Keime prüfen und Trinkwasser entgiften können. Fehler, falls sie mir unterliefen, sollte er vornehm korrigieren, mit abgegriffenen Redensarten, Nörgeleien und Witzeleien, auch in Gestalt von technischen Geräuschen, solle er mich verschonen.

Der Fachmann, ich bin mir immer noch nicht sicher, ob er ein gut erzogener Boy oder nur ein gelackter Boyverkäufer war, erklärte, daß er den Wunschboy nicht auf Lager habe, ich könne ihn spezialanfertigen lassen. Ich nannte ihm die Eigenschaften, die ich verlangte. Sie füllen einundfünfzig Seiten meines Tagebuchs, das ich vor und auch während der Expedition geführt habe und mit Erinnerungen und philosophischen Erkenntnissen garniert herausgebe, es soll in diesen Tagen kommen, ich brauche also hier die Eigenschaften meines Boys nicht aufzuzählen, doch möchte ich bemerken, daß das Bestellen der einzelnen Fähigkeiten mehr Zeit in Anspruch nahm als das Erledigen der Bestellung; nach einer halben Stunde stelzte schon ein hundertsiebenundsechzig Zentimeter hoher Kastenboy heran, ein schlichtes Individuum im Robotstil, in alten Bildbänden künstlerisch dargestellt, die heute selbst antiquarisch kaum noch zu beschaffen sind.

Wenn Ihnen dieser Boy zu eckig vorkommt, gnädige Frau, können wir ihn mit einer menschogenen Hülle überziehen, Sie müssen mir nur sagen, welch Äußeres Sie bevorzugen und welche Geschlechtsspezifik die Hülle zeigen soll.

Ich sagte, die ablenkenden Extras, die lassen wir mal sein, er sieht doch nett aus, seine Ecken sind, wie ich sehe, abgerundet.

Hallo, Madame Philyra, die Tonlage der Boystimme war ohrenschonend. Ich bin Ihr Boy und stets zu Diensten.

Nein, stets zu Diensten, das soll er nicht sagen, er soll es sein; daß er mein Boy ist, habe ich inzwischen auch gemerkt, leeres Gerede möchte ich nicht kaufen. Sein Sprachschatz wurde daraufhin gereinigt, er sagte nun, hallo, Madame Philyra, ich bin bereit zur Arbeit. Ich überlegte, ob ich mir das tagtäglich während der vielleicht jahrelangen Expedition anhören könnte. Die Anrede ist auch nicht nötig, ich weiß ja, wer ich bin.

Ich hatte mir gedacht, es würde warmherziger klingen, wenn er Sie direkt anspricht, Sie können übrigens Äußerungen, die Sie nicht mögen, dem Boy noch immer rausnehmen. Sie können ihn auch äußerst klein zusammenklappen, er ist sehr handlich, hier ist das Trageband, da der Zusammenklapper. Kaum sagte es der Fachmann, da hatte ich es schon vergessen, ich habe kein Gedächtnis für technische Details.

Der Boy ließ eine Schreibplatte vor sich herunter, belegt mit Dokumenten, Gebrauchshinweisen, Garantieurkunden und mit der Rechnung, die bedeutend war. Ein Nickelarm, hochglanzverchromt, reichte mir eine lila Schreibe mit dem Symbol der Firma. Möchten Sie bitte unterzeichnen?

Auch diese lange Rede ist an sich überflüssig, sagte ich, doch hatte ich es eilig und unterschrieb, wobei der Boy die Schreibe lokker in seiner Nickelklaue hielt. Nun darf ich Sie nach Haus begleiten, sagte er, und wieder sagte ich, die Rede ist unnötig, frißt Energie.

Die Zellen, die er drin hat, leben beinah ewig.

Mein Boy sprach, nehmen Sie bitte an meiner Rückenseite Platz. Ich sagte, entweder nehme ich Platz oder ich nehme nicht Platz, er kann mich bitten oder nicht bitten.

Gnädige Frau, sagte der Fachmann, stellen Sie sich vor, Sie befinden sich auf einer einsamen Insel, in einer Wüste, wo Ihnen kein Mensch begegnet, wäre es da nicht von Nutzen, auch mal ein freundliches Wort zu hören? Wenn die Gegend schon rauh ist, muß nicht noch Ruppigkeit im Arbeitsklima herrschen.

Etwas Zusammengelegtes aus Draht und Stoff fuhr aus dem Rücken meines Boys und spannte sich zu einer Sitzschale. Wie ein antiker Sklave trug er mich in mein Auto, setzte sich neben mich und belehrte mich, wie ich zu steuern hätte, und weil ich es selbst wußte und ärgerlich das Gegenteil von dem tat, was er sagte, fuhr ich bei einem anderen Auto hintendrauf. Ausgerechnet saß mein ehemaliger Mann, Professor Eugen Hähnel drin, ich wußte, daß nur du es sein konntest, sagte er, ich habe es gefühlt. Die Beule bezahle ich dir, bin ja versichert, murmelte ich. Mein Boy hatte die Summe inzwischen ausgerechnet.

Ich würde gerne mit dir auf Expedition gehen, sagte Hähnel, gestattest du es?

Hier sitzt schon mein Mitarbeiter, er ist uneigennützig, ich kann ihn abschalten, zusammenlegen und raumsparend verstauen.

Wenns so ist, sagte Hähnel, muß ich passen.

In meinen Tagebüchern, die jetzt erscheinen, habe ich sehr ausführlich die Leistungen meines Boys gewürdigt, es ist nicht seine Schuld, daß ich die Expedition mit einem nicht ganz haargenau fixierten Ergebnis auslaufen ließ, im Gegenteil, mein Boy hat ausgegraben, gemessen, erfaßt, fotografiert, was er nur konnte, und alles in seinen Fähigkeiten Liegende nicht nur bearbeitet, sondern oft selber aufgespürt.

Am letzten Abend, als wir in meinem Expeditionshaus, bei dessen Selbstaufrichtung er mitgeholfen hatte, zusammensaßen, fühlte ich sachliche Sympathie für diesen Burschen, ich sagte ihm in vielleicht etwas leutseligem, doch nettem Ton, daß sich das Haus nun wieder abbauen und unser Schiff so gegen vieruhrdreißig kommen und einen Hubschrauber entsenden würde, mit einem Rest von saurem roten Wein trank ich auf die Gesundheit meines Boys. Nach meiner Rückkehr wollte ich ihn sofort verkaufen, ich hatte ihn schon rechnen lassen, was ich für ihn verlangen konnte. Vielleicht war das von mir nicht taktvoll, aber ich klopfte ihm kameradschaftlich die Schulter, dann suchte ich in der Gebrauchsanweisung den Zusammenklapper, der tüchtige Junge hatte die ganze Zeit in Arbeitshaltung zugebracht, daran lag es vielleicht, daß der Zusammenklapper sich nicht sofort bewegte. Auch als ich ihn herunterdrückte und Schieber NN 1 zog und in Punkt 1 einrasten ließ, legte mein Boy sich nicht zusammen.

Ich war in Eile, zu Hause wollte ich meine Tagebücher für den Druck vorbereiten, ich mußte sie rausbringen, solange noch Interesse an meiner großen Expedition bestand; ich gab ihm den Befehl sich selbst zusammenzulegen, so liberal war ich, er tat es aber nicht, blieb auf der Sitzbank hocken, das obere seiner drei Hinteraugen warf einen lila Lichtschein an die Wand, der unruhig zuckte.

Ich sagte freundlich, die Arbeit ist beendet, Boy, wir fahren nach Hause. Er rutschte von der Bank, ließ seine Stirnlampe aufscheinen, fuhr seinen Sucher aus, stellte sich zur Tür.

Wer meine Tagebücher liest, wird hoffentlich erkennen, daß ich mein Vorhaben nach menschlichen Ursachen des Untergangs des mutmaßlichen GUS zu forschen, so gut erfüllt habe, als es nur ging. Mit Hilfe des Spürsinns meines technischen Begleiters, wie ich den Boy dort nenne, ihm kommen hohe Verdienste zu. Einmal muß aber Schluß sein, und als er in die Nacht hinausstelzte, lief ich ihm nach, legte ihm hinterrücks die Hand auf seine Schulter und sagte eindringlich, die Arbeit ist beendet, und als er ungerührt weiter ausschritt, sagte ich, daß er stehenbleiben und graben möge, was er dann, völlig sinnlos, tat. Aber er rannte wenigstens nicht weiter, und ich konnte versuchen, ihm, während er sich seiner Graberei hingab, heimlich die Zellen rauszunehmen; ich lief ins Haus, wo die Gebrauchshinweise lagen, und als ich mit dem dicken Wälzer bei ihm ankam, hatte der Boy bereits ein großes Viereck umgegraben. Ich las mühselig in den Hinweisen, die seine Stirnlampe beleuchtete, und kriegte dann beim besten Willen das Zellenfach nicht auf. Es sollte sich bei SANFTEM TASTDRUCK AUF DEN SENSIBLEN FLECK OO von selber öffnen sowie die Zellen auswerfen, und als es das nicht tat, versuchte ich den Fleck oo ganz unsensibel zu durchstoßen, um dann die Klappe rauszuheben; dabei zerbrach ich zwei Haarspieße und eine Nagelfeile, schwache Werkzeuge, zugegeben, aber die wirksameren trug mein Boy in sich, und ich versuchte dann ihn zu ermuntern, die Stelle selber aufzubrechen.

Ich will nicht sagen, daß er sich nicht bemühte; sein Arm gelangte aber nicht dorthin, er war dafür zu kurz und unbiegsam, ein alter Konstruktionsfehler, denn auch der Mensch hat auf dem Rücken sensible Punkte, die er mit seinen Armen nicht erreichen kann, er müßte schon artistisch vorgebildet sein, was ja nicht zu den Fähigkeiten meines Boys gehörte, da hätte er ein künstlerischer Boy sein und ich beim Zirkus mit ihm arbeiten müssen.

Ich war nun so verzweifelt, daß mir der Einfall kam, meinen geschiedenen Mann, Professor Hähnel, anzufunken, obwohl ich wußte, daß er von der vulgär-technischen Seite der Elektronik nichts verstand, wie etwa dem Entfernen von Energie-Zellen und solchen anödenden Machereien; so würde ihm mein Hilferuf noch nicht einmal Genugtuung bereitet haben, und ich entsann mich meiner Schulfreundin Elida, von der erzählt wurde, sie lebe mit einem Boy zusammen, sie wußte sicher, wie man seine Zellen rausnahm. Ich funkte über Notruf hin, ihre geschwätzige Antwort, die mir der Funkservice auf die Rechnung setzte, kam sofort, ich will nur einen Bruchteil davon zitieren.

Du hättest das viel billiger haben können, liebe Philyra, den primitiven Grund-Boy bezahlt die Krankenkasse wie Kunstglieder, Gebisse, Brillengläser, er läuft da unter seelische Prothesen. Mit meinem Krankenkassenboy lebe ich nun schon fünfzehn Jahre lang harmonisch, ich habe seine Eigenschaften aufgestockt, verfeinert, das hättest du mit einem Krankenkassenboy auch machen können, wenn nicht fürs Seelische, dann eben für die Wissenschaft. Du hättest es der Kasse nicht zu sagen brauchen und vor Kontrollen die aufgestockten Eigenschaften entfernen können. Du würdest staunen, was in dem Krankenkassenjungen für Möglichkeiten stecken. Einen Menschenmann noch auszubauen oder zu verfeinern gelingt nur selten und mit hohem Nervenaufwand, einen Boy kannst du ununterbrochen verfeinern und verändern wie du willst. Im Gegensatz zu deinem hat meiner ein menschliches Design, bescheiden, um nicht zu sagen doof, aber wie dich das anregt, wenn so ein stumpf vor sich hinglotzendes Individuum zum ersten Mal in seiner industrie-rosa getönten Haut und seinem streng riechenden braunen Plastik-Anzug auf deinem Sofa sitzt! Da willst du den gleich in die kreative Mache nehmen, ihm nicht bloß Locken drehen und andersfarbige Linsen vor die Augen hängen, als von der Kasse mitgeliefert wurden. Sein INNERES verändern und erweitern, das ist es! Ihn Sachen sagen lassen, die Menschenmänner zu feige sind zu sagen, bis du sie satt hast und neue in ihn reinstopfst. Seit ich den Boy besitze, kann ich die Männer so oft wechseln wie ich will, ich kann in kreativer Weise den schönsten Augenblick erleben, der für mich in der Liebe möglich ist: zu sehen, wie ein muffliges, schläfriges Etwas plötzlich aus sich herausgeht, lacht, zärtlich wird und genau sagt, was ich gerade von ihm hören will. Das ist die Offenbarung, auf die ich früher immer gewartet habe, jetzt programmiere ich sie selbst, denn diese ganzen Komponenten müssen ja optimal zusammenspielen, das Lachen, die Worte, die er abläßt, der Duft, den er ausströmt, das Tempo des technischen Prozesses mit retardierenden Momenten an optimalen Punkten, taktil-sensible Effekte ... als Wissenschaftlerin wirst du das alles genau benennen können, und das muß alles sitzen! Aus meinem Krankenkassenboy hole ich es präziser raus als aus dem Menschendingsbums. Natürlich kostet es eine Kleinigkeit, immer Veränderungen und Verfeinerungen bei meinem Boy einbauen zu lassen, ich habe aber meinen geschiedenen Mann, der jetzt als mein Bekannter öfter kommt, um meinen Boy nach meinen Wünschen zu verändern, er ist Boy-Elektroniker, er wechselt auch die Zellen, ich sehe ihm dabei nicht zu, es wäre desillusionierend, wenn plötzlich aus dem Lebenspartner, wenn es auch nur ein menschogener von der Krankenkasse ist, die Zellen rausgepoltert kämen, ich kann dir darum diesen Vorgang nicht erklären, mein ehemaliger Mann und jetziger Bekannte sagt, er kann es leider auch nicht, es ist eine Gefühlssowie Erfahrungssache, meint er, die sich mit Worten nicht beschreiben läßt...

Nun hätte ich darauf kommen müssen, das Fachgeschäft um Hilfe anzufunken, ein innerer Widerstand muß es verhindert haben. Wenn ich mir heute vorstelle, daß sie mir nicht nur einen Service-Boy und eine bedeutende Rechnung zugeschickt, sondern sich beim Erscheinen meiner Tagebücher ihres Einsatzes gerühmt und dadurch meine technische Unbedarftheit hervorgehoben hätten, bin ich froh, daß ich sie nicht anfunkte, zumal ich in der Not noch meinen Kraft-Büchsenöffner fand, den ich unnötig mitgeschleppt zu haben glaubte, weil mein Boy sich das Büchsenöffnen vorbehielt.

Hinterrücks, während er verbissen grub, setzte ich ihm den Öffner an, so daß er einen Kreis um den sensiblen Punkt schnitt und ein Stück Blech herunterfiel. Die Zellen konnte ich leicht rausziehen, es waren sieben, ich ließ sie in der Hosentasche klimpern, als ich zum Haus ging, um einen starken Plastesack und Plaststricke zum Einpacken des Boys zu holen. Als ich zurückkam, glaubte ich, nicht klar im Kopf zu sein, der Boy grub weiter und wie mir schien noch ungehemmter als zuvor, er hatte, als ich die Zellen rauszog, noch ein paar Grabstiche gemacht, die ich für letzte, abklingende Reflexe hielt, jetzt schien er viel mehr Kraft zu haben, als er mit Zellen hatte. Gab es hier Energieausstrahlungen bisher noch unbekannter Art, die aus der Atmosphäre, dem Boden, in ihn drangen, ihn speisten und vielleicht unerschöpflich waren? Er näherte sein Grabungsfeld jetzt meinem Haus, ich lief schnell hin und sorgte dafür, daß es sich selbst abbaute, dies geschah in der Eile notdürftig und nicht korrekt; ich setzte mich mit meiner Tasche auf den Teilehaufen. Zu meinen Füßen sah ich den Boy hartnäckig graben, er kam mir boshaft vor, wie er mit seinem Grabzeug in die Erde fuhr und seine rückwärtigen Augen lila und grünlich funkelten, boshaft, rechthaberisch und unbelehrbar.

Ich hätte ihn ja graben lassen und mit dem Hubschrauber zum Schiff fliegen können, er hätte sich schon einmal totgegraben, technische Kräfte erlahmen schließlich auch, aber in diesem Augenblick, mit dem rechthaberischen, eigensinnigen Kerl allein, dachte ich nur, es muß ein Ende haben, hier bestimme ich! Meine Ansicht über das Große Unbekannte Staatswesen, dessen Spuren ich mit der Hilfe des Boys gefunden hatte, stand, wenn auch unvollkommen, leicht schwankend fest, ich wollte sie endlich niederlegen und mir nicht von dem Boy verordnen lassen, wann hier Schluß sei. Da hätte ich ja gleich Professor Hähnel mitnehmen können, da hätte ich gewußt, woran ich bin, und billiger wäre er mir auch gekommen.

Ich hob vom Hausteilhaufen die Tür und schob mit ihr von allen Seiten die steinige, aufgewühlte Erde gegen meinen Boy, um ihn gewissermaßen lebendig zu begraben. Vergebens, er grub sich wieder aus und jedem Erdschub, den ich auf seinen gebückten Körper fallenließ, zerteilte er sofort mit drei, vier Stößen seines Grabgeräts.

Hätte ich dieses Fachgeschäft anfunken sollen? Hätte ich auf den Hubschrauber warten und den Piloten um Hilfe bitten sollen? Ich kann nur sagen, mein widerspenstiger Boy versetzte mich in einen Zustand, wo solche sachlichen Erwägungen mir nicht mehr möglich waren.

Warum hat sie ihn da nicht graben lassen, er tat ja keinem Menschen etwas. Warum hat sie ihn nicht vom Fachgeschäft abschleppen lassen, war nicht noch Garantie drauf? Sie hatte schon in die Struktur gewaltsam eingegriffen, das löscht die Garantie. Er hätte weitergraben sollen, vielleicht hätte er was gefunden, was vorher übersehen wurde, und daß er ohne Zellen lief, hätte Aufschlüsse für neue Forschungen geben können, da wären vielleicht Energiequellen gefunden worden, gerade jetzt, wo Energie so knapp ist...

Ich kann nur sagen, daß ich mit Plastestricken die schwersten Steine zusammenzerrte und meinem Boy mit einem Stein den Hinterkopf einbeulte, worauf er wankte und weitergrub. Dann warf ich mehrere Steine gegen seinen Rücken, er grub langsamer und stockte zwischendurch, bis ich ihm mit dem letzten Stein, von vorn, direkt auf seine Brust, den Todesschlag versetzte, die Klappe fiel herunter, die Nickelhand hielt mir die lila Schreibe mit dem

Symbol des Fachgeschäfts entgegen, da lagen noch ein paar von diesen Dokumenten drin, RUHE IN FRIEDEN schrieb ich auf den Umschlag, dann aber warf ich panisch Erde und Steine über ihn, bis von ihm nichts mehr zu erblicken war; ich blieb noch eine Weile an dem Hügel stehen und horchte, ob sich in ihm nichts regte.

Der Hubschrauber verfrühte sich, lud Haus und Tasche auf, fliegt noch wer mit, rief der Pilot, nein, sagte ich. Sie haben also alles? Ja, alles, was ich brauche.

Schon auf dem Schiff begann ich, mich mit den Tagebüchern und mit den Filmen, die der Boy belichtet und entwickelt hatte, zu beschäftigen. Das Wetter war im allgemeinen ruhig, ich sonnte mich an Deck. Beinah hätte ich einen Sonnenstich bekommen, als ich im Liegestuhl einnickte und dabei träumte, ich hätte das Geschäft um Hilfe angefunkt, es hätte einen Service-Boy entsandt, der meinen Boy nicht bremsen konnte und einen neuen Boy herbeifunkte, der ebenfalls vergeblich kam, mein Boy hatte inzwischen den anderen zum Graben aufgefordert, und dieser forderte den nächsten auf, ich schätze, als ich aufwachte, waren siebenundsiebzig Boys am Werk, und neue ließen sich aus Hubschraubern herab.

Zu dem berühmten Werk: Sich in Übereinstimmung bringen

Einseitiges Gespräch mit dem Autor
Aufgezeichnet von Johanna und Günter Braun
(Juli 1984)

Müßte ich einem Freund aus der anderen Welt erklären, wer Sie eigentlich sind, würde ich sagen: dies ist Y, der das berühmte Werk SICH IN ÜBEREINSTIMMUNG BRINGEN geschrieben hat. Er hat es den Künstlern und besonders seinen Kollegen, den Schriftstellern, gewidmet, er hat vor allem sie damit gemeint, und auf die Frage, womit die Schriftsteller sich in Übereinstimmung bringen sollen, würde ich mit einer schweifenden Handbewegung antworten, mit der Politik der Regierung ihres Staates, und ich würde betonen, SICH IN ÜBEREINSTIMMUNG BRINGEN ist sein Hauptwerk, er hat sich in ihm selber dargestellt und dabei den Geist unserer Epoche getroffen, und würde ich gefragt werden, ob es sich bei SICH IN ÜBEREINSTIMMUNG BRINGEN um ein Werk der Science-fiction handelt, würde ich sagen, ja, und gefragt, ob es ein schwerer Wälzer sei, in Leinen gebunden, bibliophil illustriert, würde ich antworten, es besteht aus den vier Worten SICH IN ÜBEREINSTIMMUNG BRINGEN. Sie befinden sich in einem Zeitungsartikel, den Y einst veröffentlicht hat, und das Erstaunliche an dem Werk ist, daß diese wenigen Worte beim Lesen einen ungeheuren Umfang erreichen können.

SICH IN ÜBEREINSTIMMUNG bringen; darin kann ein Riesenroman gespeichert sein, ein Drama, eine Erzählung, eine Dokumentation, je nachdem, über welche Erfahrungen und welche Vorstellungskräfte der Leser, dem diese vier Worte vor Augen kommen, verfügt. Vielleicht wird er SICH IN ÜBEREINSTIMMUNG BRINGEN als die Geschichte eines technischen Vorgangs begreifen, einer Schaltung oder einer Operation, die jemand an sich vornehmen soll, vielleicht wird sein geistiges Ohr knarrende, knirschende oder leise knackende Geräusche hören, sein geistiges Auge eine Kontrolllampe an der Stirn des sich in Übereinstimmung Bringenden grünlich flackernd anzeigen sehen, daß die Übereinstimmung erfolgt ist oder zu mißlingen droht, und er wird vielleicht versuchen sich genau vorzustellen, wie die Methode des SICH-IN-ÜBEREINSTIM-

MUNG-BRINGENS wissenschaftlich oder technisch vor sich geht. Vielleicht sieht er in einem blankgeputzten Saal Schriftsteller und Schriftstellerinnen aufgereiht, die nervös an sich herumschalten, um sich in Übereinstimmung zu bringen, und der UNSICHTBARE KONTROLLEUR stellt dann fest, wem es am besten gelungen ist. Einige sind begabte fixe Schalter, die es auf Anhieb können, andere kriegen ihre SICH-IN-ÜBEREINSTIMMUNGBRINGUNG nie in den Griff, der Schalter bricht ab, andere stehen störrisch da, und manche ergreifen beim elektronischen Kommando ACHTUNG – ÜBEREINSTIMMUNG – FERTIG die Flucht. Aber der Leser möchte sich nicht nur vorstellen, wie die SICH-IN-ÜBEREINSTIMMUNGBRINGUNG äußerlich vor sich geht, vielleicht ist er hinterhältig, hat Orwell gelesen, und überlegt nun, was an Ihrem bedeutenden Werk das epochal Besondere sein könnte, das über Orwell hinausweist.

Als ich SICH IN ÜBEREINSTIMMUNG BRINGEN zum ersten Mal las, fiel mir ein Werk ein, das ich ebenfalls zur Science-fiction rechnen möchte: INGENIEURE DER MENSCHLICHEN SEELE von J. W. Stalin. Wie Ihr Werk besteht auch jenes aus wenigen Worten, aber nicht nur darin ähnelt es Ihrem. Stalin hatte eine Neigung, sich bildhaft, sofort einleuchtend und dabei hintergründig wie ein Orakel auszudrücken, und als ich sein Werk INGENIEURE DER MENSCHLICHEN SEELE zum ersten Mal vor Augen bekam, verstand ich es so, daß Schriftsteller, denn auf sie bezog es sich, von der menschlichen Seele soviel Kenntnis besitzen sollten, wie Ingenieure von einer komplizierten Maschine, also nicht oberflächlich etwas über die in ihren Büchern auftretenden Personen hinschreiben, sondern ihr Inneres kennen und, wie es immer heißt, Charaktere gestalten sollen, und ich nahm auch an, daß INGENIEURE DER MENSCHLICHEN SEELE besonders für Funktionäre gedacht war, die Ingenieure für wichtiger hielten als Schriftsteller und von der schönen Literatur nichts wissen wollten, für die der Ingenieur ein Zaubermeister war, weil er verstand, was da in einer für normale Menschen undurchschaubaren Machine vor sich ging, ein seltener Spezialist in einem Land, das, mit der Technik im Rückstand, Sozialismus mit industriellem Fortschritt gleichsetzte. Möglicherweise sollte es eine gesellschaftliche Erhöhung des Schriftstellers sein, wenn Stalin ihm den Titel eines Ingenieurs verlieh, es hörte sich einleuchtend an: auch für die Seele brauchen wir Ingenieure, liebe Genossen. INGENIEURE DER MENSCHLICHEN SEELE ließ sich auch nur als Bonmot des sprachbegabten Diktators, als Gelegenheitswerk, dem ein kurzes Leben beschieden sein würde. Doch es geriet zum Dauerbrenner.

Als Stalin längst gestorben war, entheiligt und aus dem Mausoleum entfernt, erhob auf einem Empfang eine russische Delegierte ihr Sektglas und nannte mich auf deutsch herzlich einen INGENIEUR DER MENSCHLICHEN SEELE. Ich widersprach ihr nicht, weniger aus Höflichkeit, mehr, weil ich gerade diese Hinterlassenschaft Stalins nicht wichtig nahm, selbst hatte ich mich beim Schreiben nicht als Ingenieur gefühlt. So lachte ich und äußerte, mein Glas erhebend, etwas abstrakt Nettes über die Sowjetunion. Später ließ ich in einem Buch eine Schriftstellerin beiläufig sagen: damals war die Seele den Ingenieuren freigegeben, die darin herumschrauben durften. Somit schien für mich dieses Werk Stalins abgetan. Durch Ihr Werk SICH IN ÜBEREINSTIMMUNG BRINGEN sehe ich mich veranlaßt, auch INGENIEURE DER MENSCHLICHEN SEELE noch einmal anzuschauen. Ich kann es Ihnen nicht ersparen, Stalins Werk finde ich sprachlich stärker, was seinen Unsinn nicht aufhebt, denn es gibt DIE menschliche Seele nicht, sondern soviel unterschiedliche Seelen wie Menschen. Jeder Schriftsteller ist eine besondere Seele, ein technischer Ingenieur aber keine Maschine. Was für ein barbarischer Eindruck, eine menschliche Seele auseinandergenommen vor sich liegen zu sehen, geschmiert, geölt, repariert, umkonstruiert, durch ein neu eingebautes Element in ihrer bisherigen Funktion geändert, nach einem Bauplan, einer Skizze, einem Schaltschema, und wie erschreckend zu denken, daß dieser Seelen-Apparat, wenn er die vorgegebene Funktion nicht mehr erfüllt, ausgeschlachtet wird und die Wissenschaft es ermöglicht, Teile einer abgenutzten Seele, die weggeworfen wird, in eine andere Seele einzubauen. Mein altes Mißverständnis hat sich aufgeklärt: der Schriftsteller sollte nicht nur die Seelen, über die er schreibt, kennenlernen, er sollte die Seelen umkonstruieren, warten, sollte überprüfen, ob sie reibungslos laufen, sie schmieren und aufarbeiten, für die Betriebssicherheit ihres Laufes sorgen, damit sie keine Havarie verursachen, das Staatsgebäude nicht zum Wackeln bringen. Darüber sollte er einen schriftlichen Bericht abliefern. Der Besitz von Seelen, der in Rußland wie das Geschäft mit toten Seelen Tradition hatte, ging auf Stalin über, der sich für seine vielen Millionen Seelen Ingenieure halten wollte. Als ich INGENIEURE DER MENSCHLICHEN SEELE zum ersten Mal vernahm, graute mir aber nicht davor. Kühn stellte Stalin fest, daß eine SEELE des Menschen existiert, was viele Kommunisten hart bestritten. Die SEELE schien ihnen ein Gut der Kirchen, ein Hirngespinst des Idealismus, ne Seele gibt es nicht, Genossen, es gibt nur die Materie. Stalin hingegen ging davon aus, daß eine Menschenseele vorhanden sei, er fügte einen Begriff der Technik und einen Begriff der Religion zusammen, einen handgreiflichen und einen unsichtbaren, nicht faßlichen. Hätte er nicht wissenschaftlich genauer sagen sollen: INGENIEURE DES MENSCHLICHEN BEWUSSTSEINS? Seele klang schöner, mystischer, hing mit Glauben zusammen, das hatte Stalin im Gefühl.

Ihr Werk SICH IN ÜBEREINSTIMMUNG BRINGEN kommt aus der gleichen Kiste, ist aber sprachlich schwächer, trockner, sperriger, es erinnert an das triste bürokratische ETWAS ZUR DURCHFÜHRUNG BRINGEN, doch erscheint es mir sauberer, genauer, klarer, ehrlicher als Stalins Werk.

Ich muß noch einmal darauf zurückkommen: womit sollen sich die Schriftsteller, die Sie in Ihrem Werk ansprechen, nun präzise in Übereinstimmung bringen? Mir scheint, Sie sehen eine Ideologie ganz realistisch wie Schulstoff an, den jeder Bürger ohnehin ein oder mehrere Male im Leben durchzukauen hat. Mit Schulstoff muß er nicht übereinstimmen, er muß ihn büffeln, wenn eine Prüfung droht. Sie sehen wohl jedwede Ideologie und offizielle Glaubenslehre als Bildungsgut. In Übereinstimmung, das sagen Sie im Anhang, in Kommentaren, die Sie dem Werk beifügten, in Übereinstimmung soll sich der Schriftsteller mit den politischen Erfordernissen des Tages bringen. Er kann sie unschwer aus dem Zentralorgan ablesen und in den Schulungen erfahren. Wie ist die LINIE heute, sollte ein Autor möglichst schon vor dem Aufstehen fragen. Was ist am höchsten Ort beschlossen worden? Wie schätzt dies oder jenes Gremium die Lage ein? Wie lauten seine Weisungen? Und dann beginnt er sich in Übereinstimmung zu bringen. Er kontrolliert, ob seine derzeitige Übereinstimung noch aktuell, ob seine politische Kondition noch auf dem richtigen Stand ist. Sie nennen das: sich IMMER WIEDER in Übereinstimmung bringen, EINMAL nur übereinstimmen reicht nicht aus. Wenn es um einen Glauben, eine Weltanschauung ginge, die man aus eigenem Erleben und eigenem Nachdenken gewonnen hat, aus Studien, Experimenten, Vergleichen, dann wäre Dauerhaftigkeit am Platze, dann würde man von Zeit zu Zeit die Weltanschauung, den Glauben, die eigene Überzeugung zwar prüfen, ob sie der Wirklichkeit noch standhalten, ob ihnen neue eigene Erfahrungen nicht widersprechen, würde vielleicht aus einem Widerspruch zwischen der eigenen Anschauung und der Realität neue Erkenntnisse zu ziehen versuchen, die Wirklichkeit auch an der Weltanschauung messen, es könnte also ein wechselseitiges Verfahren sein, beim Künstler ginge es dabei um Wirklichkeit und Kunst. Doch diese dauernde Bewegung, die aus den Widersprüchen Neues entstehen läßt, meinen Sie offensichtlich nicht, wenn Sie von IMMER WIEDER sprechen. Ihnen scheint etwas wie die Börsenkurse vorzuschweben, die man in anderen Ländern den Zeitungen entnimmt und deren rechtzeitige Kenntnis zum Geschäftserfolg verhelfen kann. Die LINIE einer Partei kann auch DER KURS heißen. Ein NEUER KURS, nach einem Volksaufstand rasch eingeleitet, ist Ihnen vielleicht ein Begriff. Wie ist heute der KURS? Wie hoch steht wer im KURS? Das muß man wissen, um sich dann in die jeweils richtige Übereinstimmung zu bringen. Warum auch nicht? Es kann notwendig und manchmal lebensrettend sein. Doch die besondere Bedeutung Ihres Werks liegt darin, daß Sie ein solches Handeln SCHRIFTSTELLERN empfehlen, als sei die Literatur hauptsächlich ein Geschäft. Dem Finanzier, dem Kaufmann braucht man nicht zu erklären, warum die Börsenkurse für ihn wichtig sind. GESCHÄFTE MIT DEN BÖRSENKURSEN IN ÜBEREINSTIMMUNG BRINGEN, ein solches Werk könnte als platte Selbstverständlichkeit belacht werden. Ihr Werk dagegen ist für den Künstler nicht selbstverständlich. Zwar scheint nicht neu, was Sie darin verlangen, ich hatte es jedoch noch nie vorher so unverhüllt bei jemandem gelesen, der selbst Schriftsteller sein will. Sie geben uns da einen kollegialen Tip, auf den wir selber nicht gekommen wären, verraten uns großzügig Ihr Erfolgsrezept.

Sie hätten Ihr Werk SICH FÜGEN, SICH ANPASSEN, SICH UNTERWERFEN nennen, in einem Anhang dazu erklären können, der Schriftsteller und Künstler müsse sich immer wieder bemühen, müsse bestrebt sein übereinzustimmen. Wer kein besonderes Feingefühl für Sprache hat, würde es als genau das gleiche ansehen wie SICH IN ÜBEREINSTIMMUNG BRINGEN. Sie aber achten auf die Sprache, und wenn Sie diesen Titel und keinen anderen wählten, wissen Sie auch warum.

Wohl ähnelt SICH IN ÜBEREINSTIMMUNG BRINGEN dem bürokratischen ZUR DURCHFÜHRUNG BRINGEN. Zur Durchführung wird aber eine Sache, ein Plan gebracht, auch eine Maßnahme, sie muß nicht immer aus Papier sein, es kann um die Geburt eines und vieler Tiere, eines und vieler Menschen und deren Aufzucht und Ernährung gehen, die dann zur Durchführung gebracht wird, und auch um deren Tötung. Bringt jemand sich aber selbst zur Durchführung? Vielleicht würde ein Bürokrat mit Stilgefühl erklären, er habe sein Leben voll zur Durchführung gebracht, in eine Todesanzeige könnte er setzen lassen, unser hochverehrter Kollege B. hat in dem Zeitraum von sechsundfünfzig Jahren sein Leben endgültig zur Durchführung gebracht. Sich selbst zur Durchführung zu bringen, ist bisher noch nicht sprachgebräuchlich, man tut es nicht. Und das ist eben das Besondere an Ihrem Werk: ich soll mich selbst, als wäre ich ein Werkstück, ein Konstruktionsteil, eine geometrische Figur, in Übereinstimmung bringen. Schön, sagt der für Sprache Unempfindliche, eben sich anpassen, das müssen wir doch alle, man paßt sich der Natur an, dem Wetter, der Familie, der heiteren oder traurigen Situation, der Mode, der Wirtschaftslage, den Verkehrsvorschriften. Man tut es notgedrungen und aus vernünftiger Einsicht, die Menschheit wäre ohne Anpassung schon ausgestorben. Sich zur Anpassung zu bringen, könnte man auch sagen, aber es ist zu lang.

Warum haben Sie, lieber Y., Ihr Werk nicht SICH ZUR ANPASSUNG BRINGEN genannt? Man könnte sich in jeder größeren Stadt Anpassungsstützpunkte vorstellen, wo man sich (mit dem Auto, Fahrrad, der Eisenbahn) hinbringt, um sich dort anpassen zu lassen, etwa an die jeweilig betriebene Politik des Staates. Dann würde aber die Anpassung ein anderer vornehmen, man müßte sich vielleicht auf einem Anpassungsstuhl niederlassen oder in eine Anpassungszelle treten, wo dann die Anpassung erfolgt. Danach erhielte man eine Quittung über erfolgte Anpassung oder einen Stempel in den Anpassungsausweis. Als Schriftsteller legt man den Ausweis gleichzeitig mit einem neuen Manuskript seinem Verlag vor. Dort könnten dann Anpassungsspezialisten überprüfen, wie weit die Anpassung sich literarisch ausgewirkt hat.

SIE mögen ein solches System anscheinend nicht, obwohl es vielen schwächeren Kollegen Arbeit und Einkommen verschaffen könnte. Sie finden es zu umständlich, vor allem scheint Ihnen aber zu mißfallen, daß man zum Anpassungsstützpunkt zwar hingeht oder hinfährt, sich selbst hinbringt, dort aber die Anpassung duldend über sich ergehen läßt. SICH IN ÜBEREINSTIMMUNG BRINGEN fordert vom Schriftsteller eigene Aktivität. Die Kongruenzsätze aus der Mathematik vor Augen, muß er sich so weit bringen, daß seine Werke sich mit den Absichten der Politik des Staates decken. Sie streiten gar nicht ab, daß diese Aufgabe nicht einfach ist. Und ich befürchte, Sie halten sie für humanistisch, für menschlich edel, und zwar zutiefst. INGENIEURE DER MENSCHLICHEN SEELE, ein veraltetes Werk, grausam mechanisch und für heutige Bedürfnisse unbrauchbar. Die Entwicklung ist weitergegangen, an die Stelle des Ingenieurs hat sich die Psychiatrie gesetzt, die Gen-Chirurgie, die bewußtseinsverändernde Droge, durch sie kann auch der vormalige INGENIEUR DER MENSCHLICHEN SEELE behandelt und, falls erforderlich, in Übereinstimmung gebracht werden.

Bei Orwell wird noch die Technik bemüht, um im Zimmer 101 des Ministeriums für Liebe den armen Winston Smith so weit zu bringen, daß er behauptet zu sehen, was er nicht sieht, eine Foltermaschine, bedient von O'Brien, dem hier der Titel INGENIEUR DER MENSCHLICHEN SEELE zukäme. Ein Apparat des Grauens wird bemüht, um Winston zur totalen Aufgabe seiner Persönlichkeit zu bringen. SIE lehnen solche Verfahren ab, ja, ich glaube, SIE fürchten und hassen sie, niemals möchten Sie selbst so behandelt werden, noch wünschen Sie es Ihren Kollegen, als In-Übereinstimmung-zu-Bringender Bearbeitungsgegenstand, also Opfer zu sein. Wenn ich Ihr Werk recht verstehe, können solche Praktiken gegenstandslos werden, wenn von nun an der Mensch ihnen zuvorkommt, indem er sich selbst immer wieder und natürlich auch rechtzeitig und richtig in Übereinstimmung bringt. Das ist nämlich der Kern Ihres Werkes: das autonome SICH. Sich selber bringen bedeutet Loslösung vom unzuverlässigen störenden ICH, das die Foltermethoden O'Briens erst hervorruft. Dieses ICH wird nun von sich selbst in Übereinstimmung gebracht, nicht »zur« Übereinstimmung, was einen Ort, einen Stützpunkt, eine Einrichtung bedeuten würde, wo die Übereinstimmung vorgenommen wird. Das ICH bringt sich selbst »in« Übereinstimmung, und zwar freiwillig, ohne jene trivialen Zwangsmittel, die wahrscheinlich nach Ihrer Meinung nur der Science-fiction angehören.

Ich kann mich von der Vorstellung nicht befreien, daß auch SICH IN ÜBEREINSTIMMUNG BRINGEN ein technischer Vorgang ist. Als kürzlich ein alter Kollege zu einer Reizstrombehandlung ging, überließ der Therapeut es ihm, die Stromstärke einzustellen, möglichst nicht unter 40, sagte er, und, wenn Sie es aushalten, steigern.

Wie hoch bringen es die Patienten im Durchschnitt, fragte mein Kollege. Manche haben es schon auf 80 gebracht, das ist selten, manche schaffen nur 30.

Man könnte ja schummeln, sagte der alte Mann, und das Gerät erst zum Schluß, wenn Sie nachsehen, auf eine höhere Zahl stellen.

Nun, sagte der Therapeut, ich merke es an der Haut, wie es gewirkt hat. Und warum lassen Sie es mich selbst machen, woanders ist das nicht so. Bei uns ist es so. Er hatte wahrscheinlich nicht Zeit, jeden einzelnen Patienten selbst mit Strom zu behandeln, der Andrang war zu groß, der Betrieb aber lief reibungslos.

Im Zeitalter der Selbstbedienung könnte es auch zu einer Selbstfolter-Methode kommen, die Folterknechte überlassen die Geräte ihren Opfern, die sich selbst einspannen und den Grad ihrer Qualen bestimmen.

Im Zimmer 101 würde O'Brien dann zusehen, wie Winston Smith sich selbst dazu bringt, etwas zu sehen, was er nicht sieht, und wie er sich in jenem tiefgelegenen Raum durch selbstgewähltes Grauen selbst zum Verrat bringt. Es gäbe keine Folterknechte mehr, nur Zuschauer, allenfalls Helfer, die ihrem Opfer (aber es ist kein Opfer mehr) zeigen, wie es sich in der Quälmaschine einzuspannen und welchen Knopf es zu bedienen hat, um seine Qualen abzustufen. Es gäbe keine Prozesse wegen unmenschlichen Verhaltens und keine schlechten Gewissen mehr. SICH IN ÜBEREINSTIMMUNG BRINGEN scheint ein bahnbrechendes Werk. Daß niemand früher darauf gekommen ist!

Ich könnte mir ein Interview mit einem Kulturpolitiker auf einer Buchmesse vorstellen:

Wie kommt es eigentlich, daß in Ihrem Land nur Bücher veröffentlicht werden, die sich im Einklang mit der Politik Ihrer Regierung befinden?

Ach, wissen Sie, Herr X., das weiß ich auch nicht. Da müssen Sie die Schriftsteller befragen. Es war ihr eigener völlig freier Wille, derartige Bücher zu verfassen. Warum sollten wir sie daran hindern? Hier darf ja jeder schreiben, wie und was er will.

Gibt es keine Versuche, nicht so erwünschte Bücher zu verbieten oder nicht erst zu drucken?

Davon weiß ich nichts. Sie sehen ja selbst, hier liegen wieder einmal sechshundert neue Titel.

Aber alle stimmen mit der Regierung überein.

Dafür können wir nicht. Das ist ganz und gar Sache der Autoren.

Wie ich Ihr Werk verstehe, geht das Sich-in-Übereinstimmung-bringen lautlos und schmerzlos vor sich. Wie macht man es aber praktisch? Ist es wie autogenes Training? Selbsthypnose? Schaukelt man sich in geistig höhere Welten, dorthin, wo jeglicher Kritik der Sauerstoff entzogen ist? Wo die jeweilige Politik der jeweilig Regierenden als Offenbarung empfangen werden kann? Wo man mit einem Schlag erleuchtet wird? Sie äußern sich darüber nicht genauer. Und wird, wer sich in Übereinstimmung gebracht hat, danach, etwa vom UNSICHTBAREN KONTROLLEUR, getötet? Sie könnten antworten, dies mag die Praxis von »1984« sein, Sie aber sind dafür, daß alles freiwillig vonstatten geht, und daraus würde ich dann schließen: wer Ihr Rezept befolgt, der tötet sich auch selbsttätig, er vegetiert nicht wie der arme Winston Smith als Wrack dahin, bis man ihn irgendwann erschießt. Jemand, der SICH IN ÜBEREINSTIMMUNG und damit gleichzeitig zur SELBSTTÖTUNG gebracht hat, lebt danach, wie mir scheint, als rüstiger Leichnam weiter.

Quellennachweis

»Conviva Ludibundus. Utopischer Roman«. Erstveröffentlichung Verlag Das Neue Berlin, DDR-Berlin 1978; Suhrkamp Verlag, Frankfurt am Main 1982 (st 748)

»Stalins Geist«. Erstveröffentlichung in dem Band *Siebenquant oder der Stern des Glücks*. SF-Satiren aus der DDR. Herausgegeben von Michael Nagula. Luchterhand Verlag, Darmstadt 1988

»Unser lieber Versager«; »Die Abendbetrachtung: Großvater und Enkel über Fa und Cre«, aus: Johanna Braun, Günter, Braun, *Der Utofant. In der Zukunft aufgefundenes Journal aus dem Jahrtausend III*. Erstveröffentlichung Verlag Das Neue Berlin, DDR-Berlin 1981; Suhrkamp Verlag, Frankfurt am Main 1983 (st 881)

»Die Wächter des Doms«, aus: *Der Eingang ins Paradies und andere phantastische Erzählungen* ausgewählt von Franz Rottensteiner. Suhrkamp Verlag, Frankfurt am Main 1988 (st 1566)

»Homo pipogenus erectus«, aus: Johanna Braun, Günter Braun, *Der Fehlfaktor*. Utopisch-phantastische Erzählungen. Erstveröffentlichung Verlag Das Neue Berlin, DDR-Berlin 1975; Suhrkamp Verlag, Frankfurt am Main 1981 (st 687)

»Allein im Weltraum«, aus: Johanna Braun, Günter Braun, *Die Nase des Neandertalers*, Verlag Das Neue Berlin, DDR-Berlin 1969. Erstveröffentlichung Suhrkamp Verlag, Frankfurt am Main 1982 (st 757)

»Der Wunschsohn«, aus: *Arche Noah*. Phantastische Erzählungen. Herausgegeben von Franz Rottensteiner. Suhrkamp Verlag, Frankfurt am Main 1989 (st 1674)

»Mein Boy«, aus: *Phantastische Welten*. Erzählungen aus der Phantastischen Bibliothek. Herausgegeben von Franz Rottensteiner. Suhrkamp Verlag, Frankfurt am Main 1984 (st 1968)

»Zu dem berühmten Werk: Sich in Übereinstimmung bringen«, aus: *Quarber Merkur* Nr. 61, Juli 1984

Phantastische Bibliothek
in den suhrkamp taschenbüchern

»Phantastische Bibliothek« – das ist Verzauberung der Phantasie, keine Betäubung der Sinne, sondern Öffnen der Augen als Blick über den nächsten Horizont ins Hypothetisch-Virtuelle. Der Zukünftige verbindet sich mit dem Zeitlosen, rationales Kalkül steht neben poetischer Vision, denkbare Wirklichkeit und analytischer Blick in menschliche Abgründe neben Wunsch- und Alptraum. Anregend und unterhaltsam ist es immer.

Die Arche Noah. PhB 242. st 1674
Ballard: Billennium. PhB 96. st 896
– Die Dürre. PhB 116. st 975
– Der ewige Tag und andere Science- fiction-Erzählungen. PhB 56. st 727
– Hallo Amerika! PhB 95. st 895
– Karneval der Alligatoren. PhB 191. st 1373
– Das Katastrophengebiet. PhB 103. st 924
– Kristallwelt. PhB 75. st 818
– Mythen der nahen Zukunft. PhB 154. st 1167
– Die tausend Träume von Stellavista. st 833
– Der tote Astronaut. PhB 107. st 940
– Traum GmbH. PhB 164. st 1222
– Der vierdimensionale Alptraum. PhB 127. st 1014
– Die Zeitgräber. PhB 138. st 1082
Beherrscher der Zeit. PhB 176. st 1274
Bergengruen: Der Basilisk. PhB 205. st 1499
– Das Gesetz des Atum. PhB 196. st 1441
Bierce: Das Spukhaus. PhB 6. st 365
Bioy Casares: Die fremde Dienerin. PhB 113. st 962
– Casares: Morels Erfindung. PhB 106. st 939
Blackwood: Besuch von Drüben. PhB 10. st 411
– Die gefiederte Seele. PhB 229. st 1620
– Der Griff aus dem Dunkel. PhB 28. st 518
– Das leere Haus. PhB 12. st 30
– Der Tanz in den Tod. PhB 84. st 848
Braun/Braun: Der Irrtum des großen Zauberers. PhB 74. st 807
– Das Kugeltranszendentale Vorhaben. PhB 109. st 948
Bringsvaerd: Minotaurus. PhB 237. st 1651
– Die Stadt der Metallvögel. PhB 208. st 1510
Buzzati: Die Maschine des Aldo Christofari. PhB 157. st 1175
Capoulet-Junac: Pallas oder die Heimsuchung. PhB 149. st 1138
Carroll: Das Land des Lachens. PhB 170. st 1247
– Die Stimme unseres Schattens. PhB 222. st 1587

252/1/3.89

Carroll: Das Tal der Träume. PhB 197. st 1442
– Die panische Hand. PhB 233. st 1635
Chesterton: Der Held von Notting Hill. PhB 156. st 1174
Couperus: Das schwebende Schachbrett. PhB 201. st 1466
Dick: LSD-Astronauten. PhB 60. st 732
– Mozart für Marsianer. PhB 70. st 773
– UBIK. PhB 15. st 440
Die dunkle Seite der Wirklichkeit. PhB 199. st 1444
Lord Dunsany: Das Fenster zur anderen Welt. PhB 161. st 1189
Der Eingang ins Paradies. PhB 219. st 1566
Die Ermordung des Drachen. PhB 203. st 1481
Franke: Der Atem der Sonne. PhB 174. st 1265
– Einsteins Erben. PhB 41. st 603
– Endzeit. PhB 150. st 1153
– Der grüne Komet. PhB 231. st 1628
– Hiobs Stern. PhB 223. st 1588
– Die Kälte des Weltraums. PhB 121. st 990
– Keine Spur von Leben. PhB 62. st 741
– Der Orchideenkäfig. PhB 234. st 1643
– Paradies 3000. PhB 48. st 664
– Schule für Übermenschen. PhB 58. st 730
– Sirius Transit. PhB 30. st 535
– Die Stahlwüste. PhB 215. st 1545
– Tod eines Unsterblichen. PhB 69. st 772
– Transpluto. PhB 82. st 841
– Ypsilon minus. PhB 3. st 358
– Zarathustra kehrt zurück. PhB 9. st 410
– Zone Null. PhB 35. st 585
Franke/Weisser: DEA ALBA. PhB 207. st 1509
Frey: Solneman der Unsichtbare. PhB 241. st 1667
Gardner: Grendel. PhB 227. st 1611
Grabiński: Dunst und andere unheimliche Geschichten. PhB 228. st 1612
Grin: Der Rattenfänger. PhB 168. st 1239
Gruber: Die gläserne Kugel. PhB 123. st 997
– Zwischenstation. PhB 216. st 1555
Hasselblatt: Marija und das Tier. PhB 209. st 1511
Hodgson: Geisterpiraten. PhB 188. st 1352
Hoffmann, E.T.A.: Der Magnetiseur. PhB 190. st 1366
Horstmann: Das Glück von Omb'assa. PhB 141. st 1088
Der Insektenmann. PhB 240. st 1666
Ist Gott ein Taoist? Und andere Rätsel. PhB 162. st 1214
Jarzębski: Zufall und Ordnung. PhB 180. st 1290
Jenseits der Träume. PhB 224. st 1595
Kellermann: Der Tunnel. PhB 179. st 1283
Kornbluth: Der Altar um Mitternacht. PhB 189. st 1359
– Der Gedankenwurm. PhB 195. st 1434
Lao She: Die Stadt der Katzen. PhB 151. st 1154
Lem: Also sprach GOLEM. PhB 175. st 1266

252/2/3.89

Lem: Altruizin und andere kybernetische Beglückungen. PhB 163. st 1215
– Die Astronauten. PhB 16. st 441
– Frieden auf Erden. PhB 220. st 1574
– Der futurologische Kongreß. PhB 29. st 534
– Imaginäre Größe. PhB 47. st 658
– Die Jagd. PhB 18. st 302
– Das Katastrophenprinzip. PhB 125. st 999
– Lokaltermin. PhB 200. st 1455
– Mehr phantastische Erzählungen. PhB 232. st 1636
– Memoiren, gefunden in der Badewanne. PhB 25. st 508
– Memoiren, gefunden in der Badewanne. Der Schnupfen. PhB 226. st 1604
– Eine Minute der Menschheit. PhB 110. st 955
– Mondnacht. PhB 57. st 729
– Nacht und Schimmel. PhB 1. st 356
– Phantastik und Futurologie I. PhB 122. st 996
– Phantastik und Futurologie II. PhB 126. st 1013
– Die phantastischen Erzählungen. PhB 210. st 1525
– Die Ratte im Labyrinth. PhB 73. st 806
– Robotermärchen. PhB 85. st 856
– Der Schnupfen. PhB 33. st 570
– Sterntagebücher. PhB 20. st 459
– Die Stimme des Herrn. PhB 97. st 907
– Terminus und andere Geschichten des Piloten Pirx. PhB 61. st 740
– Die Untersuchung. PhB 14. st 435
– Waffensysteme des 21. Jahrhunderts. PhB 124. st 998
– Wie die Welt noch einmal davonkam. PhB 158. st 1181
Über Stanisław Lem. PhB 36. st 586
Levett: Verirrt in den Zeiten. PhB 178. st 1282
London: Phantastische Erzählungen. PhB 243. st 1675
Lovecraft: Azathoth. PhB 230. st 1627
– Cthulhu. PhB 19. st 29
– Das Ding auf der Schwelle. PhB 2. st 357
– Der Fall Charles Dexter Ward. PhB 8. st 391
– Das Grauen im Museum. PhB 136. st 1067
– In der Gruft. PhB 71. st 779
– Die Katzen von Ulthar. PhB 43. st 625
– Lovecraft-Lesebuch. PhB 184. st 1306
– Stadt ohne Namen. PhB 52. st 694
Lovecraft/Derleth: Die dunkle Brüderschaft. PhB 173. st 1256
Über H.P. Lovecraft. PhB 130. st 1027
Marginter: Königrufen. PhB 215. st 1546
Maupassant: Die Totenhand. PhB 134. st 1040
Das namenlose Grabmal. PhB 169. st 1240
Phantastische Aussichten. PhB 160. st 1188
Phantastische Träume. PhB 100. st 954
Phantastische Welten. PhB 137. st 1068
Phantastische Zeiten. PhB 185. st 1307

252/3/3.89

Poe: Der Fall des Hauses Ascher. PhB 27. st 517
Polaris 9. PhB 155. st 1168
Polaris 10. PhB 171. st 1248
Ray: Malpertuis. PhB 165. st 1223
– Das Storchenhaus. PhB 182. st 1299
Renard: Die blaue Gefahr. PhB 225. st 1596
Der rote Mond. PhB 213. st 1536
Schattschneider: Singularitäten. PhB 129. st 1021
Scheerbart: Das große Licht. PhB 194. st 1400
– Die große Revolution. PhB 159. st 1182
– Der Kaiser von Utopia. PhB 218. st 1565
– Kometentanz. PhB 236. st 1652
– Lesabéndio. PhB 183. st 1300
Seltsame Labyrinthe. PhB 198. st 1443
Sonimski: Zweimal Weltuntergang. PhB 166. st 1229
Smith: Das Haupt der Medusa. PhB 221. st 1575
Steinmüller/Steinmüller: Pulaster. PhB 204. st 1490
– Der Traum vom Großen Roten Fleck. PhB 147. st 1131
Strugatzki/Strugatzki: Der ferne Regenbogen. PhB 111. st 956
– Fluchtversuch. PhB 89. st 872
– Die gierigen Dinge des Jahrhunderts. PhB 79. st 827
– Die häßlichen Schwäne. PhB 177. st 1275
– Der Junge aus der Hölle. PhB 238. st 1658
– Ein Käfer im Ameisenhaufen. PhB 152. st 1160
– Eine Milliarde Jahre vor dem Weltuntergang. PhB 186. st 1338
– Montag beginnt am Samstag. PhB 72. st 780
– Picknick am Wegesrand. PhB 49. st 670
– Die Schnecke am Hang. PhB 13. st 434
– Die Wellen ersticken den Wind. PhB 206. st 1598
– Die zweite Invasion der Marsianer. PhB 139. st 1081
Träume und Phantasien. st 954/ st 1068/st 1188/st 1307 in Kassette
Viktorianische Gespenstergeschichten. PhB 187. st 1345
Wakefield: Der Triumph des Todes. PhB 181. st 1291
Weiss J.: Das Haus mit den tausend Stockwerken. PhB 235. st 1644
Weisser: DIGIT. PhB 90. st 873
– SYN-CODE-7. PhB 67. st 764
Whitehead: Der Zombie. PhB 172. st 1255
Wolfe: Limbo. PhB 239. st 1659
Wolfkind: Die Boten des Frühlings. PhB 167. st 1230
Wyndham: Die Kobaltblume. PhB 202. st 1474
– Wenn der Krake erwacht. PhB 212. st 1535
– Wiedergeburt. PhB 192. st 1386
Zondergeld: Lexikon der phantastischen Literatur. PhB 91. st 880

252/4/3.89

Stanisław Lem

Sein Werk im Insel Verlag

Also sprach Golem. Aus dem Polnischen von Friedrich Griese. Leinen

Dialoge. Aus dem Polnischen von Jens Reuter. Gebunden

Eden. Roman einer außerirdischen Zivilisation. Aus dem Polnischen von Caesar Rymarowicz. Gebunden

Erzählungen. Aus dem Polnischen von I. Zimmermann-Göllheim, Klaus Staemmler und Caesar Rymarowicz. Gebunden

Essays. Aus dem Polnischen von Friedrich Griese. Gebunden

Friede auf Erden. Aus dem Polnischen von Hubert Schumann. Gebunden

Das Hospital der Verklärung. Roman. Aus dem Polnischen von Caesar Rymarowicz. Leinen

Imaginäre Größe. Aus dem Polnischen von Caesar Rymarowicz und Jens Reuter. Leinen

Irrläufer. Erzählungen. Mit einem Vorwort von Stanisław Lem. Aus dem Polnischen von Hanna Rottensteiner. Kartoniert

Kyberiade. Fabeln zum kybernetischen Zeitalter. Mit Zeichnungen von Daniel Mróz. Aus dem Polnischen von Jens Reuter u.a. Gebunden

Lokaltermin. Roman. Aus dem Polnischen von Hubert Schumann. Gebunden

Mehr phantastische Erzählungen. Herausgegeben von Franz Rottensteiner. Gebunden

Memoiren, gefunden in der Badewanne. Aus dem Polnischen von Walter Tiel. Gebunden

Mondnacht. Hör- und Fernsehspiele. Aus dem Polnischen von Charlotte Eckert, Jutta Janke und Klaus Staemmler. Gebunden

Phantastik und Futurologie I. Autorisierte Übersetzung aus dem Polnischen von Beate Sorger und Wiktor Szacki. Gebunden

Phantastik und Futurologie II. Übersetzung aus dem Polnischen von Edda Werfel. Gebunden

Die phantastischen Erzählungen. Herausgegeben und mit einem Nachwort von Werner Berthel. Mit Illustrationen, einem Interview und Anmerkungen zur Rezeption von Franz Rottensteiner. Gebunden

Philosophie des Zufalls. Zu einer empirischen Theorie der Literatur. Gebunden

Philosophie des Zufalls. Zu einer empirischen Theorie der Literatur 2. Aus dem Polnischen von Friedrich Griese. Gebunden

Provokationen. Aus dem Polnischen von Friedrich Griese, Jens Reuter und Edda Werfel. Gebunden

Rückkehr von den Sternen. Roman. Aus dem Polnischen von Maria Kurecka. Gebunden

47/1/8.89

Stanisław Lem
Sein Werk im Insel Verlag

Sämtliche Erzählungen vom Piloten Pirx. Aus dem Polnischen von Roswitha Buschmann, Kurt Kelm, Caesar Rymarowicz und Barbara Sparing. Gebunden

Solaris. Roman. Aus dem Polnischen von I. Zimmermann-Göllheim. Gebunden

Sterntagebücher. Erweiterte Ausgabe. Mit Zeichnungen des Autors. Aus dem Polnischen von Caesar Rymarowicz. Gebunden

Die Stimme des Herrn. Roman. Aus dem Polnischen von Roswitha Buschmann. Gebunden

Summa technologiae. Aus dem Polnischen von Friedrich Griese. Gebunden

Der Unbesiegbare. Utopischer Roman. Aus dem Polnischen von Roswitha Buschmann. Gebunden

Die Untersuchung. Kriminalroman. Aus dem Polnischen von Jens Reuter und Hans Juergen Mayer. Gebunden

Die vollkommene Leere. 15 fiktive Rezensionen. Aus dem Polnischen von Klaus Staemmler. Gebunden

Gespräche

Stanisław Lem / Stanisław Bereś: Lem über Lem. Gespräche. Aus dem Polnischen von Edda Werfel und Hilde Nürenberger. Gebunden.

47/2/8.89

Stanisław Lem
Sein Werk im Suhrkamp Verlag

Also sprach GOLEM. Aus dem Polnischen von Friedrich Griese. PhB 175. st 1266

Altruizin und andere kybernetische Beglückungen. Der Kyberiade zweiter Teil. Mit Zeichnungen von Daniel Mróz. Aus dem Polnischen von Jens Reuter. PhB 163. st 1215

Die Astronauten. Aus dem Polnischen von Rudolf Pabel. PhB 16. st 441

Dialoge. Autorisierte Übersetzung aus dem Polnischen von Jens Reuter. Mit einem Nachwort des Autors. es 1013

Frieden auf Erden. Science-fiction-Roman. Aus dem Polnischen von Hubert Schumann. PhB 220. st 1574

Der futurologische Kongreß. Aus Ijon Tichys Erinnerungen. Mit einem Nachwort von Franz Rottensteiner. Aus dem Polnischen von I. Zimmermann-Göllheim. BS 477 und st 534

Die Geschichte von den drei geschichtenerzählenden Maschinen des Königs Genius. Aus dem Polnischen übersetzt von Jens Reuter. BS 867

Golem XIV und andere Prosa. Autorisierte Übersetzungen aus dem Polnischen von Klaus Staemmler, I. Zimmermann-Göllheim und Jens Reuter. BS 603

Das Hospital der Verklärung. Aus dem Polnischen von Caesar Rymarowicz. Übersetzung des Vorworts aus dem Polnischen von Klaus Staemmler. st 761

Imaginäre Größe. Aus dem Polnischen von Caesar Rymarowicz und Jens Reuter. PhB 47. st 658

Die Jagd. Neue Geschichten des Piloten Pirx. Aus dem Polnischen von Roswitha Buschmann, Kurt Kelm, Barbara Sparing. PhB 18. st 302

Das Katastrophenprinzip. Die kreative Zerstörung im Weltall. Aus Lems Bibliothek des 21. Jahrhunderts. Aus dem Polnischen von Friedrich Griese. PhB 125. st 999

Lokaltermin. Science-fiction-Roman. Aus dem Polnischen von Hubert Schumann. PhB 200. st 1455

Mehr phantastische Erzählungen des Stanisław Lem. Herausgegeben von Franz Rottensteiner. PhB 232. st 1636

Memoiren, gefunden in der Badewanne. Mit einer Einleitung des Autors. Aus dem Polnischen von Walter Tiel. Einleitung aus dem Polnischen von Klaus Staemmler. Autorisierte Übersetzung. PhB 25. st 508

Memoiren, gefunden in der Badewanne. Der Schnupfen. Zwei Drehbücher von Jan Jozef Szczepański. Aus dem Polnischen von Jens Reuter. PhB 226. st 1604

47/3/8.89

Stanisław Lem

Sein Werk im Suhrkamp Verlag

Eine Minute der Menschheit. Eine Momentaufnahme. Aus Lems Bibliothek des 21. Jahrhunderts. Aus dem Polnischen von Edda Werfel. PhB 110. st 955

Mondnacht. Hör- und Fernsehspiele. Aus dem Polnischen übersetzt von Klaus Staemmler, Charlotte Eckert, Jutta Janke und I. Zimmermann-Göllheim. PhB 57. st 729

Nacht und Schimmel. Erzählungen. Aus dem Polnischen von I. Zimmermann-Göllheim. PhB 1. st 356

Phantastik und Futurologie I. Übersetzt von Beate Sorger und Wiktor Szacki (vom Autor autorisiert). PhB 122. st 996

Phantastik und Futurologie II. Übersetzt von Edda Werfel. PhB 126. st 1013

Die phantastischen Erzählungen. Herausgegeben von Werner Berthel. PhB 210. st 1525

Philosophie des Zufalls. Zu einer empirischen Theorie der Literatur. 2 Bde. Aus dem Polnischen von Friedrich Griese. st 1703

Provokation. Besprechung eines ungelesenen Buches. Autorisierte Übertragung aus dem Polnischen von Jens Reuter. BS 740

Die Ratte im Labyrinth. Ausgewählt von Franz Rottensteiner. PhB 73. st 806

Robotermärchen. Herausgegeben von Franz Rottensteiner. Aus dem Polnischen von I. Zimmermann- Göllheim und Caesar Rymarowicz. BS 366 und st 856

Sade und die Spieltheorie. Essays. Band 1. Aus dem Polnischen von Friedrich Griese. st 1304

Der Schnupfen. Kriminalroman. Autorisierte Übersetzung aus dem Polnischen von Klaus Staemmler. PhB 33. st 570

Science-Fiction: Ein hoffnungsloser Fall – mit Ausnahmen. Essays. Band 3. Aus dem Polnischen und Russischen von Erik Simon, Hanna Rottensteiner, Jens Reuter, Friedrich Griese und Edda Werfel. st 1439

Sterntagebücher. Mit Zeichnungen des Autors. Aus dem Polnischen von Caesar Rymarowicz. PhB 20. st 459

Die Stimme des Herrn. Roman. Aus dem Polnischen übersetzt von Roswitha Buschmann. PhB 97. st 907

Summa technologiae. Mit einem Vorwort des Autors zur deutschen Ausgabe. Aus dem Polnischen übersetzt von Friedrich Griese. st 678

Terminus und andere Geschichten des Piloten Pirx. Aus dem Polnischen übersetzt von Caesar Rymarowicz. PhB 61. st 740

Über außersinnliche Wahrnehmung. Essays. Band 2. st 1372

Die Untersuchung. Kriminalroman. Aus dem Polnischen von Jens Reuter und Hans Juergen Mayer. PhB 14. st 435

47/4/8.89

Stanisław Lem

Sein Werk im Suhrkamp Verlag

Die vollkommene Leere. 15 fiktive Rezensionen. Autorisierte Übersetzung aus dem Polnischen von Klaus Staemmler. »Die neue Kosmogonie« übersetzte I. Zimmermann-Göllheim. st 707

Waffensysteme des 21. Jahrhunderts oder The Upside Down Evolution. Aus Lems Bibliothek des 21. Jahrhunderts. Aus dem Polnischen von Edda Werfel. PhB 124. st 998

Wie die Welt noch einmal davonkam. Der Kyberiade erster Teil. Mit Zeichnungen von Daniel Mróz. Aus dem Polnischen von Jens Reuter, Caesar Rymarowicz, Karl Dedecius und Klaus Staemmler. PhB 158. st 1181

Zu Stanisław Lem

Stanisław Lem / Stanisław Bereś: Lem über Lem. Gespräche. Aus dem Polnischen von Edda Werfel und Hilde Nürenberger. st 1996

Über Stanisław Lem. Herausgegeben von Werner Berthel. Redaktion und Beratung: Franz Rottensteiner. PhB 36. st 586

47/5/8.89

Neue deutschsprachige Literatur in den suhrkamp taschenbüchern

Udo Aschenbeck: Südlich von Tokio. st 1409
Margrit Baur: Überleben. Eine unsystematische Ermittlung gegen die Not aller Tage. st 1098
Katja Behrens: Die weiße Frau. Erzählungen. st 655
Ulla Berkéwicz: Josef stirbt. Erzählung. st 1125
– Michel, sag ich. st 1530
Silvio Blatter: Kein schöner Land. Roman. st 1250
– Love me Tender. Erzählung. st 883
– Schaltfehler. Erzählungen. st 743
– Die Schneefalle. Roman. st 1170
– Wassermann. Roman. st 1597
– Zunehmendes Heimweh. Roman. st 649
Franz Böni: Die Fronfastenkinder. Aufsätze 1966-1985. Mit einem Nachwort von Ulrich Horn. st 1219
– Ein Wanderer im Alpenregen. Erzählungen. st 671
Thomas Brasch: Der schöne 27. September. Gedichte. st 903
Hans Christoph Buch: Die Hochzeit von Port-au-Prince. Roman. st 1260
– Jammerschoner. Sieben Nacherzählungen. st 815
– Karibische Kaltluft. Berichte und Reportagen. st 1140
Fritz H. Dinkelmann: Das Opfer. Roman. st 1591
Werner Fritsch: Cherubim. st 1672
Herbert Gall: Deleatur. Notizen aus einem Betrieb. st 639
Herbert Genzmer: Cockroach Hotel. Ängste. st 1243
– Freitagabend. st 1540
– Manhattan Bridge. Geschichte einer Nacht. st 1396
Rainald Goetz: Irre. Roman. st 1224
Reto Hänny: Flug. st 1649
Wilhelm Hengstler: Die letzte Premiere. Geschichten. st 1389
Ulrich Horstmann: Das Glück von Omb'assa. Phantastischer Roman. PhB 141. st 1088
– Das Untier. Konturen einer Philosophie der Menschenflucht. st 1172
Thomas Hürlimann: Die Tessinerin. Geschichten. st 985
Franz Innerhofer: Die großen Wörter. Roman. st 563
– Schattseite. Roman. st 542
– Schöne Tage. Roman. st 349
Bodo Kirchhoff: Dame und Schwein. Geschichten. st 1549
– Die Einsamkeit der Haut. Prosa. st 919
– Mexikanische Novelle. st 1367
– Ohne Eifer, ohne Zorn. Novelle. st 1301
– Zwiefalten. Roman. st 1225
Ady Henry Kiss: Da wo es schön ist. st 914

250/1/6.89

Neue deutschsprachige Literatur in den suhrkamp taschenbüchern

Bettina Klix: Tiefenrausch. Aufzeichnungen aus der Großstadt. st 1281
Alfred Kolleritsch: Gedichte. Ausgewählt und mit einem Vorwort versehen von Peter Handke. st 1590
– Die grüne Seite. Roman. st 323
Marcel Konrad: Stoppelfelder. Roman. st 1348
Jürg Laederach: Nach Einfall der Dämmerung. Erzählungen und Erzählungen. st 814
– Laederachs 69 Arten den Blues zu spielen. st 1446
– Sigmund oder Der Herr der Seelen tötet seine. st 1235
Gertrud Leutenegger: Gouverneur. st 1341
– Ninive. Roman. st 685
– Vorabend. Roman. st 642
Thomas Meinecke: Mit der Kirche ums Dorf. Kurzgeschichten. st 1354
E. Y. Meyer: Eine entfernte Ähnlichkeit. Erzählungen. st 242
– In Trubschachen. Roman. st 501
– Ein Reisender in Sachen Umsturz. Erzählungen. Neufassung. st 927
– Die Rückfahrt. Roman. st 578
Bodo Morshäuser: Die Berliner Simulation. Erzählung. st 1293
– Blende. st 1585
Judith Offenbach: Sonja. Eine Melancholie für Fortgeschrittene. st 688
Erica Pedretti: Harmloses, bitte. st 558
– Heiliger Sebastian. Roman. st 769
– Sonnenaufgänge, Sonnenuntergänge. Erzählungen. st 1653
Nikolaus Pietsch: Der Gefangene von Heidelberg. st 1129
Peter Rosei: Der Fluß der Gedanken durch den Kopf. Logbücher. st 1656
– Reise ohne Ende. Aufzeichnungsbücher. st 875
– Wege. Erzählungen. st 311
Ralf Rothmann: Messers Schneide. Erzählung. st 1633
Hansjörg Schertenleib: Die Ferienlandschaft. Roman. st 1277
Jochen Schimmang: Das Ende der Berührbarkeit. Eine Erzählung. st 739
– Der schöne Vogel Phönix. Erinnerungen eines Dreißigjährigen. st 527
Einar Schleef: Gertrud. st 942
Peter Sloterdijk: Der Zauberbaum. Die Entstehung der Psychoanalyse im Jahr 1785. Ein epischer Versuch zur Philosophie der Psychologie. st 1445
Angelika Stark: Liebe über Leichen. st 1099
Harald Strätz: Frosch im Hals. Erzählungen. st 938
Karin Struck: Lieben. Roman. st 567
– Die Mutter. Roman. st 489
– Trennung. Erzählung. st 613

250/2/6.89

Neue deutschsprachige Literatur
in den suhrkamp taschenbüchern

Volker Wachenfeld: Camparirot. Eine sizilianische Geschichte. st 1608
– Keine Lust auf Pizza. Roeders Story. st 1347
Daniel Wigger: Auch Spinnen vollführen Balzgesänge. st 1550
Josef Winkler: Der Ackermann aus Kärnten. Roman. st 1043
– Menschenkind. Roman. st 1042
– Muttersprache. Roman. st 1044

250/3/6.89